Die ›Orientalische Bibliothek‹ vereinigt
literarische, historische und philosophische Texte
der Völker Asiens und Nordafrikas
von den Anfängen bis zur Gegenwart.
Mit Lesetexten wie auch mit wissenschaftlich
kommentierten Ausgaben will die Sammlung
zum Verständnis der nationalen Eigenarten
der orientalischen Kulturen
und ihrer übernationalen Bedeutung
beitragen.

Mao Dun

Seidenraupen im Frühling

Erzählungen
und Kurzgeschichten

Aus dem Chinesischen
von Fritz Gruner
Johanna Herzfeldt
Evegret Meitz

Verlag Volk und Welt
Berlin

Herausgegeben und mit einer Nachbemerkung
von Fritz Gruner

Anmerkungen am Schluß des Bandes

ISBN 3-353-00236-7

2. Auflage 1987 (1. Auflage Orientalische Bibliothek)

L. N. 302, 410/219/87
Printed in the German Democratic Republic

Gestaltung: Dietmar Kunz
Satz, Druck und Einband: Offizin Andersen Nexö,
Graphischer Großbetrieb, Leipzig III/18/38
LSV 7371
Bestell-Nr. 648 831 2
01300

Seidenraupen im Frühling

1

An dem Weg, der am Fluß unten das Ufer säumte, hockte der alte Tongbao auf einem Stein. Seine lange Tabakspeife lehnte schräg vor ihm. Das Qingming-Fest war kaum vorüber, und schon brannte ihm die Sonne kräftig auf den Buckel. Er spürte ihre Hitze, als hätte er ein Becken mit glühender Kohle im Rücken. Auf dem Uferpfad schleppten die Leute von den Eildschunken aus Shaoxing ihre Boote flußaufwärts. Ihre Jacken standen offen, nur ein leichtes Hemd aus blauem Gewebe hatten sie darunter. Weit vorgebeugt lagen sie in den Zugleinen. Schweißtropfen, groß wie Sojabohnen, fielen auf den Boden.

Der alte Tongbao sah zu, wie sich diese Leute abplagten. Die Hitze kroch ihm dabei höher den Rücken hinauf und begann ihn ein wenig zu jucken. Er hatte immer noch den dicken Watterock an. Seine leichte Jacke lag in der Pfandleihe, und die plötzliche Wärme hatte ihn überrascht. Man hatte ja eben erst das Qingming-Fest gefeiert! »Auf das Wetter ist auch kein Verlaß mehr«, murmelte er vor sich hin und spie einen Mundvoll Speichel vor seine Tabakspfeife.

Wenn eine von den Dschunken, die gemächlich auf dem Fluß kreuzten, vorüberglitt, spritzten kleine Wellen hoch, und winzige Wirbel kräuselten die sonst glatte, grünliche Wasserfläche. Auch wo sich die Maulbeerbäume, die in einer Reihe am Ufer standen, im Wasser spiegelten, verschwamm ihr Bild zu einem grauen Streifen. Aber nicht lange. Allmählich kamen die Bäume wieder zum Vorschein.

Erst waren sie noch zerfiedert und torkelten wie Betrunkene, doch bald standen sie wieder fest, deutlich und klar umrissen wie vorher. Die Zweigspitzen, die wie Fäuste aussahen, trugen schon fingergroße, zartgrüne Blättchen. Maulbeerbäume wuchsen, so weit das Auge reichte, dicht gedrängt am Flußufer. Es war nicht abzusehen, wo das aufhörte. Die Felder lagen noch ausgetrocknet und voll rissiger Erdschollen. In dieser Jahreszeit galt die ganze Aufmerksamkeit dem Maulbeerbaum. Auch hinter Tongbao standen die Bäume in einem breiten Streifen. Die zartgrünen Blättchen an den »Maulbeerfäusten« schienen unter den brütendheißen Sonnenstrahlen in jeder Sekunde sichtlich zu wachsen.

Dicht am Uferweg und nicht weit von dem Platz, wo der alte Tongbao saß, erhob sich das doppelstöckige graue Gebäude, in dem die Kokons aufgekauft und verarbeitet wurden. Vor reichlich zehn Tagen noch war dort Militär einquartiert gewesen. Damals hieß es, die Japaner würden angreifen, und alle reichen Leute flüchteten aus der Kreisstadt. Aber die Soldaten waren wieder abmarschiert. Nur ein paar kleine Schützengräben auf dem Feld waren zurückgeblieben, und das graue Gebäude stand leer und verschlossen wie vorher. Es wartete auf die Kokons, die im Frühjahr auf den Markt kommen; dann würde es dort wieder lebhaft werden.

Man munkelte wohl, daß es in diesem Jahr in Shanghai ziemlich unruhig zugehe. Alle Seidenfabriken seien geschlossen, und wahrscheinlich würden auch die hiesigen Filialen ihre Tore nicht öffnen. Der alte Tongbao aber wollte das nicht glauben. Sechzig Jahre war er alt geworden, und manches Stürmische hatte er erlebt. Aber noch nie war vorgekommen, daß die saftiggrünen Maulbeerblätter umsonst gewachsen wären und dann halbverwelkt als Ziegenfutter hätten dienen müssen. Es sei denn, die Seidenraupen wären nicht gediehen ... Aber das unterstand ja der Befugnis der Götter – und wer könnte so etwas im voraus wissen?

»Kaum ist das Qingming-Fest vorbei, und schon haben

wir so warmes Wetter«, sinnierte der Alte. Wenn er sich die ungestüm sprießenden Blattspitzen an den faustdicken Trieben ansah, war er beunruhigt und vergnügt zugleich. Er erinnerte sich der Zeit, als er noch jung, ein kräftiger Bursche von reichlich zwanzig Jahren war. Da war ihm zum Qingming-Fest auch einmal der dicke Winterrock zu warm geworden. In jenem Jahr brachten sie dann eine ungewöhnlich reiche Kokonernte ein. Er hatte eben geheiratet, und mit der Familie ging es aufwärts. Sein Vater war geschickt und zeigte Verständnis für alles, und sein Großvater, der Begründer der Familie, hatte zwar einst in den Schlupfwinkeln der »Langhaarigen« viel Bitteres erduldet, schien jedoch mit zunehmendem Alter immer gesünder und kräftiger zu werden. Herr Chen, der alte gnädige Herr, hatte noch nicht lange das Zeitliche gesegnet, und sein Sohn war noch nicht dem Opium verfallen. Überhaupt war damals die Familie des gnädigen Herrn nicht so aus der Art geschlagen wie heute. Der alte Tongbao aber lebte in der Überzeugung, daß das Schicksal seiner eignen Familie mit dem der Familie des gnädigen Herrn Chen eng verknüpft sei. Mochten die Chens auch hochgestellte und wohlangesehene Leute sein, im Grunde waren sie doch nur Ackersleute wie er. Der Großvater des alten Tongbao war zusammen mit dem alten Gutsbesitzer von den Langhaarigen verschleppt worden; als Gefangene hatten sie sechs oder sieben Jahre in den Schlupfwinkeln der Langhaarigen zugebracht. Schließlich waren beide gleichzeitig entflohen und hatten obendrein viele Goldbarren der Langhaarigen mitgehen heißen ... Die Leute redeten noch heute darüber. Als der alte Gutsbesitzer aus dem Geschäft mit der Rohseide Gewinn zu schlagen begann, wurde die Seidenraupenzucht auch für die Familie des alten Tongbao lohnend. Binnen zehn Jahren hatten sie zwanzig Mu Reisfeld und mehr als zehn Mu Land mit Maulbeerbäumen erworben. Dazu kam noch ein geräumiges Haus mit zwei Eingängen.

Zu jener Zeit wurde die Familie des alten Tongbao im

Dorf nicht weniger beneidet als die Chens, die in der Stadt als unermeßlich reich galten. Hernach aber war es mit beiden Familien abwärtsgegangen ... Jetzt besaß der alte Tongbao kein eigenes Ackerland mehr, hatte aber über dreihundert Yuan Schulden. Auch die Familie des gnädigen Herrn Chen war längst heruntergekommen. Die Seelen der Langhaarigen hätten gegen sie in der Unterwelt Klage erhoben, munkelte man. Daraufhin habe der König der Unterwelt die Goldbarren als unrechtmäßig angeeignetes Gut von der Familie des gnädigen Herrn zurückgefordert. Das habe ihren schnellen Ruin herbeigeführt. Der alte Tongbao war geneigt, daran zu glauben. Denn hätten die Seelen der Langhaarigen die Geister der Unterwelt nicht angestiftet, wie hätte sich der gutsituierte junge gnädige Herr das Opiumrauchen angewöhnen können?

Aber wie der Niedergang der Familie des gnädigen Herrn Chen auf seine eigene Familie übergreifen konnte, blieb dem alten Tongbao doch unerklärlich. Wohl war einst sein Großvater bei der Flucht aus dem Lager auf einen Straßenposten der Langhaarigen gestoßen und hatte leider, da ihm kein anderer Weg blieb, den Jungen töten müssen ... Aber das sei eine Bestimmung des Schicksals gewesen, hatte Tongbao von alten, nun längst verstorbenen Leuten gehört. Und soweit er sich erinnern konnte, hatte man in seiner Familie für die Seele des jungen Langhaarigen Reuegebete an Buddha gerichtet und Opfergeld verbrannt. Es war nicht mehr zu zählen, wie oft das geschehen war. Inzwischen aber hätte sich die Seele des kleinen Langhaarigen, der unschuldig den Tod fand, längst in einem menschlichen Wesen wiederverkörpern müssen! Wenn auch der alte Tongbao sich nicht mehr deutlich vergegenwärtigen konnte, wie sein Großvater als Mensch gewesen war, sein Vater jedenfalls hatte fleißig und ehrlich gearbeitet, das wußte er aus eigener Anschauung. Auch er selbst war ein korrekter Mann. Sein Sohn A Vier und dessen Frau, Tochter Vier, waren fleißig und sparsam. Nur der jüngere Sohn, Aduo, neigte in seiner

Jugendlichkeit dazu, sich von den Bitternissen des Lebens nicht bekümmern zu lassen. Aber halbflügge junge Burschen sind nicht anders; zum Niedergang der Familie kann das doch nicht führen!

Der alte Tongbao hob sein ausgemergeltes braunes Runzelgesicht und blickte verbittert auf den Fluß, die Dschunken und das Maulbeerland an beiden Ufern. Die Welt war so anders geworden, und doch unterschied sie sich äußerlich wenig von damals, als er zwanzig Jahre alt war. Nur mußten sie jetzt bei ihm zu Hause meist Kürbis essen und waren trotzdem mit mehr als dreihundert Yuan verschuldet.

Tuuht! Tut, tut, tuht! ließ sich aus der Ferne eine Dampfpfeife vernehmen. Es war unten an der Flußbiegung, wo ein anderes graues Gebäude stand und man dahinter, winzig und verschwommen, die sauber geschichteten Steine der Uferbefestigung schimmern sah. Ein kleiner Motorschlepper schob sich achtunggebietend hinter dem Gebäude hervor. Er zog drei große Lastkähne den Fluß herauf und näherte sich dem alten Tongbao. Das ruhig und kaum merklich dahinziehende Wasser geriet alsbald in Bewegung, und die Wellen rollten gleichmäßig nach beiden Seiten auseinander. Ein Kahn aus dem Dorf suchte rasch ans Ufer zu gelangen. Dort klammerte sich der Fischer an einer Baumwurzel fest, und es sah aus, als wippte er in einer Schaukel. Das blubbernde Stampfen des Motors und der Gestank der Auspuffgase verbreiteten sich über die friedlichen Fluren. Von Abscheu erfüllt, sah der alte Tongbao zu, wie der kleine Schlepper herankam und vorbeifuhr, bis er an der nächsten Flußkrümmung ein paar Warnsignale hören ließ und schließlich verschwand. Der Alte hatte Dampfer schon immer gehaßt. Sie gehörten zu den Dingen, die von den ausländischen Teufeln herrührten! Er selbst hatte zwar noch nie so einen ausländischen Teufel zu Gesicht bekommen, wußte aber aus seines Vaters Mund, daß der alte gnädige Herr Chen welche gesehen hatte: mit roten Augenbrauen, grünen Augen und steifbeinigem Gang. Auch der alte gnädige Herr hatte sie gehaßt und oft gesagt, das ganze Geld sei von den ausländischen Teufeln hinausgeschwindelt worden.

Der alte Tongbao war noch nicht aus den Kinderhosen gewachsen, als er den alten gnädigen Herrn Chen gekannt hatte; so wußte er eigentlich alles, was den alten Gutsbesitzer betraf, nur vom Hörensagen. Dachte er aber daran, daß »das ganze Geld von den ausländischen Teufeln hinausgeschwindelt worden« sei, dann war es ihm immer, als sähe er den Geist des Alten leibhaftig dastehen, sich über den Bart streichen und den Kopf schütteln.

Wie die ausländischen Teufel das Geld hinausgeschwindelt hatten, war dem alten Tongbao recht unklar. Aber was der alte gnädige Herr Chen gesagt hatte, konnte er nicht bezweifeln. Daran war nicht zu rütteln. Überdies merkte er es ja selbst deutlich genug: Seit es in der Stadt ausländische Stoffe, ausländisches Garn, Petroleum und andere ausländische Waren gab und seit dann auch noch auf dem Fluß diese Dampfer erschienen waren, wurden die Produkte, die er auf seinen Feldern erzeugte, immer wertloser, die Dinge in der Stadt aber jeden Tag teurer. Der Familienbesitz, den ihm sein Vater hinterlassen hatte, war zusammengeschrumpft und schließlich in nichts zerronnen. Jetzt war er auch noch mit Schulden beladen! Des alten Tongbao Haß auf die ausländischen Teufel war also wohlbegründet. Sein fester Standpunkt war im Dorf bekannt und geachtet. Vor fünf Jahren hatte ihm jemand erzählt, eine neue Dynastie sei an die Macht gekommen, sie wolle die ausländischen Teufel stürzen. Der alte Tongbao hatte es nicht geglaubt. Denn die neu an die Macht gekommenen jungen Leute, die er bei einem Besuch in der Stadt gesehen hatte, schrien zwar: »Nieder mit den ausländischen Teufeln!«, waren aber allesamt selbst wie die ausländischen Teufel gekleidet. So bestand für ihn gar kein Zweifel, daß diese jungen Leute geheime Beziehungen zu den ausländischen Teufeln pflegten und die Menschen vom Dorf vorsätzlich an der Nase herumführten. Wie erwartet, riefen sie bald wirklich nicht mehr:

»Nieder mit den ausländischen Teufeln!« Und die Waren in der Stadt verteuerten sich weiterhin täglich, und die Steuern und Abgaben, die von den Bauern zu entrichten waren, schnellten in die Höhe.

Der alte Tongbao war fest überzeugt, daß das alles von den ausländischen Teufeln herrührte, die miteinander verschworen waren.

Nicht genug damit. Sogar die aus eingeführten Eiern großgezogenen Kokons standen höher im Preis, brachten zehn Yuan mehr je Dan! Vor Ärger darüber wäre der alte Tongbao im letzten Jahr beinahe krank geworden. Bis dahin war er mit seiner Schwiegertochter gut ausgekommen, doch diese Angelegenheit hatte unvermeidlich zum Streit mit ihr geführt. Seit dem vorigen Jahr versteifte sich Tochter Vier auf ausländische Sorten. Der jüngere Sohn steckte mit seiner Schwägerin unter einer Decke. Und A Vier, ihr Mann, war gleichfalls für ausländische, wenn er auch nicht viel darüber sprach. Der alte Tongbao konnte gegen sie alle nicht aufkommen und hatte schließlich nachgeben müssen. Jetzt hatten sie zu Hause fünf Tücher mit Eiern, vier mit einheimischen und eines mit ausländischen.

»Ach, die Welt wird immer schlechter! In ein paar Jahren werden sie gar noch die Maulbeerblätter aus dem Ausland einführen wollen! Gründlich satt habe ich das alles!« schimpfte er und blickte zu den Maulbeerbäumen hinüber. Zornig stieß er seine lange Tabakspfeife gegen die trockenen Erdbrocken vor seinen Füßen. Die Sonne stand ihm gerade über dem Scheitel und zeichnete seinen Schatten kurz und schwarz wie ein angekohltes Holzstück auf dem ausgedörrten Schlammboden ab. Da er seinen zerschlissenen Watterock noch immer nicht abgelegt hatte, wurde ihm am ganzen Leibe unerträglich heiß. Er knöpfte den Rock auf, faßte die Enden und fächelte sich Luft zu. Dann stand er auf, um ins Dorf zu gehen.

Hinter der Maulbeerpflanzung lagen Reisfelder. Die meisten von ihnen waren noch mit halbumgewendeten, von der

Trockenheit rissigen Erdschollen bedeckt. Auf den wenigen anderen Feldern, die sich dazwischenschoben, verbreiteten goldgelbe Rapsblüten einen durchdringend süßen Duft. Weiter drüben zeichnete sich eine Häusergruppe ab, die Dorfstraße, an der Tongbao und die Seinen seit drei Generationen wohnten. Ganz langsam stiegen weiße Rauchwölkchen über den Hütten auf.

Der alte Tongbao trat aus dem Maulbeerwald und lenkte seine Schritte einem aufgeschütteten Rain zwischen den Reisfeldern zu. Quer über die Äcker lief ihm ein etwa zehnjähriger Junge entgegen. Schon von weitem rief er: »Großvater, Mutter wartet mit dem Mittagessen auf dich!«

»Ach!« entfuhr es dem alten Tongbao unwillkürlich. Er hatte seinen Enkel erkannt und schaute unverdrossen weiter die Maulbeerbäume an: Das Qingming-Fest kaum vorbei, und die Spitzen der Maulbeerblätter schon fingerlang! So etwas hatte er erst zweimal erlebt. Es versprach eine reiche Ernte. Wieviel Kokons würden die fünf Tücher mit den Bruteiern wohl ergeben? Wenn es nur wenig mehr als im vorigen Jahr wären, dann könnte seine Familie vielleicht etwas von ihren Schulden abtragen.

Xiaobao hatte inzwischen den Großvater erreicht und blickte nun auch zu den grünflockigen Maulbeerfäustchen auf. Plötzlich begann er zu hüpfen und in die Hände zu klatschen. Er sang:

»Wenn üppig schon zum Qingming-Fest die
Maulbeerblätter sprießen,
dann kann die Seidenraupenzüchter
nichts verdrießen!«

Wenn das nicht von guter Vorbedeutung war! Ein Lächeln entspannte die Sorgenfalten des Alten. Er legte Xiaobao die Hand auf den »Mönchskopf« und strich darüber. In seinem alten, durch Not und Elend abgestumpften Herzen war unversehens neue Hoffnung aufgekeimt.

2

Das Wetter blieb warm. Die jungen zartgrünen Blattfinger an den Maulbeerfäusten waren unter den Strahlen der Sonne schon zu kleinen Händchen ausgewachsen. Es sah aus, als gediehen in der Umgebung von Tongbaos Dorf die Bäume besonders gut. Blickte man in die Ferne, so war da ein Schimmern, als wäre ein Streifen grünen Brokats über einen winzigen, dichtgeflochtenen und silbergrau glänzenden Bambuszaun gebreitet. Mit jedem Tag wuchs Tongbaos und der anderen Bauern Hoffnung ein wenig. Wer mit der Seidenraupenzucht zu tun hatte, war geschäftig und in Eile.

Die Geräte, die man zur Zucht benötigte und die ein Jahr lang in den Schuppen verstaut gewesen waren, wurden zum Ausbessern und Säubern hervorgeholt und an den kleinen Bach gebracht, der durch das Dorf floß. An den Ufern war ein Gedränge von Frauen und Kindern. Scherzworte flogen hin und her, manchmal gab es Gelächter.

Frauen und Kinder hatten blasse, verhärmte Gesichter. Seit Jahresanfang hatten sie sich nicht satt essen können. Die alten zerschlissenen Kleider schlotterten ihnen um den abgezehrten Leib. Sie hatten es nicht besser als Bettler. Trotzdem waren alle fröhlich, sogar ausgelassen. Immer geduldig und bereit zu hoffen, stellten sie sich alles ganz einfach vor: Alles war gut, wenn nur die Seidenraupen gut gediehen! In einem Monat würden sich die fettgrünen Maulbeerblätter in schneeweiße Kokons und schließlich in klingende Münze verwandelt haben! Ihr Magen knurrte, aber sie lachten und scherzten.

Auch des alten Tongbao Schwiegertochter Vier befand sich mit ihrem Sohn Xiaobao unter den Frauen. Sie waren mit dem Waschen der flachen, runden Füttergestelle und der Brutkörbe schon fertig, saßen am Bachrand auf einem Stein und wischten sich mit dem Saum ihrer Röcke den Schweiß vom Gesicht.

»Werdet ihr dieses Jahr auch ausländische Eier verwenden, Tante Vier?« rief ein zwanzigjähriges Mädchen aus der Schar der Frauen über den Bach herüber. Es war Liubao, die jüngere Schwester Lu Fuqings, der gleich in der Nachbarschaft auf dem anderen Ufer wohnte. Tochter Vier zog sofort die schweißnassen Brauen hoch, als suchte sie ein Streitobjekt, und rief zurück: »Was fragst du mich? Darüber entscheidet doch der Großvater! Und der ist ein Dickschädel; so werden wir nur ein Tuch mit ausländischen Eiern nehmen. Wenn er von etwas Ausländischem auch nur hört, tut er, als müsse er auf einen alten Erbfeind losstürzen. Aber Silberdollars, die ja auch ausländisch sind, die will er!«

Die Frauen am Bach horchten und begannen zu lachen. Da überschritt, geradenwegs von der Tenne des Nachbarn Lu kommend, ein junger Bursche die Brücke, die aus vier Baumstämmen gefügt war. Tochter Vier sah ihn und ließ sogleich die Frage, ob ausländische Sorten oder nicht, fallen. »Schwager, komm, hilf mir die Sachen wegtragen!« rief sie ihm mit hoher Stimme zu. »Diese hier sind klitschnaß und schwer wie ein ersäufter Hund.«

Aduo kam, ohne ein Wort zu sagen, heran, griff sich vier oder fünf von den runden Bambusgestellen und hob sie sich, triefend, wie sie waren, auf den Kopf. Die Arme weit von sich gestreckt und wie Ruder in der Luft schwenkend, setzte er seinen Weg fort. Wenn Aduo gute Laune hatte, war er zu jeder Gefälligkeit bereit. Traf er eine Frau aus dem Dorf und sie bat ihn, irgendein schweres Gerät tragen zu helfen oder etwas aus dem Bach herauszufischen, war er stets zur Hand. Heute wirkte er ein bißchen verstimmt und unlustig. Deshalb hatte er sich nur wenige Gestelle auf den Kopf gesetzt und nichts in die Hände genommen. Als die Frauen sahen, daß er den Stapel Gestelle wie einen riesigen Hut trug und damit, sich in den Hüften wiegend, wie ein Mädchen aus der Stadt einherstolzierte, gab es großes Gelächter.

Lotos, die Frau Li Genshengs, der ein Nachbar des alten Tongbao war, rief ausgelassen: »He, Aduo, komm zurück und hilf mir auch was wegschaffen!«

»Du brauchst mir nur zuzurufen, was ich gern höre, dann trage ich es dir schon!« erwiderte Aduo, lachte nun auch und lief ohne Aufenthalt weiter. Alsbald war er vorm Haus, wo er die Gestelle vom Kopf nahm und sich unters Vordach setzte.

»Gut, dann nenne ich dich einmal mein liebes Patenkind!« rief Lotos und lachte gut gelaunt. Sie hatte ein ganz bleiches, durchscheinendes Gesicht, das seltsamerweise nur aus einem großen Mund und eng geschlitzten Augen zu bestehen schien. Sie war bei Leuten in der Stadt Sklavenmädchen gewesen, bis man sie vor knapp einem halben Jahr an den ewig schweigenden Li Gensheng verheiratet hatte, einen greisenhaften Mann, der den ganzen Tag mit Leichenbittermiene herumlief. Sie jedoch war im Dorf dafür berühmt, von Liebe und Männern etwas zu verstehen. »Schamloses Frauenzimmer!« schimpfte plötzlich mit mühsam verstellter Stimme eine aus der Frauenschar auf dem anderen Bachufer. Lotos riß ihre Schweinsäuglein weit auf und begann zu wettern: »Wen beschimpfst du denn? Wenn es etwas gibt, kannst du mir's ja ins Gesicht sagen und brauchst dich nicht zu verstecken!«

»Ach, du hast es wohl auf mich abgesehen?« erwiderte Liubao unverzüglich. Sie war ihrer scharfen Zunge wegen im Dorf bekannt und gefürchtet. »Jeder zieht sich die Jacke an, die ihm paßt; ich beschimpfe eine schamlose und liederliche Person!« Die Frauen begleiteten das Wortgeplänkel, indem sie einander mit Wasser bespritzten und bald für diese, bald für jene Seite ein kräftiges Wort einwarfen. Die Kinder lachten und begannen herumzutollen. Schwester Vier hatte ihre Erfahrungen; sie nahm ihre Brutkörbe, rief Xiaobao und ging zum Haus. Aduo stand unter dem Vordach; er hatte sich alles lachend angesehen. Er wußte sehr wohl, warum Liubao mit Lotos Streit suchte. Als er hörte, was sich Liubao gefallen lassen mußte, konnte er nicht umhin, sich ein wenig zu freuen.

Der alte Tongbao trat mit einem Holzgestell auf den

Schultern aus dem Haus. Die zusammenklappbaren dreikantigen Untergestelle waren von Termiten angefressen und drohten zusammenzubrechen, wenn sie nicht repariert wurden. Als der Alte sah, daß Aduo müßig dastand und sich an dem Gezänk der Frauen ergötzte, machte er ein mißbilligendes Gesicht. Daß sein jüngerer Sohn Aduo noch ein grüner Junge war, wußte er. Aber es verdroß ihn, daß Aduo auch mit der Nachbarin Lotos Scherze trieb. »Eine verdammte Hexe ist das, wer ihr ins Gehege kommt, den trifft ein Unglück«, hatte der alte Tongbao seinen Jüngeren oft gewarnt.

»Aduo! Was schaust du nichtsnutzig in der Gegend umher? A Vier macht hinten im Hof die Strohgebinde fertig. Geh und hilf ihm!« rief er und heftete seine geröteten Augen auf Aduo, bis dieser im Haus verschwand. Erst dann wandte er sich wieder seinen Holzgestellen zu, drehte sie zu eingehender Prüfung um und um und begann langsam zu hämmern. Früher war er in der Tischlerarbeit geschickt gewesen; in letzter Zeit aber war er stark gealtert und hatte keine Kraft mehr in den Fingern. Eine Weile ging es, dann mußte er verschnaufen. Gedankenverloren starrte er wieder die fünf Tücher mit Eiern an, die im Zimmer an Bambusstangen aufgehängt waren.

Unter dem Vordach verklebte Tochter Vier die Brutkörbe. Voriges Jahr hatten sie ein paar Kupfermünzen einsparen wollen und nur altes Zeitungspapier zum Verkleben gekauft. Und der alte Tongbao war noch immer der Meinung, daß ihre Seidenraupen im letzten Jahr nur deshalb nicht gediehen seien, weil sie Zeitungspapier verwendet hatten – ohne zu berücksichtigen, was für Schriftzeichen auf dem Papier standen! In diesem Jahr hatte sich die ganze Familie eine Mahlzeit versagt, um für das gesparte Geld richtiges Korbklebepapier kaufen zu können. Tochter Vier klebte das feste gelbe Papier straff auf und dazu drei kleine dreieckige Bilder, die sie gleichzeitig mit dem Korbklebepapier erworben hatten. Auf dem einen war eine Schale, gefüllt mit Kostbarkeiten, dargestellt, auf den beiden anderen je ein Reiter, hoch zu Roß und mit einem Wimpel in der Hand: der »Kronprinz der Seidenraupen«.

»Tochter Vier! Für die geborgten dreißig Dollar, die uns dein Vater vermittelt hat, haben wir nur zwanzig Lasten Blätter bekommen. Und übermorgen wird auch der Reis wieder aufgegessen sein. Was sollen wir dann tun?« Der alte Tongbao hatte eine Atempause gemacht und blickte von seiner Arbeit zu Tochter Vier hinüber. Diese dreißig Dollar kosteten monatlich zweieinhalb Prozent Zinsen. Tochter Viers Vater, Zhang Caifa, hatte sie als Mittelsmann bei seinem Pachtherrn besorgt, der es für eine »gute Tat« hielt, daß er monatlich nur zweieinhalb Prozent Zinsen verlangte. Die Bedingungen lauteten: Rückzahlung der Summe samt Zinsen nach Abschluß der Seidenraupensaison.

Als Tochter Vier mit dem Kleben fertig war, stellte sie die Brutkörbe zum Trocknen in die Sonne. »Alles Geld für Blätter ausgegeben!« sagte sie vorwurfsvoll. »Wieder zuviel ... wie im vorigen Jahr.«

»Was redest du da! Willst du uns um unser Glück bringen? Muß denn jedes Jahr wie das vergangene werden? Wir selbst haben doch nur etwa zehn Lasten Blätter. Meinst du denn, zehn Lasten reichen für fünf Tücher?«

»Ja, ja, du hast recht wie immer!« Tochter Viers Stimme wurde schrill und bebte vor Zorn. »Ich weiß nur, daß man Reis haben muß, wenn man ein anständiges Essen kochen will. Ohne Reis kann man hungern.« Wie stets war wieder die ausländische Sorte der eigentliche Anlaß zum Zank mit dem alten Tongbao gewesen. Sein Gesicht hatte sich vor Ärger dunkelrot gefärbt. Beide schwiegen.

Der Tag, an dem die Raupen ausschlüpfen sollten, rückte näher. Das kleine Dorf mit den dreißig Familien war in ungewohnter Spannung. Entschlossen zum Einsatz ihrer Kräfte und voll Hoffnung sahen die Menschen den nächsten Tagen entgegen. Sogar den Hunger schienen sie vergessen zu haben. Die Familie des alten Tongbao brachte die kargen Tage hinter sich: Hier borgte man eine Kleinigkeit, dort ließ man etwas anschreiben. Die anderen waren nicht besser dran. Welche Familie hätte denn noch zwei oder drei Dou Reis im Hause gehabt? Gewiß, die Herbsternte war im vergangenen Jahr nicht schlecht ausgefallen; aber dann meldeten sich die Gutsbesitzer und die Gläubiger, die regulären Steuern und verschiedene andere Abgaben kamen hinzu und preßten das Letzte aus den Bauern. Längst hatten sie alles aufgebraucht. Sie setzten jetzt ihre ganze Hoffnung auf die Seidenraupen der Frühjahrssaison. Wenn erst die Kokonernte eingebracht wäre, könnten sie alle ihre Schulden zurückzahlen. Zwischen Hoffnung und Furcht schwankend, bereiteten sie sich auf die große »Schlacht« um die Seidenraupen vor.

Das Fest des Getreideregens stand bevor. Überall im Dorf begann sich auf den Tüchern eine grüne Schattierung zu zeigen. Auf dem Dreschplatz sorgten die Frauen dafür, daß die Neuigkeiten in Umlauf kamen. Ob sie fröhlich oder mißgestimmt waren, sie steckten die Köpfe zusammen. »Bei Liubao wollen sie gleich anfangen, die Brut zu wärmen!« – »Lotos meint, sie werden schon morgen damit beginnen. Das geht aber schnell!« – »Der Daoist Huang hat gewahrsagt, daß heuer der Preis für eine Last Blätter auf vier Silberdollar steigen wird!«

Tochter Vier besichtigte ihre fünf Tücher. O weh! Die winzigen Pünktchen, die wie Sesamkörner aussahen, waren noch immer schwarz und ohne jeden grünen Schimmer. Ihr Mann, A Vier, trug sie an einen hellen Ort und sah selbst nach. Auch er konnte keine grünliche Färbung feststellen. Tochter Vier machte sich ernstlich Sorgen. »Fang nur gleich an, sie zu wärmen. Bei der Yuhang-Sorte rate ich dir, etwas langsamer vorzugehen«, sagte A Vier notgedrungen, um die Familie zu trösten, und blickte seine Frau an. Tochter Vier preßte die Lippen aufeinander und gab keine Antwort. Dem verhärmten, runzligen Gesicht des alten Tongbao sah man die Trostlosigkeit an. Aber er sagte kein Wort, das Unbehagen verschloß ihm den Mund.

Ein weiterer Tag verstrich, und Tochter Vier prüfte abermals aufmerksam das Tuch. Siehe da, jetzt zeigten sich schon grüne Stellen! Ein prächtiges Grün! Sofort teilte sie das der ganzen Familie mit. Dann nahm Tochter Vier die Tücher auf und drückte sie an die Brust, als hielte sie ein kleines Kind in den Armen, um es zu stillen. Sie wagte sich kaum zu rühren und saß ganz ruhig.

Nachts schlief sie mit den fünf Tüchern, die ihr sorgfältig an die Brust gebettet wurden. A Vier mußte mit Aduo das Lager teilen. Die Raupen, die sich auf dem Tuch zusammendrängten, klebten ihr am Körper und begannen sie zu jucken. In Tochter Viers Freude mischte sich eine leise Angst. Es war wie während ihrer Schwangerschaft, als sich das Kleine zum erstenmal regte; sie war erschrocken und erfreut zugleich.

Die ganze Familie erwartete bang und aufgeregt den Tag, an dem die Raupen ausschlüpfen würden. Nur Aduo bildete eine Ausnahme. Er meinte, wenn in diesem Jahr das Schlüpfen auch gut vonstatten gehe, so sei deshalb doch ans Reichwerden keineswegs zu denken. Der alte Tongbao schalt ihn, von seiner Meinung aber konnte er ihn nicht abbringen.

Der Raum für die Seidenraupen war längst hergerichtet. Am zweiten Tag des Wärmens nahm der alte Tongbao eine große Knoblauchzehe, beschmierte sie mit feuchtem Lehm und legte sie in eine Ecke des Seidenraupenzimmers. Das war ein jährlich geübter Brauch. In diesem Jahr aber vollzog er die Zeremonie mit besonderer Andacht. Die Hände zitterten ihm. Im vergangenen Jahr war das Orakel außerordentlich vielversprechend gewesen – der Knoblauch hatte viele grüne Keime getrieben; aber daran, wie sich die Weissagung dann »erfüllt« hatte, wagte er gar nicht zu denken.

Alle Familien im Dorf waren mit dem Wärmen beschäftigt. Auf dem Dreschplatz und am Bach ließen sich immer weniger Frauen blicken. Es war, als hätte man sich verabredet, ein strenges Schweigegebot einzuhalten. Die Dorfbewohner zeigten sich selbst an ganz gewöhnlichen Tagen von ihrer besten Seite. Die Göttin der Seidenraupen herauszufordern wäre schließlich keine Spielerei! Die Leute wechselten höchstens ein, zwei Worte mit gedämpfter Stimme und gingen dann weiter. Es war eine heilige Jahreszeit.

Bald krochen auf den fünf Tüchern der Familie Tongbaos ein paar schwarze Jungraupen umher, und die Atmosphäre lud sich mit Spannung. Ausgerechnet einen Tag vor dem Fest des Getreideregens! Tochter Vier überlegte, wie sie das Schlüpfen verzögern könnte, denn am Tag des Getreideregens sollte es auf keinen Fall geschehen; es hätte Unglück bedeutet. Die Tücher durften nicht mehr gewärmt werden und wurden vorsichtig in das für die Seidenraupen vorbereitete Zimmer gebracht. Der alte Tongbao warf verstohlen einen Blick auf den Knoblauch in der Ecke, und sein Herz stockte: Ganze zwei Keime hatte der Knoblauch getrieben! Der Alte wagte nicht noch einmal hinzusehen, sondern hoffte nur im stillen, daß sich übermorgen mittag doch noch recht viele grüne Spitzen zeigen würden.

Schließlich war der Tag des Schlüpfens da. Tochter Vier war aufgeregt. Sie wusch den Reis und kochte das Essen, wobei sie darauf achten mußte, daß der heiße Dampf auch immer senkrecht über dem Kochtopf aufstieg. Der alte Tongbao holte die vorsorglich gekauften Weihrauchkerzen und stellte sie ehrfürchtig vor den Altar des Herdgottes. A Vier und Aduo pflückten Wiesenblumen auf den Feldern. Xiaobao half beim Zerschneiden von Lampendochtgras zu feinen Fasern und zerrieb die Wiesenblumen, die A Vier und Aduo gepflückt hatten. Alles war vorbereitet. Die Sonne stand im Zenit, und der Wasserdampf zischte senkrecht über dem Topf hoch. Tochter Vier steckte sich Papierblumen und ein paar Gänsefedern ins Haar und lief hüpfend in das Zimmer der Seidenraupen. Der alte Tongbao mit einem Waagestock und A Vier mit den zerriebenen Blumenblüten und Fasern des Lampendochtgrases folgten ihr. Tochter Vier deckte die Tücher auf und bestreute sie mit den Blüten und Graskrümeln aus den Händen A Viers. Dann hängte sie die Tücher über die Waagestange, die der alte Tongbao vorsichtig hielt. Zuletzt zog sie die Gänsefedern aus dem Haar und streifte damit behutsam die zerriebenen Blüten, das Lampendochtgras und schließlich die schwarzen Jungräupchen in die Körbe. Das erste Tuch ... das zweite ... bis alle abgestreift waren. Für das letzte, das die ausländische Sorte enthielt, stand ein besonderer Korb bereit. Es war eine heilige und zugleich uralte Zeremonie. Ein Ritus, feierlicher als das Ablegen eines Eides.

Damit begann der einen Monat währende Kampf gegen Witterungsschaden und anderes Unglück; er würde schlaflose Nächte und rastlose Tage bringen.

Die schwarzen Jungräupchen in den Körben krabbelten munter umher und sahen außergewöhnlich gesund und kräftig aus. Die schwarze Färbung war gerade richtig! Tochter Vier und der alte Tongbao beruhigten sich ein wenig, atmeten auf. Als aber der Alte einen zaghaften Blick auf den schicksalsträchtigen Knoblauch warf, erblaßte er ... Kaum drei, vier zarte Keime zeigten sich auf dem Knoblauch! Himmel, sollte es etwa wieder wie im vorigen Jahr werden?

3

Die Weissagung aus dem schicksalverkündenden Knoblauch erfüllte sich nicht. Die Seidenraupen des alten Tongbao gediehen wundervoll. Obwohl während des ersten und des zweiten Schlafes der Raupen das Wetter wolkig und kühl war und man meinen konnte, es sei kälter als zum Qingming-Fest, blieben die »Kostbaren Dinger« gesund und wohlauf. Das war überall im Dorf so, und alles war in freudiger Erwartung. Sogar das Wasser im Bach plätscherte munterer, als freute es sich mit. Nur Lotos machte eine Ausnahme. In ihrer Familie wurde nur ein Tuch großgezogen, aber beim dritten Schlaf wogen die Raupen erst zwanzig Jin. Als dann die Zeit des »großen Schlafes« herangekommen war, beobachteten die Nachbarn, daß der stets unwirsch schweigende und von ständigem Mißerfolg geplagte Gensheng drei Körbe steifer Seidenraupen in den Bach schüttete.

Seit diesem Vorfall waren die Dorffrauen auf der Hut und wichen Lotos aus. Da sie sich selbst vom Schicksal begünstigt fühlten, vermieden sie es, Lotos auch nur anzusehen oder gar ein Wort mit ihr zu wechseln. Wie schnell konnte doch alles in Mißerfolg umschlagen!

Der alte Tongbao untersagte seinem jüngeren Sohn auf das strengste, mit Lotos zu sprechen. »Wenn du noch einmal mit diesem Luder redest, verklage ich dich wegen Ungehorsamkeit dem Vater gegenüber!« Der Alte stand an der Haustür und wetterte aus Leibeskräften und mit Absicht so laut, daß man es bei Lotos hören konnte.

Sogar Xiaobao erhielt Anweisung, ja nicht zu Lotos hinüberzulaufen und mit den Leuten von drüben zu sprechen.

Aduo stellte sich taub und kümmerte sich nicht darum, daß der Alte von früh bis spät schimpfte und herumschrie. Er lachte still vor sich hin und war der einzige in der Familie, der keine abergläubische Furcht vor Geistern hatte. Doch auch er sprach nicht mit Lotos. Er war viel zu beschäftigt.

Nach dem großen Schlaf wogen die Raupen dreihundert Jin. Der alte Tongbao hatte mit seinen Leuten, der zwölfjährige Xiaobao einbegriffen, zwei Tage und zwei Nächte kein Auge zugetan. Nur zweimal in seinem sechzigjährigen Leben hatte er so außerordentlich schöne Seidenraupen gehabt, einmal, als er heiratete, und einmal, als A Vier zur Welt kam. Die Kostbaren Dinger fraßen am ersten Tag nach dem großen Schlaf sieben Lasten Blätter. Eines gedieh so prächtig wie das andere! Aber die ganze Familie war abgemagert, und Schatten legten sich um die geröteten Augen.

Wer hätte je gedacht, daß die Kostbaren Dinger, bevor sie auf den Berg kletterten, so viele Blätter fressen würden? Der alte Tongbao rechnete mit seinem Sohn A Vier nach: »Vom jungen gnädigen Herrn Chen können wir nichts borgen. Sollten wir es nicht noch einmal bei Caifas Pachtherrn versuchen?« – »Auf unserem Stück haben wir noch zehn Lasten

Blätter, einen Tag reicht das«, antwortete A Vier. Er konnte sich wirklich kaum noch aufrecht halten. Die Lider wurden ihm zentnerschwer, er wollte schlafen. Der alte Tongbao wurde ungeduldig. »Was redest du für Unsinn!« rief er ärgerlich. »Die Raupen haben erst zwei Tage lang gefressen. Morgen nicht mitgerechnet, müssen sie noch wenigstens drei Tage Futter haben. Wir brauchen noch dreißig Lasten Blätter, und keine Last weniger.«

Auf der Tenne vor dem Haus wurden Stimmen laut. Aduo war mit fünf Lasten frisch geschnittener Blätter eingetroffen. Der Alte und A Vier brachen ihr Gespräch ab und begaben sich hinaus, um die Blätter von den Zweigen zu streifen. Tochter Vier kam aus dem Zimmer der Seidenraupen. Und auch Liubao, die erwachsene Tochter der Familie Lu auf der anderen Seite des Baches, eilte herbei, um zu helfen, denn bei ihr zu Hause wurden nicht so viele Seidenraupen gezüchtet. Am Abendhimmel funkelten schon die Sterne, und ein leichter Wind strich durch die Bäume. Im Dorf hörte man an allen Ecken und Enden laut reden und zwischendurch unbeschwertes Lachen. Deutlich übertönte eine grobe Stimme alle anderen: »Der Marktpreis für Blätter ist gestiegen. Heute nachmittag hat in der Stadt eine Last bis zu vier Silberdollar gekostet.«

Der alte Tongbao hatte das kaum vernommen, als er schon in helle Aufregung geriet. Vier Dollar eine Last! Das wären doch für dreißig Lasten hundertzwanzig Dollar! Wo sollte er so viel Geld hernehmen? Na ja, die Kokons würden immerhin ein Gewicht von mehr als fünfhundert Jin ergeben. Rechnete man für hundert Jin fünfzig Dollar, so mußten zweihundertfünfzig Dollar herauskommen. Das beruhigte ihn. Bei denen, die an den Blättern arbeiteten, fiel unvermittelt eine leise Bemerkung: »An der östlichen Straße soll es nicht besonders gut stehen; da kann doch der Preis für die Blätter gar nicht so hoch klettern.«

Der alte Tongbao erkannte die Stimme. Sie gehörte Liubao. Nun war er vollends beruhigt.

Liubao und Aduo standen miteinander an einem Korb und streiften Blätter ab. Im Halbdunkel des Mondscheins waren sie ganz nahe aneinandergerückt. Da spürte Liubao plötzlich eine Hand, die in dem Blättergewirr der Zweige untergetaucht war und sie in den Schenkel kniff. Sie wußte wohl, wem diese Hand gehörte, denn sie kicherte nicht und schrie auch nicht auf. Als aber gleich darauf diese Hand wieder auftauchte und ihr die Brust betastete, sprang sie hoch und stieß ein warnendes »Ai-ja!« aus.

»Was ist denn?« fragte Tochter Vier und blickte auf. Sie stand mit ihnen an demselben Korb und streifte die Blätter ab. Liubao fühlte, wie ihr das Blut in die Wangen schoß. Sie warf Aduo verstohlen einen Blick zu, senkte rasch den Kopf und arbeitete mit gesteigerter Hast an den Blättern weiter. »Nichts ist! Ich glaube, ein Tier hat mich gestochen.«

Aduo verbiß sich das Lachen. Er hatte sich in den letzten beiden Wochen nie satt essen können, hatte nur wenig geschlafen und war recht mager geworden, aber er sprühte vor Lebenslust. Den Kummer und die Sorgen, die den alten Tongbao drückten, kannte er nicht. Er glaubte auch nicht, daß nur einmal die Seidenraupen gut zu gedeihen oder die Feldfrüchte auszureifen brauchten, und schon könnte man seine Schulden zurückzahlen und wieder eigenes Ackerland besitzen. Nein, wenn man sich nur auf den Fleiß seiner Hände verließ und sich bis zum Umfallen abrackerte, konnte man seine Lage nicht grundlegend verändern, das wußte er. Dennoch arbeitete er unbekümmert weiter. Die Arbeit selbst war ihm eine Freude, keine geringere, als sich mit Liubao zu necken.

Am nächsten Morgen machte sich der alte Tongbao auf den Weg, um in der Stadt Geld für den Blätterkauf zu borgen. Mit Tochter Vier war er vorher übereingekommen, das Stück Land mit den Maulbeerbäumen zu verpfänden. Es war der letzte Besitz der Familie, fünfzehn Lasten hatten sie darauf ernten können.

Dreißig Lasten Blätter wurden gekauft. Als die ersten

zehn Lasten eintrafen, hatten die kraftstrotzenden Kostbaren Dinger schon eine halbe Stunde hungern müssen. Tochter Vier hatte bekümmert zugesehen, wie die Kostbaren Dinger ihre Mäulchen spitzten und, mit dem Kopf schaukelnd, ihr Futter suchten. Nun wurden die Blätter ausgebreitet, und bald war das Zimmer von knirschendem Kaugeräusch erfüllt; es übertönte alles andere. In kurzer Zeit hatten die Raupen die runden Futtergestelle leer gefressen und erhielten eine neue dicke Lage aufgeschüttet. Allein mit dem Blätterauflegen waren alle so beschäftigt, daß sie kaum Zeit fanden, sich zu verschnaufen. Sie waren auf dem Höhepunkt ihres Kampfes! Zwei Tage noch, und dann konnten die Kostbaren Dinger auf den Berg klettern, um sich einzuspinnen. Die Menschen rafften ihre letzten Kräfte zusammen und schufteten verzweifelt.

Aduo sah ganz und gar nicht übermüdet aus, und doch hatte er drei Tage und drei Nächte kein Auge zugetan. Eines Abends saß er allein im Zimmer der Seidenraupen. Er hielt Wache für die erste Hälfte der Nacht, damit sich die anderen einmal ausruhen konnten. Die helle Mondnacht war kühl; im Zimmer flackerte ein kleines Feuer. Ganz sacht fielen Aduo die Augen zu. Im Halbschlaf hörte er eine Tür knarren. Er riß sofort die Lider auf, nach einem Blick aber sanken sie ihm wieder herab. Während er noch das Knarren im Ohr hatte, geriet sein Kopf ins Schwanken und sank ihm mit einem Ruck auf das Knie. Sogleich war er hellwach und hörte eben noch, wie am Eingang zum Seidenraupenzimmer die Schilfmatte aufklatschte. Ihm war, als hätte er den Schatten eines Menschen davonhuschen sehen. Aduo sprang auf und eilte hinaus. Die Tür stand weit offen. Eine Gestalt rannte im Mondlicht über den Dreschplatz zum Bach hinunter. Aduo jagte hinterher. Noch hatte er nicht recht erkannt, wer es war, als er die Person schon packte und zu Boden warf. Ein Dieb vielleicht …

»Aduo, schlag mich tot, das soll mir gleich sein! Doch ich flehe dich an, sag niemand etwas!«

Es war Lotos. Ihn schauderte. Das seltsame flache und weiße Gesicht lag im Mondschein ihm zugewandt. Die winzigen Augen zeigten keine Angst. Aduo schnaubte verächtlich und fragte: »Was hast du gestohlen?« – »Ein paar von euren Kostbaren Dingern!« – »Wo hast du sie hingetan?« – »In den Bach geworfen!«

Aduo erblaßte. Aus Bosheit also wollte diese Frau die Kostbaren Dinger seiner Familie vernichten. »Gemein bist du! Was haben wir dir getan? Wir sind doch keine Feinde.«

»Keine Feinde? Doch, das seid ihr! Wen schädigen wir denn, wenn wir mit der Seidenraupenzucht Pech haben? Bei euch geht alles gut, und doch haltet ihr mich für eine Hexe und kehrt euch schon von weitem von mir ab, wenn ihr mich seht. Ihr behandelt mich ja gar nicht wie einen Menschen.« Die Frau hatte sich beim Sprechen aufgerichtet. Ihr Gesicht sah wirklich zum Fürchten aus. Aduo starrte sie lange an, dann sagte er ruhig: »Ich werde dich nicht schlagen. Geh!«

Aduo kehrte ins Seidenraupenzimmer zurück und setzte seine Wache fort. Nach Schlaf stand ihm nicht mehr der Sinn. Er betrachtete die Kostbaren Dinger. Alle waren wohlauf. Er fragte sich, ob er Lotos hassen oder bemitleiden sollte. Immer mußte er an ihre Worte denken ... Unter den Menschen gab es Dinge, die nie richtig gemacht werden konnten. Doch welche Dinge das waren und warum das so war, wurde ihm nicht klar. Bald hatte er alles vergessen. Die Kostbaren Dinger waren ja gesund und kräftig. Sie fraßen und fraßen, als seien sie behext; sie waren einfach nicht satt zu kriegen.

Der Rest der Nacht verlief ruhig. Im Osten zeigte sich schon ein lichter Streifen, als der alte Tongbao und Tochter Vier ihn ablösten. Sie hielten die Kostbaren Dinger gegen das Licht, um zu sehen, ob sie schon »durchsichtig« seien. Die Raupen färbten sich allmählich weiß und wurden kürzer. Das versetzte die beiden in frohe Stimmung. Als dann aber Tochter Vier bei Sonnenaufgang an den Bach ging, um

Wasser zu schöpfen, kam Liubao herbei und zeigte ein finsteres Gesicht. »Gegen Mitternacht sah ich diese schamlose Person aus eurem Haus laufen«, erzählte sie und keuchte vor Aufregung. »Aduo rannte hinter ihr her. Dann standen sie lange hier und tuschelten miteinander. Wie kannst du nur so etwas dulden, Tante Vier?«

Tochter Vier wechselte die Farbe und war nicht fähig zu antworten. Sie nahm den Wassereimer auf und kehrte ins Haus zurück. Erst erzählte sie es ihrem Mann, dann dem alten Tongbao. Der Alte stampfte vor Zorn mit dem Fuß auf. Es fehlte ja gerade noch, daß diese Person nun auch heimlich in das Zimmer mit den Seidenraupen eingedrungen war. Gleich rief er Aduo herbei, um ihn auszuhorchen. Aduo gab nichts zu. Vielleicht habe Liubao geträumt und Gespenster gesehen? Daraufhin suchte der Alte Liubao auf und befragte sie. Ohne Zögern versicherte sie ihm, alles genau gesehen zu haben. Der alte Tongbao war nicht ganz überzeugt. Er kehrte nach Hause zurück und besah sich die Kostbaren Dinger. Sie waren nach wie vor bei bester Gesundheit und zeigten kein Merkmal böser Einwirkungen.

Aber das Gefühl der Zuversicht und der Freude war für den alten Tongbao nach diesem Vorkommnis dahin. Er war überzeugt, daß Liubao nicht alles aus der Luft gegriffen hatte. Da war nur zu hoffen, daß diese Person lediglich unter dem Vordach mit Aduo angebändelt hatte. Aber der Knoblauch! Nur drei, vier kümmerliche Keime hatte er getrieben! Des alten Tongbao Herz krampfte sich zusammen, und seine Zukunft erschien ihm düsterer denn je. Konnte es denn anders sein? Gewiß, die Raupen fraßen tüchtig Blätter und gediehen vorzüglich; aber wenn sie auf den Berg gestiegen waren, konnten sie plötzlich steif werden. Wie oft schon war das vorgekommen! Daran wagte der Alte gar nicht zu denken. Denn der Gedanke allein konnte das Unglück heraufbeschwören.

4

Auch wenn alle Kostbaren Dinger auf den Berg kletterten, wäre doch für den alten Tongbao und die Seinen die Angst noch nicht überstanden gewesen. Das Geld war restlos ausgegeben, und ihre Kräfte waren völlig erschöpft. Ob sie etwas verdienen würden, war noch nicht sicher. So standen die Dinge. Aber sie mußten einfach weitermachen; was hätten sie anderes tun können? Unter dem »Bergstall« wurde ein Feuer angezündet. Der alte Tongbao und A Vier krochen mit eingezogenem Kopf und krummem Rücken unter den strohgeflochtenen Sieben umher. Zuweilen hockten sie sich still hin und horchten angestrengt, ob sich schon das feine Rascheln hören ließ, das erste Anzeichen, daß die Raupen nach oben krochen, um sich einzuspinnen. Wenn immer sie es vernahmen, lachten sie einander zu. Wenn sie aber lauschten und alles blieb still, stockte ihnen das Herz. Und in ihrem Bangen wagten sie kaum mehr, nach dem Bergstall zu sehen. Blickten sie dann aber zufällig nach oben und gewahrten, daß ein Tröpfchen gelblichen Wassers herabfiel, hellten sich ihre Mienen gleich wieder auf. Im stillen hofften sie auf noch recht viele solcher Tröpfchen. Denn sie waren das Zeichen, daß die Raupen sich einzuspinnen begannen.

Aduo hatte natürlich schon ein paarmal heimlich die Strohmatten, die den Bergstall umgaben, zurückgeschlagen und hineingeschaut. Xiaobao, der das bemerkte, hielt Aduo fest und wollte wissen, ob sich die Kostbaren Dinger schon in Kokons verwandelt hätten. Aduo aber schnitt nur Grimassen und steckte ihm die Zunge heraus. Antwort gab er nicht.

Drei Tage nachdem die Raupen auf den Berg geklettert waren, wurde das Heizen eingestellt. Tochter Vier konnte sich mit bestem Willen nicht zurückhalten, heimlich und vorsichtig auch einmal die Ecken der Strohmatten auseinanderzuklappen und einen schnellen Blick hineinzuwerfen. Es verschlug ihr fast den Atem. Eine schneeweiße Schicht bedeckte beinah völlig das Strohgeflecht! Nie in ihrem Leben hatte sie eine so reiche Ernte gesehen. Die ganze Familie strahlte vor Freude. Jetzt konnten sie ruhig sein. Die Kostbaren Dinger hatten gewußt, was sie schuldig waren, und hatten die Blätter zu vier Dollar die Last nicht umsonst aufgefressen. Dieser Monat voller Hunger und Schlaflosigkeit war nicht vergebens gewesen. Der gütige Himmel hatte sein Auge nicht von ihnen gewendet!

Überall im Dorf herrschte die gleiche Jubelstimmung. In diesem Jahr hatte die Göttin der Seidenraupen wirklich ihre schützende Hand über das kleine Dorf gehalten. Alle konnten mit ihrem Ertrag zufrieden sein; aber beim alten Tongbao war die Ernte fast doppelt so ertragreich ausgefallen wie bei den anderen Züchtern.

Am Bach und auf dem Dreschplatz ging es nun wieder laut her. Frauen und Kinder waren im letzten Monat zu Skeletten abgemagert, ihre Augen lagen tief in den Höhlen, die Stimmen klangen heiser. Alles aber war bei bester Laune. Mit vielen Worten erzählten sie einander von der großen »Schlacht«, die sie in diesem Monat geschlagen hatten, und schon meinten sie, einen mächtigen Haufen Silberdollars vor den Augen blinken zu sehen.

In ihrer Freude malten sie sich alles Weitere aus: Zuerst würden sie ihre Übergangs- und Sommerkleidung im Leihhaus einlösen. Und zum Drachenbootfest könnten sie sich dann sogar einen fetten Fisch leisten.

Das Zwischenspiel mit Lotos und Aduo lieferte an diesem Abend den Gesprächsstoff. Liubao erzählte jedem, den sie traf, daß Lotos kein Schamgefühl kenne und sich hergebe. Die Männer lachten unflätig darüber, die Frauen hingegen riefen bald Buddha an, bald fluchten sie laut. Aber, so sagten sie, die Familie des alten Tongbao habe immer Glück, ihr sei daraus kein Unheil erwachsen; Buddha beschütze sie, und ihre Ahnen verfügten über Zauberkräfte.

In allen Häusern wurden nach altem Brauch die Strohmatten feierlich beiseite genommen, und die nächsten

Freunde waren geladen, »den Berg zu beschauen«. Des alten Tongbao Verwandter, Zhang Caifa, war mit seinem jüngsten Sohn A Neun zu dieser Gelegenheit aus der Stadt gekommen. Er hatte Geschenke mitgebracht. Backwerk, Früchte und gesalzenen Fisch. Xiaobao tollte umher wie ein Hund im ersten Schnee.

»Tongbao, verkaufst du die Kokons, oder willst du sie bei dir zu Hause selbst abhaspeln?« fragte der alte Zhang besorgt. Er hatte den alten Tongbao beiseite genommen und sich mit ihm am Bach unter eine Weide gesetzt. Nun, der alte Zhang Caifa erzählte gern alle möglichen Histörchen, die er aus der Stadt mitbrachte, wo er sie bei den Geschichtenerzählern vor dem Tempel des Stadtgottes aufgeschnappt hatte. Meistens durfte man ihn nicht ernst nehmen. Da der alte Tongbao das wußte, maß er der Frage, ob er verkaufen oder selbst abhaspeln wolle, keine Bedeutung bei. »Natürlich will ich die Kokons verkaufen«, sagte er einfach.

Der alte Zhang klatschte sich auf den Schenkel und seufzte. Dann stand er plötzlich auf, wies mit der Hand auf das graue Gebäude, das über die abgeernteten Maulbeerbäume ragte, und sprach: »Tongbao, die Kokons habt ihr eingebracht, aber die großen Tore dort drüben sind noch immer fest verschlossen. In diesem Jahr wird mit dem Wiegen gar nicht angefangen. Es würde nichts dabei verdient werden.«

Der alte Tongbao lachte geradeheraus. Er wollte es nicht glauben – und wie hätte er denn auch so etwas glauben können? Sollten etwa alle Seidenfabriken, von denen es mehr gab als offene Latrinen auf den Feldern, geschlossen bleiben und auf ihren Verdienst verzichten? Überdies hatte er gehört, mit den Japanern werde verhandelt und der Krieg sei bald zu Ende. Waren doch auch die Soldaten, die in dem grauen Gebäude gelegen hatten, längst abgezogen!

Der alte Zhang wechselte das Thema. Er schwätzte über Neuigkeiten, die von dem Platz der Geschichtenerzähler stammten. Zuletzt brachte er das Gespräch auf die Anleihe von dreißig Dollar, die er bei seinem Pachtherrn vermittelt hatte.

Jetzt verlor der alte Tongbao doch die Ruhe. Er lief vor das Dorf hinaus, um nachzusehen, wie es bei den zwei nächstgelegenen Gebäuden am Uferweg stand. Wirklich, sie waren fest verschlossen. Keine Menschenseele ließ sich blicken. Wäre es wie im vergangenen Jahr gewesen, hätte man längst die Ladentische herrichten und die große, schwarzglänzende Waage aufhängen müssen. Der alte Tongbao war ernstlich besorgt. Doch als er wieder nach Hause kam und ihm die schneeweißen, fülligen Kokons entgegenstrahlten, konnte er sich nicht versagen zu schmunzeln: Beste Ware! Dafür sollte sich kein Käufer finden? Das gab es ja gar nicht! Allmählich dachte er an andere Dinge. Denn noch war er mit dem Ernten der Kokons beschäftigt und bereitete die Opferzeremonie für die Göttin der Seidenraupen vor. Allmählich sank die Stimmung im Dorf. Nachrichten, daß die Seidenfabriken geschlossen blieben, wurden laufend aus der Stadt oder vom Fluß mitgebracht. Von den Aufkäufern der Seidenfabriken, die im vorigen Jahr um diese Zeit durch die Dörfer hetzten, ließ sich diesmal kein einziger sehen. Dafür erschienen die Gläubiger und Steuereintreiber. Wenn die Gläubiger von den Bauern gebeten wurden, Kokons in Zahlung zu nehmen, machten sie lange Gesichter und wollten nichts davon wissen.

Das ganze Dorf schimpfte, fluchte und seufzte hoffnungslos. Niemand hätte sich auch nur träumen lassen, daß nach einer so guten Ernte die Lage noch schwieriger werden könnte als im vorigen Jahr. Denen, die wie der alte Tongbao viele Seidenraupen gezüchtet und beste Ergebnisse erzielt hatten, erwuchsen jetzt die größten Schwierigkeiten …

»Ach, wie hat sich doch die Welt verändert!« Der alte Tongbao resignierte. Er wußte keinen Ausweg mehr. Aber die Kokons durften nicht lagern, ein Ausweg mußte gefunden werden! Wenn die Kokons sich nicht verkaufen ließen, hieß es eben, sie zu Hause zu spinnen. Im Dorf hatten einige Familien schon ihre Spinnräder hervorgekramt. Sie waren seit vielen Jahren außer Gebrauch und sehr reparaturbedürftig. Doch es war besser, erst einmal die Kokons selbst abzuhaspeln; dann könnte man ja weitersehen. Auch Liubaos Familie machte es so. Der alte Tongbao beriet sich mit seinen Söhnen und der Schwiegertochter. »Wir verkaufen diesmal nicht, sondern spinnen selbst. Diese ganze Kokonverkauferei haben doch erst die ausländischen Teufel aufgebracht.« – »Wir haben über fünfhundert Jin Kokons, wieviel Spinnräder willst du denn da aufstellen?« protestierte Tochter Vier. Sie hatte nicht unrecht. Fünfhundert Jin Kokons sind keine Kleinigkeit. Wollte man sie selbst verspinnen, würde es die Kräfte der Familie übersteigen. Und andere zu Hilfe nehmen? Das würde wieder Geld kosten. A Vier und seine Frau waren sich einig. Aduo warf eine vorwurfsvollen Blick auf den Alten. »Wäret ihr doch meinem Rat gefolgt«, meinte er. »Wir hätten uns auf die fünfzehn Lasten Blätter von unserem eigenen Land beschränken müssen und nur ein Tuch eingeführte Eier großziehen dürfen, das wäre richtig gewesen.« Der alte Tongbao brachte vor Ärger kein Wort heraus.

Plötzlich blitzte wieder ein Hoffnungsstrahl. Der Daoist Huang brachte die Nachricht in Umlauf, daß eine Spinnerei in der Nähe von Wuxi wie gewöhnlich Kokons aufkaufe. Niemand wußte, woher er das hatte. Der alte Tongbao suchte ihn auf, um Genaueres zu erfahren. Dann beriet er mit seinem Sohn A Vier, wie man die Kokons zum Verkauf nach Wuxi bringen könnte. Dabei schaute er so wild drein, als stritte er sich mit jemand. »Auf dem Wasserweg sind das doch bald dreihundert Li!« schrie er. »Hin und zurück sechs Tage! Verdammt noch mal! Das ist ein Leben, schlimmer als in der Verbannung! Aber weißt du vielleicht einen anderen Weg? Kokons lassen sich ja nicht gegen Lebensmittel verpfänden; und die alten Schulden drücken uns immer mehr!«

A Vier stimmte zu. Schließlich mieteten sie ein kleines Fischerboot und erwarben ein paar Schilfmatten. Das Wasser war günstig. Auch Aduo fuhr mit. Sie unternahmen einen »Feldzug in die Ferne«, um ihre Kokons zu verkaufen …

Nach fünf Tagen kehrten sie zurück, aber leer war das Boot nicht. Ein Korb Kokons war unverkauft geblieben. In der Fabrik war man beim Aussortieren außerordentlich scharf zu Werke gegangen. Die ausländischen Sorten wurden mit fünfunddreißig, die einheimischen mit zwanzig Yuan je hundert Jin bezahlt. Kokons minderer Qualität nahm man überhaupt nicht an. Die Kokons des alten Tongbao waren erstklassige Ware, dennoch wurde ein Korb zurückgewiesen. Der Gesamterlös betrug hundertelf Yuan. Die Reisekosten abgerechnet, verblieben genau hundert Yuan … Das genügte nicht einmal, um die Schulden abzuzahlen, die durch den Ankauf der Blätter entstanden waren. Der Alte wurde auf der Reise aus Ärger und Verdruß krank. Die beiden Söhne mußten ihn vom Boot nach Hause tragen.

Die achtzig, neunzig Jin Kokons, die sie zurückbrachten, haspelte Tochter Vier zu Hause ab. Sie borgte von Liubao das Spinnrad und hatte eine Woche damit zu tun. Im Hause war kein Körnchen Reis mehr, und als A Vier die abgehaspelte Seide in der Stadt verkaufen wollte, nahm sie niemand. Auch der Pfandleiher wollte sie nicht. Erst nach langem Hin und Her erklärte er sich bereit, A Vier das Dan Reis dafür auszuhändigen, das ihm dieser vor dem Qingming-Fest verpfändet hatte.

So geschah es, daß das gute Gedeihen der Seidenraupen den alten Tongbao und seine Dorfgenossen noch tiefer in Schulden brachte. Fünf Tücher Seidenraupen hatte er großgezogen und eine ungewöhnlich gute Kokonernte eingebracht. Dafür hatte er sein letztes Maulbeerland verloren und noch dreißig Dollar Schulden gemacht. Die knurrenden Mägen und die schlaflosen Nächte dieses Monats nicht mitgerechnet.

1932–1933

Herbsternte

1

Der Gesundheitszustand des alten Tongbao besserte sich erst gegen Ende des fünften Monats nach dem alten Kalender allmählich. Der Alte war nicht zu bewegen gewesen, Arznei einzunehmen. Seine Schwiegertochter hatte lediglich zweimal in einem Buddhatempel um ein »Rezept« gebeten. Tongbao meinte, mit wachsender Armut würden seine Knochen immer zäher werden und den Krankheitsteufel abwehren können.

Doch als er seine Liegestatt wieder verließ und die ersten Schritte setzen wollte, überkam ihn ein seltsames Gefühl. Ihm war, als watete er in einem Haufen Baumwolle, so schwach war ihm in den Beinen. Nicht einmal das Kreuz konnte er geradezumachen. »Ich habe zu lange gelegen, die Knochen sind eingerostet.« Er beharrte auf der eigensinnigen Vorstellung, daß er noch ein Mann in den besten Jahren sei. Doch wenn er sich wusch und sein Spiegelbild ihn aus der Waschschüssel anglotzte, konnte er einen Seufzer nicht unterdrücken. Das sollte er sein? Zwei hervorstechende Backenknochen, die fleischlose Nase, zwei tief in den Höhlen liegende Augen, struppiges Haar und ein schütterer graugelber Bart ... Der Kehlkopf trat wie eine kleine Faust am Hals hervor ... Das war ja beinahe ein Gespenst! Und während er sich eingehend betrachtete, fielen unwillkürlich ein paar Tränen in das Waschbecken.

Zum erstenmal seit vielen Jahren vergoß dieser starrköpfige Alte Tränen. Er, der beinahe fünfzig Jahre den Besitz der Familie zusammengehalten und vermehrt hatte, verehrte eigentlich nur zwei Dinge: die Götter und seine Gesundheit. Mochte ein Mensch glauben, sich auf sonstwelche ungewöhnlichen Eigenschaften verlassen zu können, ohne den Beistand der Götter würde er es nie zu einem ansehnlichen Vermögen bringen. Und ohne Gesundheit würde man selbst mit Unterstützung der Götter seinen Lebensunterhalt nicht verdienen können. Der Gott, an den der alte Tongbao glaubte, war der Gott des Reichtums. An jedem Ersten und Fünfzehnten des Monats pilgerte er zur Halle, in der der »Gott des Reichtums« residierte, einem baufälligen, häßlichen und unwürdigen Bau an der kleinen Brücke vor dem Dorf, und machte dort einige Kotaus. So waren mehr als vierzig Jahre im Gleichmaß der Tage vergangen. Doch daß er so schwer krank gewesen und fast ein Gespenst geworden war, hatte ihn härter getroffen, als die Kokons unter dem Wert verkaufen zu müssen. Mit seiner Familie ging es abwärts, das spürte er, und einen Tag, an dem es wieder aufwärtsgehen würde, gab es nicht.

»O weh! Nur einen Monat habe ich gelegen, doch wie habe ich mich verändert!« Kaum hörbar brachte er die Worte hervor und sah zu Tochter Vier hinüber, die vor dem Herd hockte und das Feuer anblies. Keine Antwort. Sie blies wie besessen, und es schien, daß sie ihren Kopf mit dem zerzausten Haar in das Ofenloch schieben wollte. Weiße Rauchschwaden durchzogen den Raum und krochen durch die Mauerritzen nach draußen. Das grüne Stroh wollte kein Feuer fangen. Der zwölfjährige Xiaobao, der vom Dreschplatz kam, begann zu husten, als ihm der Qualm in die Luftröhre drang. Während er hustete, jammerte er über seinen hungrigen Magen. Auch der alte Tongbao hustete ein paarmal und schleppte sich mit zitternden Beinen zum Ofen, um zu helfen. Doch plötzlich loderte es dort hell auf, die Flammen züngelten im Stroh und knisterten leise. Als Tochter Vier einige Maulbeerzweige daraufgelegt hatte, schaute sie auf. Tränen liefen ihr über die Wangen, doch es blieb unerfindlich, ob der beißende Rauch oder andere Gründe die wortkarge und arbeitsame Frau zum Weinen gebracht hatten.

Schwiegervater und Schwiegertochter sahen einander durch einen Tränenschleier an und sprachen kein Wort. Im Herd loderte das Feuer, und Flammenspitzen leckten heraus. Tochter Viers Gesicht rötete sich in ihrem Schein, der zwar ihre Blässe verwischte, aber ihre Magerkeit nicht verhüllen konnte. Der unterernährte Xiaobao schmiegte sich an die Mutter. Er war nur noch Haut und Knochen und dürr wie ein Affe. Der alte Tongbao sah das jetzt alles klar und deutlich ... Schon als er krank im Dunkeln lag, hatte er Xiaobao abgetastet und gemerkt, wie mager er war, doch daß es so schlimm um ihn stand, hatte er nicht vermutet ... Plötzlich verspürte er im Herzen einen Stich, und beinahe hätte er losgeweint. »Oh, oh! Xiaobao! Was ist mit dir? Du siehst ja aus, als hättest du die Schwindsucht!« kam es gequält und stockend über des alten Tongbao Lippen, und er richtete die tief eingefallenen Augen auf Tochter Vier. Sie schwieg weiter und wischte sich mit einem Zipfel ihres zerrissenen Baumwollkittels die Tränen ab.

Unter dem klappernden Deckel des Kochtopfes zischte Dampf hervor, und ein würziger Geruch breitete sich aus. Xiaobao hüpfte hin, steckte die Nase in den Dampf und schnupperte. Dann wandte er sich der Mutter zu und fragte enttäuscht: »Schon wieder Kürbis? Mutter, warum kochst du immer nur Kürbis? Ich will ... ich möchte so gern einmal Reis essen!«

Hastig griff Tochter Vier nach einem Maulbeerzweig, als wolle sie den vorlauten Xiaobao damit schlagen. Doch sie peitschte nur einmal den Boden, dann schaute sie zum Herd hinüber und schwieg.

»Xiaobao, weine nicht!« tröstete der Alte den Kleinen und strich ihm mit zitternder welker Hand über den Kopf. »Warte, bis dein Vater zurückkommt, dann gibt es weißen Reis zu essen. Er ist zum Vater deiner Mutter gegangen ...

Vielleicht kann er bei ihm etwas Geld borgen. Wenn man uns Geld leiht, können wir Reis kaufen, und du bekommst welchen zu essen.«

Der alte Tongbao schwindelte nicht. Xiaobaos Vater hatte sich schon zeitig auf den Weg in die Stadt gemacht, um seinen Schwiegervater Zhang Caifa aufzusuchen. Er wollte tatsächlich Geld leihen. Er sollte den alten Zhang dazu bewegen, beim gnädigen Herrn Wu, der in der Stadt speziell ländliche Kredite auswarf, als Vermittler aufzutreten, damit er fünf oder zehn Yuan als »Hypothek« aufnehmen könnte, unter welchen Bedingungen es auch sei. Doch Xiaobao glaubte, man hielte ihn zum Narren. Seit eineinhalb Monaten hörte er nur, daß Vater und Mutter darüber sprachen, »Geld zu leihen und Reis zu kaufen«. Aber Tag für Tag gab es nichts anderes zu essen als Kürbis und Süßkartoffeln! Zugegeben, er aß Süßkartoffeln recht gern. Mit etwas Salz gekocht, schmeckten sie sehr gut. Aber Kürbis? Wie kann denn etwas so Geschmackloses, ohne Zucker Gekochtes als richtige Mahlzeit gelten! Unglücklicherweise hatten im letzten halben Monat täglich beide Mahlzeiten nur aus dem eintönigen Kürbis bestanden. Wenn Xiaobao nur daran dachte, ekelte er sich. Mit knurrendem Magen und Tränen in den Augen schaute er den Großvater an: Was waren sein Großvater und seine Eltern doch für hartherzige Menschen! Wenn doch sein Onkel Aduo heimkäme und ihm wie letztes Mal ein paar dieser leckeren gebackenen Fladen heimlich zusteckte, die er mitgebracht hatte! Doch drei Tage und zwei Nächte war der Onkel schon nicht mehr nach Hause gekommen. Das hatte sich Xiaobao sehr genau gemerkt.

Im Topf blubberte der Kürbis. Der alte Tongbao nahm den Deckel ab und sah, daß alles Wasser verdampft war. Der Topf war nur noch halb voll, und am Rand war der Kürbis schon angebacken. Tongbao zog die Brauen hoch. Er ärgerte sich über seine Schwiegertochter, die überhaupt nicht verstand, sparsam zu kochen. Schon vor der Seidenraupensaison war im Haus der Reis ausgegangen. Die täglichen Mahlzeiten bestanden nur noch aus Kürbis. Damals hatten zwei Kürbisse, in viel Wasser gekocht, genügend dünnen Brei ergeben, mit dem die Eßschalen mehrere Male gefüllt werden konnten, so daß die ganze Familie satt wurde. Doch seit er krank daniederlag, waren die jungen Leute verschwenderisch geworden. Das fehlte gerade noch! Der Ärger rötete sein aschfahles Gesicht. Er wankte zum Krug und schöpfte eine Kelle voll Wasser, das er in den Topf zu gießen gedachte. Tochter Vier entriß ihm ungestüm den Topf, füllte geschickt eine Schale nach der anderen mit dem eingekochten Kürbis und rief: »Kein Wasser! Wir sind doch nur drei. Essen wir's auf! Xiaobaos Vater bringt heute abend ganz bestimmt einige Taschen Reis mit. Sieh mal, Xiaobao, diesmal ist der Kürbis nicht so wäßrig. Er schmeckt gut. Iß nur noch eine Schale!«

Tochter Vier kratzte mit flinker Hand geräuschvoll die angebackene Kruste aus dem Topf. Der alte Tongbao brachte vor Ärger kein Wort heraus. Er hielt die Schale mit Kürbis in der Hand und ging zittrig hinaus unter das Vordach. Dort setzte er sich auf die Türschwelle und begann langsam zu essen. Er wurde das unerklärliche flaue Gefühl im Magen nicht los.

Das grelle Licht der Mittagssonne flimmerte über dem Dreschplatz und blendete Tongbao. Vor dem Dreschplatz schimmerte der Bach wie ein Silberstreifen. Sein Wasserspiegel war schon beträchtlich gesunken. Die Blätter der wenigen Weiden am Ufer begannen sich gelb zu färben. Zu beiden Seiten des Flusses herrschte Stille. Kein menschlicher Schatten bewegte sich, nicht einmal ein Hund oder ein Huhn ließ sich blicken. Sonst belebten um die Mittagszeit immer ein paar Frauen und Kinder, die dort ihre Wäsche klopften oder die Eßgeschirre spülten, die Ufer. Und auf dem Dreschplatz pflegten sich sonst einige Männer einzufinden, die sich, den Tabaksbeutel in der Hand, unter einen Baum hockten, um die Mahlzeit zu verdauen. Auch ein paar Familienmitglieder saßen gewöhnlich wie der alte Tongbao auf der Schwelle unter dem Vordach, aßen, tranken und schwatzten miteinander. Doch heute, da die Sonne wärmte und der kleine Fluß so ruhig dahinzog, glich das Dorf einem kahlen Berg! Eineinhalb Monate hatte der alte Tongbao die Schwelle nicht überschritten, und inzwischen hatte sich das Dorf verwandelt, daß er es beinahe genausowenig wiedererkannt hätte wie den abgemagerten Xiaobao.

Längst hatte er den Kürbis aufgegessen, doch er kaute noch immer mechanisch weiter und starrte gedankenverloren auf den Bach und ein paar abseits liegende Strohhütten. Er versuchte nicht herauszufinden, warum niemand von den Dorfbewohnern zu sehen war, er spürte nur, daß sich während seiner Krankheit die Welt verändert hatte. Zuerst hatte er es an sich selbst gemerkt, dann an seinen Angehörigen, an Tochter A Vier und an Xiaobao. Hinzu kam nun, daß das Dorf, mit dem er sich sein Leben lang verbunden gefühlt hatte, wie verwandelt war. Ein eigenartiger Schmerz begann an seinem Herzen zu nagen. Unbewußt stellte er die Eßschale auf die Erde und stützte den Kopf ratlos auf die Hände.

Er erinnerte sich, daß sein Großvater, der aus den »Schlupfwinkeln der Langhaarigen« geflüchtet war, und sein Vater oft erzählt hatten, daß die Langhaarigen die Dörfer »ausradiert« hätten, so daß sich dort kein Mensch mehr bewegte; nicht einmal das Bellen eines Hundes oder das Krähen des Hahnes sei noch zu hören gewesen. Als zu Beginn dieses Jahres die japanischen Teufel Shanghai angegriffen hatten, schrien alle Leute im Dorf, die Langhaarigen seien wiedergekommen. Doch bald hörte man nichts mehr von ihnen. Vielleicht hatten sie wieder Frieden geschlossen. Auch während seiner Krankheit hatte er nicht gehört, daß die Langhaarigen gekommen seien. Doch sein Dorf war öde und verlassen wie die Dörfer, die von ihnen »ausradiert« worden waren! Sein Großvater hatte erzählt, daß die Langhaarigen keinesfalls die Messer zogen, wenn sie ein Dorf erreichten, sondern die Dorfbewohner überredeten, mit ihnen zu ziehen. Zurück blieb das völlig verlassene Dorf. Hatten sich die Dorfbewohner etwa wieder den Langhaarigen angeschlossen? Er hatte doch etwas von Langhaarigen gehört, die seit einigen Jahren irgendwo im Lande Krieg führten. Doch in seinem Dorf waren alle gehorsame Bürger! Oder waren während seiner Krankheit, als er ein paar Tage ohne Bewußtsein lag, die Langhaarigen dagewesen? Das konnte er sich nicht vorstellen.

Plötzlich drang das Tapsen vorbeieilender Schritte an sein Ohr. Erschrocken schaute er auf und erblickte in einem flachen Gesicht zwei engstehende geschlitzte Augen, die direkt auf ihn gerichtet waren. Es gehörte der Frau seines Nachbarn Li Gensheng, der verrufenen Lotos! Auch bei ihr spannte sich die Haut über die kantigen Backenknochen. Doch gerade diese Magerkeit machte Lotos noch anziehender. Ihre Augen, in denen unruhig Mitleid und Erstaunen flackerten, blickten angenehmer als sonst. Doch der alte Tongbao dachte sofort an die Seidenraupen im Frühling und den alten Groll, der zwischen Lotos und seiner Familie bestand. Überdies hielt er es für ein böses Omen, daß ausgerechnet der »Weiße Tigerinnenstern« die erste fremde Person war, die er nach seiner Krankheit zu Gesicht bekam. Voller Abscheu spuckte er aus und ließ den Kopf rasch wieder sinken, um sein Gesicht zu verbergen.

Als er nach einer Weile aufschaute, war Lotos verschwunden. Die Sonne brannte ihm auf die Beine. Er dachte daran, daß um diese Zeit die Dschunke, die auch im Dorf anlegte, in der Stadt abfahren mußte. Vielleicht hatte sein Sohn A Vier etwas Geld leihen und Reis dafür kaufen können. Dann würde er schon an Bord sein. Ohne es zu merken, leckte er sich die Lippen. Dieser eintönige Kürbisbrei ekelte ihn wirklich an. Wenn er nur an Reis dachte, lief ihm schon das Wasser im Mund zusammen.

»Xiaobao! Xiaobao! Komm zu deinem Großvater!« rief er mit gehobener Stimme. Immer wenn ihm gekochter Reis in den Sinn kam, mußte er unwillkürlich an den vom Hunger gezeichneten Jungen denken. Zum erstenmal, seit er das Krankenlager verlassen hatte, rief er so laut und kräftig wie ein Gesunder. Es kam keine Antwort ... Gedankenverloren schaute er zum Himmel, doch dann rief er mit aller Kraft ein zweites Mal. Wider Erwarten tauchte Xiaobao aus dem Nachbarhaus, in dem Lotos wohnte, auf. In der Hand hielt er ein flaches, rundes Ding. Es schien ein kleiner gebackener Fladen zu sein. Wie ein Äffchen sprang der Junge zum Großvater, fuchtelte ihm mit dem Ding vor dem Gesicht herum und rief stolz: »Großvater, sieh mal! Ein Fladen!« Dann stopfte er ihn rasch in den Mund.

Der alte Tongbao schluckte unwillkürlich, und ein verlangendes Lächeln zuckte in seinen Mundwinkeln, doch sofort strafften sich seine Züge wieder. Er fragte leise: »Xiaobao, wer hat dir den ... diesen Fladen gegeben?«

»Lo ... Lo ...« Xiaobao hatte den Mund so vollgestopft, daß er nicht sprechen konnte. Der alte Tongbao verstand und wurde blaß. Es war ja alles so verzwickt! Xiaobao aß etwas vom Feind der Familie! Das war doch einfach eine Schande! Bei Lotos gab es gebackene Fladen, ein Hohn auf die himmlische Gerechtigkeit! Unbändiger Haß erfüllte Tongbao, doch er brachte es nicht fertig, den bemitleidenswerten Jungen zu schlagen. Der hatte inzwischen den Fladen hinuntergeschluckt und sagte sehr zufrieden: »Großvater! Ich habe ihn von Lotos bekommen. Lotos ist ein guter Mensch, sie hat noch mehr!«

»Einen Furz!« Rot vor Zorn, holte er mit der Hand zum Schlag aus. Doch Xiaobao zeigte keine Angst und fuhr unbekümmert fort: »Sie hat noch welche! Sie hat sie aus der Stadt mitgebracht. Morgen will sie Reis holen, weißen Reis!«

Der Alte erhob sich mit einem Ruck. Er zitterte am ganzen Körper. Seit sechs Wochen hatte er keinen Reis zu schlucken bekommen. Wie sollte er da nicht neidisch werden, wenn er hörte, daß andere Leute welchen hatten, sogar Lotos' so verhaßte Familie! Grün vor Zorn, schimpfte er unbeherrscht: »Wie seltsam! Der kann doch nur gestohlen sein! Solche Leute sollte man hinrichten, dann wären ihre Taten noch in diesem Leben gesühnt!«

Beschimpfen bleibt beschimpfen, auch wenn man es nicht zu laut getan hatte. Der alte Tongbao sah seinen Enkel an. Er überlegte, wie er parieren könnte, wenn Lotos herauskäme, um nun ihn zu beschimpfen. Jemand ohne Beweis beschuldigen, ein Räuber zu sein, war schließlich kein Spaß! Doch bei Lotos blieb wider Erwarten alles ruhig. Dafür schnitt der unartige Xiaobao eine Grimasse und sagte: »Großvater! Lotos ist ein guter Mensch. Sie hat Fladen und gibt mir zu essen!« Dem alten Tongbao wich sofort jede Farbe aus dem Gesicht. Er sagte kein Wort und griff nach einem Bambusstock, der unter dem Vordach an einem zerbrochenen Schöpfrad lehnte. Xiaobao merkte, daß etwas nicht stimmte, und machte sich schleunigst davon und lief zu Lotos. Der Alte wollte ihm nach, doch auf einmal wurde ihm schwindlig, sein Blick wurde trübe, und die Beine versagten den Dienst. Er mußte sich wieder hinsetzen. Der Stock fiel ihm aus der Hand. Da tauchte auf dem Dreschplatz am anderen Ufer des Baches jemand auf, kam über die »Brücke« gelaufen, die aus vier Balken zusammengefügt war, und rief: »Gratuliere! Gratuliere! Seid heute herausgekommen und verschafft Euch Bewegung, alter Tongbao!«

Obwohl ihm noch immer schwarze Flecken vor den Augen herumtanzten, die den Blick trübten, erkannte er an der Stimme sofort Huang, den Daoisten. Er freute sich, denn beide waren gute Freunde. Als der alte Tongbao krank im Bett lag, war Huang, der Daoist, oft gekommen, um sich nach seinem Befinden zu erkundigen. Im Dorf galten die beiden als komische Käuze: der alte Tongbao, weil er ein Dickschädel war, der alles, was irgendwie ausländisch war, als »Erbfeind durch sieben Generationen« haßte, Huang, der Daoist, weil er bei jeder Gelegenheit versuchte, die vornehmen Redewendungen, die er in der Stadt aufgeschnappt hatte, an den Mann zu bringen. Eine Kupfermünze nannte er »Bruder Viereckiges Loch«, und wenn er sich mit den Leuten unterhielt, gebrauchte er ständig Floskeln wie »Ihre verehrte Frau Gemahlin« und »Euer Gnaden«. Wenn die Leute im Dorf ihn hörten, war ihnen, als leiere ein daoistischer Mönch seine Beschwörungen herunter. Deshalb gaben sie Huang den Spitznamen »Daoist«. Doch der alte Tongbao verstand die vornehmen Redewendungen. Ja, oft sagte er zu seinem Sohn A Vier, er bedauere sehr, daß Huang, der Daoist, nur ein Bauer sei, denn das heiße wirklich sein Talent verbergen.

Jetzt hatte der alte Tongbao Gelegenheit, sich seinen ganzen Ärger vom Herzen zu reden. »Daoist! Sag, ist das nicht zum Schwarzärgern? Da war ich ein paar Wochen krank, und die Welt hat sich verändert, daß man sie nicht wiedererkennt! Schau doch, sieht es nicht aus, als wäre das Dorf gerade von den Langhaarigen ausradiert worden! Und diese Hündin von einem ›Weißen Tigerinnenstern‹ hat auch noch gebackene Fladen! Wer weiß, wo sie die gestohlen hat! Xiaobao, der ungezogene Bengel, hat eben einen gegessen. Daoist, sag, soll er dafür Schläge bekommen?«

Während der alte Tongbao sprach, nahm er den Stock wieder in die Hand und schlug damit auf die Erde, daß es knallte. Huang, der Daoist, hörte zu und gebärdete sich wie der Wahrsager im Tempel des Schutzgeistes der Stadtmauer, der sich als der »Überlieferer dreier Generationen« bezeichnete. Er zuckte mit den Schultern, wiegte bedächtig den Kopf und seufzte. Dann sagte er kummervoll: »Es wird Aufruhr geben in der Welt. Bruder Tongbao, wißt Ihr, wohin die Leute gegangen sind? Ha! Sie stürmen die Getreidespeicher der Reichen! Sie plündern die Reiskammern! Vorgestern haben die Bauern aus Baiqibang den Anfang gemacht, und heute machen die Leute aus unserem Dorf es ihnen nach. Euer ehrenwerter Sohn Aduo ist auch dabei. Doch, Bruder Tongbao, Euer Gnaden Krankheit ist ja eben erst ausgeheilt, da könnt Ihr natürlich von dem Treiben Eures ehrenwerten

Sohns nichts wissen. Haha! Mir entschlüpfen zu viele Worte!«

Dem alten Tongbao war sofort alles klar. Mit stierem Blick sprang er auf. Doch, als sei er mit dem Kopf oben angestoßen, sank er wie gelähmt auf die Erde zurück. Seine Lippen bebten. Die Speicher der Reichen stürmen und die Reiskammern plündern? Vor Schreck und vor Freude zugleich schlug sein Herz schneller: vor Freude, weil Lotos also doch unrechtmäßig zu den Fladen gekommen war, und vor Schreck, weil sein jüngerer Sohn auch solche Sachen machte und sicherlich noch im gegenwärtigen Leben dafür würde büßen müssen. Huang, der Daoist, kniff die Augen zu, so daß nur noch ein Strich zu sehen war, fixierte ängstlich den alten Tongbao und fuhr fort: »Zu dumm, zu dumm! Man muß sich um Eure kostbare Gesundheit sorgen, das ist wichtig, sehr wichtig! Meine vorlaute Zunge hat das Unglück heraufbeschworen! Gegenwärtig heißt es, die Obrigkeit gedenke noch nicht, streng vorzugehen, was macht's schon! Das nächste Mal ermahnt Euren ehrenwerten Sohn gehörig, dann wird alles in bester Ordnung sein!«

»Daoist! Ganz offen gesagt, ich habe schon lange bemerkt, daß das kleine Biest nicht in der gehörigen Art und Weise lebt. Ich spiele längst mit dem Gedanken, daß die umherirrende Seele des ›kleinen Langhaarigen‹ sich wieder in einem Menschen verkörpert hat und unsere Familie zugrunde richten will. Jetzt wird er es ganz gewiß tun! Möge Aduo sich nie wieder zu Hause blicken lassen! Wenn er doch zurückkommt, begrabe ich das kleine Biest lebendig! Hab Dank, Daoist! Du hast mir die Augen geöffnet, ich war ahnungslos«, sagte er bekümmert, und seine Lippen bebten. Er schloß die Augen, als wolle er die Seele des »kleinen Langhaarigen« heraufbeschwören. Huang, der Daoist, hatte nicht erwartet, daß der alte Tongbao so eigensinnig war, und bekam Gewissensbisse wegen seiner schnellen Zunge. Als ihm der Alte auch noch dafür dankte, fuhr er hastig fort: »Wie könnte ich es wagen, Euren Dank anzunehmen! Es ist nicht der Rede wert! Ich habe in meiner bescheidenen Behausung noch eine kleine Angelegenheit zu erledigen. Auf Wiedersehen! Achtet auf Eure Gesundheit!« Sprach's, drehte sich um und lief davon, als müsse er fliehen. Der alte Tongbao blieb, in Gedanken verloren, allein sitzen. Die Sonne brannte ihm auf den Kopf. Die Sonnenstrahlen hatten Kraft, doch er spürte die Hitze nicht. Er dachte nur an die Geschichten, die sein Großvater und sein Vater ihm von den Langhaarigen erzählt hatten. In seinem Kopf drehte sich alles, er konnte keinen klaren Gedanken mehr fassen. Ihm fielen die großen Bauernunruhen ein, die zur Zeit des Kaisers Guangxu die ganze Provinz überschwemmt hatten. Das alles hatte er selbst erlebt, und sofort tauchten vor seinen Augen ein paar bluttriefende Köpfe auf. Damit war er zu seiner unumstößlichen Schlußfolgerung gelangt: »Wenn das Rebellieren eine gute Sache wäre, müßten die Langhaarigen doch längst das Reich in Besitz genommen haben!«

Nun hatte sich nach seiner Krankheit die Welt gewandelt, das spürte er. Ihn, der als wohlversorgter und unabhängiger Bauer seine Existenzgrundlagen eingebüßt hatte, sich aber einbildete, er sei noch stark, überkam Angst.

2

Als die Sonne hinter den Bergen versank, kehrte A Vier, der Sohn des alten Tongbao, nach Hause zurück. Wider Erwarten hatte er kein Geld geliehen bekommen, aber dennoch brachte er drei Dou Reis mit. »Der gnädige Herr Wu behauptet, er habe kein Geld! Ein böses Gesicht hat er gemacht. Doch später entdeckte er sein gutes Herz und borgte mir die drei Dou Reis. Über hundert Dan hat er in seinem Laden gespeichert! Kein Wunder also, daß wir Landleute nichts zu essen haben! Heute hat er uns drei Dou geborgt, doch wenn wir die Ernte eingebracht haben, müssen wir ihm fünf Dou zurückzahlen. Und das soll dann noch eine große

Gefälligkeit sein! Je mehr Geld die Reichen auswerfen, desto mehr wird es!« sagte A Vier mit umwölkter Stirn und verteilte die drei Dou Reis auf zwei irdene Gefäße. Dann lief er hinter das Haus zum alten Schweinestall und führte mit seiner Frau ein »Privatgespräch«.

Bedrückt ließ der alte Tongbao den Blick zwischen den beiden hin- und herschweifen. Irgend etwas stimmte mit A Vier nicht. Die Herkunft des Reises schien dem Alten schleierhaft. Doch er wagte nicht, der Sache nachzugehen. Eben erst hatte er wegen des Ungehorsams seines Jüngsten eine Auseinandersetzung mit der Schwiegertochter gehabt. »Alter Wirrkopf« hatte Tochter Vier ihn genannt und sich über ihn lustig gemacht. »Gut, gut! Geh hin und verklage Aduo wegen Widersetzlichkeit! Begrabe ihn lebendig! Die hohen Herrschaften werden dich mit einem Goldbarren dafür belohnen!«

Der alte Tongbao hielt sich an das überlieferte große Moralprinzip der alten Heiligen und Weisen: »Selbst in tiefster Armut muß man Seelenstärke bewahren.« Doch das nützte ihm gar nichts. Von Seelenstärke wurde er nicht satt, da war sogar Kürbisbrei noch besser! Durch diesen Streit waren die Sorgen des alten Tongbao noch größer geworden. Er wußte, daß A Vier zwar loyal und rechtschaffen, aber auch sehr leichtgläubig war. Sicherlich konnte er den Einflüsterungen seiner Frau nicht widerstehen. Nun hatten die beiden sich verdrückt und tuschelten am Schweinestall miteinander ... Der Alte kochte vor Wut und wußte nicht, woran er sie auslassen sollte. Er beobachtete die beiden von weitem, plötzlich blieben seine Gedanken bei dem alten Schweinestall hängen ... Vor fünf oder sechs Jahren hatte er den recht ordentlichen Stall eigenhändig gebaut. Allein das Holz hat über zehn Yuan gekostet. Doch im letzten Jahr hatte der Stall leergestanden, und in diesem Jahr würden sie wieder kein Geld haben, um Ferkel zu kaufen. Bevor er mit dem Bauen begann, hatte er den Rat eines Geomanten eingeholt und nie daran gedacht, daß solche widrigen Zeiten kommen könnten. Sein ganzer Zorn entlud sich auf den Schweinestall. Zitternd ging er auf A Vier zu und rief schon von weitem: »A Vier! Ich habe gehört, der junge gnädige Herr Chen benötigt altes Holz. Morgen reißen wir den Schweinestall ab und verkaufen ihm das Holz! In dem vermoderten Ding kann man keine Schweine mehr großziehen! Was soll er noch hier!«

Die beiden fuhren aus ihrem heimlichen Getuschel auf und wandten sich ihm zu. Im matten Dämmerlicht bemerkte der Alte, daß Tochter Viers Gesicht ungewöhnlich erregt schien und von einem roten Hauch überzogen war. Sie schürzte die Lippen und sprach: »Was soll er denn noch wert sein? Dreckiges Holz wird der Herr Chen wohl kaum haben wollen!«

»Er wird es nehmen! Ich bin bei ihm hoch angesehen. Unsere Familie und das Haus Chen verkehren schon seit drei Generationen miteinander. Wie könnte er da ablehnen?« entgegnete der Alte streitsüchtig. Die ganze glänzende Vergangenheit stand ihm wieder vor Augen. Der Großvater des jungen gnädigen Herrn Chen hatte mit seinem Großvater gemeinsames Leid durchstehen müssen, sie waren zusammen aus dem Schlupfwinkel der Langhaarigen geflohen ... Der Großvater des alten Tongbao genoß im Hause Chen so großes Ansehen, daß man auch ihn noch übertrieben bevorzugt behandelte. Der junge Chen nannte ihn zuweilen sogar »Bruder Tongbao«. Auf diesen besonderen Umständen beruhte auch das »zahme Denken« des alten Tongbao.

Tochter Vier schürzte nur die Lippen und sagte nichts dazu. Als sie sich ein wenig entfernt hatte, wechselte der Alte plötzlich das Thema und brüllte los: »A Vier! Was treibt Aduo? Rede! Denkst du vielleicht, ich wüßte es nicht? Wartet, bis ich gestorben bin, dann könnt ihr machen, was ihr wollt!« Gegenüber auf dem Dach krächzte ein Rabe. A Vier warf eine Ziegelscherbe nach ihm. Dann spuckte er kräftig aus, schüttelte den Kopf und sagte keinen Ton. Was sollte er auch sagen? Es wäre ja doch nicht richtig gewesen.

Der Vater beharrte auf seinen Grundsätzen, die Frau hatte auch nicht unrecht, der Bruder redete wieder anders ... Er war ein ehrlicher Kerl. Alles, was er hörte, hatte seine Richtigkeit. Wie konnte er sich da zu einer eigenen Meinung durchringen?

»Das endet beim Enthaupten! Das Eigentum der ganzen Familie wird beschlagnahmt, und alle werden hingerichtet. Ich habe viele solcher Fälle erlebt!«

»Aber können sie denn so viele hinrichten?« Endlich bequemte sich A Vier zu einem Einwurf, mit dem er sich zaghaft gegen die Meinung des Alten wenden wollte. Doch als er sah, wie die Augen des Alten ihn anstarrten und wie die Zornesadern anschwollen, wich er zurück und sagte beschwichtigend: »Es ist doch halb so schlimm. Aduo ist aus Freude am Radau mitgegangen. Heute sind sie ohnehin nicht in die Stadt gezogen ...«

»Dir hat wohl die Hitze zu schaffen gemacht! Huang, der Daoist, hat mir alles erzählt. Stimmt das etwa nicht?« schimpfte der Alte unbeherrscht weiter. Für ihn stand fest: A Vier und die Schwiegertochter machten mit Aduo gemeinsame Sache!

»Ganz bestimmt nicht!« begann A Vier, vom Alten in die Enge getrieben. Er ließ außer acht, was seine Frau ihm wiederholt eingeschärft hatte, und hob an, die wahre Lage der Dinge auszuplaudern. »Huang, der Daoist, hat alles durcheinandergebracht! Heute sind sie nach Yangjiaqiao an der Straße im Osten gezogen. Die alten und die jungen Frauen vornweg, die Männer helfen nur beim Rudern. Auch Aduo hilft den Frauen beim Rudern. Das ist die Wahrheit, wirklich!« Doch über zwei Dinge bewahrte er Stillschweigen und war auch nicht gewillt, den Alten Wind von ihnen bekommen zu lassen: Erstens war der beim Rudern helfende Aduo in Wahrheit der Anführer im Dorf, und zweitens war A Vier mit seiner Frau übereingekommen, ihnen morgen ebenfalls »beim Rudern zu helfen«, falls er heute kein Geld hätte leihen oder keinen Reis hätte erstehen können. Der alte Tongbao heftete einen mißtrauischen Blick auf A Vier und sagte vorläufig nichts.

Allmählich begann es zu dämmern. Aus dem Schornstein kräuselte weißer Rauch in den Abendhimmel. Im vorderen Zimmer summte Xiaobao ein Lied aus den Bergen. Tochter Viers Stimme ertönte aus dem Haus: »Xiaobaos Vater!«

A Vier antwortete unverzüglich, um so schnell wie möglich von dem Alten und dem Schweinestall wegzukommen. Er blieb jedoch noch einmal stehen und sagte erleichtert: »Zunächst haben wir die drei Dou Reis. Für acht bis zehn Tage werden wir zu essen haben. Wenn Aduo heute abend zurückkommt, können wir ihm sagen, daß er den Frauen nicht wieder beim Rudern zu helfen braucht.«

Der alte Tongbao ließ nicht locker. »Den Schweinestall müssen wir abreißen. Er ist hier dem Wetter ausgesetzt und verrottet nur. Wenn wir ihn abreißen, können wir ihn noch zu Geld machen.« Er sagte das in einem Tonfall, als wolle er damit zum Ausdruck bringen: Noch ist die Lage nicht hoffnungslos, wie kann man sich da gegen die Landesgesetze vergehen! Wie ein erfahrener Zimmermann, der den Wert des Holzes feststellen will, pochte er mit dem Knöchel an die Stallbretter. Dann trat er ins Haus.

Auf dem Dreschplatz wurden Stimmen laut. Die Dorfbewohner, die ausgezogen waren, kehrten zurück. Xiaobao schlüpfte wie eine Maus aus dem Haus, um Onkel Aduo zu suchen. Tochter Vier steckte in aller Eile noch ein dickes Bündel Maulbeerzweige in das Feuerloch und eilte auf den Dreschplatz, um sich nach Neuigkeiten zu erkundigen.

Der Topf auf dem Herd begann zu kochen. Der Deckel klapperte, und der entweichende Dampf verbreitete einen verlockenden Reisgeruch. Der alte Tongbao schnupperte und begann zu schlucken. Sein Magen knurrte hörbar. Doch ihm gingen noch andere Dinge durch den Kopf. Er überlegte, wie er dem Herumtreiber Aduo eine gehörige Lehre erteilen und wie die bald fällige Feldarbeit vorbereitet werden könnte. Wahrscheinlich war der alte Tongbao im Augenblick der einzige, der sich über die Feldarbeit Gedanken machte, denn sie hatte noch über einen Monat Zeit.

Aduo war nicht mit zurückgekehrt. Auch der Nachbar Lu Fuqing ließ auf sich warten. Es hieß, sie wollten bei den Bauern in Yangjiaqiao übernachten und morgen nach Yazuitan »Boote rudern«, damit sich die Bauern der drei Dörfer zusammenschließen und gemeinsam in die Stadt ziehen könnten. Das erfuhr Tochter Vier von Lu Fuqings Schwester Liubao. Alle Dorfbewohner besprachen aufgeregt dieses Ereignis, doch keiner erzählte dem alten Tongbao etwas, denn alle kannten seine Mucken.

Beim Abendessen schien es, daß er erriet, worum es ging. Er betrachtete A Viers Miene und schimpfte: »Wenn er nicht zurückkommt, wird wenigstens meine Schwelle nicht beschmutzt. Landstreichergesindel! So etwas erkenne ich nicht als Sohn an!«

A Vier saugte an den Lippen und schwieg. Tochter Vier warf einen Seitenblick auf den Alten, dann räusperte sie sich verächtlich und versuchte, ihren Ärger hinunterzuschlucken.

In dieser Nacht konnte der alte Tongbao nicht ruhig schlafen. Sowie er die Augen schloß, begannen ihn Träume zu narren. Sie waren nur von kurzer Dauer, doch jedesmal schreckte er im Bett auf, als sei ein Knüppel auf ihn niedergesaust. Er war übermüdet, und die Augen fielen ihm zu, als lägen Zentnerlasten auf den Lidern, doch er hatte Angst, wieder einzuschlafen. Im Dämmerlicht drangen Flüsterlaute von A Viers Bett an sein Ohr. Er glaubte, A Vier und Tochter Vier führten flüsternd eheliche Gespräche. Doch plötzlich zuckte er zusammen. A Vier rief laut: »Aduo, Vater will dich lebendig begraben! Du denkst, das kann nicht sein? Der Alte versteht die Zeiten nicht! Aber kannst du dich allein einer himmelschreienden Sünde entgegenstellen, während sich einer nach dem anderen davonmacht?«

Das war im Traum gesprochen! Der alte Tongbao hörte es deutlich, und eine Gänsehaut lief ihm über den Körper. Hellwach richtete er sich ein wenig auf und rief: »A Vier!«

Keine Antwort. Xiaobao, sein Enkel, lachte im Traum. Tochter Vier schimpfte, doch Tongbao konnte nichts verstehen. Dann knarrten die Bettbretter, und schließlich erfüllte kraftvolles Schnarchen den Raum.

Des Alten Sinn stand nicht mehr nach Schlaf. Während er in die finstere Leere starrte, schweiften seine Gedanken zurück. Er dachte an die guten alten Zeiten vor dreißig Jahren, da das Schicksal der Familie reiches Glück beschert hatte. Nichts, außer einem alten Rechnungsbuch, war ihnen aus jener Zeit geblieben. Wie gut waren in diesem Jahr seine Seidenraupen gediehen, und doch hatte er sein Maulbeerland eingebüßt! Er dachte daran, wie sich die Rechtschaffenheit seines Großvaters durch Generationen in der Familie fortgepflanzt hatte und wie ihn der alte Chen dafür gelobt hatte. Er, Tongbao, hatte von seinem zwanzigsten Lebensjahr an mit unwandelbarer Hartnäckigkeit die feine Art der Herrschaften in der Stadt nachgeahmt ... Er war nur ein einfacher Bauer, der mit der Hacke umzugehen verstand, doch er besaß Seelenstärke. Aber wohin war er gesunken? Der Himmel war blind. Wie hätte er ihm sonst einen Kerl wie Aduo zum Sohn geben können? Etwa wegen einer mehr als fünfzig Jahre zurückliegenden Sache? Hatte sich die Seele des kleinen Langhaarigen noch immer nicht in einem menschlichen Wesen wiederverkörpern können ...? Plötzlich brach ihm der kalte Schweiß aus allen Poren. Er zitterte am ganzen Körper. O Himmel! Aduo trieb es ja genauso wie die Langhaarigen! Voller Schrecken erinnerte er sich, wie vor einigen Jahren alle geschrien hatten: »Nieder mit den despotischen Gutsbesitzern und korrupten Beamten!« Damals hatte Aduo ein im Haus verborgenes Schwert der Langhaarigen hervorgeholt und damit gespielt! Das Schwert der Langhaarigen! Tongbaos Großvater hatte es mitgebracht, als er aus dem Feldlager der Langhaarigen entflohen war. Mit diesem Schwert hatte er damals den kleinen Langhaarigen umgebracht! Nun schien es klar zu sein: Zwischen Aduo und dem Schwert gab es einen Zusammenhang im früheren Leben!

Der alte Tongbao dachte an alles. Je länger er grübelte, desto größer wurde seine Angst. Nur eines wäre ihm nie in den Sinn gekommen: Während seine haßerfüllten Gedanken um Aduo kreisten, schickten sich im Nebel des grauenden Tages die zwei Dutzend Bauernfamilien aus Yangjiaqiao an, unter Führung von Aduo und Lu Fuqing zum Dorf des alten Tongbao zu ziehen. Die Bauern seines Dorfes hatten eine Nacht voller unruhiger Träume hinter sich, denn ihre Erwartungen waren hochgestimmt, und als sich ihre Gedanken wieder ordneten, entschloß sich jeder sogleich aufzustehen, um die aus Yangjiaqiao kommende Menge willkommen zu heißen.

Das fahle Licht des frühen Morgens drang durch die Löcher in der brüchigen Lehmwand. Auf dem Dreschplatz begannen sich die Spatzen zu zanken: Piep ... piep ... Der einzige Hahn im ganzen Dorf, der sich noch des Lebens erfreute – die geliebte Kostbarkeit des Daoisten Huang –, ließ sein Krähen vernehmen: Kikeriki ... kikeriki ... Von weitem hörte es sich an, als schluchzte eine Frau.

Plötzlich übermannte der Schlaf den alten Tongbao. Ungewiß, ob er träumte oder nicht, sah er das Schwert der Langhaarigen über seinem Haupte blitzen und pendeln. Am Griff des Schwertes wuchs plötzlich eine Hand. Dann wurden ein muskulöser Arm und schließlich ein Gesicht mit starken Brauen und runden Augen sichtbar ... Aduo!

»Ai!« stieß der alte Tongbao halb zornig, halb verängstigt hervor und richtete sich im Bett auf. Im Zimmer war es taghell. Im Herd züngelten und leckten die Flammen. Tochter Vier kochte schon den Morgenbrei. Als der alte Tongbao sich ein wenig beruhigt hatte und aus dem Bett kroch, hörte er, daß draußen auf dem Dreschplatz Stimmen durcheinanderredeten, als würden sie von einem Windstoß herumgewirbelt. Dann dröhnten Gongs: Peng ... peng ...

»Bei wem brennt es?« rief der Alte und stürzte hinaus. Auf dem Dreschplatz ließ ihn ein Blick wissen, worum es ging. Genau das gleiche hatte er selbst bei den Bauernunruhen in den ersten Regierungsjahren des Kaisers Guangxu erlebt. Zu einem schwarzen Haufen zusammengeballt, zogen die Leute aus Yangjiaqiao, Männer und Frauen, Alte und Junge, über den Dreschplatz. »Kommt heraus!« – »Wir gehen zusammen!« riefen sie stürmisch durcheinander. Aduo war auch dabei und schlug sogar einen Gong! Er drängte sich ungestüm nach vorn zu dem Alten durch. Tongbao bekam einen krebsroten Kopf, und seine Augen sprühten Feuer. »Du Biest! Dir gehört der Kopf abgehauen!« Er schleuderte ihm die Worte an den Kopf.

»Geköpft zu werden ist eine Art zu sterben, zu verhungern eine andere. Gehen wir! Wo ist A Vier? Und die Schwägerin? Wir gehen alle zusammen!« antwortete Aduo lachend. Doch der Alte hatte gar nicht erst richtig hingehört, er ballte gleich die Fäuste und schlug zu. A Vier eilte herbei und trat zwischen Vater und Bruder. Erregt rief er: »Bruder Aduo! Höre, was ich dir sage! Auch du wirst nicht mitgehen! Wir haben gestern drei Dou Reis geborgt. Unsere Familie hat zu essen!«

Aduo zog die dichten Brauen hoch und wechselte kaum merkbar die Farbe, sagte aber noch nichts. Plötzlich kam Lu Fuqing herbeigeeilt, schob A Vier lachend mit einer Hand beiseite und rief laut: »Was, ihr habt drei Dou Reis im Hause? Ausgezeichnet! Die Leute aus Yangjiaqiao haben noch nicht gefrühstückt. Kommt alle her!«

Wie? Alle sollten zu ihnen essen kommen? A Vier wollte einfach seinen Ohren nicht trauen. Doch erregte Stimmen wurden laut. Die Leute schoben sich heran und drängten in das Haus. Der alte Tongbao schrie wie irrsinnig auf, als hätte man ihm das Herz herausgerissen. Plötzlich wurde ihm schwarz vor Augen, die Knie knickten ein, und er sackte zusammen. A Vier sprang wie ein tollwütiger Hund Lu Fuqing an, krallte sich an dessen Hals fest, biß und stöhnte mit gurgelnder Stimme. Lu Fuqing wehrte ihn ab und rief in seiner Bedrängnis: »Bist du verrückt geworden? Was denkst du! ... Bruder A Vier! Hör zu, ich erkläre dir alles! Aduo! Sieh doch!«

Unvermittelt ließ A Vier von Lu Fuqing ab. Er drehte sich um, packte Aduo, schlug heulend auf ihn ein und schrie: »Nicht mal eine Giftschlange frißt das Gras ihres Nestes. Aber du läßt zu, daß die eigene Familie vertilgt wird!«

Aduo ächzte, denn A Vier hatte seinen Kopf umklammert. Lu Fuqing wollte die beiden auseinanderbringen, hatte aber keinen Erfolg. Der alte Tongbao saß auf der Erde und stieß wilde Verwünschungen aus. Zum Glück kam Lu Fuqings Schwester Liubao herbei. Mit ihrer Hilfe gelang es, A Vier wegzuziehen.

»Ihr habt einen Ausweg gefunden, ihr konntet euch Reis borgen. Den anderen stand solch ein Ausweg nicht offen, was sollen sie denn tun? Du hast Reis zu essen, und gleich willst du nicht mitgehen. Wenn wir nicht alle zusammen gehen, erreichen wir nichts ... Überleg es dir! Wir wollen deinen Reis ja nicht umsonst essen! Geh mit in die Stadt, und du erhältst ebenfalls deinen Anteil!« Aduo wandte sich eindringlich an den Bruder. Er war noch außer Atem. A Vier hockte sich auf die Erde und starrte geistesabwesend wie ein Holzgötze vor sich hin. Lu Fuqing preßte eine Hand auf die Bißwunde am Hals, mit der anderen schlug er A Vier auf die Schulter und sagte: »Alle haben beschlossen: Wer im Dorf Reis hat, bei dem wird zuerst einmal gefrühstückt. Wenn der Reis aufgegessen ist, ziehen wir gemeinsam in die Stadt. Bruder A Vier! Nimm es mir nicht übel! Alle haben es beschlossen!«

»So unvernünftig und barbarisch sind ja nicht einmal die Langhaarigen gewesen!« Dem alten Tongbao war schließlich klargeworden, worum es ging, und er fluchte leise vor sich hin. Er wagte nicht, ihnen in das Gesicht zu schimpfen, und blickte starr zu Boden. Na schön, sagte er sich, sollten sie doch in die Stadt ziehen! In die Stadt ziehen und eins aufs Haupt bekommen! Denn die Strafe würde unverzüglich folgen! Der Himmel ist nicht blind! Dann würden sie erfahren, daß ein alter Mann letztlich doch der Klügere ist!

In diesem Augenblick kamen Leute aus Yangjiaqiao wieder aus dem Haus und schleppten lärmend die beiden Tongefäße mit dem Reis heraus. Mit aufgelöstem Haar stürzte Tochter Vier weinend hinter den Reistöpfen her und schrie: »Das ist unser Reis! Unser eigener! Wollt ihr denn sogar uns ausplündern? Räuber! Nichtsnutze!«

Niemand schenkte ihr Beachtung. Die beiden Reiskübel wurden mitten auf dem Dreschplatz abgesetzt. Wieder dröhnten die Gongs. Liubao riß mit aller Kraft Tochter Vier fort. Wie im Streit schrie sie auf sie ein, um ihr alles zu erklären: »Wo es etwas zu essen gibt, essen alle! Verstehst du? Alle sollen essen! Wer hat dich denn geheißen, mit Koutous Reis zu erbetteln? Ihr habt die Möglichkeit, Reis zu borgen, andere nicht. Wollt ihr allein weiterleben, wenn die anderen verhungern müssen? Pah! ... Du heulst und jammerst, als müßtet ihr sterben! Alle essen euren Reis, und alle helfen euch, daß ihr wieder welchen bekommt. Hör auf mit dem Geflenne!«

A Vier erwachte aus seiner Erstarrung und seufzte. Dann ging er zu seiner Frau und sagte halb tröstend, halb vorwurfsvoll: »Du hast es gewollt! Nun ist alles fehlgeschlagen! Was können wir tun? Gehen wir mit ihnen! Wenn der Himmel einstürzt, zerquetscht er uns alle!«

Zwei große Kochtöpfe, niemand wußte woher, waren herbeigeschafft und auf den Dreschplatz gestellt worden. Die Leute aus beiden Dörfern rückten zusammen und beschäftigten sich eifrig damit, den Reis zu waschen und zu kochen. Rotgoldene Sonnenstrahlen hatten den dichten Frühnebel durchbrochen und fielen schräg auf den Dreschplatz, so daß die ausgehungerten Gesichter rötlich aufleuchteten. Am Ostufer des Baches, dort, wo er tief und breit war, hatte ein halbes Dutzend Fischerboote festgemacht. Die Bootsleute sangen fröhlich. Mit diesen Booten wollten die Bewohner beider Dörfer in die Stadt ziehen.

Der alte Tongbao hockte auf der Erde und verharrte in Schweigen. Mit giftigen Blicken musterte er die Menge, die sich lärmend über den Reisbrei hermachte und sich dann –

nicht weniger lärmend – zu den Booten in Bewegung setzte. Wie im Traum irrte sein Blick über die Menge ... Aduo ruderte kraftvoll ein Boot. A Vier und Tochter Vier machten unendlich traurige Gesichter ... Nun unterhielt sich Tochter Vier anscheinend sehr freundschaftlich mit Liubao. Auf einmal entdeckte er Xiaobao. Er stand am Heck neben Aduo und ahmte die Ruderbewegungen nach.

Dann schien der alte Tongbao aus seinen Träumereien zu erwachen. Er sprang hastig auf und lief am Ufer ratlos hin und her. Warum, wußte er selbst nicht. Er spürte nur, daß ihm etwas schwer auf dem Herzen lag. Er müßte mit jemand sprechen können! Doch das ganze Dorf war still und verlassen. Kein Mensch, nicht einmal ein Kind, ließ sich blicken.

Während er am Ufer umherstolperte, sah er plötzlich, daß ihm jemand wie von Sinnen entgegenstürzte. Das Gesicht konnte er nicht genau erkennen, denn der Mann hatte sich ein weißes Tuch um den Kopf geschlungen. Erst als der Mann über die kleine Holzbrücke eilte, erkannte Tongbao Huang, den Daoisten. Erleichtert schrie er ihm entgegen: »Selbst die Langhaarigen waren nicht so unvernünftig! Paß auf, ich werde der Klügere sein! Die werden in der Stadt etwas erleben! Eine Horde von Nichtsnutzen sind sie!«

Huang, der Daoist, war stehengeblieben. Er starrte den alten Tongbao an, als erkenne er ihn nicht, dann rief er mit tränenerstickter Stimme aus: »Wie ist denn so etwas möglich? So eine Gemeinheit! Ich sage Euch, auch meinen Hahn haben sie aufgegessen! Wie ist das nur möglich?«

»Nichtsnutzige Schufte! ... Einen Hahn sagst du? Was ist das schon?! Selbst Menschen wollen sie umbringen! Töten ... töten ... das Gesindel!« stieß der alte Tongbao hervor und lief zu seinem Haus zurück.

Gegen Abend kehrten die Dorfbewohner friedlich heim. Jeder brachte fünf Sheng Reis mit. Das versetzte den alten Tongbao in helles Erstaunen. Ihm schien, daß die hohen Herrschaften in der Stadt gar keine »gnädigen Herren« mehr waren. Wie hätten sie sich sonst von hundert Bauern, die aus drei Dörfern lärmend in die Stadt gekommen waren, so einschüchtern lassen können, daß sie rasch ein Übereinkommen trafen und für jeden ein halbes Dou Reis herausrückten? Weil die »gnädigen Herren« zu nachgiebig waren, hatte der alte Tongbao nun doch den kürzeren gezogen! Wirklich, diese Welt hatte sich so sehr verändert, daß er sie nicht mehr verstehen konnte, auch wenn er sich das Hirn zermarterte. Aber Burschen wie Aduo vollbrachten große Taten und bedeckten sich mit Ruhm!

3

Die Bewegung »Sturm auf die Reisspeicher« erfaßte schlagartig die ganze Gegend. Im Umkreis von zweihundert Li fanden sich in den mehr als zehn kleinen Landstädten beinahe täglich hungernde Bauern ein, die sich zusammenrotteten und Aufruhr stifteten. Die reichen Grundherren meinten, daß die Bauern zu sehr über die Stränge schlügen, und legten ihre barmherzigen Mienen ab. Sie beabsichtigten, etwas für die Aufrechterhaltung der Ordnung zu tun. Das Kreisamt, die Distriktsverwaltung und sogar die städtische Handelskammer erließen Aufrufe im imperatorischen Stil, um dem Volk kundzugeben, daß es nicht erlaubt sei, die Reisspeicher zu stürmen. Wenn man irgendein Anliegen habe, solle darüber ordentlich verhandelt werden. Gleichzeitig rieten die »unparteiischen« Grundherren den Pfandleihern und Reishändlern, den Schwierigkeiten der Bauern gebührende Beachtung zu schenken und kleine Kapitaleinbußen in Kauf zu nehmen. Damit sollte das »Tor des allgemeinen Wohls« aufgestoßen werden, so daß die gegenwärtige Krise abziehen könnte.

Doch die Händler und die Grundherren waren sich noch nicht einig, wie das »Tor des allgemeinen Wohls« geöffnet werden sollte, da war der Hunger der Bauern schon nicht mehr zu ertragen. Proklamationen an das Volk – in Zeilen zu je sechs Silben – waren nutzlos. Selbst die Ratschläge der

Dorfältesten, die von den Stadtbezirksverwaltungen beeinflußt worden waren, fruchteten nicht. Die Bewegung »Sturm auf die Reisspeicher« breitete sich unaufhörlich aus, die Menschen kamen nicht zu Hunderten, sondern zu Tausenden! Nicht nur die kleinen Landstädte in der Nachbarschaft wurden betroffen, sondern regelrechte Expeditionskorps zogen sogar in die großen Städte!

In einer belebten Stadt, etwa sechzig Li vom Dorf des alten Tongbao entfernt, war es zu einem Zusammenstoß zwischen den hungernden Bauern und der Gendarmerie gekommen. Die Gendarmerie hatte ein paar Schüsse in die Luft abgegeben und einige Dutzend Bauern verhaftet. Doch am nächsten Tag wurde die Stadt von mehreren tausend erbosten Bauern umzingelt und von den benachbarten Landstädten abgeschnitten! Der eingeschlossenen Stadt blieb nichts anderes übrig, als zunächst einmal jenes »Tor des allgemeinen Wohls« zu öffnen. Drei Maßnahmen wurden bekanntgegeben: Die Bauern konnten in den Reisläden Reis leihen, den sie nach der Herbsternte ohne Aufschlag zurückzugeben hatten. In den Pfandleihen sollte ein einmaliger zinsloser Kredit gewährt werden. Schließlich brachte die Handelskammer einhundertfünfzig Dan Reis auf, die den Dorfältesten zur Verteilung übergeben werden sollten. Die Grundherren und die Handelskammer begriffen sehr gut, daß sie die Zeit nur mit einer Politik meistern konnten, die die großen Angelegenheiten in kleine verwandeln würde. Überdies könnte der Verlust von einhundertfünfzig Dan Reis zu Lasten aller Einwohner der Stadt gehen.

Zu gleicher Zeit setzte die Provinzialregierung die Abteilungen zur Wahrung der öffentlichen Ruhe in Marsch, um in den Landstädten, die zugleich Verkehrsknotenpunkte waren, die Ruhe und Ordnung zu sichern. Durch den Einsatz von Truppen und das Aufstoßen des »Tors des allgemeinen Wohls« gelang es, die Bewegung »Sturm auf die Reisspeicher« allmählich zum Abklingen zu bringen. Inzwischen ging der sechste Monat zu Ende, und die landwirtschaftlichen Arbeiten liefen zusammen wie die Augenbrauen über der Nasenwurzel.

Der Aufruhr hatte der Familie des alten Tongbao täglich zweimal Reisbrei und einmal gekochten Reis gesichert. Zu den drei Dou Reis, die A Vier vor dem Aufruhr geborgt hatte und die eine zu Unrecht bestehende Schuld waren, waren keine neuen Schulden hinzugekommen. Doch nun, da die Felder bestellt werden mußten, befürchteten A Vier und Tochter Vier, daß der Turm ihrer Schulden noch erhöht werden müßte. Als der alte Tongbao merkte, wie träge und lustlos sie waren, wurde er noch gereizter. Zwar hatte seine Würde seit einem reichlichen Monat beträchtliche Einbuße erlitten, doch nun hieß es wieder die Felder bestellen und nicht Reis stehlen. Dem alten Tongbao erging es wie dem nach dem Sturz einer Dynastie übriggebliebenen Alten; er fühlte sich als ein gescheiter Kerl, der berufen ist, die Überreste neu zu gestalten. Ohne Unterlaß belehrte er A Vier und Tochter Vier von früh bis spät über die Feldbestellung. Er brüstete sich damit, wie stark er in jungen Jahren gewesen sei. Ohne je zu verzweifeln, habe sein Vater so gearbeitet, daß sie sich schließlich ein Vermögen geschaffen hätten. Sooft er von einem Gang zu den Feldern zurückkehrte, rief er laut: »Morgen oder übermorgen werden wir die Schößlinge verpflanzen können! A Vier! Bist du von einem bösen Geist besessen? Hast du dir noch keine Gedanken um den Dünger gemacht?«

»Wir haben hier noch einen Sack Kunstdünger aus dem letzten Jahr«, gab A Vier gleichgültig zur Antwort.

Da sprang der Alte auf und nagelte seinen Sohn mit Blikken fest. »Schöne Düngemittel! Giftpulver! Giftpulver, mit dem die ausländischen Teufel den Leuten Schaden zufügen! Ich weiß nur, daß der von den Vorvätern überlieferte Sojabohnenkuchen gut ist. Sojabohnenkuchen hat Kraft und ist immer zu gebrauchen. Dieser Kunstdünger hat keine Wirkung mehr. Auf welchem Feld könnte er denn verwendet werden? Dieses Jahr nehmen wir Sojabohnenkuchen!«

»Und woher sollen wir das Geld für Sojabohnenkuchen nehmen? Uns bleibt nur der Sack Dünger. Man sagt, die Ware büße nach einem Jahr an Wirkung ein, man müßte also einen halben Sack frischen daruntermischen ... Doch ich weiß nicht, wie wir das Geld dafür auftreiben können.«

»Quatsch! Du redest daher, als hätte es keinen Zweck, das Feld zu bestellen. Wenn wir kein Feld bebauen, was sollen wir dann essen? Und womit sollen wir unsere Schulden bezahlen?« brüllte der Alte, stampfte mit dem Fuß und fuchtelte A Vier mit dem Finger vor dem Gesicht herum. A Vier seufzte und machte ein bekümmertes Gesicht. Er wußte, daß der Alte nicht unrecht hatte. Von dem Ertrag des Feldes könnten sie ein halbes Jahr leben und vielleicht sogar einige Schulden zurückzahlen. Doch die Erfahrungen der letzten Jahre hatten auch ihn klug gemacht. Das Feld mit geborgtem Geld zu bestellen bedeutete nichts anderes, als das Arbeitstier des Gläubigers zu sein. Die Arbeitstiere können sich zumindest satt fressen, doch seine Familie mußte auch noch hungern. »Warum das Feld bestellen? Das ist doch vergebliche Mühe!« pflegte Tochter Vier zu sagen. Die Eheleute hatten längst gemerkt, daß Aduos Worte »Wenn ein Bauer einmal Schulden macht, ist er für das ganze Leben erledigt« ihren tiefen Sinn hatten. Aber wovon konnten sie ihren Lebensunterhalt noch bestreiten, außer von der Feldbestellung? Deshalb blieb den beiden nur ein Entschluß: Auf keinen Fall wegen der Feldbestellung noch einmal Geld borgen.

Als der alte Tongbao merkte, daß der Sohn ihn keiner Antwort würdigte, sagte er erbittert zu sich selbst, daß er sich nie wieder um ihren Kram kümmern werde. Am Nachmittag machte er sich auf den Weg in die Stadt, um seinem Verwandten, dem alten Zhang, zu erzählen, wie sich der Niedergang der Familie bei seinem Sohn zeige. Auch dem jungen gnädigen Herrn Chen berichtete er darüber. Beide rieten dem Alten, zu begreifen, daß die Kinder für sich selbst sorgen könnten. Die Nacht verbrachte der alte Tongbao in der

Stadt. Als der junge Chen sich am nächsten Morgen in aller Frühe gerade mit Opium vollgesaugt hatte und sich schlafen legen wollte, tauchte plötzlich der alte Tongbao auf, um Geld zu borgen. Keine große Summe, nur so viel, daß es gerade zum Kauf des Sojabohnenkuchens reichte. Der junge Chen, der nur schlafen wollte, konnte ihn nicht loswerden. Schließlich mußte er wohl oder übel einwilligen, ihm im Laden einen Kuchen auf Kredit zu besorgen.

Stolz auf seinen Sojabohnenkuchen, kehrte der alte Tongbao nach Hause zurück. Auf dem Heimweg schwatzte und kicherte er vor sich hin. Zu Hause legte er den Kuchen unter das Vordach und trat mit feierlicher Miene vor Sohn und Schwiegertochter hin. »Ich werde mich nicht wieder um euch kümmern! Fragt nicht, woher ich das Geld habe, sondern macht, was ich euch sage!«

Die Träume, die der alte Tongbao schon während der Seidenraupensaison gehegt hatte, begannen in seinem Dickschädel wieder zu sprießen und zu gedeihen, geradeso wie die Schößlinge auf dem Feld. Unter den goldenen Sonnenstrahlen und bei ganz leichter Brise schossen die Setzlinge in die Höhe, als würden sie von Menschenhand emporgezogen. Der Wasserstand im Fluß verringerte sich zusehends. Die Schöpfräder, mit denen die Felder bewässert wurden, mußten in Vertiefungen des Flußbetts gesetzt werden. A Vier schaffte das Treten des Schöpfrades nicht allein. Auch der alte Tongbao eilte auf das Reisfeld. Doch nach ein paar Umdrehungen schmerzten ihm die Glieder, und der Atem ging ihm aus. »Oh!« stieß er leicht erschrocken hervor. Er mußte wieder herunterklettern und Tochter Vier die Arbeit überlassen.

Die Reispflanzen wuchsen wie besessen, doch wie besessen dürsteten sie auch nach Wasser. Die Sonne fraß wie ein feuriger Drache Zoll um Zoll des Wassers im Fluß. Im ganzen Dorf wurde nach Leuten für die Schöpfräder geschrien. Alle verfügbaren Kräfte mußten auf die Schöpfräder klettern und kräftig treten. Lotos hatte dieses Jahr nur wenig Reis gepflanzt, so daß sie und ihr schweigsamer und beklagenswerter Mann ziemlich viel freie Zeit hatten. Die Leute vergaßen, daß Lotos ein »Weißer Tigerinnenstern« war. Von überall kamen sie und holten die beiden zum Treten der Schöpfräder. Lu Fuqing hatte sein Pachtfeld abgegeben und war auch frei. Er kam oft mit seiner Schwester, um der Familie des alten Tongbao zu helfen. Nur Aduo erschien selten im Dorf, weil der alte Tongbao ihn auf keinen Fall sehen wollte. So ging er anderen Familien zur Hand, wenn er sich einmal sehen ließ.

Jeden Morgen standen die Leute auf und stellten fest, daß der Himmel blau und heiter war. Sie zogen die Stirn kraus. Wenn bei Sonnenuntergang gelegentlich einige weiße Wolkenstreifen am Himmel auftauchten, begann das ganze Dorf zu jubeln. Die alten Weiber blinzelten mit trüben Augen zum Himmel und beschworen Buddha. Doch jedesmal war die Freude vergebens. Einen ganzen Monat fiel nicht ein Tropfen Regen!

Das Feld des alten Tongbao lag hoch und ließ sich nur schwer bewässern. Doch selbst wenn es leicht gewesen wäre, das trübe Schlammwasser mit dem Schöpfrad aus dem ausgetrockneten Flußbett zu heben, hätte es wenig genutzt, denn in dem siebzig Fuß langen Graben, in dem es zum Feld fließen mußte, versickerte die Hälfte in dem dürstenden Boden. Die kräftigen Reishalme ließen ihre gelblichen Spitzen jeden Tag mehr hängen, als litten sie an Blutarmut. Das Herz des alten Tongbao krampfte sich zusammen, als er sie betrachtete. Doch wie sehr er sich auch die Hände reiben und mit den Füßen stampfen mochte, einen Ausweg fand er nicht. A Vier ließ die Mundwinkel hängen und sagte nichts. Tochter Vier murrte mal gleichgültig, mal schimpfte sie leidenschaftlich. Sie hatte sich an dem Gedanken festgebissen, daß in diesem Jahr für die Ernte keinerlei Hoffnung mehr bestehe. Alle Arbeit sei vergebens. Und obendrein hatten sie noch Geld für den Sojabohnenkuchen geliehen!

»Wir brauchen nur Wasser, dann würde die diesjährige

Ernte die beste seit Jahren sein!« gab der alte Tongbao kläglich zur Antwort, wenn er die Schwiegertochter nicht mehr anhören konnte. Doch Tochter Vier ließ sich damit nicht abspeisen. »Ja, Wasser! Wasser! Das bißchen Wasser könnte unser Blut sein! Wir sind nur zwei, manchmal halfen die Geschwister Lu. Wieviel Blut haben wir zusammen? Wochenlang haben wir uns abgerackert, nun sind auch wir ausgetrocknet ... Aduo wäre eine frische Kraft, aber du willst ja nicht, daß er kommt! Ach ...«

»Ja, lasse Aduo kommen, er ist stärker als ein Stier!« A Vier riß das Wort an sich und lächelte seiner Frau zu.

Der alte Tongbao sagte nichts, sondern spuckte nur kräftig aus.

Am nächsten Tag kam lächelnd Aduo und kletterte auf das Schöpfrad. Aber es war bereits zu spät. Der Fluß war so weit ausgetrocknet, daß nur noch in der Mitte in einer tiefen Stelle Wasser stand. Sie verbanden drei Schöpfräder miteinander, um an das Naß heranzukommen. Nach einem halben Tag reichte auch das nicht mehr. Aduo ging mit den Kräften eines Stiers zu Werke und trampelte, doch das Rad konnte kein Wasser mehr heben. Fünfzig Fuß weiter westlich stand in einigen tiefen Stellen noch Wasser. Aduo versank bis zur Hüfte darin. Doch dort gab es keinen Bewässerungsgraben, sie konnten das Schöpfrad nicht aufstellen. Wenn der gütige Himmel am Abend keinen Regen schickte, würde es mit dem Reis und der Familie des alten Tongbao vorbei sein.

Nur mit dem Reis des alten Tongbao? Waren nicht die Felder aller Dorfbewohner innerhalb weniger Tage so trokken und rissig geworden wie ein Schildkrötenpanzer? Die Leute kletterten auf die Bäume und spähten angestrengt in alle Richtungen. Doch der Himmel blieb blau und heiter, nicht die geringste Spur eines Wölkchens war zu entdecken.

Die einzige Möglichkeit, aus der Not errettet zu werden, war, in die Stadt zu gehen und ein ausländisches Schöpfrad zu mieten. Der alte Tongbao hörte nur das Wort »ausländisch« und war sogleich verstimmt. Außerdem glaubte er nicht recht daran, daß in einem ausländischen Schöpfrad soviel Kraft Buddhas stecken könnte. Voriges Jahr hatten die Bauern eines Nachbardorfs solch ein ausländisches Schöpfrad gemietet, aber das war ja zu einer Zeit hohen Wasserstands gewesen. Selbst gesehen hatte es der alte Tongbao noch nicht, doch Huang, der Daoist, der sich gern um fremde Dinge kümmerte, hatte sich sehr lobend darüber ausgelassen.

Aber ob das Riesenschöpfrad in der Lage sein würde, das Wasser über eine Strecke von einem halben Li heranzusaugen? Gerade als der alte Tongbao diese Zweifel erwog und sich noch nicht geäußert hatte, sagte Tochter Vier verdrießlich: »Ein ausländisches Schöpfrad ist sicherlich ganz gut, aber es kostet Geld. Man sagt, ein Feld vollzupumpen kostet über einen Dollar!«

»Der gütige Himmel wird seine Wunderkraft beweisen und heute abend Regen schicken. Dann wird alles gut sein!« Der alte Tongbao hatte einen Entschluß gefaßt. Er eilte hinaus vor das Dorf zu dem schäbigen und unwürdigen Gebäude, in dem der Gott des Reichtums seinen Sitz hatte. Er kniete nieder und schlug mit der Stirn viele Male laut auf die Erde und legte Gelübde ab.

In dieser Nacht ruhte das Schöpfrad. A Vier und die anderen schliefen sich aus. Der alte Tongbao schloß die ganze Nacht kein Auge. Wenn es irgendwo knisterte oder raschelte, glaubte er sogleich, es regne. Ächzend erhob er sich und schaute draußen unter dem Vordach zum Himmel hinauf. Es regnete nicht, doch auch kein Stern war zu sehen. Der Himmel hatte ein graues Gesicht. Das gab dem alten Tongbao in seiner Hoffnungslosigkeit noch ein wenig Zuversicht. Er kniete wieder nieder und betete. Nachdem er sich dreimal vom Bett hochgerappelt hatte, um draußen nachzusehen, graute im Osten schon der Tag. Tongbao lief auf das Feld, um die kostbaren Reispflanzen zu betrachten. Auf den schlanken Halmen glitzerten Tautropfen, und die Pflanzen erschienen grüner und kräftiger als am hellen Tag bei brütender Hitze. Aber der Schlamm im Feld war schon trocken und rissig. An einigen Stellen gab er nicht mehr nach, wenn man mit dem Finger darauf drückte. Das Herz des Alten schlug rasch und laut. Wenn nun die Sonne wieder brennen würde, wäre das das Ende der Pflanzen ... und seiner Familie.

Er ging zurück zum Dreschplatz. Die blutrote Sonnenscheibe schob sich am Osthimmel empor. Der kleine Wasserlauf vor dem Dreschplatz war fast bis auf den Grund ausgetrocknet, das ganze Bett war von Unkraut überwuchert. Die Dorfbewohner bauten dort Mais an, der schon Manneshöhe erreicht hatte. Ein paar Leute standen daneben und schrien sich an wie im Streit. Der alte Tongbao trat erregt näher und blieb bei ihnen stehen. Sie waren alle aus dem Dorf. Sie berieten, ob sie sich zusammentun und ein ausländisches Schöpfrad mieten sollten. Einer, der Li, der Tiger, genannt wurde, sagte: »Wenn wir es mieten wollen, müssen wir rasch handeln. Ausländische Schöpfräder müssen jeden Tag ihr Geschäft machen. Gestern abend hieß es, daß es für heute noch nicht bestellt sei. Wenn wir zu spät hingehen, machen wir den Weg umsonst. Wäre das nicht ärgerlich? Tongbao, du beteiligst dich doch auch daran?«

Der alte Tongbao riß erschrocken die Augen auf, als hätte er nichts verstanden. Zwei Gedanken erfüllten sein Inneres und hinderten ihn am Sprechen: Erstens befürchtete er, daß das ausländische Schöpfrad über keine Wunderkraft verfüge, und zweitens hatte er kein Geld. Lieber erst einmal abwarten, bis die anderen die Pumpe benutzt hatten. Wenn sie wirklich Zauberkräfte besaß, dann wollte er es auch mit ihr versuchen. Das Geld könnte er einige Tage schuldig bleiben.

An diesem Vormittag strichen der alte Tongbao und A Vier zwischen den Dämmen und Feldrainen umher, als bewachten sie einen Todkranken. Die Reispflanzen verloren Stunde um Stunde an Leben. Erst ließen sie die Köpfe hängen, dann knickten die Halme ein. Knisternd riß die ausgedörrte Schlammerde. Das Schöpfrad vermochte kein Wasser mehr aus dem Fluß zu heben. Die Dorfbewohner hatten alle nichts zu tun. Einige standen draußen vor dem Dorf auf der kleinen Brücke und spähten ungeduldig in die Ferne; sie hielten nach dem Arzt Ausschau, der ihre Reispflanzen heilen sollte – nach dem ausländischen Schöpfrad!

Zur Mittagszeit, als die Sonne wie ein gefährliches Feuer glühte, riefen plötzlich die Wachen auf der Brücke: Es ist da! Auf einem Boot war eine Maschine verstaut – das ausländische Schöpfrad! Eigentlich gab es nichts Außergewöhnliches daran zu sehen, und doch sollte dieses Ding mehr Wasser pumpen, als acht starke Männer vermochten. Alle Dorfbewohner hatten sich eingefunden, um dem Ereignis beizuwohnen. Auch der alte Tongbao und sein Sohn waren da. Sie sahen, daß das Boot mit der Maschine sich gar nicht dem Ufer näherte, sondern in der Mitte des Flusses festmachte. Lange, armstarke, blitzende Röhren, die sich biegen ließen, wurden an das Ufer geworfen und in ein Reisfeld gelegt.

»Das Wasser kommt hier aus der Öffnung der Röhre und bewässert das Feld.« Einer aus der Stadt, der die biegsamen Röhren zu beaufsichtigen hatte, tat sich vor den gaffenden Dorfbewohnern wichtig.

Plötzlich gab die Maschine einen keuchenden Laut von sich. Dann begann sie zu puffen und stieß den ersten Schuß Wasser aus der biegsamen Röhre. Schließlich strömte es mühelos in gleichmäßigen Stößen heraus. Die Dorfbewohner staunten und lachten. Sie vergaßen, daß das Wasser sie Geld kostete.

Der alte Tongbao stand etwas abseits. Er riß die Augen auf und sah aufmerksam zu. Seiner Meinung nach mußte in dem puffenden Ding unbedingt ein Gespenst verborgen sein ... Vielleicht war es der Bartgrundelgeist aus dem Weiher vor dem städtischen Tempel des Erdgottes. Das Wasser war sicherlich der Speichel, den er ausspuckte. Und es konnte durchaus sein, daß der Bartgrundelgeist am Abend zurückkehren und heimlich seinen Speichel wieder aufsaugen würde. Dann würden die Stadtleute morgen nochmals kommen und sich Geld erschwindeln.

Doch sein Argwohn war den Verlockungen der grünlichen Wassermassen schließlich nicht gewachsen. Als das ausländische Schöpfrad das zweite Feld bewässert hatte, entschied der alte Tongbao, daß er sich ebenfalls an den Bartgrundelgeist wenden wollte. Außerdem entschloß er sich, in der Nacht, die Hacke in der Hand, das Feld zu bewachen, damit der Bartgrundelgeist nicht kommen und seinen Speichel zurückholen könne. Er sagte weder seinem Sohn noch seiner Schwiegertochter etwas davon, sondern schleppte Huang, den Daoisten, und Li, den Tiger, als Bürgen herbei. Sie sagten gut für eine Leihsumme von acht Yuan zu monatlich zwei Prozent Zinsen. Als die Leute im Boot einverstanden waren, ließ er die biegsamen Röhren auf sein Feld legen und es bewässern. Als die Sonne unterging, war das Feld des alten Tongbao zollhoch mit grünem Wasser überschwemmt. Ein leichter Wind strich darüber und furchte es wie das Gesicht einer alten Frau. Der alte Tongbao betrachtete es befriedigt und kümmerte sich gar nicht um das Nörgeln von Tochter Vier. »Wieder acht Yuan Schulden mehr!« Gewiß, acht Yuan waren keine Kleinigkeit, aber konnte man denn nicht den geernteten Reis zu zehn Yuan das Dan verkaufen? Voriges Jahr hatte er den nichtenthülsten noch zu elfeinhalb Yuan das Dan verkauft! Alle Trugbilder im Herzen des alten Tongbao erhielten wieder frische Farbe.

A Vier machte nach wie vor ein betretenes Gesicht; entgeistert starrte er auf das Feld. Wasser war da, doch die Pflanzen ließen die Köpfe hängen wie zuvor und neigten sich auf die Seite. Alles Leben war aus ihnen entwichen. Das Wasser war zu spät gekommen, die Sonne hatte den zarten Reispflanzen die Lebenskraft genommen.

»Wir streuen heute abend etwas Kunstdünger, dann werden sie übermorgen wieder aufleben!« vernahm A Vier plötzlich Aduos Stimme. A Vier stutzte. Aber ja, da war doch noch ein Sack Kunstdünger! Sie hatten ihn nicht verbraucht. Jetzt war die richtige Zeit dafür. Ob er seine Wirksamkeit wohl schon eingebüßt hatte? Ganz egal! Leider ließ sich nicht verhindern, daß auch der alte Tongbao Aduos Worte aufschnappte. Wie ein wildes Tier kam er angestürzt und brüllte: »Giftpulver! Du Wiedergeburt des ›kleinen Langhaarigen‹! Du Nichtsnutz! Giftpulver willst du streuen?«

Alle versuchten, den Alten zu beschwichtigen, und zogen ihn fort. Vom Düngerstreuen wurde nicht mehr gesprochen. Noch voller Zorn und außer Atem, wandte sich der alte Tongbao A Vier zu: »Denk doch nach! Eine Nacht werden sie brauchen, um sich zu erholen! Weshalb Kunstdünger? Giftpulver ist das!«

Der alte Tongbao wollte die Nacht unbedingt auf dem Feld verbringen und Wache halten. Er befürchtete, daß der Bartgrundelgeist den Speichel zurückholen oder A Vier zusammen mit den anderen heimlich den Kunstdünger streuen könnte. Er war nicht gewillt, sein allein erlangtes Geheimnis preiszugeben, deshalb erzählte er nichts von dem Bartgrundelgeist. Er sagte nur, Aduo könnte sich heimlich mit A Vier verabreden und Unfug treiben. Er war doch für seine Hartnäckigkeit bekannt!

Die Nacht verlief ruhig. Der Bartgrundelgeist war nicht gekommen, um sein Wasser zurückzuholen. Auch A Vier und Aduo hatten keinen Unfug getrieben. Doch die Reispflanzen lagen noch immer leblos am Boden. An einigen Stellen sah es sogar schlimmer aus als am Abend zuvor. Der alte Tongbao zweifelte ernstlich, ob es mit dem Speichel des Bartgrundelgeistes seine Richtigkeit habe, doch auf den Feldern der anderen erhoben sich die Reispflanzen in gesundem Grün. Tochter Vier schrie den ganzen Tag, daß sie einen roten Kopf bekam: »Der alte Wirrkopf hat das Leben unserer Familie auf dem Gewissen!« Das Gesicht des alten Tongbao hatte vor Besorgnis die Farbe einer Schweinsleber angenommen. Lu Fuqing riet ihm, es doch mit dem Kunstdünger zu versuchen, vielleicht sei er noch brauchbar. Doch der Alte glotzte fassungslos und sagte nichts. A Vier und Aduo hatten den Dünger längst auf das Feld gestreut. Der alte Tongbao wandte sich ab, er wollte nicht hinsehen.

Die gefährliche Sonne, die sonst die Haut verbrannte und Blasen zog, ließ sich an den beiden folgenden Tagen nicht sehen. Das Wasser stand noch immer einen halben Zoll hoch auf dem Feld. Die Pflanzen grünten und gesundeten wieder. Der alte Tongbao wollte nicht anerkennen, daß das dem Dünger zu verdanken sei, er sprach aber auch nicht mehr von Giftpulver. Den trüben Tagen folgte ein spärlicher Regen, dann verbreitete die Sonne milden Schein.

Die Reispflanzen wuchsen und zeigten ihre Lebenskraft. Das ganze Dorf atmete auf. Nun war ihnen das Schicksal gnädig. Der gütige Himmel hatte Augen bekommen!

Bald wehte ein frischer Herbstwind. Die außergewöhnliche Dürre und die grausame Hitze, die über vierzig Tage gedauert hatten, waren nur noch ein Schreckenstraum, der der Vergangenheit angehörte. Die Dorfbewohner machten freudige Gesichter. Der alte Tongbao, der nun doch nicht den kürzeren gezogen hatte, sprach unaufhörlich von einer Ernte von vier Dan je Mu und meinte, es würde ein fettes Jahr werden. Manchmal befühlte er die schwer herabhängenden Rispen des Reises ... Vielleicht würde man sogar fünf Dan ernten ... Die Körner waren alle so rund und fest!

Dann rechnete er weiter: Vielleicht würde es etwas weniger sein, etwa viereinhalb Dan; er könnte also insgesamt vierzig Dan ernten. Reichlich sechs Dan mußte er für den Pachtzins abrechnen, so daß ihm immer noch mehr als dreißig Dan verbleiben würden. Bei zehn Yuan das Dan ließen sich damit dreihundert Yuan erzielen. Könnte er da nicht die Hälfte seiner Schulden tilgen? Zehn Yuan das Dan war doch sicherlich das mindeste, was die Händler zahlen würden.

Eine gute Ernte konnte das Schicksal der Bauern zum Besseren wenden. Der Himmel hatte endlich Augen bekommen!

Doch auch die Händler in der Stadt hielten die Augen offen, und die waren nur auf Geld und den eigenen Vorteil gerichtet. Der Reis stand noch auf dem Halm, als in der Stadt die Reispreise zu fallen begannen. Als die Bauern ihre in monatelanger mühevoller Arbeit erzeugten Produkte ernteten und die runden, festen Körner in die Reisbehälter abschlugen, war der Marktpreis schon auf sechs Yuan das Dan gesunken. Ohne Rücksicht auf ihr Augenlicht enthülsten sie die Nacht hindurch den Reis, aber in der Stadt gab es für ein Dan enthülsten Reis nur noch vier Yuan! Schließlich trugen die Bauern den Reis ungeschält in die Stadt. Sie mußten froh sein, wenn der Preis nicht noch auf drei Yuan das Dan gedrückt wurde. Die Besitzer der Reisläden begegneten kalten Herzens den untröstlich traurigen Blicken der Bauern und sagten gleichgültig: »So wird er heute verrechnet, morgen wird er weiter fallen!«

Die Schuldeintreiber überschwemmten das ganze Dorf, sie schrien und fluchten. Könnte man sie nicht bitten, Reis in Zahlung zu nehmen? Gut! Ungeschälter Reis zwei Yuan neunzig, weißer Reis drei Yuan sechzig!

Die Träume des alten Tongbao zerplatzten wie eine Seifenblase. Alle Bauern des Dorfes wehklagten, schimpften und fluchten. »Wozu das Feld noch bestellen? Alles vergebliche Mühe! Schulden gibt es obendrein!« schrie Tochter Vier jedem ins Gesicht, dem sie begegnete.

Die Erfahrungen, die er im Frühjahr mit den Seidenraupen gemacht hatte, erschütterten den alten Tongbao schwer, aber die traurigen Erfahrungen mit der Herbsternte warfen ihn vollends um. Als er in den letzten Zügen lag und die Zunge ihm schon den Dienst versagte, blickten die Augen noch klar. Er richtete sie auf Aduo, als wolle er sagen: Nie hätte ich geglaubt, daß du recht hast. Wirklich seltsam!

1932–1933

Eine neue Geschichte mit dem Titel »Kleine Spritzer«

Ich halte einen Auftrag vom Verlag »Leben der Massen« in der Hand. Heute kann ich diese Arbeit nun wirklich nicht mehr aufschieben, sondern muß schleunigst etwas liefern. Aber woher den Stoff nehmen? Ich schlage eine Zeitschrift auf, die in diesem Verlag erscheint, und als ich »Ein kleiner Spritzer« von Ye Shengtao gelesen habe, fällt mir plötzlich ein: Warum sollte ich den Stoff nicht um ein paar Sätze erweitern? Warum sollte ich mich des Auftrags nicht einfach entledigen, indem ich den Kutscher A'er zur Hauptfigur mache? Ich könnte sogar die »kleinen Spritzer« verwenden!

Das soll als Einleitung genügen!

5. Oktober

Es geschah am fünften Tag des zehnten Monats. Mehr als achtundvierzig Stunden waren vergangen, seit Herr Wu für hundertundfünf Kuai Kupfergeld eingewechselt, Frau Wu für eintausendeinhundertzwanzig Kuai drei goldene Armreife gekauft, aber Mutter Zhang aus der Familie Li, die Wus gegenüber wohnte, laut geweint hatte.

An diesem Tag ließ sich Herr Wu um zehn Uhr vom Kutscher A'er zu Onkel Lin fahren. Die Lins hatten Gäste geladen, und wahrscheinlich würde man nach dem Essen ein wenig Majiang spielen. Deshalb befahl Herr Wu seinem Kutscher, wieder heimzufahren und ihn erst nachmittags gegen vier Uhr abzuholen.

An diesem Morgen war Frau Wu um neun Uhr schlafen

gegangen, denn am vorangegangenen Abend hatte sie Besuch empfangen und die Nacht hindurch Karten gespielt. Dabei hatte sie den ganzen Gewinn verloren, den der Umtausch der Kupfermünzen ihrem Mann vor achtundvierzig Stunden eingebracht hatte.

A'er konnte also voller Freude an diesem Tag für die Zeit zwischen elf und drei Uhr um Urlaub bitten, um eine Privatangelegenheit zu regeln.

A'er hatte häufig irgendwelche »Privatangelegenheiten« zu erledigen. Zum Beispiel hatte er erst vor einer Woche, als an einem Nachmittag die Gelegenheit günstig war, Herrn Wu um drei Stunden Freizeit gebeten, weil er angeblich eine dringende Privatangelegenheit zu regeln hatte, hinter der sich jedoch das Würfelspiel verbarg. Die Summe, um die es dabei ging, war nicht allzu hoch; sie betrug etwa zwanzig Kupferstücke. Sein Partner war Zhao Awu, ein Rikschafahrer wie er, den er im Sommer kennengelernt hatte, als seine Frau krank war. Dreimal hatten sie schon zusammen gespielt. In der vorigen Woche hatte A'er zehn Augen gewürfelt und glaubte schon, die zwanzig Kupferstücke in der Hand zu haben, als ausgerechnet der kleine, pockennarbige Theaterkassierer elf würfelte und ihm das Geld vor der Nase wegschnappte. Nach diesem Vorfall zu urteilen, hatte sich das Glück von ihm abgewandt. Hinzu kam, daß Frau Wu an dem Tag, als er vom Spiel zurückkehrte, eine halbe Stunde früher aufgestanden und schon bereit war auszufahren. Das ganze Haus hatte sie damals ausgefragt, wohin A'er gegangen sei.

Heute jedoch wußte A'er, daß sein »Urlaub« nicht solch ein gefährliches Durcheinander heraufbeschwören würde. Diesmal hoffte er auch nicht, bei seinen privaten Besorgungen Geld hereinzubekommen, im Gegenteil, er mußte Geld ausgeben. Und Geld wird schließlich schneller ausgegeben als verdient.

A'er war verheiratet und hatte zwei Kinder im Alter von sechs und acht Jahren. Heute bestand seine Privatangelegenheit darin, für die Kinder Winterkleiderstoffe zu kaufen, wie ihn seine Frau schon vier- oder fünfmal geheißen hatte. Als vor zwei Tagen A'er Herrn Wu, der die hundertundfünf Kuai einwechseln wollte, kreuz und quer durch die Stadt gefahren hatte, benutzte er die Gelegenheit, nach Stoff für die Kinderkleider Ausschau zu halten. Er verglich die Preise und stellte fest, daß der Stoff in einem Geschäft in der Zi-Yang-Straße am billigsten war. Er hatte sich für einen geblümten ausländischen entschieden, der sich für Kinderkleider sicherlich sehr gut eignete. Außerdem wollte er noch ein Stück sehr dicken weißen Flanell kaufen, der besonders billig war.

Da er alles schon so gut vorbereitet hatte, konnte A'er direkt zur Zi-Yang-Straße gehen.

In dem Geschäft zog er aus dem Stapel – er dachte dabei an das Brennholz der Wus, das genauso aufgestapelt war wie die ausgestellten Ballen – die beiden bereits ausgewählten Stoffe heraus, ohne zuvor noch einen Blick auf die Preistafel zu werfen. Dann sagte er aufgeregt mit freudiger Stimme: »He, he, ich möchte von jedem sieben Chi – von dem geblümten Stoff und dem weißen Flanell.«

Ein Verkäufer trat näher und fragte ganz nebenbei: »Wozu möchten Sie ihn verwenden?«

»Es sollen zwei wattierte Kinderkleider werden, eins der Kinder ist acht Jahre, das andere sechs«, antwortete A'er noch immer voller Freude. Dabei deutete er mit der Hand die ungefähre Größe der Kinder an.

»Sieben Chi reichen nicht, Sie brauchen acht!« Der Verkäufer nahm die beiden Ballen, die ihm A'er gezeigt hatte, und setzte hinzu: »Der geblümte Stoff kostet ein Jiao vier, der Flanell ein Jiao drei!«

»Was, ein Jiao vier? Ein Jiao drei?« A'ers Stimmung schlug sofort um.

Er besah sich die Stoffe noch einmal genau, aber es bestand kein Zweifel, es waren die richtigen. Diese beiden Ballen hatte er sich vor zwei Tagen genau gemerkt. Er schaute nun den Verkäufer an. »Haben Sie sich auch wirklich nicht in den Preisen geirrt?«

»Weshalb geirrt? In den anderen Geschäften verkauft man diese Stoffe für ein Jiao sechs und ein Jiao fünf!«

»Aber ich habe es doch vor zwei Tagen genau gesehen, daß sie zusammen ein Jiao und neun Fen kosteten. Der geblümte Stoff ein Jiao und der Flanell neun Fen!«

»Ach, vor zwei Tagen! Stimmt, vorgestern sind die Preise erhöht worden!« Der Verkäufer machte ein belehrendes Gesicht und blies die Luft leise durch die Nase.

Der Kuli A'er war wie gelähmt. Ganz unbewußt fühlte er die beiden 1-Yuan-Noten, die er in der Tasche trug – sein Lohn für den nächsten Monat, den er sich heute von Herrn Wu im voraus hatte geben lassen. Er rechnete aus, wenn er von jedem Stoff sieben Chi kaufte, würden die zwei Yuan gerade reichen.

Er konnte einen Seufzer nicht unterdrücken, als er sagte: »Es läßt sich nicht ändern, schneiden Sie von jedem sieben Chi ab!«

»Sieben Chi als Kleiderstoff für ein sechs- und ein achtjähriges Kind, das ist wirklich zuwenig, Bruder! Das mindeste sind siebeneinhalb Chi!« Der Verkäufer wurde plötzlich etwas freundlicher und klopfte mit dem Maß, das er in der Hand hielt, auf die Stoffballen.

A'er überlegte und kam zu dem Schluß, daß es wirklich nicht reichen würde. Im vorigen Jahr hatte er sieben Chi gekauft, und die Kinder waren inzwischen tüchtig gewachsen! Sie waren größer geworden, und im vorigen Jahr war noch nicht einmal mit dem amtlich festgelegten Chi-Maß gemessen worden! Er überlegte noch einmal: Wenn er siebeinhalb Chi kaufte, kostete der Stoff mehr als zwei Kuai und zwei Fen. Aber er hatte nur zwei Banknoten zu je einem Yuan in der Tasche und nicht ein Kupferstück mehr. Außerdem mußte er noch Wattefutter kaufen!

»Macht nichts, schneiden Sie mir sieben Chi ab und legen Sie mir einen halben Chi zurück!« bat A'er den Verkäufer.

»Ach, ich rate Ihnen, siebeneinhalb Chi zu nehmen; selbst dann muß ich Ihnen noch einen halben Chi aufheben, falls es nicht reicht!« sagte der Verkäufer kühl. Er klopfte mit dem Maß auf die beiden Stoffballen, legte sie dann lässig wieder auf den Stapel zurück und ging davon.

Sehr enttäuscht verließ A'er den Laden. Er machte sich Vorwürfe, daß er nicht schon vor zwei Tagen Herrn Wu gebeten hatte, ihm die zwei Yuan zu geben, damit er den Stoff kaufen konnte. Nur zwei Tage waren vergangen, aber er konnte für die zwei Yuan nicht mehr genausoviel Stoff kaufen wie vorgestern. Und seine beiden Kinder konnten doch wegen des Sinkens der Kaufkraft dieser Banknoten nicht kleiner werden!

Aber A'er hoffte noch immer, daß er einen Laden finden würde, in dem die Preise nicht gestiegen waren. Er betrachtete gedankenverloren jedes Stoffgeschäft, das eine Fahne mit der Aufschrift »Große Preissenkung« herausgehängt hatte, und vergaß darüber fast seinen Dienst, den er vor drei Uhr wieder antreten mußte, um Frau Wu zur Verfügung zu stehen. An einer Straßenecke hörte er plötzlich hinter sich jemanden seinen Namen rufen – es war jener pockennarbige Theaterkassierer.

»A'er! Hast du bares Silbergeld?« Der Pockennarbige zog ihn zur Seite und flüsterte ihm die Frage beschwörend ins Ohr.

Geld? Hast du etwa alles, was du in der vorigen Woche beim Würfeln gewonnen hast, schon verbraucht? schienen A'ers weit aufgerissene Augen zu fragen, und der Pockennarbige verstand ihn sofort. Er lachte, daß sich die Brauen runzelten, während er noch leiser sagte: »Bares Silbergeld! Wenn du welches hast, kaufe ich es dir ab. Auf einen Kuai schlage ich zehn Kupfermünzen drauf!«

»Was? Du willst Silbergeld kaufen? Aber womit willst du es bezahlen?«

A'er verstand ihn nun noch weniger.

»He, warum schreist du so laut? Ich werde dir Banknoten

dafür geben. Einen Kuai in Banknoten für einen Kuai Silbergeld und dazu noch zehn Kupferstücke – ach, alter Freund, ich gebe dir zwölf dazu!«

Nun mußte A'er aber verstehen. Zumindest verstand er, daß ein Silberkuai zwölf Kupferstücke mehr wert war als ein Kuai Papiergeld. Wenn er jetzt zwei Silberkuai in der Tasche hätte, könnte er die beiden Stoffe kaufen und das Wattefutter dazu!

»Ach, ich habe nichts!« antwortete er traurig, wandte sich ab und setzte den Weg fort. Er war kaum ein paar Schritte gegangen, als er sich fragte, weshalb der Pockennarbige Silbergeld kaufen wollte und was das für einen Nutzen bringen konnte. Er blickte sich um, aber der andere war nicht mehr zu sehen. A'er blieb also nichts anderes übrig, als diese Frage ungeklärt zu lassen. Gleichzeitig begann er an etwas anderes zu denken. Er nahm sich vor, falls er Mutter Zhang aus der Familie Li treffen würde, ihr zu sagen, daß noch Nachfrage nach Silbergeld bestünde. Ihre dreißig Yuan könnte sie um dreihundertsechzig Kupferstücke vermehren. Dann fiel ihm ein, daß seine Herrin in einer Kiste noch dreihundert schneeweiße Silbermünzen aufbewahrte. Die würden dreitausendsechshundert Kupferstücke einbringen. Dreitausendsechshundert Kupferstücke! Und das nach dem Preis des Pockennarbigen!

Anscheinend war die Summe von dreitausendsechshundert Kupferstücken zu groß, denn als A'er daran dachte, flammte in seinen Augen Zorn auf. Er achtete nicht mehr darauf, was die Stoffe in den Geschäften kosteten, sondern eilte geradenwegs, als schäumte er vor Wut, zum Haus der Familie Wu zurück.

Frau Wu hatte bereits den Mantel angezogen und fragte nach A'er. »Schnell, schnell! Ich will einkaufen fahren!« Als Frau Wu sofort in die Rikscha stieg, klapperten ihre zwei Cun hohen Absätze auf dem Trittbrett. A'er hatte nicht einmal Zeit, einen Schluck heißen Tee zu trinken, er ergriff die Deichseln und fuhr hinaus auf die Straße.

Schon in der nächsten Straße rief Frau Wu »Halt!« und betrat ein Geschäft, in dem es ausländische Waren gab.

A'er setzte sich auf das Trittbrett, atmete tief durch und wischte sich den Schweiß von der Stirn. Zwei Menschen gingen vorbei. »Du, die Reispreise sind mit einemmal um einen halben Kuai gestiegen!« hörte der Kuli den einen sagen.

»Welche Waren des täglichen Bedarfs sind denn noch nicht im Preis gestiegen?« Wieder drang solch eine Klage an sein Ohr. Er hob den Kopf, um Näheres zu erfahren, aber gerade in diesem Augenblick kam Frau Wu zurück.

»Wo hat man so etwas schon erlebt! Die Seife ist auch wieder um zwanzig Prozent teurer geworden!« brummte Frau Wu vor sich hin und stieg in die Rikscha.

»Gnädige Frau, das sind noch alte Bestände, die vorläufig noch billiger verkauft werden!« sagte lächelnd der Verkäufer, der ihr einen Karton Wäscheseife nachtrug. Dann stellte er das Paket auf das Trittbrett. A'er warf einen traurigen Blick auf den Karton mit der Seife und zog dann die Rikscha weiter. Noch drei- oder viermal befahl ihm Frau Wu zu halten, aber nun mußte er länger warten. Er saß schweigend auf dem Seifenkarton, der in der Rikscha lag, oder stand geistesabwesend neben dem Wagen und hörte, daß die vorbeigehenden Leute über das Steigen der Preise für Gebrauchsartikel sprachen. Er hatte dieses Gerede satt und konnte das alles kaum noch ertragen.

Als Frau Wu mit einem nicht allzu großen Päckchen unter dem Arm aus einem kleinen Laden kam, sagte sie, ein wenig lächelnd, leise zu sich selbst, aber anscheinend auch zu A'er: »Parfüm, Puder, Lippenstifte und Nagellack sind noch nicht viel teurer geworden.«

Die Rikscha war nun bis oben hin vollgepackt. Frau Wu rief ein paarmal erregt: »Schnell nach Hause!« Zu jenem Seifenkarton war nichts Schweres mehr gekommen, und Frau Wu wog auch nicht gerade viel, aber etwas anderes, die große Preissteigerung für die Güter des täglichen Bedarfs, machte A'er zu schaffen.

Und dieses unbekannte Etwas war wie reines Silber, es wurde immer schwerer. A'er merkte, daß er bei dieser Fahrt viel mehr Kraft verbrauchte als vor drei Tagen auf der gleichen Strecke und Frau Wu trotzdem nicht zufriedenstellen konnte. Der Kuli wunderte sich sehr: Wie kam es, daß seine Kraft so nachließ?

Herr Wu war schon lange zu Hause. Als er sah, was seine Frau alles eingekauft hatte, lachte er. »Du willst wohl rasch noch hamstern, bevor die Preise weiter steigen, nicht wahr?«

»Warum nicht!« antwortete sie, nachdem sie A'er den Auftrag gegeben hatte, die Sachen zu sortieren. »Sieh mal, hier sind Waren aus dem Süden, hier Kosmetika und hier Seidenstoffe. Alle sagen, daß in einem halben Monat die Preise um weitere vierzig bis fünfzig Prozent gestiegen sein werden. Rechne mal aus, um wieviel billiger ich das alles noch bekommen habe!« sagte Frau Wu, die offensichtlich so selbstzufrieden war, daß sie sogar ihre Kreuzschmerzen vergaß.

In dem Augenblick nahm A'er gerade den Seifenkarton, um ihn ins Haus zu tragen. Als er das hörte, blieb er unwillkürlich stehen und fragte: »Werden die Preise wirklich noch steigen, gnädiger Herr?«

»Natürlich werden sie noch steigen!« antwortete Herr Wu ernsthaft und ging, wie in Gedanken versunken, langsamen Schrittes davon.

»Ach«, seufzte A'er leise. Plötzlich mußte er daran denken, wie zufrieden und glücklich er vor zwei Tagen noch gewesen war. Wenn er einen Tag gearbeitet hatte, hatte er auch für einen Tag zu essen gehabt, er brauchte für das Essen nur seine Arbeitskraft einzutauschen. Ob er Silbermünzen oder Papiergeld hatte, war ihm egal, aber er verstand nicht, weshalb die Preise stiegen. Die Kräfte, die er für das tägliche Brot eintauschen mußte, ließen unaufhaltsam nach. Und plötzlich kam ihm der Gedanke, wie es wäre, wenn er sein täglich Brot nicht selbst verdienen müßte, wenn auch er etwas Bargeld besäße – selbst wenn es Banknoten wären.

Dann könnte er wie Herr Wu die Gelegenheit zu einem kleinen Nebenverdienst nutzen.

»Übrigens habe ich heute bei dem alten Herrn Lin auch seinen Freund getroffen!« Herr Wu ging zu seiner Frau, blieb vor ihr stehen und sprach leise weiter: »Der Freund war im Ausland und hat dort das Bankwesen studiert. Und weißt du, was er gesagt hat? Wenn das ausländische Geld erst verboten ist, werden die Aktien beträchtlich steigen – bis fünfundneunzig Prozent sogar!«

»Hm.« Frau Wu gab nur einen unbestimmten Laut von sich.

»Auf fünfundneunzig Prozent werden sie steigen! Und im Augenblick gibt es nicht mehr als siebzig Zollstellen. Rechne mal nach ... Ich habe überlegt, ob es nicht einen guten Gewinn einbrächte, wenn wir für das Gold, das du vor zwei Tagen eingetauscht hast, Staatspapiere kaufen würden ...«

»Das Gold wird ebenfalls im Preis steigen!« unterbrach Frau Wu scharf seinen Redefluß. Warum sollte sie nachgeben?

»Hm, hm, aber ...«, flüsterte Herr Wu dicht am Ohr seiner Frau.

Die Sonnenstrahlen fielen immer schräger zum Fenster herein. A'er saß auf einer sonnenbeschienenen Treppenstufe und dachte schweigend nach, ohne aber zu einer Schlußfolgerung zu gelangen. Weshalb ist das alles so gekommen, weshalb hatte er das Pech, ein Mensch zu sein, der täglich sein Brot verdienen mußte? Und seine zwei Kinder, die er so liebte, wurden von Tag zu Tag größer und brauchten mehr zu essen und neue Kleider.

Plötzlich rief Herr Wu von drinnen mit lauter Stimme: »A'er! A'er!«

Da mußte A'er in das Haus eilen.

1934–1936

Die kleine Hexe

1

Die I Taitai, die Konkubine, hieß mit ihrem Familiennamen Ling. Aber vielleicht hieß sie auch Lin. Wer soll sich da auskennen! Von Frauen dieser Art weiß man niemals richtig, wie sie heißen. Die Menschen nennen sie, wie es ihnen gerade einfällt.

Das erste, was die I Taitai nach ihrer Ankunft tat, war, daß sie in aller Bescheidenheit die Lao Taitai, die Ehrwürdige Taitai, aufsuchte, um ihr ihre Ehrerbietung zu erweisen. Die alte Dame knabberte gerade Wassernüsse, die der Gatte ihrer Enkelin ihr geschickt hatte. Sie hörte daher die I Taitai nicht eintreten und fuhr bestürzt zusammen, als sie plötzlich gewahr wurde, das jemand einen Koutou vor ihr vollführte. Daß sie bei einem ersten Besuch so erschrak, hielt sie sofort für ein schlechtes Vorzeichen. Es erfüllte sie mit Unbehagen. Und dazu die moderne Haarfrisur dieses Mädchens! Das Lockengewirr verursachte den Augen der alten Dame glattweg Schmerzen. So kam es, daß es ihr widerstrebte, dieses Mädchen als Taitai anzuerkennen, obwohl die Frau ihres Sohnes schon vor mehreren Jahren gestorben war und das Haus seitdem der Hausfrau, der Taitai, entbehrte. Ungeniert weiter an ihren Wassernüssen knabbernd, redete die Lao Taitai die neuangekommene Frau wegwerfend mit Ling Jie – Fräulein Ling – an.

So wurde aus der Neuen »Fräulein Ling«. Die Ehrwürdige Taitai hatte diese Bezeichnung selbst geprägt. Von Stund an war diese noch nicht zwanzigjährige Ling oder Lin, oder wie sie heißen mochte, dazu verdammt, eine Konkubine zu sein.

Fräulein Ling hatte eine Mutter. Zu dieser hatte der Lao Ye, der Hausherr, Fräulein Lings jetziger Ehemann, während eines geschäftlichen Aufenthalts in Shanghai gesagt: »Von morgen an sind wir miteinander verwandt.« Und zwar hatte er das gesagt, nachdem er eine Nacht mit Fräulein Ling, der er in einem der großen Geschäftshäuser begegnet war, geschlafen hatte. Fräulein Ling hatte keine Brüder; die Mutter war für ihre alten Tage ganz auf die Tochter angewiesen. Dem Lao Ye waren die Familienverhältnisse genau dargelegt worden, ehe er mit Fräulein Ling aus Shanghai abreiste. Aber die Lage änderte sich mit einem Schlage. Die Ehrwürdige Taitai anerkannte die neuen verwandtschaftlichen Beziehungen nicht, und der Hausherr vergaß seine Zusage. Fräulein Ling deutete bei jeder Gelegenheit an, wie schwer es ihre Mutter jetzt allein in Shanghai hätte, aber sie stieß entweder auf stumme Ablehnung oder wurde grob angefahren: »Verdammt! Wozu eine alte Frau schon Geld braucht! Es ist doch erst ein paar Monate her, daß ich ihr dreihundert Yuan gegeben habe! Wofür soll sie die ausgegeben haben?«

Die Lao Taitai war über dieses Geschenk von dreihundert Yuan sehr aufgebracht. Sie fuhr ihren Sohn ohne Rücksicht auf die Gegenwart einer alten Dienerin, die schon viele Jahre im Hause arbeitete, deswegen hart an.

»Für so eine hergelaufene Dirne, die du irgendwo in Shanghai auf der Straße aufgelesen hast, mußtest du dreihundert Yuan ausgeben? Dir rinnt ja das Geld wie Wasser durch die Finger! Bei der Hochzeit deiner eigenen Tochter hast du keine dreihundert Yuan übrig gehabt. Der Schrankkoffer, den du ihr gekauft hast, war bloß Kunstleder; der Deckel ist gleich am ersten Tag abgegangen. Ihre Schwiegereltern halten ihr das heute noch vor. Na, das Ganze war eine verfehlte Sache. Drei Kinder hat sie zur Welt gebracht, jedes ist in den ersten hundert Tagen gestorben. Aber du – du kratzt dir mühsam ein bißchen Geld mit Schwarzhandel zusammen, um es dann zu verplempern. Sich mit einem solchen Weibsbild einzulassen! Der Himmel möge dich mit einem Blitz erschlagen!«

Die Ehrwürdige Taitai war wegen ihrer scharfen Zunge berüchtigt, und der Lao Ye hatte ungern im bösen mit ihr zu tun. Und wenn er sich die Sache mit dem Fräulein Ling nachträglich ehrlich überlegte – sie war tatsächlich nicht die dreihundert Yuan wert! Sie hatte einer gewissen anderen Frau, die er am Ort selbst haben konnte, wirklich kaum etwas vorweg. Verärgert ob der dreihundert Yuan und gekränkt durch die Bosheiten der Lao Taitai, ließ der Lao Ye seine Wut an Fräulein Ling aus. Sie bekam zum erstenmal die brutale Kraft seiner Fäuste und Füße zu spüren.

Sie war an diesem Tag gerade zwei Monate »Fräulein Ling«.

Fräulein Ling bot jetzt natürlich einen anderen Anblick als zur Zeit, da sie aus Shanghai angekommen war. In der kleinen Stadt gab es keinen Salon für Haarpflege, auch sonst keinerlei Möglichkeit, sich eine Dauerwelle machen zu lassen. Ihr gelockter Bubikopf war auf dem harten Kopfkissen zu Strähnen geglättet worden, und sie trug das Haar, das inzwischen gewachsen war, zu einem Dutt im Nacken aufgesteckt wie einen Entensterz. Sie unterschied sich in ihrem Äußeren überhaupt in nichts mehr von den Mädchen in der kleinen Stadt. Ihren Lippenstift hatte sie schon lange aufgebraucht, die Pinzette für die Augenbrauen zerbrochen. Im Städtchen waren solche Dinge nicht zu haben, und der Lao Ye schlug es ihr ab, sie in Shanghai, wohin er oft kurze Geschäftsreisen unternahm, zu besorgen. Fräulein Ling verlor immer mehr an Anziehungskraft; sie wirkte von Tag zu Tag weniger verführerisch.

Dann machte der Lao Ye an Fräulein Ling eine Feststellung, die ihn mehr als alle bisher an ihr entdeckten Mängel verdroß. Zwei Tage nachdem er sie zum erstenmal geschlagen hatte, trank er sich einen schweren Rausch an. Obwohl es Tag war und die Sonne hell schien, tändelte er dann endlos mit ihr im Schlafzimmer. Plötzlich glaubte er auf ihrem Unterleib feine silbrige Streifen wahrzunehmen, der volkstümlichen Meinung zufolge der Beweis dafür war, daß eine Frau geboren hat. Der Lao Ye hatte bis zu diesem Augenblick noch unter der Wirkung des Alkohols gestanden – in diesem Augenblick wurde er völlig nüchtern. Er sprang auf, zerrte Fräulein Ling auf den Gang hinaus und schlug sie zweimal brutal ins Gesicht.

»Verdammte Hure!« zischte er zwischen den Zähnen hervor. »Und ich gab mich dem Wahn hin, eine Jungfrau vor mir zu haben. Du hast ja in der Nacht in Shanghai blendend Theater gespielt!«

Fräulein Ling brachte vor Angst kein Wort heraus. Sie schluchzte in sich hinein.

Als der Bericht von dieser mittäglichen Liebesszene die fromme Sprüche gewohnten Ohren der Lao Taitai erreichte, gestaltete sich Fräulein Lings Dasein noch unerträglicher. Es gehörte fortan zu den Tagespflichten der Lao Taitai, Fräulein Ling offen oder verblümt bis aufs Blut zu kränken. Die alte Dame setzte sich völlig über die buddhistische Vorschrift hinweg, ein Leben in Demut und Friedfertigkeit zu führen; sie redete sich so in ihren Haß hinein, daß sie mit der Faust auf den Tisch schlug, die Stühle umwarf und Fräulein Ling derart beschimpfte und beleidigte, daß das arme Mädchen kaum noch zu atmen wagte. Wenn ein Wiesel eine Henne stahl, war das auch einzig und allein Fräulein Lings Schuld. Die Lao Taitai fuchtelte dem Mädchen mit der Hand vor dem Gesicht herum und überschrie sich fast in ihrer Wut.

»Schlampe! Hexe!« keifte sie. »Dergleichen am hellichten Tag zu tun ist eine Todsünde. Da brauchen wir uns nicht zu wundern, daß uns das Wiesel die Hennen fortschleppt. Du wirst eines furchtbaren Todes sterben zur Strafe für deine Sünde im Angesicht der Sonne Buddhas! Schamlose Person du!«

2

Der Lao Ye fuhr mindestens einmal im Monat nach Shanghai, um »Ware« einzukaufen. Es verstand sich von selbst, daß jeder Besuch ihn mindestens drei Tage, oft sogar eine volle Woche dort festhielt. In der ersten Zeit fühlte sich Fräulein Ling während der Abwesenheit des Hausherrn glücklicher als ein zum Tode Verurteilter, dem man einen Aufschub der Urteilsvollstreckung bewilligt hat. Die Flut von Schmähungen, mit der die Lao Taitai sie zu überschütten pflegte, stieg zwar in diesen Tagen ins Ungemessene, aber sie war wenigstens sicher vor den Mißhandlungen, vor denen sie sich allmählich immer mehr ängstigte.

Der junge Herr, etwa so alt wie Fräulein Ling, war schon genau so ein Wüstling wie sein Vater. Xinger, die blutjunge leibeigene Sklavin, überlief ein Zittern, sobald sie den jungen Herrn nur gewahr würde, wie eine Maus beim Anblick der Katze. Wenn sich der junge Herr ungestört wußte, war er auch hinter Fräulein Ling her. Er versuchte, sie in den Handflächen zu kitzeln, ihr Gesicht zu streicheln, ihre festen Brüste anzufassen. Fräulein Ling hatte nicht den Mut, Lärm zu schlagen. Sie atmete auf, wenn es ihr, hochrot vor Scham, gelang, sich ihm durch die Flucht zu entziehen. Er sah ihr dann verblüfft nach, machte aber keine Anstalten, ihr zu folgen.

Weit schwieriger war es für Fräulein Ling, mit dem Schwiegersohn des Lao Ye fertig zu werden, dem Gatten ebender Tochter, von der die Ehrwürdige Taitai so oft sprach. Man brauchte ihn nur anzusehen, um sofort zu wissen, daß er ein ebenso ausschweifendes Leben führte wie der Lao Ye. Auch ihm war nur die Anrede »Fräulein Ling« geläufig, und seine Unverfrorenheit ging so weit, daß er das junge Mädchen sogar im Beisein der Ehrwürdigen Taitai unter dem Tisch in den Oberschenkel kniff. Fräulein Ling erging es bei seinem bloßen Anblick so wie der kleinen Xinger, wenn sie in die Nähe des jungen Herrn geriet.

Der Schwiegersohn bekleidete irgendeinen höheren Posten in der städtischen Polizeiverwaltung. Sobald der Lao Ye nicht daheim war, fühlte er sich immer besonders bemüßigt, der Familie seiner Frau einen Höflichkeitsbesuch nach dem anderen abzustatten. Er sprach oft vor; jedesmal trug er dabei ein Pistolenhalfter umgeschnallt. Fräulein Ling wußte, daß darin eine Pistole steckte, und bekam Herzklopfen vor Angst. Es kam schließlich so weit, daß sie die Rückkehr des Lao Ye herbeisehnte, in dem Gefühl, daß die Verhältnisse im Hause dann gesicherter wären.

Der städtische Adel und der Landadel in der Umgegend hatten gemeinsam eine »Schutztruppe« aufgestellt, deren Aufgabe es angeblich war, die Bevölkerung gegen »Banditenüberfälle« zu schützen. Der Lao Ye war der Befehlshaber dieser Schutztruppe; neben ihm gab es noch zwei Kompanieführer. Jedesmal, wenn der Lao Ye mit »Ware« aus Shanghai zurückgekehrt war, fanden sich alsbald seine beiden Untergebenen zur Berichterstattung bei ihm ein, und zwei Paar gierige Augen tasteten Fräulein Ling ab, sobald sich die Gelegenheit dazu bot.

Eines Tages war der Lao Ye wieder gerade von seiner Geschäftsreise heimgekehrt und besprach sich im Wohnzimmer mit diesen beiden Würdenträgern. An der einen Wand des Zimmers lagerten zwei große, in Schilfmatten verpackte Ballen »Ware«, das Ergebnis seiner Fahrt nach Shanghai. Die Unterhaltung war schon eine Weile im Gange, als sich die Stimme des Lao Ye plötzlich in Aufregung überschlug.

»Was der sich so denkt!« wetterte er los. »Bekommt zwanzig vom Hundert dafür, daß er müßig herumsitzt, und ist damit noch nicht zufrieden! Den juckt's in den Fingern, scheint mir. Was dessen Leute schon vom Kampf verstehen, diese kahlköpfigen Ratzen! Wenn der meint, sich aufspielen zu müssen – wir können's auch. Morgen fährt der Flußdampfer mit einhundert Jin Ware an Bord hier vorbei. Ihr steht mit euren Leuten Wache an der Anlegestelle, verstanden? Wenn's sein muß, wird geschossen. Die haben's so weit getrieben, nicht wir! ... Also morgen früh Punkt fünf Uhr. Ihr müßt zeitig heraus. Wir sind für die öffentliche Sicherheit verantwortlich und dürfen vor Unbequemlichkeiten nicht zurückweichen!«

»Aber unsere Leute ...«, wollte der eine Kompanieführer zu bedenken geben.

»Wenn die Sache erledigt ist«, fiel ihm der Lao Ye ins Wort, »bekommt jeder ein Liang Opium zum eigenen Verbrauch.« Er war noch immer sehr aufgebracht.

Während der ganzen Zeit stand Fräulein Ling vor der Tür und hörte gespannt zu. Plötzlich fuhr sie erschrocken zusammen: Jemand kniff sie in den Arm. Fast hätte sie laut aufgeschrien, im letzten Augenblick preßte sie die Lippen fest zusammen. Der Schwiegersohn hatte sich an sie herangeschlichen. Seine Augen funkelten vor Gier, als wolle er sich ihrer mit einem einzigen Griff bemächtigen. Und der Lao Ye war jenseits der Tür! Fräulein Lings Herz pochte zum Zerspringen.

Der Schwiegersohn hielt unerwartet an sich; es war ihm anzusehen, welche Überwindung ihn das kostete. Er wandte sich der Tür zu und trat in das Wohnzimmer ein. Minutenlang verhandelte er flüsternd mit Lao Ye.

Dann hörte Fräulein Ling den Hausherrn schelten.

»Dieser Sohn einer Hündin! Na gut! Wir werden es ihm besorgen! Ich bin morgen früh auch zur Stelle!«

Der Schwiegersohn schlug seine gewohnte häßliche Lache an. Für Fräulein Ling klang das immer so scheußlich wie das heisere Krächzen einer Eule.

Bis in den Abend hinein trug der Hausherr an jenem Tag eine verschlossene Miene zur Schau und brachte nur dann und wann einen Satz über die Lippen. Er nahm seine Pistole auseinander, besah sorgfältig alle Einzelteile, setzte sie wieder zusammen und lud sie. Darauf übte er sich eine Weile im Zielen. Fräulein Ling zitterten die Knie, sooft sie ihr Weg in seine Nähe führte. Schließlich steckte er die Pistole zu sich und verließ das Haus, ohne das Abendessen abzuwarten. Fräulein Lings Angst steigerte sich von Minute zu Minute; ihr war, als trüge sie einen schweren Stein in der Brust.

Die Ehrwürdige Taitai saß vor einem kleinen buddhistischen Altarschrein und ließ ihre Rosenkranzperlen schnell durch die Finger gleiten, während sie die vorgeschriebenen Gebete herunterleierte. Vor dem Schrein stand eine zierliche Bronzeschale, in der Sandelholz glimmte.

Es war schon elf Uhr nachts, als der Lao Ye endlich heimkam. Sein Gesicht war blaß und schmutzig; die blutunterlaufenen Augen hatte er noch mehr zusammengekniffen als sonst. Er roch nach Alkohol, und sein Kopf war wie in eine Schweißwolke gehüllt. Mit einer unwirschen Handbewegung holte er die Pistole aus seiner Tasche und warf sie polternd auf den Tisch. Fräulein Ling zitterten die Hände, während sie ihm beim Auskleiden behilflich war. Plötzlich lachte er dröhnend auf, packte sie mit beiden Händen und warf sie auf das Bett. Das war ihr schon oft widerfahren, aber dieses Mal geschah es völlig unerwartet. Fräulein Ling konnte nicht im geringsten herausfühlen, was für Gedanken den Lao Ye bewegen mochten; sie wagte kein Glied zu rühren, sondern blieb regungslos liegen. Der Lao Ye trat dicht an sie heran, seine Rechte umklammerte die im Dunkeln schwach funkelnde Pistole. Mit wütender Gebärde riß er ihr die Kleidung herunter. Fräulein Ling war wie gelähmt vor Entsetzen. Mit weitgeöffneten Augen starrte sie auf den Wüterich, der ihr die eiskalte Mündung der Waffe auf die Brust drückte. Fräulein Ling überfiel ein so heftiges Zittern, daß das Bettgestell in allen Fugen krachte.

Wie aus weiter Ferne hörte sie den Lao Ye sagen: »Ich will meine Pistole an dir ausprobieren. Mal sehen, wie gut sie funktioniert.«

In Fräulein Lings Ohren brauste es, ein Tränenstrom rann ihr über die Wangen.

»Hast wohl Angst vorm Sterben, du Schlampe du? He?

Na, laß gut sein, vorläufig will ich dich noch als Zeitvertreib behalten!«

Der Lao Ye lachte höhnisch und ließ sich wie ein Sack in das Bett fallen. Im nächsten Augenblick schlief er schon fest und schnarchte laut.

Fräulein Ling schob sich dicht an die äußerste Bettkante. Sie hatte Angst einzuschlafen; sie war auch viel zu erregt. Hätte er abgedrückt, ging es ihr durch den Sinn, wäre mein Elend schnell und schmerzlos zu Ende gewesen. Sie faßte Mut, nahm die Pistole in die Hand, besah sie von allen Seiten und schloß die Augen. Das Herz klopfte ihr zum Zerspringen. Plötzlich legte sie die Pistole wieder hin. Das Leben war ein einziger Kummer, aber vor dem Sterben grauste es ihr trotzdem.

Drei Uhr morgens war vorbei. Wuchtige Schläge bummerten gegen das Haupttor. Der Lao Ye fuhr aus tiefem Schlaf und lauschte einen Augenblick. Dann sprang er mit einem Satz aus dem Bett, griff nach der Pistole, stürzte an das Fenster und stieß es auf.

»Wozu schlagt ihr solchen Lärm?« brüllte er.

»Wir sind alle Mann hier!« antwortete eine einzelne Stimme.

Der Lao Ye schlüpfte in sein langes, wollgefüttertes Gewand, gürtete es mit der breiten Seidenschärpe, schob die Pistole dahinter und eilte auf den Hof. Fräulein Ling hörte ihn mit den Männern vor dem Tor verhandeln, hörte, wie er sie mit einer Flut von Flüchen und Beschimpfungen überschüttete. Nach einer Weile zog der Trupp ab.

Fräulein Ling war ans Fenster getreten. Am Himmel glitzerten ein paar Sterne. Da und dort schwebte langsam eine graue Wolke dahin. In Fräulein Lings Kopf drehte sich alles; sie zitterte vor Kälte und legte sich wieder ins Bett. Während sie sich in die warmen Decken kuschelte, überlegte sie, daß sie besser täte, wach zu bleiben. Aber sie fiel bald in einen leichten Schlummer, ihr Kopf glitt von der Kopfstütze auf die Schulter herunter. Ein schrecklicher Traum suchte sie heim. Der Lao Ye hatte sie erschossen. Ihre Mutter hielt sie mit beiden Armen umschlungen und weinte herzzerbrechend ... Fräulein Ling schreckte auf. Ihre Mutter war nicht bei ihr – jemand anderes hielt sie umschlungen, flüsterte ihr leidenschaftliche Worte ins Ohr. Sie war mit einemmal hellwach. Im schwachen Schein des Öllämpchens auf einem Tisch neben dem Bett erkannte sie das Gesicht. Das Herz drohte ihr stillzustehen.

»Junger Herr, Sie ...!«

Fräulein Ling wollte ihn abwehren. »Ich schreie, wenn Sie mich nicht loslassen!«

»Schrei nur! Der Alte schlägt sich mit der Polizei herum wegen des Opiums, und die Lao Taitai läßt dich schreien.« Sie rangen miteinander. Aber er war bei weitem stärker und gewandter als sie, obwohl er erst siebzehn Jahre alt war.

»Sie richten mich zugrunde ...« Fräulein Ling weinte vor sich hin. Schließlich gab sie nach.

Das Öllämpchen war ausgebrannt. Der Himmel überzog sich mit einem fahlen Fischbauchweiß. Auf dem Hof krähte der erste Hahn, dann der zweite. Der Hahn auf dem Nachbarhof griff den Weckruf auf und gab ihn weiter. Es dauerte nicht lange, so krähten alle Hähne in der weiten Runde ... Lautes Stimmengewirr tönte von der Straße herüber, näherte sich dem Gehöft ... Gleich darauf donnerte jemand kräftig gegen das Haupttor. Fräulein Ling schlüpfte, zitternd vor Angst, aus dem Bett: Sie wollte die Zimmertür verriegeln. Der junge Herr war mit ein paar Sätzen neben ihr.

»Bist du von Sinnen?« zischte er sie an. »Erst muß ich hier heraus!« Und er huschte aus dem Zimmer.

Fräulein Ling streifte sich in aller Eile etwas über, legte sich wieder ins Bett und zog sich die Decke über den Kopf. Wie ein Igel rollte sie sich zu einer Kugel zusammen. Im Erdgeschoß des Hauses erhob sich ein großes Getöse, es kam die Treppe herauf und tobte schließlich vor ihrer Tür. Sie riß allen Mut zusammen und öffnete. Fünf oder sechs Männer standen davor, unter ihnen der Lao Ye und der

Schwiegersohn. Zwei Männer hielten den Lao Ye. Sein Obergewand stand über der Brust offen, das weiße Wollfutter war mit Blut befleckt. Nachdem die Männer den schweren Körper aufs Bett gelegt hatten, gingen sie bis auf den Schwiegersohn und einen Kompanieführer allesamt fort. Der Lao Ye tobte wie ein verwundeter Stier. Der Kompanieführer besah die Wunde und sagte zu dem Schwiegersohn: »Diese Wunde kann nicht hier am Ort behandelt werden. Daß der Schuß ihn so getroffen hat, macht mich stutzig. Sie kamen von vorn, aber er ist von der Seite getroffen. Wirklich recht merkwürdig! Und kein Zufallstreffer. Wer den Schuß abgab, hatte auf ihn gezielt. Na, wir haben mit diesem Hundesohn von Polizeichef jedenfalls gründlich abgerechnet.«

Vom Bettende beobachtete Fräulein Ling den Schwiegersohn, der hinter dem Kompanieführer stand. Er bemühte sich, ein schadenfrohes Grinsen zu unterdrücken.

Aus dem Erdgeschoß drang der Lärm nach oben, den die Lao Taitai machte. Sie warf mit allen möglichen Gegenständen um sich, die ihr in die Hände kamen, und fluchte und schimpfte in einem fort.

»Das ist die Vergeltung für die Beleidigung der Sonne Buddhas. Alles wegen dieser verruchten Dirne. Ich wußte vom ersten Augenblick an, als sie unser Haus betrat, daß sie Unglück über uns bringen würde. Mein Sohn braucht keinen Arzt. Man braucht nur diese verdammte Hexe zu töten, in *dem* Augenblick wird er gesund sein! So tötet sie schon!«

3

Bereits in den ersten Morgenstunden war die Verwegenheit der Räuber Stadtgespräch. Der Präsident der Kaufmannsgilde telefonierte lange mit der obersten Bezirksverwaltung. Der Polizeichef wäre bei der »Verhaftung der Räuber« getötet, der Leiter der Schutztruppe, der »bei der Verhaftung assistiert« hätte, schwer verwundet worden. Bei der Weitergabe des Berichts an die Provinzialregierung fälschte die Bezirksverwaltung die Räuber in Banditen um: »Eine Bande, zwischen zwei- und dreihundert Mann stark, alle schwer bewaffnet, war überfallmäßig aufgetaucht und nach dem Verbrechen sofort verschwunden.« Auf Grund dieser Meldung setzte die Provinzialregierung eine Kompanie reguläre Truppen in Marsch mit dem Befehl, »die Banditen vom Erdboden zu vertilgen«.

Die Kompanie marschierte durch die Hauptstraße in die Stadt ein. Fräulein Ling sah sie am Hause vorbeiziehen. Sie war sich nicht klar, ob die Soldaten im Interesse des Lao Ye oder in dem des Schwiegersohnes kämen. Ein unbestimmtes Gefühl sagte ihr, daß der Schwiegersohn den Schuß auf den Lao Ye abgegeben hatte. Aber sie behielt dieses dumpfe Gefühl für sich; nicht einmal dem jungen Herrn gegenüber ließ sie eine Andeutung fallen.

Die Schußverletzung des Lao Ye heilte allmählich aus. Ein Kugelsplitter blieb im Fleisch stecken, aber die Wunde schloß sich. Fräulein Lings größte Sorge war, daß er bald wieder in den vollen Besitz seiner Kräfte gelangen und dann wie früher über sie herfallen würde. Bei der Erinnerung an seine unbeherrschte Sinnlichkeit packte sie ein Grauen vor dem Kommenden.

Eines Tages bat sie den jungen Herrn heimlich, mit ihr gemeinsam eine Möglichkeit, freizukommen, zu suchen. Er schlug ihr die Bitte rundweg ab; es gäbe für ihnen keinen Weg, ihr behilflich zu sein, und für ihr Vorhaben hatte er nur ein spöttisches Lachen übrig.

Schon wenige Tage danach konnte der Lao Ye aufstehen und umhergehen. Fräulein Ling war so erschrocken darüber, daß sie keinen Bissen essen konnte.

Aber den Lao Ye schien irgend etwas zu bedrücken. Mit Fräulein Ling gab er sich kaum ab. Der eine der beiden Kompanieführer besuchte ihn oft; die beiden Männer flüsterten jedesmal lange miteinander, und der Lao Ye schnitt in einem fort ärgerliche Gesichter. Als Fräulein Ling dem

Reiswein bedächtig und genießerisch aus seinem Schälchen, das er von Zeit zu Zeit auf den Tisch stellte, um auf Geräusche zu lauschen. Gegen neun Uhr hörte man das Trappeln eiliger Schritte auf der Straße; eine einzelne Stimme erteilte laut Befehle. Der Lao Ye war davon offensichtlich sehr betroffen; er hörte mit Trinken auf und legte sich auf das Bett. Fräulein Ling mußte ihm die Beine massieren.

Ein Weilchen später hörte man aus großer Entfernung Gewehrfeuer. Der Lao Ye sprang mit einem Satz vom Bett herunter und rannte ans Fenster. Im Nordwesten war heller Feuerschein sichtbar. Der Lao Ye blieb ein paar Minuten am Fenster stehen, goß sich dann selbst eine große Trinkschale voll Reiswein ein und leerte sie in einem Zuge. Darauf streckte er mit behaglichem Kopfnicken beide Arme vor, das war sein Zeichen, daß er ausgekleidet zu werden wünschte, und Fräulein Ling überlief ein inneres Zittern. Sie war sehr überrascht, daß er sich nur die Beine noch länger massieren ließ und sich dann zum Schlafen ausstreckte.

Am nächsten Morgen hörte Fräulein Ling, daß der Wasserverkäufer in der Küche von einem Überfall erzählte, den Banditen in der vergangenen Nacht auf das Dorf im Nordwesten der Stadt ausgeführt hätten. Die Truppen hätten einen stundenlangen Kampf gegen die Räuberbande geführt und eine Anzahl Bauern, die mit ihr gemeinsame Sache machten, gefangengenommen, auch ein verwundeter Bandit wäre ihnen in die Hände gefallen, er säße jetzt in Haft auf der Polizeistation.

Im Erdgeschoß führte die Lao Taitai wiederum eine Szene auf. »Das hat er nun davon, daß er seinen Verstand über einer Hexe verloren hat. Nun hat er Scherereien mit dem Schwiegersohn. Jeder, der gegen die Sonne Buddhas ...«

Fräulein Ling ging mit einer Schale voll Lotuskernsuppe zum ersten Stock hinauf. Schon auf der Treppe hörte sie die aufgeregten Stimmen des Lao Ye und seines Schwiegersohnes. Als sie vor der Tür anlangte, sagte der Lao Ye gerade wütend: »Du blöder Kerl! Wie kannst du dich unterstehen, in solchem Ton mit mir zu sprechen!«

»Dir hat wohl der Streifschuß neulich nicht gelangt?« knurrte der Schwiegersohn böse. Sein zynisches Lachen jagte Fräulein Ling Angstschauer über den Rücken.

Sie öffnete die Tür, obwohl sie ihr Herzklopfen bis in den Hals hinein fühlte. In der Hand des Schwiegersohnes funkelte eine Pistole, die Mündung war auf den Lao Ye gerichtet. Fräulein Ling bekam weiche Knie, das Blut in den Adern schien ihr zu gerinnen.

»Mörder! Drück ab!« höhnte der Lao Ye.

Krach!

Fräulein Ling brach neben der Tür zusammen. Sie nahm noch das böse, verzerrte Gesicht des Schwiegersohnes wahr, als er über sie hinwegtrat und das Zimmer verließ. Danach wurde es dunkel um sie.

4

Den Lao Ye hatte der tödliche Schuß getroffen, nicht Fräulein Ling. Aber sie wurde von einem heftigen Fieber überfallen und phantasierte. Zwei Tage hatte sie Höchsttemperatur, glühte im Gesicht, als hätte sie Unmengen getrunken, und hatte glasige Augen. Sie brachte keinen Happen Essen hinunter, war zeitweilig sehr unruhig und redete verworrenes Zeug. Am dritten Tag fühlte sie sich besser, aber noch sehr schwach und war so benommen, daß sie fast den ganzen Nachmittag über schlief. Es dämmerte bereits, als sie, von Durst geplagt, jäh erwachte. Ihr Blick fiel auf Xinger, die junge leibeigene Sklavin, die, über das Fensterbrett gebeugt, auf die Straße hinaussah. Fräulein Ling wunderte sich, daß sie im Bett lag. Das Geschehene war ihrem Gedächtnis völlig entschwunden. Als sie sich aufsetzen wollte, merkte sie, daß ihr die Kräfte dazu fehlten.

»Xinger«, sagte sie mit schwacher Stimme, »weshalb

schaust du aus dem Fenster? Wenn dich der Lao Ye erwischt, schlägt er dich!« Beim Sprechen merkte Fräulein Ling, daß sie hungrig war.

Die kleine Sklavin drehte sich ins Zimmer zurück und lächelte Fräulein Ling zu.

»Der Lao Ye? Der ist tot!« sagte sie dann mit einem bösen Auflachen. »Schau her«, sie wies mit dem Finger auf eine Stelle des Fußbodens, »da lag er, mitten in einer Blutlache!«

Fräulein Ling überfiel wieder ein Zittern. Die Erinnerung kehrte zurück. Sie trieb in eine Traumwolke hinein: Das Herz klopfte zum Zerspringen, vor den Augen verschwamm alles. Der Lao Ye stand unmittelbar am Bett und drückte ihr die Pistolenmündung auf die bloße Brust ... Der Schwiegersohn zielte zum tödlichen Schuß auf den Lao Ye ... aus einem Gesicht mit böse zusammengezogenen Augenbrauen starrten sie zwei gierige Augen an – der Schwiegersohn! Sie vermeinte zu schreien; aber der Schrei, den sie hörte, schien von jenseits einer dicken Wand an ihr Ohr zu dringen. Eine schwere Last drückte auf ihre Brust. Fräulein Ling versank von neuem in Bewußtlosigkeit ...

Fräulein Ling erwachte zum zweitenmal. Sie glaubte, sie wäre gestorben. Die Lampe auf dem Tischchen neben dem Bett brannte, der Schatten einer Männergestalt fiel auf die Schlafdecke. Fräulein Ling erkannte sie: Es war der junge Herr. Er stand dicht an der Bettkante, mit dem Rücken zur Lampe ... beugte sich über sie.

»Bin ich gestorben?« brachte sie mühsam heraus.

»Es stirbt sich nicht so leicht!« war die Antwort.

»Ich komme um vor Schmerzen. Ich denke ... der Schwiegersohn ...«

»Ist eben hinausgegangen. Ich habe eine List angewandt, um ihn aus dem Zimmer herauszubekommen.«

»Du bist ein kleiner Teufel!« Und Fräulein Ling ließ es zu, daß der junge Herr sie auf die Wangen küßte. Ein Lächeln spielte um ihren Mund. Sie war hungrig.

Der junge Herr erzählte ihr, der Schwiegersohn habe den

Posten als Befehlshaber der Schutztruppe übernommen und werde den Lao Ye auch als Leiter des Hauswesens ersetzen. Fräulein Ling traute ihren Ohren nicht.

»Weißt du, wie der Lao Ye gestorben ist?« fragte sie zögernd.

»Der alte Herr war beim Reinigen seiner Pistole unvorsichtig und hat sich selbst erschossen.«

»Wer sagt das?«

»Der Schwiegersohn. Die Lao Taitai auch: Sie schiebt es darauf, daß der Geist des alten Herrn zur Wanderschaft verurteilt wurde und er sich erschoß, weil er eine Sünde gegen die Sonne Buddhas beging. Sie behauptet, du hättest ebenfalls gegen die Sonne Buddhas gesündigt, und deswegen hätte dich der alte Herr nach seinem Tode vor den König der Unterwelt rufen lassen, um Zeugnis abzulegen. Das geschah während der letzten paar Tage, in denen du tot warst.«

Fräulein Ling sann ein paar Minuten über das Gehörte nach. Dann schüttelte sie den Kopf, rückte dicht an den jungen Herrn heran und flüsterte ihm ins Ohr: »Das stimmt alles nicht. Der Lao Ye erschoß sich nicht selbst. Sprich aber zu niemand darüber. Der Schwiegersohn erschoß ihn – ich sah es mit meinen eigenen Augen!«

Der junge Herr blickte Fräulein Ling ungläubig an. »Wen kümmert es schon, wie er gestorben ist«, sagte er gleichgültig. »Er ist eben tot – damit ist der Fall erledigt!«

»Aber ich weiß, daß der Schwiegersohn eines Tages dich auch töten wird! Und eines Tages wird er auch mich töten!«

Der junge Herr erwiderte nichts darauf. Er legte nachdenklich die Stirn in Falten und musterte Fräulein Ling mit prüfendem Blick.

»Eines Tages schießt er uns beide nieder. Wenn es herauskommt, daß du und ich ...« Fräulein Ling brach den Satz ab und seufzte.

Der junge Herr wußte darauf keine Entgegnung und ließ den Kopf hängen.

»Sieh, daß du fortkommst. Er wird bald wieder hiersein!«

sagte Fräulein Ling und versetzte dem jungen Herrn einen kleinen Stoß.

»Haha, du denkst, er kommt zurück? Er tritt heute den neuen Posten an; abends geben sie im Hause der stadtbekannten Konkubine ein großes Einführungsessen. Da soll er hierherkommen?«

»Laß gut sein ...« Fräulein Ling kicherte und drängelte den jungen Herrn nicht mehr, fortzugehen.

Aber er war tatsächlich unruhig geworden. Er tändelte noch ein Weilchen mit Fräulein Ling, dann verließ er sie. Fräulein Ling schlief fest ein. Sie wußte nicht, wie lange sie geschlafen haben mochte, als sie wachgerüttelt wurde. Von der Straße drangen Lärm und Geschrei herein, Schüsse knallten so zahlreich wie Feuerfrösche am Abend vor Neujahr. Der junge Herr zerrte sie aus dem Bett.

»Es sind richtige Banditen da!« redete er aufgeregt auf sie ein. »Hör nur, sie schießen wie wild. Am Westtor wird gekämpft!«

Fräulein Ling konnte vor Schreck kein Wort sagen. Ihr Blick glitt zum Fenster: Die letzten Strahlen der untergehenden Sonne fielen in eine Ecke des Hofes. Der junge Herr half ihr beim Anziehen und berichtete ihr atemlos vor Angst, was sich zugetragen hatte.

»An dem letzten Abend schickte der alte Herr seine Leute in das Dorf im Nordwesten der Stadt; sie sollten die Bauern ausplündern und die Häuser in Brand stecken. Die alarmierten Truppen nahmen einen großen Teil der Dorfbevölkerung gefangen, weil sie sie für Banditen hielten. Und jetzt sind richtige Banditen in das Dorf eingedrungen; die von den Truppen zu Unrecht beschuldigten Dorfleute aber haben sich mit ihnen zusammengetan, und die ganze Bande ist in die Stadt einmarschiert. Sie wollen unsere ganze Familie umbringen ...«

Die letzten Worte des jungen Herrn gingen in dem wüsten Straßenlärm unter. Die Horde drang in die Geschäfte ein, die noch nicht zur Nacht die Fensterläden geschlossen und die Türen verriegelt hatten. Der junge Herr ließ Fräulein Ling allein und rannte die Treppe hinunter. Sie stand mit schlotternden Knien am Fenster, das auf die Straße hinausging. Die Truppen zogen sich in voller Auflösung durch die Straßen zurück und plünderten alle Läden. Fräulein Lings Beine trugen sie nicht mehr, sie hockte sich auf den Fußboden. In dem Augenblick stürzte der junge Herr ins Zimmer und riß sie hoch.

»Banditen ... in die Stadt eingedrungen ...«, keuchte er. »Schwiegersohn ... erschossen!«

Der junge Herr und Fräulein Ling eilten die Treppe hinunter. Die Lao Taitai kniete vor dem Altarschrein und vollführte einen Koutou nach dem anderen. Der junge Herr beachtete sie überhaupt nicht. Er zog Fräulein Ling, so schnell es bei ihrer Schwäche nur ging, durch die Hintertür. Wohin sollten sie nur gehen? Fräulein Ling kam kaum zur Besinnung. Dann fiel ihr die Mutter in Shanghai ein, und über ihr aschfarbenes Gesicht rollten dicke Tränen.

Plötzlich ertönten in schneller Folge zischende Pfiffe. Eine verirrte Kugel traf den jungen Herrn; er kippte um wie ein gefällter Baum und riß im Stürzen Fräulein Ling mit. Sie richtete sich auf und umschlang den jungen Herrn mit ihren Armen. In diesem Augenblick traf sie eine andere verirrte Kugel mitten in die Brust. Ein krampfartiges Zucken lief über ihr Gesicht, sie fiel auf den Rücken und bewegte sich nicht mehr. Ihre Lippen schienen in Lachen und Haß verzerrt.

Aus dem Haus, das der junge Herr und Fräulein Ling eben verlassen hatten, quollen dicke Rauchschwaden heraus. Flammen züngelten empor, Funken stoben in allen Richtungen in die Luft.

1932

Der Laden der Familie Lin

1

Fräulein Lin kam an diesem Tag mit einem Schmollmäulchen aus der Schule nach Hause. Sie schleuderte ihren Bücherpacken auf den Tisch und streckte sich lang auf ihr Bett, ohne sich, wie sie es sonst zu tun pflegte, vor dem Spiegel überzukämmen und die Nase zu pudern. Zum Betthimmel emporstarrend, hing sie ihren Gedanken nach. Ihr kleiner Kater, »Blümchen« gerufen, sprang ihr leichtfüßig auf das Bett nach, kuschelte sich an ihre Beine und miaute zweimal. Mechanisch fuhr sie ihm mit der Hand liebkosend über das Köpfchen, drehte sich auf die Seite, drückte das Gesicht tief in das Kissen und rief: »Maa!«

Es erfolgte keine Antwort. Fräulein Lins Ma wohnte in dem Zimmer nebenan. Sie war ihrer einzigen Tochter in überschwenglicher Liebe zugetan. Sobald sie sie sonst heimkehren hörte, kam sie in ihrem wiegenden Gang herzu und fragte, ob sie hungrig wäre. Sie hatte immer etwas Gutes für sie bereitgestellt, und wenn es damit einmal nicht geklappt hatte, wurde die Dienerin Wu schnell zum nächsten Straßenhändler geschickt, um eine Schale warme Suppe mit Fleischklößchen zu erstehen. Aber heute war alles merkwürdig anders. In Mas Zimmer redeten fremde Leute; Fräulein Lin konnte auch deutlich hören, wie es der Ma aufstieß: »Höch-höch.« Trotzdem kam die Ma nicht auf ihr Rufen und antwortete nicht einmal.

Fräulein Lin drehte sich auf den Rücken und hob den

Kopf, um zu lauschen. Mit wem verhandelte Ma? Und worum mochte es gehen, daß so leise gesprochen wurde?

Sie konnte jedoch nicht verstehen, was gesagt wurde. Nur Mas Aufstoßen drang immer wieder an ihr Ohr. Mit einemmal sprach Ma ganz laut; es hörte sich an, als wäre sie ärgerlich. Einige Worte waren deutlich zu unterscheiden: »Das hier sind japanische Waren, das da auch ... Höch-höch!«

Fräulein Lin fuhr empört in die Höhe. Es prickelte sie am ganzen Körper; genauso wie einem nach dem Haarschneiden die feinen ausrasierten Härchen im Nacken prickeln. Sie war heute so verdrossen nach Hause gekommen, weil man sie ausgerechnet dieser japanischen Waren wegen in der Schule gehänselt und ausgeschimpft hatte. Sie schubste Blümchen, der sich behaglich an ihr rieb, mit einer energischen Handbewegung zur Seite, sprang vom Bett herunter und zog ihr neues hellblaues Kunstseidenkleid aus. Seufzend schüttelte sie es ein paarmal hin und her, um es auszustäuben. Gerade von diesem bildschönen Kleid hieß es, es wäre aus japanischem Material! Sie warf es achtlos beiseite und zog einen rindledernen Handkoffer unter dem Bett hervor. Wütend klappte sie den Deckel hoch, kehrte den Koffer um und ließ seinen ganzen Inhalt auf das Bett fallen. Hellgemusterte Kleider und alle möglichen modischen Kleinigkeiten quollen heraus – eine wahre Skala von leuchtenden Farben. Blümchen landete mit einem Satz auf dem Fußboden, drehte sich ein paarmal im Kreise und sprang auf einen Stuhl. Zusammengekauert, beobachtete er verwundert das Tun seiner Herrin.

Fräulein Lin sortierte den Haufen Kleider. Als sie damit fertig war, fing sie, vor dem Bett stehend, an zu überlegen. Je gründlicher sie all ihre Besitztümer musterte, desto mehr Wohlgefallen fand sie an ihnen, desto mehr kam ihr aber auch deren japanische Herkunft zum Bewußtsein. Sollte sie davon gar nichts mehr tragen dürfen? Der Gedanke, sich von all diesen schönen Sachen trennen zu sollen, war ihr unerträglich. Außerdem war es fraglich, ob der Vater sich bereit finden würde, ihr neue Kleider machen zu lassen. Vor Fräulein Lins Augen tanzten rote Kreise – es war nicht zum Aushalten. Sie liebte diese japanischen Dinge und haßte die Japaner; warum hatten sie sich nur erdreistet, die drei Nordostprovinzen Chinas zu besetzen? Wäre das nicht passiert, könnte sie japanische Erzeugnisse tragen, und kein Mensch würde ein Wort darüber verlieren.

»Höch ...«

Plötzlich kam dieser Laut von der Tür her. Darauf wurde die magere Frau Lin sichtbar. Mit ihren wiegenden Schritten kam sie näher. Als sie die vielen auf dem Bett herumliegenden Kleidungsstücke gewahr wurde und dazu ihre Tochter, die, mit nichts weiter als einem kurzen Wollhemdchen auf dem Körper, wie geistesabwesend vor dem Bett stand, geriet sie außer Fassung, und je mehr sie sich erregte, desto schneller folgten ihre »Höch-höch« aufeinander. Sie konnte kein Wort herausbringen.

Fräulein Lin flog der Mutter an die Brust. Mit tränenüberströmtem Gesicht schluchzte sie: »Ma! Das sind alles japanische Sachen. Was soll ich denn bloß morgen anziehen?«

Frau Lin konnte nur den Kopf schütteln und ihren »Höch-höch« freien Lauf lassen. Mit der einen Hand stützte sie sich auf die Schulter der Tochter, mit der anderen hämmerte sie sich gegen die Brust. Nach einem Weilchen brachte sie ein paar Sätze zustande.

»Liebes Kind – höch –, warum hast du dich denn nur – höch – ganz ausgezogen? Bedenke doch, wie kalt es ist – höch –, diese Plage – höch –, sie fing in dem Jahr an, in dem du geboren wurdest – höch –, seit einiger Zeit wird es immer schlimmer damit! – Höch!«

»Ma! Sag mir doch bloß, was ich morgen anziehen soll! Ich werde mich im Haus verkriechen und überhaupt nicht auf die Straße gehen. Hänseln werden sie mich! Ausschimpfen!«

Frau Lin antwortete nicht. Unentwegt aufstoßend, holte sie das neue hellblaue Kunstseidenkleid vom Bett und hängte es der Tochter über. Dann brachte sie das Bett in Ordnung als freundliche Geste für die Tochter, sich hinzusetzen. Blümchen nahm sofort wieder seinen Platz neben Fräulein Lins Beinen ein, hob den Kopf und beäugte aus verengten Pupillen zuerst die Mutter, dann die Tochter. Wohlig wälzte er sich auf dem Rücken und rieb seinen Bauch an Fräulein Lins Schuhsohlen.

Das Mädchen stieß ihn fort und lehnte sich, den Kopf hinter dem Rücken der Mutter versteckend, seitwärts auf das Bett.

Ein Weilchen sprachen die beiden kein Wort. Frau Lin war von ihrem »Höch-höch« in Anspruch genommen; Fräulein Lin sinnierte, wie sie morgen ausgehen sollte. Das Problem der japanischen Waren betraf nicht nur alles, was Fräulein Lin anzog, sondern auch alles, was sie sonst in Gebrauch hatte. Selbst der kompakte Puder, den ihre Mitschülerinnen so bestaunten, und ihr Druckbleistift waren zweifellos japanischer Import. Und auf solchen Firlefanz war sie ganz versessen.

»Liebes Kind – höch –, bist du hungrig?«

Das Stillsitzen hatte sich beruhigend auf die »Höchhöch« ausgewirkt, Frau Lin nahm ihre gewohnte Masche überschwenglicher Fürsorge wieder auf.

»Nein. Warum fragst du mich immerfort, ob ich hungrig bin, Ma? Das allerwichtigste im Augenblick ist, daß ich nichts anzuziehen habe. Wie soll ich denn da morgen zur Schule gehen?« fragte die Tochter. Sie war schlechter Laune und hockte noch immer zusammengekauert auf dem Bett, das Gesicht hinter Mas Rücken versteckt.

Frau Lin hatte von Anfang an nicht verstanden, warum ihre Tochter jammerte, sie hätte nichts anzuziehen. Eben hatte sie das nun schon zum drittenmal gesagt; man mußte der Sache endlich nachgehen! Wenn nur nicht dieses furchtbare Aufstoßen immer wieder störend dazwischenkäme! In diesem Augenblick trat Herr Lin ins Zimmer, ein beschriebenes Blatt Papier in der Hand; das Gesicht aschfahl. Mit einem Blick übersah er die Situation: seine Frau, die gegen das Aufstoßen ankämpfte, seine Tochter, die sich auf dem Kleidungsstücken besäten Bett verkroch. Er durchschaute sofort den Zusammenhang. Mit gerunzelter Stirn wandte er sich an die Tochter: »Mingxiu! Gibt es in deiner Schule so etwas wie eine antijapanische Vereinigung? Eben bekam ich diesen Brief. Wenn du morgen wieder in Sachen aus japanischen Stoffen zur Schule kämest, heißt es darin, würden sie sie verbrennen. Völlig ungesetzlich; die reine Willkür ...«

»Höch-höch!«

»Wie kann man überhaupt einen solchen Grundsatz aufstellen! Welcher Mensch trägt denn heute nicht irgend etwas aus Japan an sich! Ausgerechnet uns müssen sie etwas am Zeuge flicken. Welches Geschäft, das ausländische Artikel führt, hat nicht japanische Waren angehäuft? Ausgerechnet unseren Laden bezichtigen sie der Gesetzesübertretung! Sie wollen durchaus unsere Lagerbestände konfiszieren. Ach, wie furchtbar!« Herr Lin hängte wütend noch einige Verwünschungen an und ließ sich auf einen Stuhl neben dem Bett fallen.

»Höch-höch ... Schütze uns vor allem Unheil, Göttin Guanyin! Höch ...«

»Papa, ich habe noch eine alte wattegefütterte Jacke. Die ist bestimmt nicht aus japanischem Material; aber sie werden mich alle auslachen, wenn ich damit ankomme, so unmodern ist sie«, sagte Fräulein Lin und setzte sich aufrecht aufs Bett. Sie hatte weitersprechen und den Vater bitten wollen, ihr ein Kleid aus nichtimportiertem Stoff machen zu lassen; der Ausdruck in seinem Gesicht hielt sie jedoch von diesem Unterfangen ab. Aber den Tränen, die ihr bei dem Gedanken an den Spott über ihre alte wattierte Jacke in die Augen schossen, vermochte sie nicht Einhalt zu gebieten.

»Höch-höch ... liebes Kind ... höch ... weine nicht! Kein Mensch wird dich auslachen ... höch ... mein Kind!«

»Morgen brauchst du nicht zur Schule zu gehen, Axiu! Wir haben bald nichts mehr zu essen, geschweige denn Geld fürs Lernen!« Herr Lin sprach sehr aufgeregt. Er zerriß den Brief, den er noch immer in der Hand hielt, in lauter Schnipsel und verließ mit einem tiefen Seufzer das Zimmer. Es dauerte gar nicht lange, da kam er eilig zurück, sah seine Frau groß an und sagte zu ihr: »Den Schlüssel zur Schatulle! Gib ihn mir!«

Frau Lin wurde blaß und starrte ihren Mann entsetzt an. Ihr ständiges Aufstoßen setzte im Augenblick aus.

»Es gibt keinen anderen Ausweg. Wir müssen diesen herumstromernden Teufeln das Maul stopfen.« Herr Lin tat einen tiefen Seufzer, ehe er weitersprach. »Mehr als vierhundert Yuan wird es mich nicht kosten. Wenn das der Ortsgruppe der Partei zuwenig ist, mache ich den Laden dicht. Sollen sie die Warenbestände konfiszieren! In dem Laden gegenüber haben sie japanische Waren im Wert von über zehntausend Yuan am Lager, viel mehr als ich. Sie haben auch nur fünfhundert lockergemacht, und seitdem werden sie in Ruhe gelassen. Fünfhundert Yuan – man muß den Betrag als faule Außenstände abbuchen! Gib den Schlüssel! He! Die goldene Halskette müßte etwa dreihundert bringen ...«

»Höch ... höch ... Wahrhaftig, eine Räuberbande ist nichts dagegen!«

Frau Lin suchte den Schlüssel hervor, die Hände zitterten ihr vor Aufregung, und ihr Gesicht war tränenüberströmt. Fräulein Lin dagegen weinte nicht. Sie starrte nachdenklich vor sich hin. In ihrer Erinnerung tauchte die Gestalt des so unsympathisch wirkenden, pockennarbigen Parteibeauftragten mit dem dunklen Teint auf, der in ihrer Schule einen Vortrag gehalten und mit seinen Blicken wie ein ausgehungerter Hund nach ihr gegiert hatte. Sie sah ihn schon zum Malen deutlich vor sich, wie er nach der Goldkette grapschte, vor Freude darüber einen Luftsprung vollführte und den großen Mund weit zum Lachen aufriß. Gleich darauf änderte sich das Bild: Dieser abscheuliche pockennarbige Kerl fing mit ihrem Vater Streit an, schlug ihn ...

»Ai-ja!« Fräulein Lin schrie plötzlich entsetzt auf und warf sich ihrer Mutter auf den Schoß. Frau Lin war so erschrocken, daß ihr in diesem Augenblick gar keine Zeit zum Aufstoßen blieb. Mit größter Anstrengung brachte sie heraus: »Liebes Kind – höch –, weine nur nicht! Nach dem Neujahrsfest hat dein Papa wieder Geld, und du bekommst ein neues Kleid! Höch ... Diese hartherzigen Gauner! Behaupten, wir hätten Geld! Höch ... Wir büßen Jahr für Jahr Geld ein. Dein Papa hat erst mit Kunstdünger gehandelt, dabei hat er auch Geld verloren. Höch ... Jedes Kupferstück, das im Laden steckt, gehört fremden Leuten. Liebes Kind ... höch ... diese schreckliche Krankheit macht mir das Leben zur Qual ... Höch ... Noch zwei Jahre, dann bist du neunzehn und sollst einen guten Mann bekommen. Höch ... Dann kann ich ruhigen Herzens sterben. Rette uns aus unserer Not, Göttin Guanyin! Höch ...«

2

Am folgenden Tag nahm Herr Lin in seinem Laden eine durchgreifende Umwandlung vor. Alle japanischen Artikel, die er während der vergangenen Wochen nicht hatte auslegen können, bot er jetzt in verführerischer Sicht zum Kauf an. An die Schaufenster klebte er genauso, wie es die Shanghaier Warenhäuser zu tun pflegten, eine Menge bunter Plakate mit den Worten: »Großer Ausverkauf zu neun Zehnteln der Originalpreise!« Es war nach dem Mondkalender der dreiundzwanzigste Tag des letzten Monats im Jahr, in allen Städten und Dörfern für die Geschäfte, die aus Shanghai importierte Waren führten, der »Lukrative Monat«! Herr Lin hoffte nicht nur, die vierhundert Yuan Sonderausgabe herauszuholen, auch Fräulein Lins neues Kleid hing von dem in den paar nächsten Tagen erzielten Umsatz ab.

Es war eben zehn Uhr vorbei. In der Straße tauchten die ersten kleinen Trupps von Bauern auf, die zum Verkauf ihrer Erzeugnisse auf den Markt in die Stadt gekommen waren. Große Körbe am Arm, kleine Kinder an der Hand, schlenderten sie, laut und lebhaft schwatzend, an den Geschäften entlang. An Herrn Lins Schaufenstern lockten sie die bunten Farbstreifen zum Stehenbleiben. Die Frauen riefen ihren Männern zu, was es alles gäbe, die Kinder schrien den Eltern zu, was sie haben wollten, und alle schnalzten sie voller Bewunderung über die Auslagen mit der Zunge. Das Neujahrsfest stand vor der Tür. Die Kinder wünschten sich neue Socken. Den Frauen fiel ein, daß die Familienwaschschüssel schon ziemlich lange angeschlagen, das vor sechs Monaten gekaufte und von allen Familienmitgliedern benutzte Handtuch nur ein Fetzen und die Seife schon vor mehr als vier Wochen ausgegangen war. Diesen »Ausverkauf« mußte man ausnutzen, um allerlei einzukaufen.

Herr Lin thronte voller Tatkraft im Kassiererverschlag, sein Gesicht war ein einziges breites Lächeln. Er beobachtete die Bauern und ließ zugleich seine beiden Verkäufer und die beiden Lehrlinge nicht aus dem Auge. Erwartungsvoll klammerte er sich an die Hoffnung, daß seine Waren bald den Weg aus dem Laden, die Silberdollar den Weg in den Laden antreten würden.

Aber nachdem die Bauern eine ganze Weile die Auslagen angesehen, auf dieses und jenes gezeigt und mit lebhaften Gebärden ihre Anerkennung bekundet hatten, schwenkten sie ab und unterzogen die Schaufenster des Ladens gegenüber einer Besichtigung. Herr Lin reckte den Hals und starrte fassungslos auf die Kehrseite der geschlossen abmarschierenden Bauern; aus seinen Augen schossen Blitze. Er mußte an sich halten, um dem Trupp nicht nachzueilen und ihn zurückzuholen.

»Höch-höch ...«

Hinter dem Verschlag für den Kassierer war eine Schwingtür, die den Laden von dem Privatzimmer trennte. Neben dieser Tür war Frau Lin postiert und ließ ihrem ein Weilchen krampfhaft unterdrückten Aufstoßen freien Lauf. Fräulein Lin saß neben ihr und beobachtete schweigend die Straße; das Herz klopfte ihr bis an den Hals, so aufgeregt war sie. Eben war mindestens die Hälfte ihres neuen Kleides dahingegangen.

Herr Lin gelangte mit ein paar großen Schritten vor den Ladentisch und äugte argwöhnisch zu der Konkurrenz hinüber. Die fünf Verkäufer standen dort erwartungsvoll hinter dem Ladentisch, empfangsbereit. Aber kein einziger Bauer betrat das Geschäft. Allesamt betrachteten sie eine Zeitlang die Auslagen, dann gingen sie weiter. Herr Lin atmete erleichtert auf und grinste schadenfroh zu den Verkäufern auf der anderen Straßenseite hinüber. Vor seinem eigenen Laden machte in diesem Augenblick eine Gesellschaft von sieben bis acht Bauern halt. Ein junger Bursche wagte sich sogar einen Schritt in den Laden hinein. Er legte den Kopf auf die Seite und musterte die importierten Schirme. Herr Lin machte blitzschnell kehrt, das Gesicht von einem glückseligen Lächeln verklärt. Diesen ersten in Aussicht stehenden Kunden würde er sich selbst vornehmen. »Nun, lieber Bruder, ein ausländischer Schirm gefällig? Sehr preiswert! Nur neun Zehntel des Originalpreises. Treten Sie näher, sehen Sie, bitte, selbst!«

Inzwischen hatte ein Verkäufer bereits zwei oder drei ausländische Schirme aus der Auslage genommen. Dienstbeflissen spannte er den einen gleich auf und gab ihn dem jungen Bauern mit ermutigendem Lächeln in die Hand.

»Sehen Sie sich *das* an, junges Familienoberhaupt! Ausländische, glänzende Seide, gediegenes Gestell. Haltbar, bei Sonnenschein und Regen verwendbar. Neunzig Cents das Stück. Billigere kommen nicht herein ... Gegenüber kosten sie das Stück einen Silberdollar, aber die sind bei weitem nicht so gut wie unsere. Überzeugen Sie sich, bitte, durch einen Vergleich.«

Der junge Bauer hielt den Schirm in der Hand und stand mit offenem Mund unschlüssig da. Dann drehte er sich zu einem dicht dabeistehenden Mann in den Fünfzigern um und schwenkte den Schirm hin und her, als wolle er fragen: »Soll ich ihn kaufen?«

Der alte Bauer wetterte los: »Adi! Dämelack du! Einen Schirm kaufen! Für eine Dschunkenladung Brennholz haben wir ganze drei Silberdollar eingenommen. Zu Hause wartet deine Mutter, daß wir ein Liang Reis mitbringen, und du willst einen Schirm kaufen!«

»Er ist sicher preiswert, aber wir haben dafür kein Geld«, sagten die übrigen Bauern bedauernd und gingen langsam weiter. Der junge Bursche war blutrot geworden; er stellte den Schirm mit ablehnendem Kopfschütteln aus der Hand und schickte sich an, den anderen zu folgen. Herr Lin ließ nicht locker, er hakte sofort ein.

»Nun, Adi, sagen Sie, wieviel! Sehen Sie ihn sich noch einmal an, es ist erstklassige Ware!«

»Er ist sicher preiswert, aber wir haben kein Geld!« wehrte der alte Bauer ab und zog seinen Sohn hinter sich her. Sie gingen nicht, sie rannten fort.

Entmutigt kehrte Herr Lin in seinen Verschlag zurück. Es lag nicht daran, daß er ein unfähiger Kaufmann war; die Bauern waren eben zu arm. Sie konnten sich nicht einmal einen Schirm für neunzig Cents leisten. Er spähte zu dem Laden auf der anderen Straßenseite hinüber. Auch da standen Leute vor den Schaufenstern, aber das Geschäft betrat keiner von ihnen. Vor dem Lebensmittelgeschäft und der Pastetenstube nebenan blieb nicht einmal jemand stehen. Ein Trupp Landleute nach dem andern kam vorbei, alle hatten sie Körbe bei sich. Aber die Körbe waren leer. Der eine oder andere Bauer trug einen handgewebten, geblümten, blauen Baumwollsack über der Schulter, der anscheinend mit Reis gefüllt war. Selbst der vor etwa einem Monat aus der Späternte eingebrachte Reis war schon lange vor der Ernte auf dem Halm für das Pachtgeld an die Grundbesitzer und für die Schuldzinsen an die Geldverleiher draufgegangen. Wollten die Bauern einmal Reis selbst essen, mußten sie sich ein oder zwei Liang zu hohen Preisen kaufen. Herr Lin wußte über die Lage der Bauern Bescheid, und er folgerte daraus, daß ihm ein gut Teil seiner Absatzmöglichkeiten durch die Schuld der Wucherer und Grundbesitzer verlorenging.

Es wurde Mittag. Auf der Straße waren nur noch vereinzelte Bauern zu sehen. Die Linsche Ladenkasse wies eine Einnahme von einem Yuan und einigen Fen auf; dies deckte ungefähr die Ausgaben für die bunten Ausverkaufsplakate. Bedrückt betrat Herr Lin den Privatraum; er brachte kaum den Mut auf, Frau und Tochter unter die Augen zu treten. Fräulein Lin saß in einem Winkel, den Kopf gebeugt, die Augen voller Tränen. Frau Lin wurde von einem Anfall von Aufstoßen heimgesucht. Mit Mühe gelang es ihr, einzelne »Höch-höch« zu unterdrücken, um ihrem Kummer Ausdruck zu geben.

»Vierhundert Yuan haben wir schon sozusagen als Vorschuß ausgegeben – die ganze Nacht hindurch haben wir den Laden für den Ausverkauf vorbereitet ... höch. Nun haben wir die Erlaubnis zum Verkauf japanischer Artikel, und das Geschäft liegt brach ... Höch ... Vater unserer Tochter! ... Die Dienerin mahnt um ihren Lohn!«

»Aber es ist ja erst ein halber Tag um! Du mußt dich nicht gleich so aufregen.«

Herr Lin bemühte sich, zuversichtlich zu wirken, aber sein Herz schmerzte ihn, als würde es von einem Messer durchbohrt. Mißmutig schritt er im Zimmer auf und ab. Er ging in Gedanken sämtliche Tricks durch, mit denen ein tüchtiger Kaufmann seinen Umsatz belebt, aber keiner schien ihm in seinem Fall geeignet. Die Geschäfte gingen nun einmal schlecht. Manche Artikel hatten sich zwar zwischendurch immer ganz gut verkauft, und er war keineswegs der einzige Kaufmann, der Schwierigkeiten hatte. Die Leute waren arm, daran ließ sich nun einmal nichts ändern. Es bestand immer noch Hoffnung, daß sich das Geschäft am Nachmittag besser anlassen würde, denn dann pflegte die städtische Bevölkerung ihre Einkäufe zu tätigen. Sie mußten ja schließlich ihre Neujahrsbesorgungen erledigen. Es ging ausschließlich um die Kauflust. Lebte sie auf, war ihm das Geschäft sicher. Bei ihm wurden die Waren billiger angeboten als in den übrigen Läden. An dieser Hoffnung richtete sich Herrn Lins gesunkener Mut auf, während er in dem Kassiererverschlag der Käufer harrte, die er in seiner Phantasie am Nachmittag in den Laden strömen sah.

Der Nachmittag verlief tatsächlich völlig anders als der Vormittag. Es waren nicht viele Menschen unterwegs, und Herr Lin kannte fast jeden einzelnen von ihnen mit Namen oder erinnerte sich zum mindesten der Namen des Vaters oder Großvaters. Es waren alles Städter aus der engeren und weiteren Nachbarschaft, und wenn sie lachend und plaudernd langsam an seinen Schaufenstern vorüberschlenderten, begrüßte er sie mit Blicken voll überschwenglicher Herzlichkeit. Gelegentlich sprach er einen Stammkunden an: »Na, lieber Bruder, auf dem Weg zur Teestube? In unserm bescheidenen Laden sind die Preise erheblich gesenkt worden. Beehren Sie uns mit einem kleinen Einkauf!« Manchmal unterbrach der so Angesprochene tatsächlich seinen Weg und trat an den Ladentisch, worauf Herr Lin und seine vier Gehilfen eine unglaubliche Geschäftigkeit entwikkelten. Mit schärfster Aufmerksamkeit spürten sie den Blikken des noch unbekannte Wünsche hegenden Kunden nach. Blieb sein Auge auf einem Stück in den Auslagen haften, präsentierte ein Verkäufer sofort das gleiche Stück vom Lager und bat den Kunden, es genauer anzusehen. Von ihrem Platz neben der Schwingtür aus beobachtete Fräulein Lin gespannt den Vorgang, und jedesmal ermahnte sie der Vater, solchen noch unergründeten Kunden mit höflicher Verbeugung zu begrüßen und ihn dabei mit »Bobo« – »Onkel« – anzusprechen. Ein Lehrling servierte dem Kunden eine Schale Tee und bot ihm eine gute Zigarette an. Wenn man so weit war, daß die Preisfrage angeschnitten wurde, bewies Herr Lin größtes Entgegenkommen. Beharrte der Kunde darauf, von dem festgesetzten Preis der von ihm erstandenen

Ware ein paar Fen abzuhandeln, so ließ sich Herr Lin von einem Verkäufer das Rechenbrett reichen und errechnete den Preis selbst noch einmal. Mit einer Gebärde, die besagen wollte, daß er sich notgedrungen füge, setzte er darauf den gewünschten Betrag von dem Kaufpreis ab. »Wir schneiden dabei wirklich schlecht ab«, sagte er und verzog den Mund zu einem Lächeln. »Aber Sie sind ein alter Kunde von uns, wir wollen Ihnen entgegenkommen. Bitte, beehren Sie uns bald wieder.«

Auf diese Weise ging der Nachmittag dahin. Rechnete man die Bar- und Kreditkäufe, große und kleine Käufe zusammen, so waren zehn Abschlüsse getätigt worden. Herr Lin war verschwitzt und am Ende seiner Kräfte, aber sehr befriedigt. Er hatte des öfteren nach dem Geschäft gegenüber geschielt: Bei denen war anscheinend längst nicht solches Gedränge wie bei ihm. Fräulein Lin, die unentwegt beobachtend neben der Schwingtür ausgeharrt hatte, machte ein vergnügtes Gesicht, und bei Frau Lin ließ das Aufstoßen etwas nach.

Die Zeit bis zum Anzünden der Lampe nutzte Herr Lin zum Aufstellen der Tagesabrechnung. Der Vormittag schloß mit einer Null ab; am Nachmittag hatte er Waren im Gesamtwert von sechzehn Yuan, acht Jiao und fünf Fen verkauft, wovon acht Yuan Kreditbeträge waren. Zuerst lächelte Herr Lin ein wenig, dann aber runzelte er nachdenklich die Stirn. Er hatte alle verkauften Waren zum Einkaufspreis abgegeben; das bedeutete, daß er nicht einmal die täglichen Geschäftsunkosten gedeckt und überhaupt keinen Gewinn erzielt hatte. Einen Augenblick lang setzte sein Denken aus. Darauf nahm er seine Geschäftsbücher vor und rechnete lange hin und her. Auf der Habenseite waren über dreizehnhundert Yuan Außenstände aufgeführt; davon über sechshundert in der Stadt selbst und über siebenhundert in vier Dörfern. Aber auf der Sollseite stand die große Shanghaier Engrosfirma allein mit einem Posten von achthundert Yuan; seine Gesamtschulden betrugen nicht weniger als zweitausend Yuan! Herr Lin seufzte vernehmlich. Ging das Geschäft weiterhin so schlecht, würde er Schwierigkeiten haben, über das Neujahrsfest hinwegzukommen. Sein Blick fiel auf die bunten Plakate, die »Ausverkauf zu neun Zehnteln der Originalpreise« ankündeten. Bei derartigen Preissenkungen wie heute, überlegte er, müßte unser Geschäft sich erholen. Wir erzielen keinen Gewinn; aber wenn wir den Verkauf einstellen, laufen die Geschäftsunkosten trotzdem weiter. Es kommt jetzt darauf an, Kunden anzulocken, damit ich die Preise allmählich in die Höhe schrauben kann ... Am allerbesten wäre es natürlich, wenn ich ein Engrosgeschäft auf dem Lande aufziehen könnte!

In diesen lieblichen Zukunftstraum brach plötzlich jemand störend ein. Eine gebrechliche alte Dame betrat den Laden; in der Hand hielt sie ein kleines, in ein blaues Tuch eingeschlagenes Päckchen. Herr Lin sah auf. Sie stand vor ihm und musterte ihn. Ihr zu entrinnen war nicht mehr möglich. Er konnte nichts anderes tun, als aufstehen und sie höflich begrüßen.

»Ah, Zhu Santai, für Neujahrsbesorgungen unterwegs? Bitte, nehmen Sie im Privatzimmer Platz! Axiu, sei Zhu Santai behilflich!«

Aber Fräulein Lin saß schon lange nicht mehr neben der Schwingtür, sie hörte also nicht. Die Zhu Santai winkte ab und setzte sich im Laden auf einen Stuhl. Mit feierlichem Ernst holte sie aus dem blauen Einschlagtuch ein kleines Kontoheft hervor und hielt es Herrn Lin mit ihren beiden zitternden Händen vor die Nase. Herr Lin nahm ihr das Heftchen schnell aus der Hand und sagte dabei, ehe sie noch etwas mit ihren zusammengekniffenen Lippen sagen konnte: »Ich sehe schon. Ich schicke es Ihnen morgen ins Haus.«

»Hm, hm. Der zehnte, der elfte, der zwölfte Monat, das sind zusammen drei Monate. Drei mal drei macht neun, also neun Yuan. Stimmt's? Morgen wollen Sie mir die schikken? Hm, hm. Sie brauchen sie nicht zu schicken; ich nehme sie gleich mit, wenn Sie gestatten. He!«

Es machte der Zhu Santai Mühe, mit ihrem eingefallenen Mund diese Rede zustande zu bringen. Sie hatte Herrn Lins Firma dreihundert Yuan gegen monatlich drei Yuan Zinsen geliehen. Herr Lin hatte die Zinszahlung drei Monate lang aufgeschoben und schließlich zugesagt, zum Jahresende den ganzen Betrag zu zahlen. Heute brauchte die alte Dame etwas Geld, weil sie einige Geschenke für das Fest des Küchengottes am folgenden Tag besorgen wollte, und suchte deswegen Herrn Lin auf. Aus der Energie, mit der die alte Dame ihre dünnen Lippen betätigte, konnte Herr Lin folgern, daß sie nicht gewillt war, ohne das Geld nach Hause zu gehen.

Herr Lin schwieg und kratzte sich am Kopf. Er hatte die Zinszahlungen nicht etwa nicht leisten wollen. Das Geschäft war gerade in diesen drei Monaten sehr schlecht gegangen. Er hatte aus dem Tagesumsatz mit knapper Not die Ausgaben für das tägliche Essen und Trinken und die Steuern bestritten. Es hatte nicht in seiner Absicht gelegen, die alte Dame auf ihre Zinsen warten zu lassen. Aber wenn er sie ihr an diesem Abend nicht auszahlte, machte sie ihm möglicherweise im Laden eine Szene. Das wäre sehr peinlich und dem Ruf des Geschäfts sehr abträglich gewesen.

»Schon gut, schon gut. Nehmen Sie den Betrag gleich mit!« sagte Herr Lin. Seine Stimme zitterte ein wenig, er war der Verzweiflung nahe. Eilig entnahm er der Kasse alles Bargeld, das im Laufe des Vor- und Nachmittags eingekommen war, tat aus seiner eigenen Tasche die fehlenden Fen dazu und händigte der alten Dame den Haufen von Dollar, Jiao und Fen aus. Sie zählte den Betrag ein paarmal genau durch und schlug ihn dann mit zitternden Händen in das blaue Tüchlein ein. Herr Lin konnte einen tiefen Seufzer nicht unterdrücken, er hätte allzugern der Zhu Santai einen kleinen Teil des Bargeldes wieder abgenommen.

»Dieses blaue Tüchlein ist aber schon recht abgenutzt, Zhu Santai«, sagte er mit gezwungenem Lächeln. »Warum wollen Sie sich nicht ein weißes Leinentuch zulegen? Wir haben auch erstklassige Seiftücher und Seife am Lager. Nehmen Sie etwas zum Gebrauch über das Neujahrsfest mit. Die Preise sind durchaus annehmbar.«

»Nein, nein. Ich brauche nichts. So eine alte Frau wie ich hat für derlei Dinge keine Verwendung.« Sie machte eine abwehrende Bewegung mit der Hand, steckte das Kontoheftchen in eine Tasche, nahm das blaue Bündelchen mit dem Geld fest in die Hand und verließ den Laden.

Mit verdrossener Miene verfügte sich Herr Lin in den Privatraum. Der Besuch der Zhu Santai hatte ihn an zwei andere Geschäftseinlagen erinnert: zweihundert Yuan von Herrn Chen Laoqi und einhundertfünfzig von der Witwe Zhang. Dafür hatte er den beiden an Zinsen einen Gesamtbetrag von zehn Yuan zu zahlen. Es war nicht angängig, daß er ihnen diese Summe vorenthielt; er hätte sie ihnen, im Gegenteil, schon vor dem Fälligkeitstermin zukommen lassen müssen. Er zählte an den Fingern: der Vierundzwanzigste, der Fünfundzwanzigste, der Sechsundzwanzigste ... bis spätestens zum Sechsundzwanzigsten müßte er es geschafft haben, die Außenstände in den Dörfern einzukassieren. Sein Buchhalter Shousheng hatte vorgestern eine Inkassotour angetreten, der Sechsundzwanzigste war als äußerster Termin für seine Rückkehr vorgesehen. Das Kassieren der offenen Rechnungen in der Stadt konnte nicht vor dem Acht- oder Neunundzwanzigsten beendet sein. Aber die Shanghaier Engrosfirma, bei der er Schulden hatte, würde ihren Inkassovertreter wahrscheinlich schon morgen oder übermorgen schicken. Er sah keinen anderen Ausweg, als ein zusätzliches Darlehen bei der Stadtbank aufzunehmen. Und würde sich das Geschäft morgen entwickeln ...?

Mit gesenktem Kopf ging Herr Lin im Zimmer auf und ab und grübelte. Plötzlich drang ihm die Stimme seiner Tochter ans Ohr: »Papa! Gefällt dir dieses Stück Seide? Sieben Chi für vier Yuan zwei Jiao. Preiswert, nicht wahr?«

Herrn Lins Herz überschlug sich plötzlich. Er stand wie angewurzelt und glotzte, keines Wortes fähig. Fräulein Lin stand vor ihm, ein Stück Seide in der Hand, und kicherte vergnügt. Vier Yuan zwei Jiao! Wirklich kein nennenswerter Betrag, aber das Geschäft hatte pro Tag nicht mehr als sechzehn Yuan Einnahmen – und das bei Absatz zu Einkaufspreisen! Herr Lin stand immer noch wie gelähmt vor Schreck. Schließlich fragte er ergeben: »Woher hattest du denn das Geld dazu?«

»Ich habe anschreiben lassen.«

Noch ein Schuldposten! Herr Lin setzte eine ärgerliche Miene auf. Er war selbst schuld daran, daß das Mädchen verzogen war, und Frau Lin nahm immer Partei für die Tochter, ganz gleich, worum es ging. Aber was sollte er tun? Er lächelte hilflos. Nach einem Weilchen ließ er einen tiefen Seufzer folgen und sagte vorsichtig tadelnd: »Du hast es aber auch immer gleich so eilig! Nach dem Neujahrsfest zu kaufen wäre doch besser gewesen!«

3

An den beiden folgenden Tagen blühte das Geschäft in Herrn Lins Laden dank den Plakaten »Herabgesetzte Preise«. Jeder Tag brachte Abschlüsse im Gesamtwert von über dreißig Yuan. Frau Lins Aufstoßattacken wurden merklich schwächer, im Durchschnitt kam nur alle fünf Minuten einmal ein »Höch-höch«. Fräulein Lin pendelte mit vor Freude geröteten Wangen und strahlendem Lächeln zwischen Laden und Privatzimmer hin und her und half gelegentlich sogar beim Verkauf. Bei solchen Anlässen ging sie immer erst in das Privatzimmer zurück, nachdem die Mutter sie mehrmals gerufen hatte, und entrüstete sich mit gerunzelten Brauen.

»Ma! Weshalb rufst du mich schon wieder?« pflegte sie zu sagen. »Die Arbeit strengt wirklich nicht an! Der Papa ist so überanstrengt, Ma, daß er wie in Schweiß badet und ganz heiser ist! – Eben war ein Kunde da, der für fünf Yuan eingekauft hat! Du brauchst dir wirklich keine Sorgen zu machen, daß die Arbeit im Laden mich zu sehr ermüdet, Ma! Jammere nicht! Papa sagt, ich soll mich ein Weilchen hinlegen und ausruhen und dann wieder vorkommen!«

Frau Lin nickte nur zu allem und stieß zweimal auf. Dann murmelte sie so etwas wie: »Buddha ist barmherzig und gütig!« und ging mit wiegenden Schritten zu einem kleinen Schrein, in dem eine Porzellanfigur der Göttin Guanyin mit einem glühenden Räucherstäbchen davor aufgestellt war. Frau Lin vollzog einen Koutou vor dem Schrein. Darauf dankte sie der Göttin für den Schutz, den *Sie* der Familie Lin hatte angedeihen lassen, und erflehte *Ihren* Segen für mancherlei Dinge, um die sie sich sorgte: Herrn Lins Geschäft möge immer gut gehen – Fräulein Lin möge ein hübsches Mädchen werden – das nächste Jahr möge ihr einen tüchtigen Mann bringen.

Herr Lin jedoch, der jenseits der Schwingtür ganz in seinem Geschäft aufging und immer ein lächelndes Gesicht zur Schau trug, hatte ein Gefühl, als würde ihm das Herz mit dicken Bindfäden zusammengeschnürt. Er sah dem Kunden nach, der mit einem Paket unter dem Arm befriedigt aus dem Laden ging, und bei dem Gedanken an den Silberdollar, den er soeben eingenommen hatte, durchzuckte ihn ein neuer Schreck, denn auf dem Rechenbrett in seinem Gehirn ticktackte der Verlust von fünf Cents je Dollar Einkaufspreis. Das Geschäft ging gut, kein Zweifel; aber je mehr Herr Lin verkaufte, desto kläglicher wurde ihm zumute. Dieser Widerstreit in seinem Innern setzte Herrn Lin so zu, daß ihn mitunter mitten in seinem dienstbeflissenen Verhandeln mit einem Kunden eine Art Schwäche überkam. Wenn er manchmal verstohlen zu dem Laden gegenüber spähte, konnte er sich des Eindrucks nicht erwehren, daß der Inhaber und die Verkäufer über ihre Ladentische hinweg ihm höhnische Blicke zuwarfen. »Wie blöde von diesem Lin!« schienen sie zu sagen. »Der verkauft tatsächlich unter dem Einkaufspreis. Er wird ja sehen, was dabei herauskommt. Je mehr er einnimmt, desto mehr verliert er, desto schneller muß er den Laden schließen!«

Herr Lin nagte an seiner Unterlippe. Er schwor sich, die Preise am nächsten Morgen zu erhöhen, für die Artikel zweiter Güte die Preise der ersten Qualität einzusetzen.

Der Vorsitzende der Kaufmannszunft kam auf einen Sprung in den Laden. Er hatte bei den Guomindang-Bonzen vermittelt, daß Herr Lin japanische Waren führen durfte. Lächelnd schlug er Herrn Lin auf die Schulter und beglückwünschte ihn.

»Wie geht's, wie steht's? Die vierhundert Yuan sind gut angelegt!« sagte er liebenswürdig. »Aber es wäre ratsam, sich dem Guomindang-Kommissar Bu ebenfalls mit einer Kleinigkeit erkenntlich zu zeigen. Er könnte sich sonst übergangen fühlen und auf den Gedanken verfallen, Ihnen Scherereien zu machen. Wenn einem mal eine Sache gut von der Hand geht, wird ein Haufen anderer Leute sofort neidisch, und wenn der Kommissar Bu selbst nicht auf böse Gedanken kommt, werden andere ihn scharfmachen!«

Herr Lin bedankte sich bei dem Vorsitzenden der Kaufmannszunft für das Interesse, das er ihm zeigte. Innerlich geriet er in größte Unruhe und war nahe daran, die Freude am Geschäft zu verlieren.

Am meisten beunruhigte Herrn Lin, daß sein Buchhalter Shousheng noch immer nicht von der Inkassotour zurückgekehrt war. Er brauchte das Geld dringend zum Ausgleich seines Kontos bei der Shanghaier Engrosfirma, deren Vertreter bereits vor zwei Tagen angekommen war und ihm hart zusetzte. Wenn Shousheng nicht in den nächsten Stunden eintraf, mußte er ein Darlehen beim Geldverleiher aufnehmen und sich mit einer zusätzlichen Zinsschuld von fünfzig bis sechzig Yuan belasten. Das verursachte ihm einen größeren Schmerz, als wenn er sich ins eigene Fleisch hätte schneiden sollen.

Am Nachmittag machte sich gegen vier Uhr plötzlich eine lebhafte Unruhe auf der Straße bemerkbar. Die Leute sahen verstört aus, als wäre ein schweres Unglück geschehen. Herr Lin, der nur noch den Gedanken an Shoushengs Heimkehr im Kopf hatte, vergegenwärtigte sich sofort, daß Flußpiraten die Passagierdschunke, mit der Shousheng zurückfahren mußte, überfallen hätten. Klopfenden Herzens hielt er einen Vorübergehenden an und fragte besorgt: »Was ist passiert? Piratenüberfall auf die Dschunke aus Richtung Lishi?«

»Haha! Wieder ein Piratenüberfall? Das Reisen ist heutzutage wirklich eine gefährliche Angelegenheit. Mit dem Plündern allein ist die Sache ja nicht abgetan. Die Menschen werden ja tatsächlich von Bord weggeholt und verschleppt!« schwatzte der Passant, ein stadtbekannter Müßiggänger namens Lu, darauflos. Sein Blick streifte dabei die buntfarbigen Waren im Laden.

Herr Lin konnte sich das Gehörte nicht zusammenreimen. Von Unruhe gefoltert, ließ er Herrn Lu stehen, um den nächsten Passanten, einen Herrn Wang, zu befragen.

»Stimmt es, daß die Passagierdschunke aus Richtung Lishi ausgeplündert worden ist?«

»Das muß die Bande von Ashu gewesen sein. Den Ashu haben sie ja erschossen, aber seine Bande ist noch eifrig am Werk!« Herr Wang sagte das im Weitergehen schnell hin.

Herrn Lin trat der kalte Schweiß auf die Stirn. Er zitterte vor Aufregung. Shousheng mußte an diesem Nachmittag oder Abend zurückkommen, und zwar aus Lishi, denn das war der letzte Ort auf seiner Inkassoliste. Es war bereits vier Uhr durch, und von Shousheng noch keine Spur! Nach dem, was Herr Lin soeben von Wang gehört hatte, gab es für ihn keinen Zweifel mehr. Daß er selbst den Flußpiratenüberfall aufgebracht hatte, war ihm völlig entfallen. Der Schweiß perlte ihm in dicken Tropfen über das Gesicht; er kehrte in den Laden zurück, ging eilig durch die Schwingtür und stolperte beim Eintreten in den Privatraum über die Schwelle, so daß er beinahe längelang hingefallen wäre.

»Papa! In Shanghai wird gekämpft. Die Japaner haben

Zhabei bombardiert!« rief Fräulein Lin und stürzte dem Vater entgegen.

Herr Lin blieb mit einem Ruck stehen. In Shanghai wird gekämpft? Was hatte das zu bedeuten? Sein erster Gedanke war, daß ihn das gar nichts anginge. Aber die Japaner hatten damit zu tun – da sollte er sich vielleicht doch etwas näher erkundigen. Mit einem erstaunten Blick auf das erregte Gesicht seiner Tochter fragte er: »Die Japaner haben Zhabei bombardiert? Wer hat dir das erzählt?«

»Aber auf der Straße reden alle Leute davon! Die japanischen Truppen setzen schwere Artillerie und Bomber ein. Zhabei ist total ausgebrannt!«

»Haha! Und hat jemand gesagt, daß die Passagierdschunke aus Richtung Lishi ausgeplündert worden ist?«

Fräulein Lin schüttelte verneinend den Kopf und schwebte wie ein Schmetterling aus dem Zimmer. Herr Lin blieb neben der Schwingtür stehen und kratzte sich am Kopf. Frau Lin stieß ein Höch nach dem anderen aus und murmelte Gebete vor sich hin.

»Heiliger Buddha, beschütze uns! Wolle nicht, daß Bomben auf unsere Köpfe abgeworfen werden!«

Herr Lin machte kehrt und ging in den Laden. Seine Tochter unterhielt sich aufgeregt mit den beiden Verkäufern. Der Inhaber der Gemischtwarenhandlung gegenüber, Herr Jin Laohu, war hinter seinem Ladentisch hervorgekommen und hielt lange Reden, die er mit lebhaften Gebärden begleitete: In Shanghai werde gekämpft, japanische Bomber hätten einen Luftangriff auf Zhabei durchgeführt, der Ort sei völlig niedergebrannt, die Kaufleute in Shanghai hätten ihre Läden geschlossen. Das stimmte alles. Aber die Flußpiraten und der Überfall auf die Dschunke? Davon wollte kein Mensch etwas gehört haben! Und die Dschunke aus Richtung Lishi? Sie war ohne irgendwelchen Schaden zurückgekommen. Herr Jin Laohu hatte soeben zur Dschunke gehörige Lastenträger mit zwei schweren Kisten die Straße entlanggehen sehen. Herr Lin atmete erleichtert auf. Shousheng war noch nicht zurückgekommen, aber ausgeplündert war er jedenfalls nicht! Das furchtbare Geschehen in Shanghai beschäftigte alle Leute in der Stadt. Junge Büroangestellte verwünschten die Aggressoren. Auf den Straßen wurde gerufen: »Wer japanische Waren kauft, ist ein Hurensohn!« Fräulein Lin errötete bis an die Haarwurzeln, als sie das hörte; aber ihr Vater verzog keine Miene deswegen. In allen Geschäften wurden japanische Waren angeboten; die Kaufleute hatten sogar von den zuständigen Guomindang-Stellen gegen Zahlung einiger hundert Yuan Sondererlaubnisscheine erhalten, deren Text besagte: »Der Verkauf der Waren ist nach Entfernung der japanischen Fabrikationskennzeichnung gestattet.« Herr Lin hatte jeden japanischen Artikel in seinem Laden in ein »einheimisches Fabrikat« umgewandelt. Auch seine Kunden bedienten sich beim Einkauf und beim Verlassen des Ladens mit Paketen unter dem Arm dieses Ausdrucks.

Die Kämpfe in Shanghai nahmen den Menschen in der Stadt jedes Interesse am Geschäftsleben. Trotzdem suchte Herr Lin weiter angestrengt nach einem Ausweg aus seiner drückenden Lage. Wegen der hohen Zinsenbelastung wollte er nach Möglichkeit vermeiden, bei der Stadtbank ein Darlehen aufzunehmen, und verhandelte mit dem Shanghaier Inkassobeauftragten über einen freundschaftlich zu gewährenden weiteren Zahlungsaufschub von ein oder zwei Tagen. Zur Begründung seiner Bitte brachte Herr Lin vor, daß sein Buchhalter Shousheng spätestens am nächsten Abend eintreffen müsse und er dann in der Lage wäre, die gesamte Schuldsumme zu bezahlen.

»Geschäftsmann Lin! Sie sind doch ein verständiger Mensch. Wie können Sie nur so ungereimtes Zeug daherreden! In Shanghai wird gekämpft! Morgen, spätestens übermorgen wird der Zugverkehr stillgelegt werden. Ich habe nur den einen Wunsch: möglichst noch heute abend die Rückfahrt anzutreten! Wie kann ich unter diesen Verhältnissen noch ein bis zwei Tage warten? Regeln Sie Ihre Zahlung bitte *heute*, so daß ich morgen früh bei der erstbesten Möglichkeit, die sich mir bietet, abfahren kann. Ich bin nicht mein eigener Chef. Sie müssen schon einige Rücksicht auf mich nehmen!«

Der Shanghaier Inkassobeauftragte beharrte unerbittlich auf der Ablehnung des erbetenen Aufschubs. Nachdem seine Bemühungen in dieser Richtung fehlgeschlagen waren, sah Herr Lin keinen anderen Ausweg mehr, als sich mit der neuen Belastung abzufinden und ein Darlehen bei dem Geldverleiher Hengyuan aufzunehmen. Herr Lin befürchtete vor allem, daß der alte Wucherer, der um seine Notlage wußte, ihm noch höhere Zinsen als sonst abverlangen würde. Er mußte sein Anliegen dem Rechnungsführer des Geldverleihers vortragen und fühlte sich vom ersten Augenblick an seltsam bedrückt. Der alte Mann sagte kein Wort, auch nicht, als Herr Lin ausgeredet hatte; er sog gemächlich an seiner altmodischen Wasserpfeife, und erst, als er ein ganzes Päckchen Tabak aufgeraucht hatte, fing er an zu sprechen.

»Es geht nicht«, sagte er langsam. »Die Japaner haben den Krieg begonnen, das Geschäftsleben in Shanghai ist stillgelegt, die Banken haben alle geschlossen. Wer weiß, wann sich die Lage beruhigt! Ohne Verbindung mit Shanghai gleicht unsere Bank einer Krabbe ohne Beine. Angesichts der Sperrung des Geld- und Wechselverkehrs würde ich selbst mit einem zuverlässigeren Kunden, als Sie es sind, kein Geschäft mehr abschließen. Es tut mir leid. Ich wäre Ihnen gern behilflich, wenn ich könnte.«

Herr Lin wußte nicht recht, was er tun sollte. Er war der Meinung, daß der schwindsüchtige Geschäftsführer das alles vorgebracht hatte, um anschließend einen höheren Zinssatz aus ihm herauszuholen. Als er sich aber gerade schlüssig geworden war, seine Sache weiterzuverfechten, und zu diesem Zweck sein Anliegen erneut vorbringen wollte, erlebte er zu seinem Erstaunen, daß der Geschäftsführer ihm ein zweites Hindernis in den Weg legte.

»Unser Chef hat uns genaue Anweisungen gegeben«, nahm der Alte wieder das Wort. »Seinen Informationen zufolge wird sich die Lage weiter zuspitzen, und er wünscht, daß wir energisch vorgehen. Ihr Geschäft schuldet uns ein erstes Darlehen von fünfhundert Yuan. Am Zweiundzwanzigsten haben Sie weitere einhundert Yuan geliehen, macht zusammen sechshundert, die vor dem Neujahrsfest zurückgezahlt sein müssen. Wir haben lange miteinander in Geschäftsverbindung gestanden, und deswegen mache ich Sie rechtzeitig darauf aufmerksam, daß sich unsere Firma nicht im letzten Augenblick deswegen mit Hinundhergerede und Scherereien belasten will.«

»Ai-ja – es ist nur – unser kleines Geschäft macht gerade eine Krise durch«, entfuhr es Herrn Lin. Er war wie vom Schlag getroffen. »Ich muß abwarten, wie unser Inkasso ausfällt.«

»Oho! Warum so vorsichtig? Sie haben in den letzten Tagen mit Ihrem Laden weit besser abgeschnitten als die anderen! Da sollen lumpige sechshundert Yuan Schwierigkeiten machen? Nehmen Sie heute zur Kenntnis, alter Bruder, daß ich bestimmt mit Ihrer Zahlung rechne, damit ich selbst mit meinem Chef klarkomme!«

Dieser schwindsüchtige Teufel war wie ein Eisblock; als er ausgeredet hatte, stand er auf. Dem völlig ernüchterten Herrn Lin blieb angesichts seiner gründlich verfahrenen Lage nichts anderes übrig, als zu gehen. Mit gesenktem Kopf verließ er langsamen Schrittes die Bank. Eines war ihm bei dieser Unterredung klargeworden: Der Krieg im fernen Shanghai würde sich auch fühlbar auf seinen kleinen Geschäftsbetrieb auswirken. Der bevorstehende Neujahrstermin brachte ihn in eine äußerst schwierige Lage: Der Shanghaier Inkassobeauftragte drängte auf Zahlung; die Bank lehnte einen Aufschub über Neujahr hinaus ab; Shousheng war noch nicht zurück. Es war noch gar nicht zu übersehen, wie er durchkommen sollte. Von den Außenständen in der Stadt waren im Vorjahr auch nur achtzig vom Hundert eingekommen; unter den obwaltenden Umständen konnte man in diesem Jahr noch nicht einmal mit so viel rechnen. Es gab nur einen Ausweg: »Vorübergehend geschlossen, Rechnungsabschluß!« Aber dieser Ausweg kam einer Bankrotterklärung gleich. Herr Lin führte das Geschäft schon seit langem ohne eigenes Betriebskapital. Bei Rechnungsabschluß und Auszahlung der Gläubiger würde eine Familie mit drei Mündern und drei nackten Körpern übrigbleiben.

Je länger Herr Lin grübelte, desto bedrückter wurde er. Als er eine Brücke überquerte, schaute er über das Geländer hinunter in das trübe Wasser; die Versuchung wandelte ihn an, mit einem Sprung allem ein Ende zu machen. In dem Augenblick rief ihn jemand von hinten an.

»Herr Lin! In Shanghai soll Krieg sein – stimmt das? Eben wird erzählt, vor dem Osttor der Stadt sei eine Abteilung Soldaten aufmarschiert; sie verhandle mit der Kaufmannszunft über ein Darlehen von zwanzigtausend Yuan. Die Zunft habe sofort eine Konferenz einberufen und berate bereits.«

Herr Lin hatte sich schnell umgedreht, um zu sehen, wer hinter ihm herkam. Es war der alte Chen Laoqi, der zweihundert Yuan bei ihm angelegt hatte – wieder ein Gläubiger!

Herrn Lin überlief es kalt. »Oh!« Dieser Laut war seine einzige Äußerung auf das soeben Vernommene. Er überquerte die Brücke und eilte, nach Luft schnappend, im Laufschritt nach Hause.

4

Zum Abendessen brachte Frau Lin außer dem üblichen Fleischgericht mit zwei Gemüsebeilagen noch ein Lieblingsgericht ihres Mannes auf den Tisch: eine Portion im eigenen Saft gedämpftes Fleisch, die sie im Lokal »Zu den acht daoistischen Unsterblichen« besorgt hatte, und angewärmten gelben Wein dazu. Fräulein Lin lächelte in einem fort, denn das Geschäft ging gut, ihr neues seidenes Kleid war fertig, und in Shanghai hatte der Gegenangriff gegen die Japaner begonnen. Frau Lins Aufstoßanfälle hatten merklich nachgelassen: Es kam nur etwa alle zehn Minuten zu einem einzelnen »Höch-höch«.

Nur Herr Lin saß in sich gekehrt da, des Lebens nahezu überdrüssig. Lustlos trank er seine Schälchen Wein und sah abwechselnd auf Frau und Tochter. Ein paarmal war er nahe daran, seine schlechten Nachrichten wie eine Bombe über den beiden platzen zu lassen, aber es gebrach ihm an Entschlußkraft dazu. Außerdem hoffte er noch immer, wollte er noch immer sich durchzusetzen versuchen. Zum mindesten wollte er sein Mißgeschick geheimhalten, bis er einen Ausweg gefunden hatte.

Aus diesen Überlegungen heraus erklärte er sich auch sofort bereit, an die Kaufmannszunft, die sich zur Hergabe eines Darlehens von fünftausend Yuan an die Soldaten entschlossen hatte, den auf ihn entfallenden Betrag von zwanzig Yuan zu zahlen. Er beschloß bei sich, Frau und Tochter, so lange wie nur irgend angängig, über seine wahre Lage in Unkenntnis zu lassen. Seine Berechnung war folgende: Er würde acht Zehntel seiner Außenstände hereinholen und acht Zehntel seiner Schulden bezahlen und sich dabei darauf berufen, daß der Bankverkehr mit Shanghai durch den Krieg unterbrochen sei. Seine Hauptsorge war die Spanne von sechshundert Yuan zwischen seinen ausstehenden Forderungen und eigenen Schulden. Er beschloß, sie auszugleichen, indem er seine Preise rücksichtslos erhöhte. Hatte er erst einmal genug Geld beisammen, um seine gegenwärtige Lage zu meistern, konnte er sich über die nächsten Schritte schlüssig werden. Unter den augenblicklichen politischen Verhältnissen war eine Planung auf längere Zeit ohnehin unmöglich.

Dank dieser beruhigenden Überlegung und der nachhaltigen Wirkung des Reisweins schlief Herr Lin ungewiegt die ganze Nacht durch, ohne auch nur ein einziges Mal von einem Angsttraum aufgeschreckt zu werden.

Als Herr Lin am nächsten Morgen aufwachte, war es bereits halb sieben. Der Himmel hatte sich bedeckt, und ihm war ziemlich benommen im Kopf. Er schlürfte schnell zwei Schalen Reisschleim und hastete in den Laden.

Der erste Anblick, der sich ihm dort präsentierte, war der Inkassobeauftragte aus Shanghai. Mit einem unbewegten Gesicht, wie aus Holz geschnitzt, saß er da und wartete auf die Antwort, die ihm Herr Lin tags zuvor schuldig geblieben war. Aber Herr Lin war fast noch mehr bestürzt über den Anblick, den der Laden gegenüber bot: Alle Schaufenster waren mit roten und grünen Plakaten beklebt, auf denen zu lesen war: »Riesenausverkauf zu neun Zehnteln der Originalpreise!«

Herrn Lins wohldurchdachter Plan vom Abend schmolz angesichts dieser bunten Streifen seiner Konkurrenz wie Schnee in der Sonne.

»Was denken Sie sich eigentlich, Herr Lin?« legte der Shanghaier Vertreter los. »Gestern abend haben Sie keine bestimmte Zusage abgegeben. Die Passagierdschunke fährt um acht Uhr von hier ab. Ich darf den Zuganschluß nicht versäumen, muß also diese Achtuhrdschunke unter allen Umständen erreichen. Beeilen Sie sich bitte etwas!«

Der Shanghaier Besucher schlug mit der geballten Faust auf den Tisch. Herr Lin entschuldigte sich höflich und bat um Verständnis: Der Krieg in Shanghai und die Unterbrechung des Zahlungsverkehrs mit den Shanghaier Banken bedingten Verzögerungen. Schließlich ständen sie doch seit vielen Jahren miteinander in Geschäftsverbindung, er dürfe also wohl um etwas Rücksicht bitten.

»Das heißt also, daß ich mit leeren Händen zurückfahren soll?«

»Nein, nein, sicher nicht. Sobald unser Herr Shousheng eingetroffen ist, händige ich Ihnen so viel aus, wie er mitbringt. Ich will keinen halben Yuan davon für mich behalten, ich brächte das nicht fertig!«

Herr Lin zitterte, während er das sagte, und hielt mit

Mühe die Tränen zurück, die sich ihm in die Augen drängten.

Dagegen ließ sich nichts einwenden, und der Mann aus Shanghai hörte auf zu schelten. Aber er blieb sitzen, wo er saß. Herr Lin verging nahezu vor Angst, sein Herz hämmerte wie wild. Er hatte es in den letzten paar Jahren wahrhaftig nicht leicht gehabt, aber es war ihm immer gelungen, sich zu behaupten. Heute saß, jedermann sichtbar, ein Inkassobeauftragter in seinem Laden. Das brauchte sich nur herumzusprechen, so war es um den Ruf des Geschäfts geschehen. Herr Lin hatte einen Haufen Gläubiger – wenn sie alle ebenso vorgehen würden, wäre es das beste, den Laden gleich zuzumachen. Er legte es dem Besucher mehrmals nahe, im »Kontor« Platz zu nehmen, wo er es bequemer hätte, aber dieser lehnte ab.

Es war trostloses Wetter. Eisiger Sprühregen setzte ein. Die Straße verödete, kein Mensch ließ sich blicken; so trübselig hatte sie um diese Jahreszeit noch niemals ausgesehen. Ein kalter Nordsturm rüttelte an den Firmenschildern, daß sie knarrten und klapperten. Der eisige Regen schien in Schnee überzugehen. In allen Geschäften die Straße entlang flegelten sich die Verkäufer gelangweilt über die Ladentische.

Von Zeit zu Zeit wechselten Herr Lin und der Inkassovertreter ein paar belanglose Worte. Durch die Schwingtür tauchte unerwartet Fräulein Lin auf, stellte sich an eines der Schaufenster und schaute zu, wie der kalte Regen gegen die Scheiben trommelte. Aus dem Privatzimmer klang immer häufiger und stärker Frau Lins »Höch-höch« herüber. Herr Lin bemühte sich, einen möglichst guten Eindruck auf seinen seßhaften Besucher zu machen, während er gleichzeitig seine Tochter im Auge behielt und die Aufstoßanfälle seiner Frau verfolgte.

Tiefe Niedergeschlagenheit bemächtigte sich seiner. All sein Lebtag, ging es ihm durch den Sinn, hatte er sich gesorgt und geplagt und saß nun in einer solchen Klemme. Woran mochte das nur liegen?

Inzwischen hatte sich der Shanghaier Inkassobeauftragte anscheinend etwas beruhigt. In zugänglicher Art wandte er sich plötzlich Herrn Lin zu und sagte: »Sie sind ein zuverlässiger Mensch. Sie führen ein solides Leben und sind als Kaufmann entgegenkommend und anständig. Vor zwanzig Jahren wären Sie mit Ihrer Methode ein reicher Mann geworden. Heute spielt sich das Leben anders ab. Drückende Steuern, hohe Geschäftsunkosten, schwerer Absatz. Es gehört schon viel dazu, überhaupt durchzuhalten.«

Herr Lin lächelte verlegen und seufzte. Der Inkassomann machte eine kleine Pause. Dann sprach er weiter.

»In diesem Jahr war es um den hiesigen Markt noch schlechter bestellt als sonst. Stimmt's? In den kleinen Städten im Binnenland hängt das Geschäft von der Kaufkraft der Landbevölkerung ab, und die Bauern haben nun mal kein Geld! Das ist ein Problem, das sich nicht lösen läßt ... Aber es ist ja schon neun Uhr! Wieso ist Ihr Buchhalter immer noch nicht zurück? Ist Ihnen der Mann sicher?«

Herrn Lins Herz setzte einen Schlag lang aus; er vermochte nicht gleich zu antworten. Shousheng arbeitete schon acht Jahre als Buchhalter bei ihm und hatte sich niemals etwas zuschulden kommen lassen, aber das besagte letzten Endes gar nichts. Und fest stand, daß er überfällig war. Der Inkassobeauftragte lachte, als er Herrn Lins zweifelnde Miene gewahrte, aber aus seinem Lachen klang ein merkwürdiger Unterton durch.

In diesem Augenblick drehte sich Fräulein Lin, die noch immer durch das Schaufenster die Straße beobachtete, blitzschnell auf dem Absatz dem Ladenraum zu und rief aufgeregt: »Papa, Shousheng ist da! Ganz schmutzig!« Auch in Fräulein Lins Stimme schwang ein merkwürdiger Unterton mit.

Herr Lin sprang vom Stuhl auf, ängstlich gespannt und froh in einem. Er wollte auf die Straße stürzen, selbst sehen ..., aber seine Beine trugen ihn nicht, so schwach war er vor Aufregung. Mittlerweile war Shousheng schon eingetreten, wirklich schmutzig von oben bis unten. Er sank auf einen Stuhl, nach Luft ringend und nicht imstande, ein Wort zu sagen. Ein schlechtes Omen! Auch Herrn Lin verschlug es vor Schreck die Sprache. Der Inkassobeauftragte setzte ein argwöhnisches Gesicht auf. Endlich sagte Shousheng, immer noch japsend: »Das war eine schlimme Sache! Beinahe hätten sie uns geschnappt!«

»Die Dschunke ist also ausgeplündert worden?« platzte Herr Lin aufgeregt heraus.

»Von Ausplündern ist keine Rede. Trägerkulis für die Truppen wollten sie pressen. Die Dschunke gestern abend hatte ich verpaßt und mietete mir mit noch einem Reisenden deswegen heute früh einen Sampan. Unterwegs hörten wir, daß sie den Kähnen an der hiesigen Endanlegestelle auflauerten. Wir gingen daher ein Stückchen weiter flußabwärts an Land. Wir waren noch kein halbes Li zur Stadt gegangen, als wir in eine solche Preßkolonne gerieten. Sie packten zuerst den Buchhalter aus dem Bekleidungsgeschäft, ich konnte wegrennen und auf einem kürzeren Nebenweg hierhergelangen. Verteufelt noch mal! Es ging wirklich hart auf hart.«

Während Shousheng berichtete, knöpfte er seinen langen Überrock auf, holte aus der Geldkatze an seinem Gürtel ein fest in ein Tuch eingeknüpftes Päckchen heraus und händigte es Herrn Lin aus.

»Das ist alles!« sagte er. »Die Firma Huang in Lishi ist ein fauler Kunde. Im nächsten Jahr müssen wir bei Leuten dieses Schlages zurückhaltender sein. – Ich will mich jetzt erst einmal waschen und umziehen. Dann komme ich gleich wieder.«

Beim Anblick des Päckchens hellte sich Herrn Lins Gesicht auf. Er ging in den Kassiererverschlag und wickelte das Päckchen aus der Umhüllung. Darauf zählte er in der Schuldnerliste die einkassierten Beträge zusammen und anschließend die Eingänge. Sie betrugen elf Silberdollar, zweihundert Jiao, vierhundertzwanzig Yuan in Banknoten, dazu zwei Wechsel über fünfzig und fünfundsechzig Liang Silber zum amtlichen Tageskurs. Wenn er dem Shanghaier Vertreter den Gesamtbetrag aushändigte, blieb er der Firma noch über hundert Yuan schuldig!

Herr Lin grübelte hin und her. Von Zeit zu Zeit äugte er zu dem Inkassobeauftragten hinüber, der in schweigender Erwartung dasaß und Zigaretten rauchte.

Darauf packte Herr Lin mit plötzlichem Griff Geld, Banknoten und Wechsel und legte alles zusammen mit einem schmerzlichen Seufzer, als schnitte er sich ein Stück aus seinem eigenen Fleisch, vor den Inkassomann: vierhundert Yuan bar und zwei Wechsel. Dann begann er zu reden. Er redete, redete ... Endlich entlockte er dem schweigsam Zuhörenden ein zustimmendes Kopfnicken und die beiden Worte: »Schon gut!« Nichts weiter! Aber gleich darauf sagte der Inkassobeauftragte mit einem Blick auf die beiden Wechsel leicht lächelnd: »Ich muß Sie leider um eine kleine Mühe bitten, Herr Lin: Lassen Sie die beiden Wechsel auf Ihrer Bank für mich einlösen.« – »Aber gewiß, gewiß!« willigte Herr Lin sofort ein. Er versah die beiden Wechsel auf der Rückseite mit seinem Firmensiegel und schickte einen Verkäufer damit zur Stadtbank. Es dauerte ziemlich lange, bis der Mann zurückkam – ohne Geld! Die Bank hatte die beiden Wechsel angenommen, aber abgelehnt, den Betrag dafür auszuzahlen, sie würde ihn von Herrn Lins Schuldkonto abbuchen. Trotz des Schneesturms, der mittlerweile eingesetzt hatte, stürzte Herr Lin ohne Schirm aus dem Laden, um auf der Bank vorstellig zu werden. Natürlich ohne Erfolg.

»Was soll nun werden, lieber Chef Lin?« fragte der Inkassobeauftragte ungeduldig, als Herr Lin mit verstörtem Gesicht in den Laden zurückkehrte. Der schien dem Weinen nahe. Eine befriedigende Antwort konnte er nicht geben, er konnte nur seufzen und um Nachsicht bitten, Shousheng kam dazu und bat ebenfalls flehentlich um Aufschub. Er sagte fest zu, daß die Shanghaier Firma die restlichen zweihundert Yuan bis zum zehnten Tag des ersten Monats im neuen Jahr erhalten würde; Herr Lin wäre ein langjähriger Kunde der Firma, der seinen Verpflichtungen immer gewissenhaft nachgekommen sei. Mit dem eben erlittenen Fehlschlag habe er nicht rechnen können, aber ihn zu überbrükken, bestehe keine Möglichkeit.

Der Shanghaier Inkassobeauftragte blieb allen Vorstellungen und Bitten gegenüber unzugänglich. Herr Lin legte schweren Herzens zu den vierhundert Yuan in bar weitere fünfzig aus den Einnahmen der letzten Tage zu. Damit zahlte er insgesamt vierhundertfünfzig Yuan zurück, und dieser »Kopfschmerz« von einem Inkassobeauftragten verließ endlich den Laden.

Es war inzwischen elf Uhr geworden. Das Schneetreiben hatte noch immer nicht nachgelassen, auch nicht die Hälfte eines Kunden ließ sich blicken. Herr Lin grübelte eine Weile vor sich hin; dann beratschlagte er mit Shousheng über die aussichtsreichsten Methoden für das Inkasso der bei den Stadtkunden offenen Rechnungen. Beide hatten sie wenig Hoffnung, daß sich von den außenstehenden sechshundert Yuan ein nennenswerter Betrag hereinholen lassen würde. Shousheng flüsterte Herrn Lin zu: »Es geht das Gerücht um, daß die Firma Julong am Südtor und die Firma Heyuan am Westtor im Begriff sind, ihre Zahlungen einzustellen. Beide schulden uns Geld, zusammen rund dreihundert Yuan. Wir sollten versuchen, uns hinsichtlich dieser Beträge zu sichern; es wäre keine Kleinigkeit, wenn sie zumachten, ehe wir kassiert haben!«

Herr Lin wurde aschfahl, seine Lippen begannen ein wenig zu zittern.

Shousheng dämpfte seine Stimme noch mehr und tuschelte Herrn Lin eine noch unheilvollere Nachricht ins Ohr: »Es geht noch ein anderes gefährliches Gerücht dieses Inhalts um, und das bezieht sich auf uns! Wahrscheinlich haben sie auf der Bank etwas läuten hören. Darum werden wir so rücksichtslos gedrängt. Der Inkassobeauftragte aus

Shanghai wird auch Wind davon bekommen haben. Wer will uns nur auf diese Weise schädigen? Die Konkurrenz gegenüber?«

Shousheng deutete mit gespitzten Lippen auf den Gegenstand seines Verdachts, und Herrn Lins Blick wanderte in die ihm gewiesene Richtung.

Er konnte nicht sprechen, sein Herz pochte in unregelmäßigen Schlägen, sein Gesicht verriet größte Bestürzung. Nur ein Wunder konnte ihn aus seiner Bedrängnis retten: Die Guomindang-Bonzen hatten ihn in der Zange, die Bank setzte ihn unter Druck, die Nachbarkaufleute fielen ihm in den Rücken, zwei seiner wichtigen Schuldner drohten als Zahler auszufallen. Von allen Seiten drang das Mißgeschick auf ihn ein – dem konnte kein Mensch standhalten. Woran mochte es nur liegen, daß ausgerechnet er so schwer getroffen wurde? Solange er nun schon dieses kleine Geschäft, das er von seinem Vater geerbt hatte, führte, war es ihm niemals in den Sinn gekommen, sich einer Nachlässigkeit schuldig zu machen. Er war stets allen seinen Verpflichtungen nachgekommen, keinem Menschen je unfreundlich oder mit bösen Absichten begegnet.

Sein Vater und Großvater hatten es ihr Leben lang ebenso gehalten. Aber ihm waren immer nur Sorgen und Enttäuschungen beschieden.

Shousheng bemühte sich, Herrn Lin Mut zuzusprechen, obwohl ihm selbst das Herz schwer war. »Lassen Sie die Leute schwatzen«, sagte er. »Sie haben sich nichts vorzuwerfen. In mageren Jahren gehen immer Gerüchte um. Es wird behauptet, daß in der Stadt von zehn Geschäften neun zu Neujahr ihre Schulden nicht werden begleichen können. Die Zeiten sind schlecht, der Markt ist völlig lahmgelegt. Selbst zahlungskräftige Firmen haben in diesem Jahr um ihre Existenz zu kämpfen; es geht nicht etwa uns allein so. Wenn der Himmel einstürzt, begräbt er alle unter sich. Es ist Sache der Kaufmannszunft, einen Ausweg zu finden. Sie kann nicht zulassen, daß alle Firmen schließen müssen, denn damit würden Handel und Wandel in der Stadt völlig unterbunden werden.«

Es schneite immer heftiger. Die Straße war mit einem dikken weißen Teppich bedeckt. Manchmal schlich ein Hund mit eingekniffenem Schwanz an den Häusern entlang; ab und zu blieb er stehen und schüttelte sich kräftig, um sein Fell von dem kalten, nässenden Schnee zu befreien, ließ den Schwanz wieder hängen und setzte seinen Weg langsam fort. In den vielen Jahren, seit es sie gab, hatte diese Straße noch kein einziges Mal ein so frostiges, trostloses Neujahrsfest erlebt. Zur selben Zeit ließ Japan seine schwere Artillerie wie wild auf die blühende Handelsstadt Shanghai feuern.

5

Es wurde ein trübseliges Neujahrsfest, aber schließlich hatten es die Menschen überstanden. In der Stadt stellten achtundzwanzig große und kleine Firmen die Zahlungen ein, darunter auch ein hochangesehenes Geschäft für Seidenstoffe. Die beiden Geschäfte, die Herrn Lin noch dreihundert Yuan schuldeten, erklärten sich ebenfalls bankrott. Shousheng hatte ihnen noch am letzten Tag des alten Jahres stundenlang zugesetzt, aber nicht mehr als zwanzig Yuan aus ihnen herausholen können. Nachträglich kam ihm zu Ohren, daß andere Inkassobeauftragte ohne einen einzigen Wen hatten abziehen müssen. Die beiden Geschäftsinhaber hielten sich unauffindbar versteckt. Herrn Lin blieb diese unangenehme Notwendigkeit erspart: Der Vorsitzende der Kaufmannszunft verwandte sich bei der Bank für ihn. Allerdings mußte er sich verpflichten, die Restschuld von vierhundert und etlichen Yuan bis zum fünfzehnten Tag des ersten Monats im neuen Jahr abzutragen und sich sehr lästigen Bedingungen unterwerfen: Von der Wiederaufnahme des Verkaufs vom fünften Tage an würde sich ein Bevollmächtigter der Bank zur Sicherstellung der Tageseinnahmen im Laden aufhalten und acht Zehntel der Bareingänge täglich sofort an die Bank abführen, bis die Schuld restlos beglichen war.

In Herrn Lins Haus herrschte während der Neujahrsfeiertage eine Atmosphäre wie in einem Eiskeller. Herr Lin stieß einen Seufzer nach dem andern aus. Frau Lins Aufstoßattakken erinnerten an serienweise in die Luft abgeknallte Feuerfrösche. Fräulein Lin seufzte und höch-höchte zwar nicht, aber sie schlich so benommen durchs Haus wie ein jahrelang an Gelbsucht Leidender. Ihr neues Seidenkleid war bereits in die einzige Pfandleihe in der Stadt gewandert, damit der Dienerin Wu der Lohn ausgezahlt werden konnte. Ein Lehrling hatte sich schon in aller Frühe mit dem Kleid auf den Weg gemacht. Es war längst neun Uhr durch, als er sich mit zwei Yuan in der Hand durch die wartende Menge hindurch den Weg zum Ausgang bahnte. Bald darauf gab die Pfandleihe bekannt, daß sie an diesem Tag überhaupt keine Pfänder mehr annehmen würde. Zwei Yuan waren der höchste Betrag, der ausgezahlt wurde, ganz gleich, welchen Wert das Pfandstück hatte. Dieses Geschäftsgebaren wurde mit dem Ausdruck »Mit zwei Yuan die Tür versiegeln« bezeichnet. Wenn ein Bauer, der sich notgedrungen bereit finden mußte, sich gegen die Kälte abzuhärten, aus seiner wattierten Jacke herausschlüpfte und sie auf den Ladentisch legte, nahm sie der Pfandleihgehilfe auf und warf sie dem Besitzer mit einem unfreundlichen »Nehmen wir nicht!« in hohem Bogen wieder zu.

Mit Jahresanfang hatte schönes, klares Wetter eingesetzt. Auf dem großen Tempelvorhof herrschte ein buntes Gewimmel. Nach altem Brauch hatten Wanderkrämer ihre Stände, Seiltänzer und Gaukler ihre Bühnen aufgeschlagen. Zahlreiche Kauf- und Schaulustige schlenderten über den Hof, blieben hier und dort an einem Stand oder vor einer Bühne stehen, befühlten ihre dünnen Geldtaschen im Gürtel und gingen zögernd weiter. Die Kinder hängten sich an ihre Mütter, um sie vor den Ständen mit Feuerwerkskörpern festzuhalten, bis die »niang« dem Sprößling schließlich eine vollwertige Ohrfeige verabfolgte. Die Händler, die mit dem gewohnten einträglichen Neujahrsmarkt rechneten, konnten sich von ihren Einnahmen nicht einmal ausreichend zu essen kaufen und in der Herberge ihre Unterkunft bezahlen. Jeden Tag setzte es Streit zwischen Wirt und Gästen.

Eine einzige Ausnahme gab es: die Seiltänzergruppe. Sie heimste den Riesenbetrag von acht Yuan ein – die Guomindang-Bonzen hatten sie gedungen, um den Eindruck von »Frieden und gesicherten Verhältnissen« zu erwecken.

Am vierten Tag lud Herr Lin, altem Herkommen gemäß, seine Angestellten zu einem kleinen Freundschaftsessen mit fünf Schälchen Reiswein ein. Es war ihm nicht leichtgefallen, die drei Yuan dafür zu erübrigen. Das Gesprächsthema war der Kampfplan für die Wiedereröffnung des Ladens am folgenden Morgen. Herr Lin sah den Gang der Dinge mit erschreckender Deutlichkeit voraus. Machte er wieder auf, würde er mit Verlust arbeiten. Machte er nicht wieder auf, schnitt er sich und seiner Familie die Existenzmöglichkeit ab. Außerdem würde das Inkasso der rund vierhundert Yuan restlicher Außenstände in der Stadt bei geschlossenem Laden so gut wie aussichtslos sein. Es gab nur einen Ausweg: die Unkosten zu senken. Aber den Steuern und den Zwangsauflagen für das Militär konnte niemand entrinnen; ebenso stand es mit dem »Ausgenommenwerden« durch die Parteibonzen. Ein oder zwei Angestellten den Laufpaß geben? Er hatte ja nur drei! Shousheng war seit acht Jahren seine rechte Hand. Die beiden anderen waren arme Teufel und außerdem nicht zu entbehren, sollten die Kunden zufriedengestellt werden. Im Haushalt gab es keine Möglichkeit mehr, einen auch noch so kleinen Betrag einzusparen. Die Dienerin war schon vor längerer Zeit entlassen worden. Es blieb ihm tatsächlich nichts weiter übrig, als den Tiefsprung in das kalte Wasser zu wagen. Vielleicht bescherte Buddhas Segen den Bauern eine gute Einnahme aus dem Frühlingskokonverkauf – davon würde er profitieren und seine Verluste aufholen können. Vielleicht!

Der Wiedereröffnung stand aber noch ein anderes Hindernis entgegen, und das war das gewichtigste – er hatte keine Waren! Schickte er kein Geld nach Shanghai, konnte er seine Lager nicht auffüllen. Die Kämpfe in Shanghai nahmen eine bedrohliche Entwicklung; Waren auf Kredit zu erhalten war ausgeschlossen. Vorräte verkaufen? Er hatte nicht einmal welche; die Bestände waren tatsächlich längst ausgegangen. Die Schachteln für Unterwäsche in den Regalen dienten nur noch als Attrappen. Anzubieten hatte er nur noch Artikel wie Waschschüsseln und Handtücher, die waren haufenweise verfügbar.

In trübes Sinnen versunken, nippten die Festteilnehmer an ihren Reisweinschälchen. Mit all ihrem Kopfzerbrechen hatten sie keine geeignete Lösung gefunden! Sie fingen an, sich über allgemeine Fragen zu unterhalten. Mit einemmal sagte A Vier, der eine Verkäufer, aufgeregt: »Die Welt richtet sich zugrunde. Die Menschen haben es schlechter als die Hunde. Zhabei soll total niedergebrannt sein. Einige zehntausend Menschen mußten unter Zurücklassung all ihrer Habe fliehen. Der Stadtteil Hongkou brennt noch nicht, aber die Einwohner räumen ihn bereits. Die Japaner sind unerhört grausam, sie erlauben ihnen nicht, irgend etwas von ihren Sachen mitzunehmen. In den sicheren Vierteln Shanghais sind die Mieten unerschwinglich geworden. Die Flüchtlinge strömen alle aufs Land. Ein großer Trupp ist gestern bei uns in der Stadt eingetroffen. Die Menschen machen einen recht ordentlichen Eindruck und haben nun alle kein Dach mehr über dem Kopf!«

Herr Lin schüttelte den Kopf und seufzte, aber über Shoushengs Gesicht glitt bei den letzten Sätzen des Verkäufers ein Leuchten: Ihm kam ein guter Einfall! Er legte die Eßstäbchen aus der Hand, hob sein Schälchen Reiswein, leerte es auf einen einzigen Zug und wandte sich ganz aufgeräumt Herrn Lin zu.

»Haben Sie gehört, was A Vier eben gesagt hat? Das bedeutet für uns, daß wir unsere Waschschüsseln und Handtücher, Socken, Zahnbürsten und Schachteln Zahnpulver im Handumdrehen absetzen können! Wir werden alles loswerden, was wir davon am Lager haben!«

Herr Lin sah verständnislos drein. Er wußte nicht, worauf Shousheng hinauswollte.

»Chef! Das ist ein Geschenk des Großen Buddha für uns! Die Flüchtlinge haben bestimmt Geld, und die Dinge des täglichen Bedarfs haben sie nicht. Stimmt's? Wir müssen gleich überlegen, wie wir mit ihnen ins Geschäft kommen können.«

Shousheng füllte sein Schälchen von neuem und leerte es wieder auf einen einzigen Zug. Die beiden Verkäufer hatten begriffen, was er vorhatte, und lachten freudig. Nur Herr Lin sah noch immer nicht klar. Nach den vielen Widerwärtigkeiten der letzten Tage fiel es ihm schwer, seine Gedanken schnell in eine andere Bahn zu lenken.

»Meinen Sie das im Ernst?« fragte er unsicher. »Andere Läden führen auch Waschschüsseln, Handtücher ...«

»Aber wir sind die einzige Firma am Ort mit nennenswerten Beständen in all diesem Kram. Die Konkurrenz gegenüber hat nicht einmal zehn Waschschüsseln und nur zweite Qualität. Wir brauchen wirklich nur zuzugreifen, um ein gutes Geschäft zu machen. Als erstes schreiben wir gleich einen Haufen Plakate und kleben sie in der Gegend der Stadttore an die Mauern und in der Stadt überall da, wo es Flüchtlinge gibt. Sag mal, A Vier, wo wohnen die Flüchtlinge eigentlich? Da müssen wir unsere Zettel vor allen Dingen anbringen.«

»Flüchtlinge, die Verwandte in der Stadt haben, wohnen bei denen. Die übrigen haben gemeinsam das leere Gebäude der Seidenfabrik vor dem Westtor gemietet.« A Vier war geschmeichelt durch den unbeabsichtigten Erfolg seiner Mitteilung. Schließlich hatte auch Herr Lin erfaßt, worum es ging. Er lebte förmlich auf. Eifrig entwarf er sofort den Wortlaut für die Plakate und stellte eine Liste aller am Lager vorhandenen Gegenstände des täglichen Bedarfs auf. Es waren gut zehn verschiedene Artikel. Nach dem Vorbild der großen Shanghaier Warenhäuser wollte er die Methode der »1-Yuan-Packung« anwenden. Der Käufer sollte für einen Yuan eine Fertigpackung mit einer Waschschüssel, einem Handtuch, einer Zahnbürste und einer Schachtel Zahnpulver erhalten. In großen Schriftzeichen verkündeten die Plakate: »Riesenangebot in 1-Yuan-Packungen.« Shousheng holte die Restbestände an rotem und grünem Papier herbei und schnitt breite Streifen daraus. Darauf nahm er den Pinsel zur Hand und fing an, sie zu beschriften. Die beiden Verkäufer stellten mit den Lehrlingen zusammen die Waschschüsseln, Handtücher, Zahnbürsten und Schachteln mit Zahnpulver griffbereit. Danach begannen sie mit dem Zusammenpacken. Aber ihre flinken Hände reichten nicht aus, um die Arbeit zu bewältigen, und Herr Lin rief seine Tochter. Sie sollte beim Plakateschreiben und Verschnüren der Päckchen helfen. Herr Lin stellte außer der erstgenannten Art von Päckchen noch andere mit Dingen des täglichen Bedarfs zusammen.

An diesem Abend wurde im Laden bis in die späte Nacht gearbeitet. Bei Tagesanbruch war alles für den Verkaufsbeginn vorbereitet, und als knatterndes Feuerwerk am Morgen den Kaufleuten in der Stadt das Signal zum Öffnen der Geschäfte gab, bot der Laden der Familie Lin wieder einmal ein neues Bild. Die 1-Yuan-Packung-Plakate waren bereits über die ganze Stadt verteilt: das Ankleben an die Mauern der stillgelegten Fabrik am Westtor hatte Shousheng selbst besorgt. Er hatte die Plakate an gut sichtbaren Stellen angebracht, und die Flüchtlinge drängten sich davor zusammen, als gälte es, eine amtliche Bekanntmachung zu lesen.

Auch Frau Lin war im Privatraum früh auf den Beinen. Sie brannte vor der Porzellanstatue der Göttin Guanyin Weihrauch an und vollzog einen tiefen Koutou vor der Figur, wobei sie mehrmals mit dem Kopf auf den Fußboden aufschlug. Es gab so gut wie nichts, wofür sie nicht den Segen der Göttin erflehte – aber um eines bat sie nicht: daß der Strom der Flüchtlinge in die Stadt zunehmen sollte.

Das Geschäft ließ sich so gut an, wie Shousheng es vorausgesagt hatte. Herr Lin machte als einziger Kaufmann in der Stadt am ersten Verkaufstag nach der langen Neujahrspause einen glänzenden Umsatz. Um vier Uhr nachmittags hatte er bereits Waren im Wert von über einhundert Yuan verkauft. Das war die höchste Tageseinnahme, die ein Laden in der Stadt in den letzten zehn Jahren erzielt hatte. Sein Schlager war die 1-Yuan-Packung; dies gab außerdem den Anreiz, auch andere Auslagen anzusehen, und auf diese Weise wurden auch Schirme und Überschuhe verkauft.

Der Verkehr mit den neuen Kunden wickelte sich in angenehmem, freundlichem Ton ab. Es machte sich bemerkbar, daß den Flüchtlingen aus Shanghai die in der Großstadt üblichen Umgangsformen eigen waren; sie waren nicht so kleinlich wie die Käufer aus der hiesigen Stadt und die Bauern aus den umliegenden Landbezirken. Sie entschlossen sich schnell zum Kauf. Gefiel ihnen ein Gegenstand, so besahen sie ihn genau und holten alsbald das Geld heraus. Sie durchwühlten nicht sämtliche Auslagen und feilschten nicht um ein oder zwei Kupferstücke.

Ganz rot vor Freude, lief Fräulein Lin auf einen Sprung in das Privatzimmer, um ihrer Mutter von dem guten Geschäftsverlauf zu berichten. Darauf vollzog Frau Lin abermals einen tiefen Koutou vor der Porzellanstatue der Göttin Guanyin. Wenn doch Shousheng nicht zweimal so alt wie ihre Tochter wäre, ging es ihr durch den Sinn, was für einen guten Schwiegersohn gäbe er ab! Es schien ihr sogar selbstverständlich, daß Shousheng schon lange Absichten auf die siebzehnjährige Tochter seines Chefs hegen müsse, die er von Kind auf kannte.

Auf Herrn Lins gute Laune fiel ein einziger Schatten: Der Bevollmächtigte der Bank war ständig im Laden und überwachte die Zahlungseingänge. Acht Zehntel davon kassierte er sofort zugunsten der Bank ein. Herr Lin fühlte sich durch dieses Vorgehen entehrt. Seine peinliche Lage verschärfte sich weiter, als im Laufe des Tages nacheinander die drei kleinen Gläubiger der Firma auftauchten. Woher sie nur Wind von seinen momentanen Schwierigkeiten bekommen haben mochten? Einer nach dem andern stellten sie sich ein: die Zhu Santai, der Herr Chen Laoqi, die Witwe Zhang. Alle drei baten sie mit der Begründung, daß sie Bargeld zum Einkauf eines kleinen Reisvorrats benötigten, um die fälligen Zinsen und, damit noch nicht genug, auch um Rückzahlung eines Teils ihrer Einlage. Gleichsam als Gegengewicht kam Herrn Lin danach auch eine erfreuliche Nachricht zu Ohren: Am Nachmittag war ein neuer Trupp Flüchtlinge in der Stadt eingetroffen.

Zur Belohnung für seine Angestellten bewilligte Herr Lin zum Abendessen zwei zusätzliche Fleischgerichte. Shoushengs Scharfsinn wurde von allen lobend anerkannt. Herr Lin freute sich natürlich auch über das gute Geschäft, das er dem glänzenden Einfall seines Buchhalters zu verdanken hatte, aber er konnte trotzdem nicht von dem Gedanken loskommen, daß die drei privaten Gläubiger ihre Einlagen zurückverlangten. Das war ein schlechtes Omen zum Geschäftsbeginn im neuen Jahr.

»Von denen selbst geht das nicht aus«, sagte Shousheng verdrießlich. »Es muß ihnen jemand etwas zugetragen haben«, und er deutete mit gespitzten Lippen zur Konkurrenz hinüber. Herr Lin nickte zustimmend. Aber was die drei Gläubiger wußten oder nicht wußten, spielte keine Rolle; das Schwierige war, mit ihnen fertig zu werden. Ein alter Mann, zwei Frauen! Weder entgegenkommende Höflichkeit noch schroffe Ablehnung waren angebracht! Nach einigem Überlegen schien es Herrn Lin die beste Lösung, den Vorsitzenden der Kaufmannszunft um Vermittlung anzugehen. Shousheng fand diesen Gedanken sehr gut.

Als das Abendessen beendet war, rechnete Herr Lin die Tageskasse ab und machte sich anschließend auf den Weg zur Zunft. Er trug dem Vorsitzenden sehr höflich sein Anliegen vor, und dieser erklärte sich sofort bereit, mit den drei Gläubigern zu verhandeln. Überdies sprach er Herrn Lin seine volle Anerkennung für die geschickte Art aus, in der er sein Geschäft führe. Die Firma würde sich bestimmt halten und allmählich wieder hochkommen. Aber darauf fuhr sich der Vorsitzende ein paarmal nachdenklich mit der Hand über das Kinn, beugte sich über den Tisch und raunte Herrn Lin mit leichtem Lächeln zu: »Ich habe in der letzten Zeit keine Gelegenheit gehabt, mich mit Ihnen über den Guomindang-Kommissar Bu zu unterhalten. Ich weiß nicht, wo der Kommissar Ihre Tochter gesehen hat, jedenfalls hat er ein Auge auf sie geworfen. Er ist vierzig und hat keinen Sohn. Weder seine Ehefrau noch seine Konkubine sind fähig, ihm einen Sohn zu gebären. Wenn Ihre Tochter in sein Haus zöge und er mit ihr einen Sohn zeugte, würde er sie bestimmt zu seiner Frau machen, zur ›Frau Kommissar‹! Aija, wenn dieser Glücksfall eintreten sollte, fiele ein Abglanz davon sogar auf mich!«

Selbst in seinen schlimmsten Angstträumen hatte Herr Lin mit einer solchen Möglichkeit nicht gerechnet. Er war sprachlos vor Entsetzen. Der Zunftvorsitzende redete eindringlich weiter auf ihn ein.

»Wir sind gute Freunde und können offen miteinander sprechen. Nach der früher herrschenden Auffassung würde es Sie Ihre Ehre kosten, wenn Sie sich auf eine solche Sache einließen. Aber heute sieht man so etwas mit anderen Augen an, es ist etwas ganz Alltägliches geworden. Man könnte ruhig von einer Heirat sprechen, wenn Ihre Tochter in das Haus des Kommissars übersiedelte. Jedenfalls wäre es recht ungeschickt von Ihnen, ihm nicht gefällig sein zu wollen. Gehen Sie aber auf seine Wünsche ein, können Sie bestimmt beruhigt in die Zukunft sehen. Ich sage Ihnen das nur, weil mir Ihr Wohlergehen wirklich am Herzen liegt.«

»Ich bin überzeugt, daß Sie sich bei Ihren Ratschlägen von den besten Absichten leiten lassen. Aber ich bin nur ein kleiner Geschäftsmann, und meine Tochter versteht nicht, sich unter vornehmen Leuten zu bewegen. Wie sollten wir jemals wagen, nach der Stellung einer Kommissarsgattin für sie zu streben!« Herr Lin konnte vor Aufregung kaum noch sprechen, sein Herz jagte.

»Haha! Wonach Sie streben, ist belanglos. Daß der Kommissar Gefallen an Ihrer Tochter hat, das allein ist ausschlaggebend. Verbleiben wir so: Sie sprechen die Angelegenheit zu Hause mit Ihrer Frau durch, bei mir ruht sie einstweilen. Sollte Kommissar Bu mich fragen, werde ich sagen, ich hätte noch immer keine Gelegenheit gehabt, mich mit Ihnen darüber zu unterhalten. Aber Sie müssen mir bald einen bestimmten Bescheid geben!«

»Einverstanden!« Es dauerte eine ganze Weile, bis Herr Lin sich so weit in der Gewalt hatte, daß er dieses eine Wort herausbringen konnte. Sein Gesicht glich dem einer Leiche.

Daheim schickte Herr Lin seine Tochter aus dem Zimmer und berichtete seiner Frau alles haargenau. Während er noch mitten im Sprechen war, bekam Frau Lin einen so heftigen Anfall von Aufstoßen, daß es vermutlich alle Nachbarn hörten. Mit großer Anstrengung zwang sie sich, zwischen den vielen Höch-höch zu stammeln: »Dazu können wir niemals unsere Einwilligung geben ... höch ... Selbst wenn er sie nicht zur Konkubine wollte ... höch, höch ... sondern sie heiraten würde ... höch ... brächte ich es nicht übers Herz, mich von ihr zu trennen.«

»Ich denke genauso, bloß ...«

»Höch ... wir sind ehrliche und anständige Menschen. Meinst du etwa, er könnte sie uns mit Gewalt wegnehmen, wenn wir nicht einwilligen? Höch ...«

»Er wird jedenfalls bestimmt einen Vorwand finden, uns zu schikanieren. Diese Menschen sind schlimmer als Banditen«, flüsterte Herr Lin ängstlich. Das Weinen war ihm nahe.

»Nur über meine Leiche kommt er an sie heran! Göttin Guanyin, beschütze uns!« rief Frau Lin mit zitternder

Stimme. Sie sprang auf und ging schnell auf die Tür zu. Herr Lin vertrat ihr den Weg.

»Wohin willst du? Wohin?« fragte er tonlos.

In diesem Augenblick kam Fräulein Lin ins Zimmer. Sie war kreideweiß im Gesicht, und ihre Augen sahen starr geradeaus. Augenscheinlich hatte sie vor der Tür gehorcht. Frau Lin schloß die Tochter fest in die Arme. Zwischen Tränen und Höch-höchs brachte sie stoßweise hervor: »Höch ... liebes Kind ... wenn dich jemand uns wegnehmen will ... höch ... er kommt nur über meine Leiche an dich heran ... höch ... ich habe diese schreckliche Krankheit seit dem Jahr, in dem du geboren wurdest. Es war schwer für mich, aber ich habe es geschafft, dich großzuziehen, und nun bist du schon siebzehn! Wir bleiben zusammen, lebend oder tot. Wir hätten dich schon längst mit Shousheng verloben sollen! Dieser Kommissar Bu ist ein widerlicher Kerl. Der macht sich keine Gedanken darüber, daß die Götter ihn strafen werden!«

Fräulein Lin fing auch an zu weinen. »Ma«, jammerte sie, »Ma!«

Herr Lin schlug verzweifelt die Hände zusammen und seufzte ein über das andere Mal. Die beiden Frauen schluchzten und klagten so laut, daß die Nachbarn es durch die dünnen Wände hindurch hören mußten und sich bestimmt wunderten. So aufzufallen war ein zweites schlechtes Omen zum Geschäftsanfang im neuen Jahr! Herr Lin unterdrückte seine eigene Erregung, so gut er vermochte, und bemühte sich, Frau und Tochter zu beruhigen.

Nach diesem Tag hatte die ganze Familie Lin eine schlechte Nacht. Herr Lin sagte sich, daß er am nächsten Morgen früh im Laden sein müßte, trotzdem gingen ihm ununterbrochen die entsetzlichsten Gedanken durch den Kopf. Ein plötzliches Geräusch auf dem Dach erschreckte ihn so, daß ihm das Herz vor Angst bis in den Hals schlug: Wollte der Kommissar ihn schon festnehmen und vor Gericht stellen lassen? Dann zwang er sich zum ruhigen Überlegen. Er stammte aus einer Familie geachteter Geschäftsleute, die niemals gegen die Gesetze verstoßen hatten. Solange sein Geschäft gut ging und er keine Schulden machte, hatte der Kommissar keine Handhabe, ihm Schwierigkeiten zu bereiten. Und sein Geschäft hatte ja in diesen Tagen einen guten Ansatz zum Aufschwung gezeigt. Ausgerechnet der Besitz einer hübschen Tochter sollte ihn ins Unglück stürzen? Er hätte sie schon vor Jahren verloben sollen, dann wäre diese Gefahr wahrscheinlich niemals aufgetaucht. Ob der Vorsitzende der Kaufmannszunft es wirklich ehrlich mit ihm meinte? Er war der einzige Mensch, der ihm helfen konnte ...

Höch ... höch ... Frau Lin mußte wieder aufstoßen. Ai-ja! Wie sie sich plagen mußte!

Schon beim ersten Morgengrauen stand Herr Lin auf. Die Augen waren ihm rot unterlaufen und die Lider verschwollen; schwindlig war ihm auch. Aber es half nichts, er mußte sich um den Laden kümmern, konnte nicht alle Arbeit und Verantwortung Shousheng aufbürden. Der junge Mensch hatte wirklich anstrengende Tage hinter sich.

Auch als Herr Lin schon in dem Kassiererverschlag saß, war ihm immer noch unbehaglich zumute. Das Geschäft ließ sich gut an. Trotzdem überfiel ihn ab und zu ein heftiges Zittern. Es brauchte nur ein großer, kräftiger Mann den Laden zu betreten, so durchfuhr Herrn Lin sofort ein Schreck, es könnte ein Abgesandter des Kommissars sein, der im Laden herumschnüffeln und irgendwelchen Krawall heraufbeschwören sollte, und sein Herz klopfte, daß es ihm weh tat.

Der Tag nahm einen merkwürdigen Verlauf. Das Geschäft ging über alle Erwartungen gut. Bis zur Mittagsstunde waren bereits Waren im Wert von sechzig Yuan verkauft. Unter den Kunden bewegten sich Leute aus der Stadt, die nichts kauften; sie durchwühlten die Auslagen. Man hätte meinen können, in einem Laden zu sein, der Bankrott gemacht hat und seine Warenbestände abstoßen will. Herr Lin war befriedigt und unruhig in einem. Der Geschäftsablauf schien ihm anormal. Und tatsächlich: in der Mittagspause flüsterte ihm Shousheng zu: »Die Leute erzählen sich, Sie hätten die Preise gesenkt, um Ihre Restbestände loszuwerden. Mit dem Geld, das dabei herauskommt, wollten Sie sich in Sicherheit bringen.«

Herr Lin war über dieses Gerücht erschrocken und verärgert. Er wußte nicht, was er dazu sagen sollte. Plötzlich traten zwei Männer in Uniform in den Laden, steuerten auf Herrn Lin und den neben ihm stehenden Shousheng zu und fragten: »Wer von Ihnen ist der Besitzer Herr Lin?«

Herr Lin schoß aufgeregt von seinem Sitz in die Höhe. Noch ehe er ein Wort sagen konnte, hatten ihn die Uniformierten bereits in ihre Mitte genommen und führten ihn ab. Shousheng vertrat ihnen den Weg und verlangte eine Erklärung. Die beiden fuhren ihn grob an: »Wer sind Sie? Die Sache geht Sie gar nichts an. Er soll zum Verhör auf das Guomindang-Büro gebracht werden!«

6

Der Nachmittag verging, und Herr Lin kam nicht zurück. Im Laden war viel zu tun, und Shousheng konnte nicht abkommen, um Nachforschungen anzustellen. Er hatte Frau Lin den Vorfall verheimlicht, aber der eine Lehrling plapperte es aus. Frau Lin geriet in eine derartige Erregung, daß man für ihren Verstand fürchten mußte. Sie ließ Fräulein Lin nicht mehr aus dem Privatzimmer heraus. »Deinen Vater haben sie schon abgeholt!« jammerte sie. »Wenn sie jetzt wieder kommen, nehmen sie dich mit!« Darauf rief sie Shousheng und fragte ihn nach allem aus. Er hielt es aber für geraten, ihr nicht allzuviel zu erzählen.

»Sie brauchen sich keine Sorgen zu machen, Frau Lin!« sagte er beschwichtigend. »Herr Lin soll im Guomindang-Büro lediglich seine Schwierigkeiten mit den Gläubigern klarstellen. Das Geschäft geht gut. Wovor sollten wir also Angst haben?«

Aber zu Fräulein Lin sagte Shousheng so, daß Frau Lin seine Worte nicht hören konnte: »Wir wissen überhaupt nicht, was eigentlich gespielt wird.« Er ermahnte sie, sich um die Mutter zu kümmern; er selbst wolle den Laden übernehmen. Fräulein Lin war völlig hilflos und tat bereitwillig alles, was Shousheng ihr vorschlug.

Shousheng wurde von Kunden und Frau Lins unaufhörlichen Fragen, auf die er sich immer wieder passende Antworten ausdenken mußte, so in Anspruch genommen, daß er sich nicht auch noch um Herrn Lin kümmern konnte. Gegen Abend brachte der Vorsitzende der Kaufmannszunft endlich eine Nachricht. Die Guomindang-Ortsgruppe behielte Herrn Lin in Haft, weil erzählt würde, er wolle sich mit den Geschäftsgeldern in Sicherheit bringen, und weil die Interessen der Bank am Ort, der Engrosfirma in Shanghai und vor allem der drei kleinen Privatgläubiger geschützt werden müßten. Es sei der Partei besonders um die Wahrung der Ansprüche der kleinen Gläubiger aus ihren Einlagen im Gesamtbetrag von sechshundertfünfzig Yuan zu tun, und sie würde Herrn Lin so lange zurückhalten, bis ein befriedigendes Abkommen zwischen ihm und den drei Partnern zustande gekommen sei. Aus Shoushengs Gesicht wich jeder Blutstropfen. Bestürzt fragte er: »Würde Herr Lin gegen Bürgschaft freigelassen werden? Wie sollen wir unsere Außenstände eintreiben, solange er in Haft gehalten wird?«

»Bah! Gegen Bürgschaft freilassen! Wenn Sie mit leeren Händen ins Parteibüro gehen, können Sie keine Bürgschaft für Herrn Lin übernehmen!«

»Herr Vorsitzender! Bitte, sinnen Sie auf eine Möglichkeit, Herrn Lin zu helfen! Tun Sie ein gutes Werk! Sie sind seit Jahren miteinander befreundet. Ich bitte Sie herzlich: Helfen Sie ihm!«

Der Vorsitzende der Zunft legte die Stirn einen Augenblick nachdenklich in Falten. Er sah Shousheng schweigend an, nahm ihn dann beiseite und sagte leise: »Ich kann nicht tatenlos zusehen, wie man Herrn Lin bedrängt. Aber die Lage ist im Augenblick bis zum äußersten gespannt. Ich habe nämlich Kommissar Bu bereits dringend gebeten einzugreifen. Er ist aber nur unter einer Bedingung dazu bereit, und ich habe Herrn Lin bewogen, sie anzunehmen. Damit wäre die Sache für Herrn Lin erledigt. Ich war nicht darauf gefaßt, daß dieser pockennarbige, dunkelhäutige Kerl im Guomindang-Büro sich so unangenehm aufführen würde! Er besteht darauf ...«

»Aber er würde doch wohl nicht wagen, sich dem Kommissar zu widersetzen?«

»Das nahm ich auch an. Aber dieser widerliche Bursche brachte den Kommissar mit seinem Geschwafel richtig in Verlegenheit. Es gab eine tolle Auseinandersetzung zwischen den beiden. Sind Sie jetzt im Bilde, wie schwierig die Lage ist?«

Shousheng seufzte. Sein Kopf war völlig leer. Nach einem Weilchen seufzte er noch einmal tief auf und sagte: »Aber Herr Lin hat keinerlei Straftat begangen.«

»*Den* Leuten ist mit Vernunftgründen nicht beizukommen. Bei ihnen geht Gewalt vor Recht. Sagen Sie Frau Lin, sie solle sich nicht sorgen; bisher habe man Herrn Lin noch nichts Böses angetan. Aber um ihn freizubekommen, muß sie schon ein bißchen Geld lockermachen!«

Der Vorsitzende hielt bei den letzten Worten mit bezeichnender Gebärde zwei Finger in die Höhe und verließ schnell den Laden.

Shousheng zergrübelte sich den Kopf, aber es fiel ihm kein Ausweg ein. Die beiden Verkäufer setzten ihm mit Fragen zu, aber er schenkte ihnen kein Gehör. Er mußte sich schlüssig werden, ob er Frau Lin von dem Gespräch mit dem Vorsitzenden der Zunft in Kenntnis setzen sollte oder nicht. Wieder mußten sie eine größere Summe Geldes aufbringen! Ob Frau Lin selbst über Geld oder Möglichkeiten, welches zu beschaffen, verfügte, entzog sich seiner Kenntnis. Über die Geschäftskasse wußte er genau Bescheid: Nach Abführung der acht Zehntel der Tageseinnahmen in den zwei Tagen seit der Wiedereröffnung der Geschäfte an die Bank besaß die Firma im Augenblick rund fünfzig Yuan! Was sollte er damit wohl anfangen? Der Vorsitzende hatte zweihundert Yuan als Bestechungsgeld angedeutet. Wer konnte wissen, ob es damit getan sein würde! Angesichts der augenblicklichen Verhältnisse bestand nicht einmal Aussicht darauf, die zweihundert Yuan zusammenzubekommen, selbst wenn das Geschäft noch besser ginge. Shousheng war völlig mutlos.

Aus dem Hinterzimmer rief jemand seinen Namen. Er beschloß, hineinzugehen und es von der Situation, die er dort vorfände, abhängig zu machen, was er als nächsten Schritt unternehmen würde. Frau Lin stand, auf den Arm ihrer Tochter gestützt, von einem Aufstoßanfall gequält, am Tisch und brachte stoßweise heraus: »Eben war ... höch ... höch ... der Vorsitzende der Kaufmannszunft bei Ihnen. Was hat er gesagt?«

»Aber der Vorsitzende war gar nicht im Laden«, suchte sich Shousheng herauszureden.

»Machen Sie mir nichts vor ... höch ... ich weiß alles. Axiu sah ihn kommen ... höch ...!«

»Beruhigen Sie sich, Frau Lin. Er sagte, die Sache käme bald in Ordnung, Kommissar Bu wolle helfen ...«

»Was? ... Höch, höch ... Was? Kommissar Bu will helfen? ... Höch ... Barmherzige Göttin Guanyin ... höch ... wir brauchen seine Hilfe nicht! Höch, höch ... Mit meinem Mann ist's vorbei ... höch ... und ich will auch sterben! Ich sorge mich nur um Axiu. Nehmen Sie sie ... höch ... Geht und heiratet, ihr beiden ... höch ... Shousheng, sorgen Sie gut für Axiu, daß ich mir ihretwegen keine Gedanken mehr machen muß. Gehen Sie jetzt! Sie wollen sie abholen, diese Bestien in Menschengestalt! Barmherzige Göttin Guanyin, warum hilfst du uns nicht!«

Shousheng hörte sich das alles verständnislos an. Was sollte er darauf erwidern? Ob Frau Lin den Verstand verloren hatte? Aber sie sah gar nicht danach aus. Sein Herz klopfte ungestüm, verstohlen sah er zu Fräulein Lin hinüber. Sie wurde blutrot, senkte den Kopf und sagte nicht ein einziges erklärendes Wort.

»Shousheng! Shousheng! Es will Sie jemand sprechen!« Ein Lehrling kam ins Zimmer gerannt. In der Meinung, daß es der Zunftvorsitzende oder eine andere gewichtige Persönlichkeit wäre, kehrte Shousheng schnell in den Laden zurück. Der auf ihn wartete, war Herr Wu – der Inhaber der Konkurrenzfirma gegenüber! Dieser Besuch setzte Shousheng in Erstaunen. Was mochte *der* Mann von ihm wollen? Er blickte ihm prüfend ins Gesicht. Herr Wu erkundigte sich, wie es Herrn Lin ginge, und setzte mit einem breiten Grinsen hinzu, er halte die Lage »durchaus nicht für kritisch«. Shousheng entging nicht die Verschlagenheit in Tonfall und Miene des Besuchers.

»Ich möchte einige Warenbestände von Ihnen aufkaufen!« fuhr Herr Wu fort und brachte aus der Weite seines Ärmels einen Bogen Papier zum Vorschein. Er sprach plötzlich in einem anderen Ton und lächelte auch nicht mehr. Auf dem Bogen war eine Liste von etwa zwölf Artikeln aufgestellt – genau den Artikeln, die Herr Lin in seinen 1-Yuan-Packungen anbot!

Shousheng verstand sofort, was gespielt wurde.

»Herr Lin ist ja aber nicht hier«, sagte er ablehnend, »und ich habe darüber keine Vollmacht.«

»Ich kann ebensogut mit Frau Lin verhandeln«, war die Entgegnung.

Shousheng antwortete nicht gleich. Er durchschaute plötzlich, warum Herr Lin in Haft behalten wurde: zuerst das Gerücht, Herr Lin wolle ausreißen; dann seine Verhaftung; damit war der Konkurrenz die Möglichkeit zugespielt worden, Waren zu ergaunern. Der Zusammenhang zwischen diesen drei Fakten war unverkennbar. In Shousheng regten sich Ärger und Besorgnis. Auf Herrn Wus Ansinnen einzugehen bedeutete das Ende für Herrn Lins Geschäft, und seine eigenen Bemühungen, die Firma zu halten, wären umsonst gewesen. Ging er aber nicht darauf ein, war ein neuer Anschlag zu befürchten. Shousheng war unfähig, zu überlegen, sich zu entscheiden.

»Ich werde mit Frau Lin sprechen«, sagte er zögernd. »Sie läßt sich aber nur auf Verkauf gegen Barzahlung ein.«

»Verkauf gegen Barzahlung? Haha, Shousheng, belieben Sie, einen schlechten Witz zu machen?«

»Keineswegs, Frau Lin tut es nun einmal nicht anders. Ich kann daran nichts ändern. Sprechen Sie morgen noch einmal vor, das wäre sicher am besten. Der Vorsitzende der Kaufmannszunft sagte mir eben, daß der Parteikommissar Bu in die Sache mit Herrn Lin eingreifen will. Man kann also damit rechnen, daß Herr Lin heute abend nach Hause kommt.« Shousheng brachte das alles mit kühler Berechnung vor und drückte Herrn Wu die Liste wieder in die Hand.

Herr Wu nötigte Shousheng die Liste wieder auf. »Schon gut«, sagte er etwas gereizt. »Wenn es nicht anders geht, dann eben gegen bar. Ich komme heute abend, um das Geschäft abzuschließen. Zahlung bei Lieferung.«

Mit besorgter Miene kehrte Shousheng in das Privatzimmer zurück und berichtete Frau Lin von dem Vorhaben der Konkurrenz gegenüber.

»Der Vorsitzende der Kaufmannszunft sagte mir klar und deutlich, es ginge Herrn Lin gut, man hätte ihm nichts zuleide getan. Aber wir müssen Geld aufbringen, um ihn freizubekommen. In der Ladenkasse sind nur fünfzig Yuan. Der Bursche aus dem Laden drüben will, seiner Liste zufolge, Waren im Gesamtwert von etwa einhundertfünfzig Yuan kaufen. Es kommt jetzt vor allem darauf an, Herrn Lin so bald wie möglich die Heimkehr zu ermöglichen!«

Der Gedanke, daß sie wieder Geld ausgeben sollten, entfesselte einen Tränenstrom bei Frau Lin, und ihre Aufstoßanfälle waren so ungestüm und andauernd, daß sie wirklich bis zum Himmel dringen mußten. Sie war unfähig zu sprechen und schluchzte so heftig, daß ihr auf der Tischplatte ruhender Kopf ein paarmal hart aufschlug. Shousheng hielt es für aussichtslos, unter diesen Umständen etwas ausrichten zu wollen, und zog sich leise zurück. Fräulein Lin folgte ihm und hielt ihn jenseits der Schwingtür an. Ihr Gesicht war von Todesblässe überzogen; mit vor Erregung heiserer Stimme redete sie auf Shousheng ein.

»Ma ist so aufgeregt, daß sie keinen klaren Gedanken zu fassen vermag«, flüsterte sie. »Sie ist überzeugt, daß sie Papa bereits umgebracht haben. Bitte, schließen Sie sofort den Kauf mit diesem Herrn Wu ab! Lieber Bruder Shousheng, Sie ...« Plötzlich schoß ihr das Blut ins Gesicht, und sie verschwand hinter der Schwingtür.

Ein paar Sekunden starrte Shousheng ihr nach; ihm war ganz benommen im Kopf. Dann gab er sich einen Ruck und wandte sich dem Laden zu, entschlossen, die Verantwortung für die Abgabe der Waren an die Konkurrenz auf sich zu nehmen. Immerhin hatte er für diesen Schritt Fräulein Lins Einverständnis.

Im Laden war der Mittagsimbiß hergerichtet, aber Shousheng brachte keinen Bissen hinunter. Von dem Geld, das Herr Wu ihm aushändigte, versteckte er achtzig Yuan in seiner Kleidung; mit hundert Yuan in der Hand eilte er zu dem Vorsitzenden der Kaufmannszunft, und eine halbe Stunde danach kehrte er mit Herrn Lin an seiner Seite in den Laden zurück.

Die beiden Männer stürmten förmlich in das Privatzimmer, und Frau Lin geriet so außer Fassung bei dem Anblick ihres Mannes, daß sie ein Weilchen brauchte, um sich zu beruhigen und sich zu vergewissern, daß Herr Lin wirklich lebend vor ihr stand. Sie vollzog ungestüm mehrere tiefe Verbeugungen vor der Porzellanstatue der Göttin Guanyin und schlug bei jedem Koutou so heftig mit dem Kopf auf den Fußboden auf, daß sie damit ihr lautes Aufstoßen übertönte. Fräulein Lin stand regungslos abseits, ihr Mienenspiel verriet, daß sie am liebsten zugleich gelacht und geweint hätte. Shousheng zog ein kleines in Papier gewickeltes Päckchen hervor und legte es mitten auf den Tisch.

»Achtzig Yuan! Wir brauchten sie nicht auszugeben!«

Herr Lin seufzte tief und sagte in hoffnungslosem Ton: »Sie hätten mich getrost dort sollen umkommen lassen. Dann wäre alles mit einem Schlag zu Ende gewesen. Statt dessen hat es noch Geld gekostet, mich dort herauszuholen. Jetzt haben wir überhaupt kein Geld mehr und müssen sowieso alle über kurz oder lang sterben.«

Aufgeregt fuhr Frau Lin aus ihrem Koutou in die Höhe. Sie wollte etwas sagen, aber vor lauter Aufstoßen konnte sie wieder einmal kein Wort herausbringen. Fräulein Lin bemühte sich, ihr eigenes Schluchzen zu unterdrücken, sie weinte nur leise vor sich hin. Herr Lin vergoß keine Träne. Er seufzte immer wieder und würgte Wort für Wort heraus, als er endlich zu sprechen begann.

»Unsere Lager sind geräumt! Wir können unser Geschäft nicht weiterführen, die Gläubiger setzen uns hart zu ...«

»Herr Lin!« schnitt Shousheng ihm das Wort ab, tauchte einen Finger in die Schale Tee und schrieb das Zeichen für »gehen« auf die Tischplatte.

Herr Lin schüttelte den Kopf. Er sah erst seine Frau, dann seine Tochter an, während ihm die Tränen über das Gesicht liefen.

»Einen anderen Ausweg gibt es nicht, Herr Lin«, nahm Shousheng das Wort. »Im Laden bekommen wir noch weitere hundert Yuan zusammen, die nehmen Sie auch mit. Für ein bis zwei Monate können Sie mit dem Geld auskommen. Für alles, was hier geschehen muß, sorge ich.«

Shousheng sprach sehr leise, aber Frau Lin verstand trotzdem alles. Mit äußerster Anstrengung gegen ihr Aufstoßen ankämpfend, griff sie plötzlich in das Gespräch ein.

»Sie gehen auch, Shousheng, und nehmen Axiu mit! Ich kann allein hierbleiben. Bis zum letzten Augenblick werde ich kämpfen.«

Frau Lin schien mit einemmal gesund und munter. Wie

ein Wiesel rannte sie die Treppe hinauf. Fräulein Lin stürzte ihr nach, laut »Ma! Ma!« rufend. Herr Lin sah ihnen verdutzt nach. Er war so benommen, daß er vergaß, was er sagen wollte; er wußte nur noch, daß es etwas Wichtiges gewesen war.

»Sie nehmen Axiu mit!« sagte Shousheng zu Herrn Lin. »Frau Lin kommt nicht aus der Angst heraus, wenn Fräulein Lin hierbleibt. Sie behauptet, man wolle sie abholen ...«

Herr Lin nickte zustimmend; er weinte noch immer und konnte sich zu nichts entschließen.

Shousheng fühlte, wie auch ihn die Rührung übermannte. Er ging um den Tisch herum ...

In diesem Augenblick drang Fräulein Lins aufgeregtes Weinen an das Ohr der beiden Männer. Sie eilten treppauf: Frau Lin stand vor ihrem Zimmer und hielt ein kleines Päckchen in der Hand. Als sie ihren Mann mit Shousheng kommen sah, ging sie in ihr Zimmer zurück.

»Bitte, kommt beide herein!« sagte sie mit einladender Gebärde. »Laßt euch sagen, wozu ich mich entschlossen habe. In diesem Päckchen«, sie wies auf das Päckchen in ihrer Hand, »ist mein kleines Privatvermögen – reichlich zweihundert Yuan. Davon sollt ihr die Hälfte haben. Axiu, ich gebe dich Shousheng zur Frau! Morgen gehst du mit deinem Vater zusammen von hier weg. Ich gehe nicht mit. Shousheng bleibt noch einige Tage hier. Dann wird sich übersehen lassen, was am besten zu geschehen hat. Wieviel Tage mir noch zu leben vergönnt sind, weiß niemand ... Höch, höch ... Vollzieht einen Koutou vor mir, ihr beide, damit ich mir euretwegen keine Sorgen mehr zu machen brauche! Höch, höch ...«

Frau Lin zog bei den letzten Worten ihre Tochter mit der einen, Shousheng mit der andern zu sich heran und hieß sie mit einer Geste einen Koutou vollziehen. Den beiden jungen Menschen stieg das Blut ins Gesicht; sie verbeugten sich gleichzeitig so tief, daß sie mit dem Kopf den Fußboden berührten. Shousheng warf von der Seite einen Blick auf Fräulein Lin: Sie lächelte zwischen Tränen. Auch ihm glitten jetzt zwei Tränen über das Gesicht, und sein Herz pochte ungestüm. Herr Lin seufzte tief auf.

»So sei es, möge das der richtige Weg sein!« sagte er feierlich. »Aber sei vorsichtig«, wandte er sich an Shousheng, »solange du noch hierbleibst und mit denen verhandelst!«

7

Zum Schluß mußte der Laden der Familie Lin doch geschlossen werden. Die Nachricht von Herrn Lins Verschwinden flog wie ein Lauffeuer durch die Stadt. Von den Gläubigern war die Bank zuerst zur Stelle und ließ durch Bevollmächtigte die noch vorhandenen Warenbestände mit Beschlag belegen. Die Geschäftsbücher waren nicht auffindbar und Shousheng nicht erreichbar: Er wäre bettlägerig krank. Man wandte sich also an Frau Lin. Ihre Antwort bestand in einem Tränenstrom und in einem Anfall von Aufstoßen. Die Würde einer Lin Taitai schützte sie immerhin vor peinlichen Maßnahmen.

Um die elfte Vormittagsstunde waren alle Gläubiger im Laden versammelt. Mit ohrenbetäubendem Stimmaufwand machten sie sich gegenseitig den Vorrang ihrer Forderungen streitig. Die Lager waren größtenteils geräumt, aber aus der Schätzung der Restbestände, des Inventars und des Mobiliars ergab sich, daß die Gläubiger mit sieben Zehnteln ihrer Ansprüche befriedigt werden konnten. Aber jeder einzelne von ihnen kämpfte um neun oder sogar zehn Zehntel Auszahlung. Der Vorsitzende der Kaufmannszunft bemühte sich zu vermitteln, bis ihm die Zunge schließlich den Dienst versagte – er erreichte nichts.

Vor der Ladentür postierten sich zwei Polizisten. Mit dem Gummiknüppel in der Hand brüllten sie die Menge der Neugierigen an, die sich vor dem Laden drängte.

»Warum lassen Sie mich nicht hinein? Ich habe dreihundert Yuan Einlage in dem Geschäft stecken, meine sämtlichen Ersparnisse!« Die Zhu Santai redete mit ihren zusammengekniffenen Lippen auf den einen Polizisten ein und bahnte sich mit den Ellbogen einen Weg durch die Menge. Die blauen Adern auf ihrer Stirn waren dick wie kleine Finger geschwollen. Verbissen drängelte sie sich Schritt für Schritt weiter vor. Plötzlich wurde sie der Witwe Zhang gewahr, die ihren kleinen fünfjährigen Sohn auf dem Arm trug und den anderen Polizisten bestürmte, er solle sie in den Laden lassen. Der Mann musterte die Frau mit gierigem Blick. Unversehens hob er die Hand, als wolle er den kleinen Jungen streicheln, und fuhr der Witwe mit dem Handrücken über die Brüste.

»Schwester Zhang!« keuchte die Zhu Santai. Sie setzte sich auf eine der Steinstufen und bewegte unaufhörlich ihre verknitterten Lippen.

Die Witwe Zhang tat unbeabsichtigt einen Schritt vorwärts, erblickte die Zhu Santai, sie stolperte weiter und ließ sich neben ihr nieder.

»Oh, mein guter Mann«, fing sie an zu lamentieren, »du hast mich hilflos allein zurückgelassen. Du weißt nicht, was ich alles auszuhalten habe. Vorgestern vor drei Jahren erschossen dich die ruchlosen Soldaten. Der Hundesohn Lin hat seinen Laden zugemacht, möge er ohne Söhne und Enkel sterben. Die einhundertfünfzig Yuan, die ich mühsam Wen für Wen mit meinen Händen erarbeitet habe, sind klanglos ins Wasser gefallen. Den Armen ist ein hartes Los beschieden, und die Reichen haben kein Herz …«

In diesem Augenblick begann der kleine Junge, der immerfort die weinende Mutter anstarrte und ihr Klagen hörte, auch laut zu schreien. Die Witwe drückte ihn fest an sich und fuhr fort zu wehklagen.

Zhu Santai vergoß keine Träne. Sie starrte mit ihren rotgeränderten Augen vor sich ins Leere und wiederholte ohne Unterbrechung aufgeregt: »Die Armen haben nur ein Leben, und die Reichen haben auch nur ein Leben. Wenn sie mir mein Geld vorenthalten, kämpfe ich bis zu meinem Tode gegen sie!«

Mit hochrotem Kopf trat ein Mann eilig aus dem Laden auf die Straße. Es war der alte Chen. Während er sich durch die Menschenmenge hindurchwand, stieß er laute Verwünschungen aus.

»Gauner! Dafür werdet ihr büßen. Ich werde es erleben, wie ihr eines Tages alle in den Feuern der Hölle brennt. Wenn es Verluste gibt, müssen sie gleichmäßig auf alle verteilt werden. Ich wäre ja zufrieden, wenn ich nur einen kleinen Teil von dem, was zur Verfügung steht, erhielte – das würde der Gerechtigkeit entsprechen …«

Bei den letzten Worten fiel sein Blick auf die beiden Frauen. »Zhu Santai! Zhang Jiasao! Was sitzt ihr herum und jammert!« rief er ihnen zu. »Sie haben alles aufgeteilt. Mein einer Mund konnte gegen die zehn und mehr Großmäuler nicht aufkommen. Diese Aasgeier geben keinen Wen für das, was sich gehört. Unser Geld zählt nicht mit, sagen sie!«

Als die Witwe Zhang den alten Chen so reden hörte, weinte sie noch kläglicher. Der auf sein Vergnügen bedachte Polizist ging mit einigen großen Schritten auf die Steinstufen zu und schlug ihr mit dem Gummiknüppel leicht auf die Schulter. »Heda, weswegen flennen Sie eigentlich? Ihr Mann ist schon lange tot. Um welchen heulen Sie jetzt?«

»Stinkhunde! Die da drinnen bringen uns um unser bißchen Geld, und so hergelaufenes Gesindel wie ihr denkt, es kann mit den Frauen schäkern!« Der alte Chen Laoqi schrie den Polizisten wütend an und versetzte ihm einen derben Stoß. Der Uniformierte machte ob dieser Art und Rede große runde Augen und holte mit dem Gummiknüppel zum Zuschlagen aus. Aber die Umstehenden erhoben ein großes Geschrei und stießen Verwünschungen gegen die Polizei aus. Der andere Polizist kam schnell hinzugelaufen, zog Chen auf die Seite und sagte zu ihm: »Sie regen sich ganz umsonst auf. Wir und Sie haben gar nichts miteinander zu schaffen. Die Kaufmannszunft hat uns beauftragt, den Zugang zum Laden zu bewachen. Davon leben wir. Daran läßt sich nun einmal nichts ändern!«

»Chen Laoqi, beschwer dich doch im Guomindang-Büro!« rief ein Mann aus dem Menschengewimmel heraus. Man erkannte ihn an der Stimme. Es war der stadtbekannte Müßiggänger Lu.

»Ja! Los! Los! Wollen mal hören, was die dazu zu sagen haben«, ließen sich ein paar andere vernehmen. Aber der Polizist, der nichts anderes wollte als für Ruhe sorgen, hatte nur ein verächtliches Lachen dafür übrig. Er packte den alten Chen an der Schulter und sagte: »Ich warne Sie, hier Unruhe zu stiften. Aufs Parteibüro zu gehen ist zwecklos. Warten Sie, bis Herr Lin zurückkommt, und bringen Sie dann Ihre Sache mit ihm selbst in Ordnung. Abstreiten kann er die Schuld nicht.«

Der alte Chen überlegte. Er war unschlüssig, was er am besten tun sollte. Die Müßiggänger putschten ihn weiter auf: »Los! Geh schon!« Er wandte sich der Zhu Santai und der Witwe Zhang zu.

»Soll ich gehen? Die erzählen doch tagtäglich, wie sehr sie auf das Wohlergehen der kleinen Leute bedacht wären!«

»Das stimmt! Den Herrn Lin haben sie gestern festgenommen, behaupten sie, damit er nicht mit dem Geld der Armen ausreißen könnte.«

Die Menge geriet in Bewegung. Der alte Mann und die beiden Frauen gelangten ungewollt im Gewühl mit auf die zum Parteibüro führende Hauptstraße. Die Witwe Zhang lamentierte im Gehen unentwegt weiter. Sie verwünschte die Soldaten, die ihr den Mann erschossen hätten, flehte die Götter an, daß dieser Herr Lin ohne Söhne und Enkel sterben möge, und schimpfte auf die Hundesöhne von Polizisten.

Die Menge war noch ein Stückchen Weg von dem Parteibüro entfernt, als sie bereits vier Polizisten gewahr wurde, die mit Gummiknüppeln in der Hand vor dem Eingang zum Büro postiert waren.

»Kein Zutritt! Nicht weitergehen!« riefen sie den Vorwärtsdrängenden entgegen.

»Wir haben eine Klage vorzubringen!« rief der alte Chen, der mit an der Spitze des Zuges ging. »Die Familie Lin hat ihren Laden zugemacht. Wir können nicht an unsere Einlagen heran ...«

Schon tauchte hinter den Polizisten ein dunkelhäutiger, pockennarbiger Mann auf und schrie die Polizisten an, sie sollten sofort zuschlagen. Aber die Polizisten rührten sich nicht von der Stelle; sie beschränkten sich darauf, die Menge mit drohenden Zurufen in Schach zu halten. Die Menschen hinter dem alten Chen wurden unruhig.

»Ihr Hundesöhne wißt überhaupt nicht, was euch zusteht!« wetterte der Pockennarbige los. »Meint wohl, wir hätten nichts Wichtigeres zu tun, als uns um eure Angelegenheiten zu kümmern? Macht kehrt, sonst lasse ich schießen.«

Der Mann trampelte vor Wut und schrie die Polizisten an, sie sollten sofort von ihren Gummiknüppeln Gebrauch machen. Der alte Chen, der ganz vorn stand, bekam ein paar wuchtige Hiebe ab. Die Menschen strebten auseinander. Die alte Zhu Santai, die unsicher auf ihren Beinen war, schlug längelang hin. Die Witwe Zhang rutschte aus ihren Filzschuhen heraus und wurde umgerissen. Sie schob und drehte sich hin und her, um nicht von den eilig voranhastenden Schritten getreten zu werden. Endlich kam sie wieder auf die Beine und rannte auch los. Erst in diesem Augenblick merkte sie, daß ihr Söhnchen verschwunden war, und entdeckte auf ihrer Jacke frische Blutflecke.

»Ai-ja! Mein Juwel! Mein Herz! Diese Banditen bringen Menschen ums Leben. Göttin Guanyin, beschütze uns!«

Laut jammernd lief sie davon, die Haare hingen ihr zerzaust um den Kopf. An dem geschlossenen Laden der Familie Lin rannte sie völlig erschöpft und verwirrt vorbei.

1932

Das zweite Kapitel folgt

1

Es war vier Uhr früh vorbei. Das Gewehr- und Geschützfeuer verstummte. Herr Li richtete sich vom Fußboden auf, massierte mit einer Hand vorsichtig seinen steif gewordenen Rücken und stand auf, tastete sich zu einem Stuhl und setzte sich. Der Kopf fiel ihm auf die Schulter, und er glitt in einen Dämmerschlaf.

Sein siebenjähriger Sohn folgte seinem Beispiel. Er stand ebenfalls auf. Zuerst ragte sein kleines schmales Hinterteil in die Höhe, dann sein übriges Körperchen. Gleich beim allerersten Schritt stolperte der Junge über das eine dicke Beinchen seiner kleinen Schwester. Er plumpste auf den Fußboden und brüllte so jämmerlich los, daß Herr und Frau Li entsetzt aufsprangen.

»Es ist ja stockdunkel hier! Ich denke, man kann jetzt getrost Licht einschalten«, sagte Herr Li, mehr zu sich selbst als zu seiner Frau, und ohne deren Zustimmung abzuwarten, drehte er an dem Schalter.

Geblendet von der plötzlichen Lichtfülle, rieb sich die ganz verschlafene Fünfjährige mit dem Rücken ihrer Patschhändchen die Augen und fing an zu weinen. Frau Li warf einen besorgten Blick auf den Zweijährigen, der, eng an ihre Brust gekuschelt, in ihren Armen schlief, streckte behutsam eine Hand aus und streichelte das Töchterchen.

»Nicht weinen, Schwesterchen! Die japanischen Soldaten kommen! Wir verjagen die japanischen Soldaten!«

Der siebenjährige Junge stellte sich vor Herrn Li und

wollte ihn zu seinem Lieblingsspiel, nämlich auf dessen Knie zu reiten, verlocken. Aber das ernste und nachdenkliche Gesicht des Vaters hielt ihn von seinem Vorhaben ab; er lehnte sich bequem gegen Vaters Bein und legte den Kopf so auf die Schulter, wie es der Vater tat.

Die Eltern unterhielten sich leise miteinander.

»Es ist ganz ruhig. Ob das bedeutet, daß sie aufgehört haben zu kämpfen?« fragte Frau Li.

»Wer soll das wissen! Ich werde mal vors Haus gehen und Ausschau halten.«

»Nein! Bitte tu das nicht!«

»Sich ein wenig umsehen kann einem doch keinen Schaden einbringen. Ich gehe nicht weit.«

»Und ich sage: Du gehst nicht! Warum willst du nur niemals auf mich hören? Den ganzen Tag über haben sich die Menschen aus unserem Stadtviertel anderswo in Sicherheit gebracht; in der ausländischen Niederlassung halten die verschiedenen Bezirke ihre massiven eisernen Tore geschlossen. Und das Schlimmste von allem: Das Dienstmädchen bestand darauf, von hier fortzugehen – mir blieb glattweg der Verstand stehen –, als du aus dem Büro nach Hause kamst. Aber du bliebst dabei, ahnungslos und von keiner Sorge beschwert, es würde nichts passieren! Wenn das Dienstmädchen gehen wolle, meintest du, solle ich sie eben gehen lassen!«

»Wir hätten besser getan, sie zu halten. Dann hättest du keine Angst vor den Japanern.«

»Sieh mal an! Willst du dich etwa noch über mich lustig machen? Du siehst doch, wie aufgeregt ich bin! Drei so kleine Krabben – da brauche ich eine Hilfe zum Tragen. Wäre das Mädchen noch hier, trüge sie wenigstens eines von ihnen. Wir werden natürlich nichts von unseren Sachen ...«

»Demnach hast du also den Gedanken an die Flucht noch immer nicht aufgegeben!«

»Dir genügt es, vors Haus zu gehen und Umschau zu halten! Was für einen Zweck hat das denn?«

Frau Li war verärgert. Ein tiefer Seufzer hob ihre Brust; davon wachte der Zweijährige auf und fing an zu weinen. Sie streichelte ihn und summte: »Kleiner Schatz, kleiner Schatz, die Mama ist bei dir.« Dabei warf sie ihrem Mann einen vorwurfsvollen Blick zu.

Herr Li ließ den Kopf hängen, legte die Stirn in ernste Falten und rieb sich die Handflächen auf den Knien.

»Eine schöne Geschichte ist das!« sagte er endlich. »Solange wir nicht von hier fortgehen, werden wir nicht zur Ruhe kommen. Gehen wir aber fort, kostet uns das einen Haufen Geld. Ich hätte niemals für möglich gehalten, daß sie richtig Krieg anfangen würden ...«

»Ich scheue auch davor zurück, so viel Geld auszugeben. Deswegen war ich auch, obwohl es noch hellichter Tag war, damit einverstanden, daß wir hierblieben. Wir haben wirklich Glück gehabt, daß uns keine Bombe erwischt hat!«

Herr Li setzte eine so bekümmerte Miene auf, daß Frau Li erschrak. Vielleicht hätte sie nicht so scharfe Worte gebrauchen sollen. Sie bemühte sich, ein freundliches Gesicht zu machen, und fuhr fort: »Es ist ja schon seit einer ganzen Weile kein Schuß mehr zu hören. Wahrscheinlich war das gar keine richtige Schlacht. Du solltest ein bißchen schlafen, bis du ins Büro mußt.«

Herr Li sah seine Frau an und machte auch ein freundliches Gesicht. Gleich darauf gähnte er herzhaft. Seine Frau hatte recht, er fühlte es. Die japanischen Soldaten kämpften erbittert und grausam. Es hieß, sie hätten bei ihrem Angriff auf Shenyang in den Nordostprovinzen die Stadt mit schwerem Geschütz- und Artilleriefeuer belegt, obwohl ihnen kein Widerstand geboten wurde. Wahrscheinlich hatten sie es mit Shanghai ebenso gehalten, und jetzt würde wieder Ruhe einkehren. Es war sicher nichts Ernstes mehr zu befürchten, das Büro würde geöffnet sein wie immer, und er würde hingehen wie immer. Einen Tag zu Hause bleiben kostete ihn zwei Yuan fünf Jiao. Wozu das? »Gut, ich lege mich ein Weilchen hin. Dann besprechen wir alles noch einmal.«

Frau Li nickte zustimmend, und ihr Mann stieg die Treppe hinauf, wobei er sich auf die steifen Schenkel klopfte. Der siebenjährige Junge wollte dem Vater folgen, aber Frau Li rief ihn sofort zurück. Sie legte ihn auf die Dekken, die sie auf dem Fußboden ausgebreitet hatte, und deckte ihm ein Laken über.

Herr Li war inzwischen auf dem obersten Treppenabsatz angelangt. Wieder packte ihn die Unruhe. Vor ihm führte eine kurze Leiter zu einer kleinen vorspringenden Plattform, die etwas höher als das erste Stockwerk, aber unterhalb des Daches lag. Er hielt es für ratsam, hinaufzusteigen und sich von dort oben einen Überblick zu verschaffen.

Herr Li war dabei, die schmale Tür zu öffnen, da – bing!, bing! – zwei Schüsse. Er fuhr entsetzt zurück und spähte durch die Türspalte. Dichte Wolken standen am Himmel, nur hier und da funkelte ein kalter winterlicher Stern. Eisiger Wind pfiff durch die Türspalte. Auf der Plattform des Nachbarhauses schien jemand zu stehen und Umschau über die verdunkelte Stadt zu halten. Herr Li kommandierte sich »Mut« und zog seine Filzmütze so über Kopf und Gesicht, daß gerade noch die Augen frei blieben. In dieser Weise abgeschirmt, quetschte er sich durch die Tür und tastete sich an der Wand entlang auf die Plattform hinaus, auf der er sich sofort niederhockte und gespannt horchte.

Er glaubte, in einiger Entfernung Schüsse zu hören. Vielleicht war es aber auch nur der Sturm, der so heulte. Am Himmel waren weder Feuerschein noch dunkle Rauchschwaden zu sehen. Die Nacht unterschied sich in nichts von den übrigen Winternächten des letzten Monats im Jahr. Herr Li richtete sich langsam zu seiner vollen Größe auf und trat an die niedrige Mauereinfassung der Plattform, um bessere Sicht nach allen Seiten zu haben.

»Ach, Herr Li? Wollen Sie sich auch mal von hier oben orientieren? Vorhin konnte man von hier aus haufenweise rote Blitze aufzucken sehen. Das müssen wieder die Japaner gewesen sein, diese Hundesöhne!«

Herr Li sah verdutzt in die Richtung, aus der die Stimme zu ihm drang. Der Mann war mit seiner Rede schon zu Ende, da erkannte er ihn erst: Er wohnte in einer winzigen Kammer im Nebenhaus, hieß Xiang und war Setzer in der Verlagsgesellschaft, in der auch Herr Li angestellt war. Sie waren also, wie man zu sagen pflegt, von einem Bau.

»Schon lange hier draußen?« fragte Herr Li in etwas herablassendem Ton und runzelte leicht die Stirn. Er kniff die Augen zusammen, um besser zu sehen, und suchte den Himmel rundum nach einem Feuerschein ab. Obwohl die beiden Männer Nachbarn und bei derselben Firma angestellt waren, kamen sie doch nur selten miteinander in Berührung, war doch der eine nur ein Gongren, ein »Arbeiter« in der Druckerei, und der andere ein Tongshi, ein »Kollege« in der Redaktion. Begegneten sie sich zufällig, so wechselten sie einen Blick, das sparte ihnen die Mühe, sich mit Namen zu grüßen. Daß sich Herr Li überhaupt auf des anderen Bemerkung äußerte, geschah aus bloßer Höflichkeit; er war durchaus nicht gewillt, sich in eine Unterhaltung einzulassen. Zu seinem Erstaunen ergriff Herr Xiang sofort angeregt das Wort.

»Wir besiegen die Japaner!« sagte er zuversichtlich.

Herr Li horchte auf. Was? Waren die Japaner tatsächlich geschlagen worden? Das war doch ganz unwahrscheinlich! Er sah zu Herrn Xiang hinüber. Auf dem Gesicht des Setzers lag ein breites, zufriedenes Lachen, bei dem alle seine blendendweißen, kräftigen Zähne zu sehen waren. Er schwang die geballte Faust durch die Luft.

»Denen haben wir es tüchtig gegeben. Alle Mann hoch haben sie sich in die japanische Niederlassung im Bezirk Hongkou zurückgezogen.«

Das klang überzeugend. Aber Herr Li fühlte sich trotzdem bemüßigt zu fragen: »Woher wissen Sie das?«

»Der am Limen-Tor Wache stehende Polizist sagt es. Und ich habe selbst gesehen ...«

»Sie haben selbst gesehen? Was haben Sie gesehen?«

»Ich habe selbst gesehen, daß starke Truppenteile der Neunzehnten Marscharmee nordwärts marschierten. Es heißt, sie sollen die Truppen unterstützen, die den Bahnknotenpunkt Tiantongan halten. Die Japaner griffen auch am Straßenkopf Baoshan an, wurden aber auch da zurückgeworfen und mußten im Bereich der Fusheng-Straße Deckung nehmen.«

»So. Hm ...« Herr Li war noch immer mißtrauisch. Aber er wußte nun wenigstens, warum es vor einigen Stunden den Anschein gehabt hatte, als rückte die Artillerie von allen Seiten heran. Er und seine Frau waren mit den Kindern in einem Nu aus den Betten und ins Erdgeschoß gehastet, wo sie sich auf dem Fußboden ein Lager herrichteten. Ihr Häuschen lag zwischen den beiden Feuerlinien! Herr Li zwang sich, äußerlich ruhig zu erscheinen, aber er mußte doch tief aufseufzen.

»Das gibt sicher noch eine große Verwicklung! Die Japaner werden natürlich nicht abziehen wollen ...«

»Dann werden wir gegen diese Hundesöhne kämpfen!«

In diesem Augenblick hallten zwei Schüsse durch die Luft. Gewehrsalven gaben den Gruß sofort zurück. Herrn Li lief ein Schauder über den Rücken, er hockte sich hin, die Beine zitterten ihm.

»Ai-ja! Sie fangen schon wieder an«, hörte er Xiang rufen. »Sollen sie! Nieder mit den japanischen Hundesöhnen!«

Die wechselseitige Beschießung dauerte nur ein paar Minuten. Dann kehrte die nächtliche Ruhe wieder zurück. Herr Li empfand sie wie einen Alpdruck auf seinem Herzen. Er hockte noch immer, brachte aber die Füße jetzt in eine andere, allerdings etwas unbequeme Lage, damit er sich ein wenig aufrichten konnte. Er schwankte, ob er nicht am besten die Treppe hinunterrennen und seiner Frau vorschlagen sollte, daß sie gleich am frühen Morgen fortgingen. Während er das überlegte, fuhr ihm ein starker Windstoß ins Gesicht. Übermüdet, wie er war, unterdrückte er mit Mühe einen Aufschrei und kauerte sich wieder auf den Fußboden.

Ein Maschinengewehr begann pausenlos zu tacken. Sein Ziel lag offensichtlich in nördlicher Richtung. Der Lärm war ohrenbetäubend, und dabei hatte sich Herr Li seine dicke Filzkappe tief über die Ohren gezogen! Das Maschinengewehr stand bestimmt ganz in der Nähe, und die Plattform ging natürlich nach Norden. Herrn Li brach der kalte Schweiß aus; er wagte sich nicht von der Stelle zu rühren, obwohl er sich voller Angst klarmachte, daß ihn der Tod auf der Plattform seiner eigenen Wohnung erwischen würde, wenn er sich nicht schleunigst zurückzog. Bum-bum! Tack-tack-tack! Herr Li breitete die Arme schützend über den Kopf und sprang auf, schlug aber sofort wie ein gefällter Baumstamm längelang zu Boden. Völlig benommen kroch er durch die kleine Tür hinaus und die kurze Leiter abwärts. Er stöhnte einmal laut auf, dann schien alles um ihn herum zu versinken.

»Ai-ja, mein armer Mann! Ai-ja, ai-ja! ...«

Das laute Jammern aus dem Erdgeschoß weckte Herrn Li aus seiner Betäubung. Das Maschinengewehr schwieg, ab und zu knallte irgendwo noch ein Gewehrschuß.

Herr Li befühlte seinen Kopf und entdeckte keinerlei Schaden daran. Mühsam tastete er sich am Geländer entlang ins Erdgeschoß hinunter. Seine Frau warf sich ihm mit hysterischem Schluchzen in die Arme. Er hielt sie einen Augenblick fest umschlossen, dann ließ er sich vorsichtig auf der letzten Treppenstufe nieder.

»Mein lieber Mann! Was ist dir passiert? Wo bist du verwundet? Wo ist deine Wunde?«

»Mir ist nichts passiert«, sagte Herr Li. Seine Stimme zitterte. Es gab nur eine einzige Sorge für ihn; wie eine Bettwanze saugte sie ihm das Blut aus dem Herzen: Wie können wir gleich in der Frühe von hier fortgelangen?

2

Der Morgen dämmerte. Der Siebenjährige und die Fünfjährige lagen, eng aneinandergeschmiegt, in die Decke gekuschelt und schliefen fest. Der Zweijährige begann auf dem Arm der Mutter zu strampeln und zu singen. Das große Bett für die ganze Familie auf dem Fußboden machte ihm offensichtlich Spaß.

Auf dem Hof krähte mit lauter Stimme der Hahn, den die Familie Li als Neujahrsfestessen aufgezogen hatte.

Herr Li lag ausgestreckt auf dem Rücken und starrte aus rotgeränderten Augen, die er die ganze Nacht über keine Sekunde hatte schließen können, vor sich hin.

Er runzelte die Stirn und sagte kein Wort.

Auf der Straße hasteten immerfort eilige Schritte vorüber. Nicht einen Augenblick war Ruhe. Herr Li meinte zu spüren, daß der Fußboden unter seinem Kopf von diesem Getrappel leicht ins Schwanken geriet. Aufgeregte Gespräche kamen in Hörweite und entschwanden wieder.

Frau Li hielt den zweijährigen Jungen auf dem Schoß. Sie war zu abgespannt, um auf sein Geplapper einzugehen, und begnügte sich damit, ihn mechanisch ein wenig hin und her zu schaukeln.

»Hast du dir überlegt, wie wir fortkommen können?« fragte sie schließlich ihren Mann.

»Wir müssen warten, bis es hell ist, dann werde ich mich erkundigen. Es muß ja aus diesem Stadtteil wenigstens eine Straße als Verbindung zu den ausländischen Niederlassungen passierbar sein«, antwortete Herr Li mit heiserer Stimme. Er rollte sich auf die Seite und sah seine Frau an. »Seit einer Stunde schießen sie nicht mehr. Vielleicht verhandeln sie heute über Einstellung des Kampfes«, fuhr er mit einem hilflosen Lächeln fort. »Wenn der britische oder der amerikanische Konsul die Vermittlung übernähme, bedeutete das eine begründete Aussicht auf Beendigung der Kämpfe.«

»Gestern hast du den ganzen Tag lang unentwegt behauptet, es würde überhaupt nicht zum Kampf kommen! Und in der Nacht ging's los!«

»Ja, ja, du hast recht. Sobald es hell wird, gehen wir für einige Tage in die ausländischen Niederlassungen.«

Herr Li begann auszurechnen, wie teuer sie der Aufenthalt in einem Hotel kommen würde. Ein kleines Zimmer für einen Yuan pro Tag müßte für zwei Erwachsene und drei kleine Kinder ausreichen. Für Essen und Trinken würde man auch einen Yuan brauchen. Er hatte über sechzig Yuan bar zur Verfügung, über neun bis zehn Tage konnten sie also leicht hinwegkommen. Seiner Meinung nach würde der Kampf bestimmt viel eher beendet sein. Shanghai war eine weltbekannte Handelsstadt, auf die jetzt die ganze Welt blickte. Würde man es zulassen, daß ein Kampf in den Mauern einer solchen Stadt neun bis zehn Tage andauerte? Das schien Herrn Li völlig unglaubhaft. Aber es schien ihm geraten, seine Überzeugung für sich zu behalten. Seine gestrige Kampfprognose hatte das Vertrauen zu seiner Glaubwürdigkeit stark erschüttert, und er schöpfte aus seiner neuen Erkenntnis der Lage nur eine Ermutigung für sich selbst.

Als Herr Li in seiner Überlegung dieses Stadium erreicht hatte, fühlte er sich etwas erleichtert. Übermüdet von der schlaflos verbrachten Nacht, fielen ihm die Augen zu, als wäre er betrunken.

Es waren noch keine zehn Minuten vergangen, als er aus dem Schlaf hochfuhr. Auf der Straße schrien Menschen durcheinander, unmittelbar über seinem Kopf war ein furchtbares Dröhnen. Er tauschte einen angsterfüllten Blick mit seiner Frau, sie hatten beide nicht die geringste Vorstellung, welch neues Unheil über sie hereinbrechen könnte. Sie hörten, wie Menschen an ihrem Seitengäßchen vorbei laut rufend die Straße entlangrannten.

»Japanische Bomber fliegen die Stadt an! Lauft nach Hause! Sucht euch sichere Unterstände! Geht auseinander. Menschenhaufen werden sofort bombardiert!«

Eilig vorüberrennende Schritte, ein paarmal ein lautes Knallen, schnell hintereinander und ganz in der Nähe: Die Leute schlugen ihre Haustüren und Eisentore zu. Aber Herr und Frau Li glaubten, Bomben explodierten, und wurden aschfahl vor Angst.

Man hörte, wie die Flugzeuge sich näherten, die Motoren dröhnten. Jetzt standen sie genau über dem Stadtteil. Gleichmäßig schwoll der Motorenlärm an und ebbte wieder ab. Auf der Straße war es totenstill und menschenleer. Herr und Frau Li saßen Rücken an Rücken auf den Schlafdekken, die sie auf dem Fußboden ausgebreitet hatten. Der kleine Junge lauschte mit ausgerecktem Hals dem Lärm, in seinen weitgeöffneten Augen spiegelte sich unbewußte Angst. Der ältere Junge und das Mädchen schliefen friedlich unter ihren Decken. Herr Li vergegenwärtigte sich die Situation: Seine ganze Familie war um ihn herum versammelt – eine geschlossene kleine Gruppe. Wenn jetzt eine Bombe einschlüge ... Er wagte nicht weiterzudenken. Das Blut schien ihm in den Adern zu gerinnen.

Es war inzwischen heller Tag geworden. Die Sonne ließ sich nicht sehen. In der Nacht hatte es geregnet, und der Himmel war mit grauen Dunstschleiern verhangen. Die Bomber schienen wieder abgeflogen zu sein, das Dröhnen der Motoren klang aus einiger Entfernung herüber. Herr Li seufzte und lauschte wieder angespannt. Aber die schweren Artilleriegeschütze und die Maschinengewehre, deren Gedonner ihn in der vergangenen Nacht zu Tode erschreckt hatte, schwiegen. Schon wieder erhob sich Stimmengewirr, klapperten Schritte eilig hin und her.

»Was sollen wir nur anfangen? Was mag dieses Hin und Her auf der Straße nur zu bedeuten haben?« fragte Frau Li. Sie sagte das laut zu sich selbst. Ihr Blick glitt über den Zweijährigen, den sie noch immer im Arm hielt, und über die beiden Größeren, die noch behaglich unter ihrer Decke schliefen.

Herr Li stand auf. »Es bleibt einem nichts weiter übrig, als auf die Straße zu gehen und sich selbst zu informieren. Wenn wir weiter im Haus hockenbleiben, erfahren wir nichts. Zu uns kommen und Bescheid sagen wird bestimmt niemand.« Seine Augen flehten Frau Li förmlich um eine ermutigende Zustimmung an. Er strich glättend über seinen wollegefütterten langen Oberrock und schickte sich zum Gehen an.

Frau Li wußte keine bessere Möglichkeit. Aber ihre Antwort beschränkte sich auf einen Seufzer. Sie schloß die Augen, um die Tränen besser zurückhalten zu können.

Herr Li wollte sich nicht allzuweit vom Hause entfernen. Er machte daher nur einen kurzen Erkundungsgang durch ihre Gasse. Am Abend zuvor hatte noch keiner der Nachbarn die Absicht geäußert fortzugehen. Heute waren viele Familien, mit Kindern und Bündeln bepackt, auf der Suche nach einer sicheren Unterkunft unterwegs. Jemand sagte, die Taiyangmiao-Straße wäre noch passierbar, was Herrn Li sehr beruhigte. Er ging bis ans Ende der Gasse. Das große Tor war geschlossen, der Seitendurchgang aber offen. Zwei Polizisten standen an der Straßenfront des Tores Posten. Von Zeit zu Zeit hoben sie die Köpfe und suchten mit ihren Blicken prüfend den Himmel ab. Viele Menschen gingen aus der Gasse durch das Nebentor auf die Straße; in die Gasse hinein wollte niemand. Die Menschen gingen zu zweit und dritt; man sah ihnen sofort an, daß sie den ausländischen Niederlassungen zustrebten.

Herr Li blieb vor dem Tor stehen und knüpfte ein Gespräch mit den beiden Polizisten an.

»He, Herr Wachtmeister! Ist die Flucht von hier aus noch möglich?«

»Natürlich.«

»Ohne Gefahr?«

»Läßt sich nicht mit Gewißheit sagen.«

»Wird noch gekämpft?«

»Hören Sie doch!«

Herrn Lis Herz setzte einen Schlag aus. Er horchte angestrengt. In einiger Entfernung waren einzelne Schüsse zu hören. Er sah zum Himmel. Am nördlichen Horizont umkreisten drei Flugzeuge einander; sie wirkten winzig und jagten sich spielend wie Libellen, die sich paaren wollen. Plötzlich ordneten sie sich zu einer geraden Linie und wurden zusehends größer. Das Geräusch der Motoren wurde hörbar. Dann konnte man die roten Punkte auf den silbrigen Flügeln erkennen. Das unheilkündende Dröhnen war entsetzlich anzuhören. Eine Abteilung Soldaten, die am Tor vorbei die Straße entlangmarschierte, löste sich blitzschnell auf, die Männer drückten sich einzeln dicht an die Hauswände. Herr Li machte kehrt und rannte die Gasse hinauf. Als er seine Haustür erreichte, hörte er die erste Explosion. Die Bombe mußte ziemlich weit weg eingeschlagen haben.

Bum – bum!

»Lauf, lauf!« rief Herr Li seiner Frau zu, die ihm aufgeregt entgegenstürzte. Er war aschfahl. Die Beine versagten ihm den Dienst; nach Atem ringend, sackte er im Hausflur zusammen.

Frau Li konnte ihre Tränen nicht länger zurückhalten. Sie drückte das zweijährige Bübchen fest an sich und brach in hilfloses Schluchzen aus.

Wieder dröhnte es aus einiger Entfernung zu ihnen herüber.

Bum – bum!

Herr Li sprang auf. Aus seinem Gesicht war jeder Blutstropfen gewichen. Wortlos belud er sich mit den beiden Jungen. Frau Li trug das Mädchen. So stürzten sie auf die Gasse hinaus und zum Tor hin. Dort staute sich eine aufgeregte Menschenmenge. Beide Durchgänge, das Haupttor und der Nebendurchlaß, waren geschlossen. Der wachhabende Polizist stand jenseits des Tores auf der Straße und rief in einem fort: »Nicht aufregen! In den Häusern bleiben! Menschenansammlungen auf offener Straße bieten den Flugzeugen Ziele!«

Mit einemmal erhoben die Männer ein gellendes Geschrei, und die Frauen heulten auf. Am jenseitigen Ende der Gasse tauchte ein Flugzeug auf, flog in nördlicher Richtung auf zwei kerzengerade aufsteigende Rauchsäulen zu, umkreiste diese und stürzte plötzlich in die Tiefe. Die innerhalb des Tores hin und her wogende Menschenmenge jubelte. Aber im nächsten Augenblick stieg das Flugzeug im Steilflug senkrecht in die Höhe und drehte nach Osten ab. Sofort folgte ein neues Bum-bum!

Herr Li war verwirrt, unentschlossen. Die Kinder wurden unruhig und hatten Hunger. Er setzte sie beide auf die Erde und beriet sich mit seiner Frau. Am besten wäre es, meinte Herr Li, noch eine Weile zu Hause abzuwarten, wie die Lage sich gestalten würde. Sollten sie getötet werden, so hatte das »Schicksal« es so für sie gewollt. Er erkundigte sich bei verschiedenen Leuten nach der Taiyangmiao-Straße und erfuhr, daß sie bereits gesperrt war. Man konnte nur noch auf einem großen Umweg über Caojiadu zu den ausländischen Niederlassungen gelangen. Das bedeutete einen Marsch von dreißig Li! Herr Li raffte sich zu dem Entschluß auf, ihn zu wagen.

Er kehrte mit Frau und Kindern ins Haus zurück, trug seiner Frau auf, den Kindern zu essen zu geben, und ging ins obere Stockwerk, um einige Sachen und Bücher zusammenzupacken. Sein Kopf war jetzt klar, er konnte besser überlegen. Er hatte mit drei Kindern und keinem anderen Transportmittel als seinen beiden Beinen dreißig Li zu marschieren – da mußte er alle Bücher zurücklassen und konnte nur ein Bündel guter Kleider und Wäsche zum Wechseln mitnehmen. Aber als er das Bündel anhob, merkte er, daß es zu schwer für den weiten Weg war. Mit einem tiefen Seufzer packte er nur einige Kleidungs- und Wäschestücke, die gerade die nächsten Tage reichen würden, zu einem handlichen Paket zusammen. Selbst dieses dünkte ihn schwerer als seine fünfjährige Tochter. Dreißig Li Marsch standen ihm bevor! Zum drittenmal packte er seinen Kleider- und Wäschevorrat um. Schließlich nahm er außer dem langen Oberrock, den seine Frau besonders liebte, nur einige Hemden und verschiedene Garnituren Unterwäsche mit. Dieses Bündel war nicht größer als ein Kopfkissen.

Herr Li wischte sich den Schweiß vom Gesicht und schloß das Fenster. Die Sonnenstrahlen drangen kaum durch die dunklen Rauchschwaden, die den Himmel bedeckten. Sicher wütete irgendwo ein Riesenbrand; aber Herr Li war schon so abgestumpft, daß er sich weiter keine Gedanken darüber machte. Er huckte sich das kleine Bündel auf und ging die Treppe hinunter ins Erdgeschoß.

Die drei Kinder hatten sich satt gegessen. Der kleine Junge hielt sich an einer Stuhllehne fest und erzählte in seiner eigenen Sprache eifrig lange Geschichten. Die beiden Älteren spielten auf dem Hof und jagten hinter herumfliegenden kleinen schwarzen Gebilden her, die schwarzen Schmetterlingen glichen. Beim Anblick seiner drei lebenslustigen Sprößlinge wurde es Herrn Li schwer ums Herz. Wie der blinde Zufall es wollte, konnte dieses friedliche Heim, das er sich in zehn Jahren emsigen Schaffens aufgebaut hatte, in einem einzigen Augenblick von einer Granate oder einer Bombe vernichtet werden. Tränen stiegen ihm in die Augen. Frau Li kam aus der Küche ins Zimmer gestürzt, noch mit dem Tischtuch in der Hand.

»Weißt du das Neueste? Weißt du es schon?« rief sie erregt. »Shangwu Zongchang ist bombardiert worden – die ›Handelspresse‹! Das ganze Gebäude steht in Flammen!«

»Was? Was? Dieses Riesenfeuer wütet in der Shangwu Zongchang? Wer sagt das?«

»Frau Xiang von nebenan.«

Der Siebenjährige kam ins Zimmer, die Hände voller kleiner schwarzer Gebilde, die er auf dem Hof gefangen hatte; seine kleine Schwester lief hinter ihm her. Herr Li begriff plötzlich. Die schwarzen Schmetterlinge waren Stückchen verkohltes Papier. Eine furchtbare Erkenntnis überfiel ihn; sein Herz hämmerte. Die Japaner hatten seine Existenz vernichtet, seine »Reisschale« hatten sie ihm zerschlagen! Sie vernichteten Chinas größtes Verlagsunternehmen und zerschlugen so Tausenden von Arbeitern und Angestellten die Reisschale! Herrn Lis Gesicht bedeckte sich mit einer dunklen Röte, so empört war er; ein irres Lachen kam über seine Lippen.

»Die Japaner sind zu weit gegangen!« rief er aus. Bomben schreckten ihn nicht mehr. Seine »Reisschale« war zerschlagen. Was konnte es Furchtbareres geben? Er rannte aus dem Zimmer, ohne zu wissen, warum und wohin. Es war ihm alles gleichgültig.

Frau Li lief ihm nach. »Geh nicht aus dem Haus!« jammerte sie. »Wo willst du hin?« Aber das einstimmige aufgeregte Geschrei der drei Sprößlinge trieb sie ins Haus zurück.

Herr Li rannte im schnellen Trab die Gasse entlang bis zum Tor. Xiang kam gerade mit einem anderen Arbeiter aus der Druckerei durch den Nebeneingang zurück. Herr Li begrüßte ihn wie einen lang entbehrten guten Freund.

»Was ist mit dem Feuer?« fragte er.

»Ein Brandherd am anderen!« antwortete Xiang erbittert. Er trug die Uniform der Werkfeuerwehr, der Kopf war durch einen Helm geschützt. Seine Kleidung war pitschnaß, sein Gesicht feuerrot. Er fuhr sich mit dem Handrükken über den Mund und sagte aufgebracht: »Die japanischen Bomben fielen wie Regen vom Himmel. Wo sie explodierten, entstand ein Brand. Es brennt überall auf dem Gelände. Unsere Werkfeuerwehr konnte unmöglich Herr über das Feuer werden. Und die Japaner ließen die Spritzen aus den ausländischen Niederlassungen nicht passieren. Diese verdammten Hundesöhne! Laozi möge sie vom Erdboden hinwegfegen!«

»Zur Zeit ist noch das Gebäude fünf intakt«, warf Xiangs Kamerad ein, »aber die Japaner werden es auch bald genug mit Bomben zudecken.«

Herr Li kannte diesen Mann nicht mit Namen; nur vom

Sehen konnte er sich an ihn erinnern – es war auch ein Setzer aus der Druckerei. Herr Li fühlte, wie sein Herz immer stärker klopfte; es schien sich mit jedem Schlag zu kräftigen. Er kam sich wie ein neuer Mensch neben diesen beiden tapferen Kämpen vor.

»Die japanischen Bomber starten vom Hongkou-Park aus«, sagte er. »Den müßten wir mit Bomben belegen! Dann hätten wir ihnen das Handwerk gelegt!«

»Wir sind ja gerade dabei, das zu tun«, sagte Xiang siegesgewiß. »Die Neunzehnte Marscharmee jagt die japanischen Teufel heute auf ihre Schiffe zurück!« Bei seinem vergnügten Lachen kamen seine kräftigen Zähne blitzend zum Vorschein.

»Und die Neunzehnte braucht sich keine Gedanken um Verstärkungen zu machen«, fügte Xiangs Freund hinzu. »Wir alle melden uns freiwillig! Die ›Handelspresse‹ ist abgebrannt, wir sind allesamt arbeitslos. Aber aus Shanghai gehen wir nicht fort. Wir marschieren gegen die Japaner!« Zuversicht klang aus seinen Worten.

Herrn Lis Herz kräftigte sich noch mehr. Das Blut schoß ihm ins Gesicht.

In diesem Augenblick trat Frau Li auf die drei Männer zu. Sie führte die beiden größeren Kinder an der Hand; Frau Xiang trug den Jüngsten. Herr Li legte die Stirn nachdenklich in Falten und seufzte. Er sah auf den muskulösen Körper der beiden Arbeiter, dann auf seine eigenen weißen Hände. Der Unterschied war allzu groß. »Jeder muß seinen eigenen Weg durchs Leben gehen.« Dieser alte Grundsatz fiel Herrn Li ein, und er fühlte sich gleich weit weniger untüchtig.

Er hatte nur noch das eine Problem zu lösen: wie er es schaffen würde, auf die Zhongshan-Straße und von dort nach Caojiadu zu gelangen. Über den Köpfen waren in einem fort Flugzeuge zu hören.

3

Den zweiten und dritten japanischen Angriff hatten sie zurückgeschlagen. Trotzdem stellte sich mit jedem Tag deutlicher heraus, daß es nicht gelingen würde, den Feind auf seine Schiffe zurückzudrängen, wie Xiang so fest glaubte. Die chinesischen Truppen vermochten nur den chinesischen Teil der Stadt zu halten. In der japanischen Niederlassung Hongkou bewegte sich das japanische Militär völlig ungehindert und wartete auf Verstärkung aus der Heimat.

Am hellichten Tage bombardierten japanische Flugzeuge den Stadtteil Zhabei. Im Bereich der Baoshanlu-Siedlung entstanden an mehr als zehn Stellen große Brände; noch bis spät in den Abend hinein glich der Himmel weithin einem glühendroten Flammenmeer. Xiang war über dieses Bombardement noch weit mehr aufgebracht als über die Zerstörung der Shangwu Zongchang. Er und sein Arbeitskamerad Chunsheng stürzten sich in die Flammen und bemühten sich verzweifelt, diese mit bloßen Händen zu ersticken. Sie hatten keine Schutzkleidung, keine Spritze, nicht einmal Wasser! Das Feuer griff auf den am dichtesten bevölkerten Teil von Baoshanlu über und vernichtete die armseligen Hütten der Arbeiter. Von denen verfügte niemand über die ausschlaggebende Qualifikation, um in den ausländischen Niederlassungen Zuflucht zu finden: über Geld! Ungezählte Flüchtlinge mußten auf den Straßen im Bereich der Feuersbrunst kampieren. Die japanischen Flugzeuge belegten jede Menschenansammlung mit Bomben. Zhabei wurde in einen Trümmerhaufen verwandelt. Zhabei wurde in eine Hölle auf Erden verwandelt!

Der Stadtteil, in dem Xiang wohnte, wurde nicht vom Feuer heimgesucht; aber die Strom- und Wasserversorgung versagten. Xiangs Eßvorräte waren aufgebraucht. Das alles machte ihm keine Sorgen. Zusammen mit Chunsheng half er unermüdlich, Munition und Geschenke der Bevölkerung für die Neunzehnte Marscharmee in Lastkraftwagen zu verstauen. Er vergaß darüber nahezu, daß zu Hause seine Frau mit leerem Magen auf ihn wartete.

Tag für Tag hörte man, daß Schiffe mit weiteren Verstärkungen für die Japaner einträfen. Für die chinesischen Truppen gab es keine Verstärkungen. Kam ein Mann ums Leben, hatten sie eben einen Soldaten weniger. Xiang und seine Kameraden verloren fast den Verstand vor Empörung über diese Auffassung. Es wurde ihnen klar, daß ihre Vorstellung, die chinesischen Streitkräfte würden die Japaner auf deren Schiffe zurückdrängen, ein Wunschtraum gewesen war, und sie wurden sich bewußt, daß ein Wunder geschehen müßte, sollte es den Verteidigern gelingen, Zhabei zu halten.

Aber entmutigen ließen sich die Arbeiter nicht. Ihre leeren Mägen knurrten; aber was sie an Kraft aufbringen konnten, opferten sie der Verteidigung.

An dem Tag, für den eine vierstündige Waffenruhe vereinbart war, suchte Xiang in aller Frühe seinen Kameraden Chunsheng auf.

»Heute schicke ich meine Frau fort!« teilte er ihm in bestimmtem Tone mit.

»Sie wird verhungern, du ...«

»Ich habe einen Freund in meinem Heimatdorf gebeten, sie aufzunehmen«, entgegnete Xiang und spuckte aus. Chunsheng sah zum Himmel. Die beiden Männer saßen an der rauchgeschwärzten Mauer einer Hausruine. An ihnen vorbei rollte ein Lkw, hochbeladen mit Möbeln und Haushaltsgegenständen. Die reichen Leute suchten mit der ihnen angemessenen Verhaltensweise Zuflucht in den ausländischen Niederlassungen. Xiang spuckte zum zweitenmal aus.

Während die beiden Männer miteinander sprachen, ging ein Fronturlauber an ihnen vorbei. Er kaute an einem großen Brötchen aus Weizenmehl und mischte sich in das Gespräch.

»Hast du Verwandte in deinem Dorf?« fragte er Xiang.

»Keinen einzigen«, war die Antwort.

»Ai-ja! Das heißt also, deine Frau soll dort für sich selbst sorgen.«

»Ich kann daran nichts ändern«, entgegnete Xiang. »Zhabei ist total ausgebrannt, die Armen sind zu Zehntausenden ums Leben gekommen. Hatte nicht jeder einzelne von ihnen Vater und Mutter, die an ihm hingen? Wie soll sich ein Mann in einer Zeit wie heute um seine Frau kümmern können? Ich hasse diese verdammten Japaner. Ich bin ihr Todfeind. Für mich gibt es nur: sie oder ich.«

Der Soldat nickte ernst.

»Glaubst du, daß wir irgendwoher eine Uniform bekommen?« fragte ihn Xiang. »Wir können dann gemeinsam gegen die Japaner kämpfen.«

Xiang beschäftigte dies bereits seit Tagen. Er hatte immer und immer wieder mit Chunsheng darüber gesprochen und sich bei ihrem Brigadier nach den Möglichkeiten, in die Armee einzutreten, erkundigt. Dabei hatte er erfahren, daß es keineswegs so einfach war, wie er gedacht hatte, in das Heer aufgenommen zu werden, und man sich nicht etwa dazu melden konnte, wann einem gerade der Sinn danach stand. Xiang und Chuncheng hatten sich auch schon bei einer Freiwilligenabteilung in Shanghai um Aufnahme beworben und waren abgewiesen worden, weil sie keine Ausweispapiere von ihrer Fabrik oder ihrer Gewerkschaft vorlegen konnten. Sie verfolgten aber diesen Weg nicht weiter, weil sie erfahren hatten, daß Freiwillige nicht an die Front geschickt würden. Daß man Männern, die aus eigenem Entschluß bereit waren, ihr Leben im Kampf gegen die Japaner einzusetzen, so viele Schwierigkeiten machte und sogar Ausweispapiere von ihnen verlangte, befremdete sie.

»Könnt ihr mit 'nem Gewehr umgehen?« fragte der Soldat Xiang und Chunsheng.

»Wir haben 1927 ein paar Monate der Arbeitertruppe angehört!« berichtete Chunsheng. Er war ganz aufgeregt. »Wir schlugen damals die Truppen des ,Bürgerkriegsgenerals Zhang Zongchang zurück.«

Xiang stand neben Chunsheng und strahlte vor Genugtuung.

»Ich spreche mit meinem Zugführer über euch«, versprach der Soldat.

Schon am Nachmittag wurden Xiang und Chunsheng mit einem Trupp von dreißig bis vierzig Kameraden nach Miaohang geschickt. Sie sollten dort Schützengräben ausheben. Xiangs Tatendurst genügte solche Arbeit natürlich nicht, aber er tat sein Bestes und stach große Schaufeln voll Erde aus. Als er einen Augenblick damit anhielt, um sich den Schweiß aus dem Gesicht zu wischen, und dabei hochsah, bemerkte er Punkte am Himmel.

»Flugzeuge!« sagte er zu Chunsheng. »Sind das japanische oder unsere?«

Fünf dunkle Punkte kreisten brummend über ihren Köpfen, flogen abwärts: Auf den silbrigen Flügeln wurde die rote Sonne erkennbar. Natürlich japanische Flugzeuge. Jetzt kreisten sie unmittelbar über den Arbeitern. Die Männer schauten hoch, schaufelten weiter.

Xiang schaufelte so emsig, daß ihm der Schweiß bald über den ganzen Körper lief. Er lehnte die Schaufel gegen sein Bein und spuckte in die Hände. »Ihr Hundesöhne da oben!« fluchte er vor sich hin. »Warum warten wir mit dem Bau der Schützengräben, bis sie ihre ganze Heeresmacht herangeschafft haben?«

»Damit wir sie so schwer treffen, daß ihnen der Gedanke ans Wiederkommen ein für allemal vergeht!« sagte ein Arbeiter neben Xiang und lachte.

»Aber wären wir damals nach Hongkou vorgestoßen und hätten sie auf ihre Schiffe zurückgetrieben, wäre uns viel Kummer und Elend erspart geblieben«, wandte Chunsheng ein. »Zhabei wäre nicht niedergebrannt worden, Tausende von Menschen lebten heute noch!« Mißmutig warf er die Erde über den Grabenrand.

»Ja, Zhabei ist ein Trümmerhaufen, seine Menschen sind tot«, bekräftigte Xiang verbittert. »Und uns steht derselbe

Tod bevor, wenn wir die Japaner nicht ausräuchern!« Er griff wieder nach seiner Schaufel.

Plötzlich schrie eine grobe Stimme vom Rande des Schützengrabens her die Männer an: »Hört auf mit eurem verdammten Gequatsche!«

Es war der Aufseher der Rotte. Mit einer langen Bambusgerte in der Hand stapfte er am Graben entlang und glotzte ein paar Augenblicke zu ihnen hinunter. Die Männer schaufelten weiter, schaufelten ... schaufelten ...

Als sich bei Miaohang eine Schlacht entwickelte, bot sich Xiang und Chunsheng endlich die ersehnte Gelegenheit, an die Front zu kommen. Aber sie bekamen nicht Gewehre, sondern Verwundete zu tragen. Über ihre Köpfe sausten Artilleriegeschosse hinweg; sie konnten das Aufzucken der Flamme an den heiser tackenden Maschinengewehren sehen. Viele Male legten sie den gleichen Weg zurück: Sie schafften die Verwundeten aus der Feuerlinie nach hinten und verluden sie auf Lastkraftwagen.

»Was kommt bei alledem heraus, Xiang?« fragte Chunsheng, als das feindliche Artilleriefeuer einmal für Minuten schwieg. »Eine Granate – päng – ein Mann ist erledigt!«

»Aber solange du dazu beiträgst, daß die Japaner geschlagen und am Durchbruch gehindert werden, erhöht es dein Heldentum!« wurde er belehrt.

Xiang stand sich gut mit den Soldaten. Er überzeugte sich, daß sie niemals an Rückzug dachten, keine Angst zu sterben hatten. Es würde den Japanern niemals gelingen, die chinesischen Reihen zu durchbrechen. Dieses beruhigende Gefühl beschwichtigte ein klein wenig seinen Verdruß, daß er nicht selbst ein Gewehr in die Hand nehmen durfte.

In einigen Tagen harter Kämpfe und fortgesetzten Beschusses schaffte es die japanische Artillerie, die Stadt Miaohang dem Erdboden gleichzumachen. Aber die chinesischen Soldaten wichen und wankten nicht. Ihre Kampflinien schienen aus Eisen geschmiedet. Xiang und Chunsheng waren befriedigt, weil ihr Schweiß diese Schützengräben gewässert hatte. Sie hatten nicht umsonst geschuftet! Dazu kam, daß sie sicher damit rechnen konnten, bald unmittelbar am Kampf teilzuhaben. Die Truppen erlitten Tag für Tag schwere Verluste, die Reihen der Kämpfer lichteten sich zusehends.

Die beiden Kameraden hörten im Traum die schweren, todbringenden Tanks auf sich zurattern, sahen sich aus dem Schützengraben springen und Handgranaten werfen. Die Explosionen rissen die Tanks in kleinste Stücke auseinander. Als lächelnde Sieger wachten sie auf.

Die Schlacht um Miaohang ebbte ab. Die Japaner änderten ihre Taktik, nachdem sie bei jedem Vorstoß auf die Stadt mit schweren Verlusten zum Rückzug gezwungen worden waren. Xiang und Chunsheng waren über diese Entwicklung glücklich, zugleich auch wieder einmal enttäuscht; denn ihr Traum vom Handgranatenschleudern sollte noch nicht Wirklichkeit werden. Ihre Abteilung wurde in den Kampfabschnitt Baziqiao verlegt. Die Lage war dort äußerst kritisch, es wurden viele Arbeiter gebraucht. Xiang und seine Kameraden hatten Essen und Munition an die Front zu schaffen.

Von Tag zu Tag wurde mit wachsender Erbitterung gekämpft. Gerüchtweise verlautete, daß der japanische General Shirakawa mit drei frischen Divisionen eingetroffen sei und zu seiner Unterstützung über eine Flotte von zehn oder mehr Kriegsschiffen verfüge. Die Japaner griffen jeden Tag an allen Fronten an und belegten die chinesische Front pausenlos mit schwerem Artilleriefeuer. Die Chinesen hielten ihre Stellungen, aber ihre Verluste stiegen stündlich. Xiang und seine Kameraden kamen nächtelang nicht zum Schlafen, rastlos transportierten sie Munition in die Kampflinien und Verwundete in die Etappe. Selbst das Nachdenken verging ihnen. Sie taten ihre Arbeit völlig mechanisch – von dem einzigen Gedanken beseelt: Tod: ja – Rückzug: niemals!

Xiang gehörte zu einem Arbeitskommando von fünfzig

bis sechzig Mann. Einmal mußten sie in der Nacht der Truppeneinheit, der sie zugeteilt waren, unmittelbar folgen. Sie waren schwer bepackt mit Granaten und marschierten sehr schnell. Am Himmel stand eine Mondsichel, funkelten vereinzelt Sterne, trieben graue Wolken dahin. Es marschierte sich schwer auf der holprigen Straße. Die Männer hielten, immer in den Fußstapfen der Soldaten, mechanisch Schritt. Allmählich kam das Gefühl bei ihnen auf, daß etwas Besonderes im Anzuge sei. Das Donnern der schweren Geschütze ließ nach, zeitweilig war es kaum noch zu hören. Die eigentümliche Stimmung beunruhigte Xiang. Schließlich wurde er nicht mehr allein damit fertig. Er stieß Chunsheng an, der neben ihm marschierte. »Was ist nur los?« flüsterte er ihm zu. »Sind wir auf eine falsche Straße geraten? Ich höre gar keine Artillerie mehr!«

»Ich habe mir gerade dasselbe überlegt. Mir scheint, wir gehen zurück statt vorwärts.«

»Wir werden vielleicht an eine andere Front dirigiert.« Der hinter Xiang marschierende Träger mischte sich ins Gespräch.

Xiang schien das unwahrscheinlich, er brummelte etwas Ablehnendes. Der Träger vor ihm lachte kurz und sagte nach hinten: »Ihr seid auf der falschen Fährte. Ich habe gehört – ob es stimmt, weiß ich nicht –, daß wir unsere Stellungen hier gegen die Übermacht der Japaner nicht halten können und uns auf unsere zweite Verteidigungslinie zurückziehen.« Xiang war betroffen.

»Zweite Verteidigungslinie? Wo ist die?« fragte Chunsheng.

»Nicht weitab. Auch nicht gerade dicht bei. Ich habe gehört: Kunshan.«

Xiang geriet außer sich, als er das hörte. Sein Gesicht wurde aschfahl, aus seinen rotgeränderten Augen schien Blut tropfen zu wollen; die Stimme versagte ihm.

In diesem Augenblick holten sieben bis acht Berittene das Arbeitskommando ein und trabten scharf an ihm vorbei, hinter ihnen her rasselten Artilleriemunitionswagen. Eine geschlossene Formation von mehreren hundert Fußsoldaten folgte ...

Xiang erfaßte blitzschnell, was hier gespielt wurde. Er warf seine Tragstange zu Boden. Das ganze Kommando blieb ruckartig stehen und wartete gespannt, was er vorhätte. Mit zornig blitzenden Augen rief Xiang: »Rückzug? Zhabei ist vom Erdboden wegradiert, Jiangwan und Wusong liegen in Schutt und Asche. Wollen wir das ungerächt lassen? Für uns gibt es keinen Rückzug! Wir haben durchzuhalten, auch wenn es uns das Leben kostet. Wir müssen gegen die Japaner kämpfen, nicht vor ihnen zurückweichen!«

Bei den letzten Worten stürzte Xiang hinter den sich zurückziehenden Soldaten her. Chunsheng hatte ihn nicht zurückhalten können und schloß sich ihm jetzt, laut rufend, an. Er war noch keine fünf Schritt weit gekommen, da hatte ihn der Führer des Arbeitskommandos bereits gepackt und zu Boden geworfen. »Du hast wohl das Leben satt?«

Beim Hinschlagen erhielt Chunsheng einen wuchtigen Hieb auf den Kopf. In den Ohren sauste es ihm, vor den Augen wurde ihm schwarz. Wie aus weiter Ferne hörte er wütende Stimmen, Pistolenschüsse. Er verlor das Bewußtsein.

4

Nachdem die chinesischen Truppen über einen Bannkreis von zwanzig Li hinaus von Shanghai zurückgezogen worden waren, wurde der Kampf eingestellt. In unzähligen Sitzungen wurden die Bedingungen zur Beendigung des Krieges erörtert. Schließlich kam ein vorläufiges Abkommen zustande. Zhabei lag in Trümmern. Aus allen Teilen der Stadt wurden Stimmen laut, die mit mehr oder weniger Nachdruck den Wiederaufbau Shanghais forderten. Chinas Verluste waren schwer. Die örtliche Presse veröffentlichte Zahlen darüber.

Allein die Firma »Handelspresse« bezifferte ihre Schäden auf sechzehn Millionen Yuan.

Es stand außer Zweifel, daß ein so großes Unternehmen wie diese Gesellschaft – ein Verlagshaus, eine kulturelle Einrichtung – wieder betriebsfähig gemacht werden mußte. In der Presse wurde bekanntgegeben, daß alle Angestellten der Firma sich als entlassen anzusehen hätten, das Unternehmen würde nach erfolgtem Wiederaufbau auf einer neuen Grundlage Einstellungen vornehmen. Mit Rücksicht auf »die schweren Verluste, die es in den Zeiten der nationalen Bewährung« erlitten hätte, wäre es nicht in der Lage, die Abfindungen bei Eintritt in den Ruhestand nach den seinerzeit dafür festgelegten Sätzen auszuzahlen.

Die mehr als fünftausend bisherigen Arbeiter und Angestellten der Firma waren sehr erregt über diese Bekanntmachung. Zu ihnen gehörte auch Herr Li, der mit seiner Familie in der französischen Niederlassung ein kleines möbliertes Zimmer gefunden hatte. Er entwickelte eine rege Tätigkeit. Seine Kollegen hatten eine Vereinigung zu dem Zweck, die Auszahlung der Abfindungen nach dem ursprünglich dafür vorgesehenen Tarif durchzusetzen, gegründet. Herr Li trat ihr selbstverständlich bei. Die Vereinigung protestierte in der Presse gegen den einseitig gefaßten Beschluß der Firma, verhandelte durch Vertreter mit der Geschäftsleitung, warb um Unterstützung ihrer Forderung durch die Öffentlichkeit, veranstaltete Presseinterviews, machte Eingaben an die Sozialabteilung in der Stadtverwaltung ... An all diesen Maßnahmen war Herr Li beteiligt. Er war über zehn Jahre Angestellter des Unternehmens gewesen und hatte damit den Anspruch auf eine Abfindung in Höhe von über eintausend Yuan erworben. Seine neue Tätigkeit nahm ihn derart in Anspruch, daß er keine Minute Zeit fand, seine Frau in der Sorge für das Nesthäkchen zu unterstützen.

Nach einem Hin und Her von über zwei Monaten erklärte sich die Gesellschaft zu einem nach ihrer eigenen Formulierung »großzügigen« Zugeständnis bereit: Sie setzte die empfindliche Kürzung, die sie an den Abfindungen vorgenommen hatte, um einen lächerlich geringen Prozentsatz herunter. Weitere Zugeständnisse lehnte sie entschieden ab. Wollte Herr Li sich noch weiter betätigen, fehlte ihm der Arbeitsauftrag dazu. Es blieb ihm nichts weiter übrig, als in dem engen, feuchten Zimmer zu hocken und trüben Gedanken nachzuhängen. Seine Frau plagte ihn mit Vorwürfen, daß er unnütz Geld, Zeit und Kraft für die Vereinigung der entlassenen Arbeiter und Angestellten verbraucht habe.

Herr Li stampfte mit dem Fuß auf den Boden. Er war in der letzten Zeit oft schlechter Laune. »Was Frauen schon von geschäftlichen Dingen verstehen«, knurrte er.

Die Firma brachte wiederum eine Bekanntmachung in der Presse. An dem und dem Tag würden in der Sichuan-Straße Nummer soundso die Abfindungen ausgezahlt werden; die Gelder dafür lägen bereit.

Die Vereinigung der Arbeiter und Angestellten brachte sofort auch ihrerseits eine Bekanntmachung in die Presse. Der Streit um die Höhe der Abfindungen wäre noch nicht entschieden, hieß es darin; die Mitglieder würden gewarnt, die angebotenen Abfindungen abzuholen. Die Vereinigung tat noch ein übriges: Sie beschloß, an dem angegebenen Tag in der Nähe der angegebenen Örtlichkeit einige zuverlässige Mitarbeiter aufzustellen, um alle Mitglieder, die etwa schwankend werden und kommen könnten, um die Beträge abzuheben, von der Verkehrtheit ihrer Handlungsweise zu überzeugen.

Herr Li war sicher, daß es bei ihm keiner Überzeugungsarbeit bedürfe. Als man ihm aber vorschlug, andere zu überzeugen, lehnte er ab – er fühle sich dieser Aufgabe nicht gewachsen. Er saß mißmutig in dem winzigen Zimmer herum und harrte auf den Ausgang der Angelegenheit.

Frau Li hatte alle Hände voll mit Kochen und Waschen zu tun; die drei Kinder vollführten auf dem einzigen Bett in dem Zimmer einen Höllenspektakel. Herr Li war so gleichgültig geworden, daß er sich nicht einmal mehr dadurch aus der Fassung bringen ließ. Er lieh sich von seinem Nachbarn eine Tageszeitung aus und sah die Anzeigen durch. Besprechungen von neuen Büchern und Zeitschriften, die in kleineren Verlagen erschienen waren, füllten über anderthalb Seiten. Seit Kriegsende hatte das Verlagswesen einen lebhaften Aufschwung genommen – wenigstens hatte Herr Li diesen Eindruck, und er fühlte sich dadurch beruhigt. Seine Hand tastete unwillkürlich nach der in der letzten Zeit immer recht schmalbrüstigen Brieftasche – seine Stirn legte sich in Falten. Er überflog gleichgültig die Artikel – schlug noch einmal die Seite mit der Bekanntmachung der Gesellschaft auf: »... Gelder liegen bereit ...«

Drei Tage danach stand wiederum eine Bekanntmachung des Unternehmens in den Zeitungen: Sie habe bereits soundso viele Yuan ausgezahlt – die genauen Zahlen wurden angegeben –; sie hoffe, daß die wenigen, die das ihnen zustehende Geld noch nicht abgehoben hätten, das baldigst tun würden, und halte ihr Zahlungsangebot zu diesem Zweck letztmalig noch eine Woche aufrecht ... Als Herr Li diesen Satz las, setzte sein Herz einen Schlag aus; die Zeitung fiel auf den Fußboden. Er war sicher der einzige Starrkopf, schoß es ihm durch den Sinn. Weshalb zögerte er eigentlich so lange? Er mußte fünf hungrige Münder stopfen, der Wirt verlangte Miete, und er stand völlig mittellos da! Er warf einen Blick auf seine Frau, die in der Familienwaschschüssel Gemüse putzte. »Ich denke, ich hole die Abfindung lieber ab. Was meinst du dazu?«

»Ich? Ich bin eine Frau. Was verstehe ich schon davon!« Sie hatte ihrem Mann die Bemerkung, die er einige Tage zuvor gemacht hatte, nicht vergessen. Auch ihre Laune war in der letzten Zeit nicht immer die beste.

Herr Li setzte ein kleines, trübseliges Lächeln auf, nahm die letzten zwei Jiao aus der Familienbörse und machte sich auf den Weg.

Eine Stunde später betrat er verstohlen das provisorische

Büro der Gesellschaft. Als er es verließ, hatte er etwas über einhundert Yuan in seiner Brieftasche. Er hielt die Hand fest auf der Rocktasche und ging festen Schrittes und erhobenen Hauptes die Straße entlang. Die Sichuan-Straße war die lebensfreudige Straße geblieben, die sie immer gewesen war, stellte er fest.

Plötzlich drang von hinten eine jammernde Stimme an sein Ohr. »Geben Sie mir meinen Xiang wieder!«

Herr Li blieb unwillkürlich stehen und drehte sich um. Mitten auf der Straße stand eine Frau in einem sonderbaren Aufzug, mit zotteligem Haar und aschfahlem Gesicht. Das Weiße in ihren weit aufgerissenen Augen leuchtete. Die Frau seines früheren Nachbarn Xiang! Die Erinnerung an die Ereignisse jener zwei Schreckenstage, als Shanghai bombardiert wurde, überfiel Herrn Li mit voller Wucht.

»Geben Sie mir meinen Xiang wieder!« Die Frau jammerte herzzerbrechend. »Sie wissen, wo er ist!«

»Aber ich weiß wirklich nicht ...«

Die Frau lachte gellend, wobei sie ihre Zähne entblößte. Herrn Lis Herz pochte in wilden Schlägen. Mit leerem Blick vor sich hin starrend, begann die Frau zu wehklagen.

»Sie *wissen* es! Sie gehörten zu der Bande, die sich gegen ihn verschwor. Sie haben gut dabei abgeschnitten, machen Sie mir nichts vor! Sie *wissen*, wo er ist! Haha! Ich bin sicher, daß Sie es wissen! ... Xiang! Alle wollten sie zu den Japanern überlaufen! Zum Narren haben sie dich gehalten. Du bist umsonst gestorben! ... Alle waren sie gegen dich verschworen. Sie können es nicht ableugnen! Sie waren dabei! Heute habe ich Sie endlich gestellt! Leugnen Sie nicht!«

Es überlief Herrn Li eiskalt, sein Herz klopfte zum Zerspringen. Er drehte sich schnell um und setzte seinen Weg fort, wagte nicht, einen Blick zurückzuwerfen.

»Sie alle hatten sich gegen ihn verschworen! Sie können es nicht ableugnen!«

1932

Der Sohn ist zur Versammlung gegangen

Der Vater hatte gerade die Manuskriptseiten glattgestrichen und den Pinsel zur Hand genommen, da öffnete sich ganz leise die Tür. Von seinem Schreibtisch aus konnte er es nicht sehen, aber er erkannte am Schritt, daß es sein Sohn war. Der Vater warf einen Blick auf die große Uhr, die genau gegenüber vom Schreibtisch stand. Es war zwölf Minuten nach elf Uhr.

Warum geht die Uhr nun schon wieder nach? dachte der Vater und legte den Pinsel aus der Hand.

»Papa, ich möchte heute nachmittag zur städtischen Handelskammer gehen!«

»Hm«, murmelte der Vater, der noch über seinen Artikel nachdachte. Er überlegte, wie er die eine Stelle besser formulieren könnte.

Der Sohn wollte schon gehen, weil er keine Antwort erhielt, aber gerade in diesem Augenblick schenkte ihm der Vater Aufmerksamkeit. »Zur Handelskammer willst du gehen?« Er entsann sich plötzlich eines Gesprächs, das er am Vortag mit seiner Frau geführt hatte. Sie hatte ihm erzählt, daß Axiang in letzter Zeit sehr oft fortginge. Sogar im zehn Li entfernten Wenmiao-Park sei er gewesen. Die Mutter meinte, diese Strapazen würden dem Sohne nur schaden, denn er sei noch zu jung.

»Warum willst du denn zur Handelskammer gehen?« fragte der Vater.

»Ich will zu einer Kundgebung!« Der Sohn konnte ein

kleines Lächeln nicht unterdrücken. Da erst erinnerte sich der Vater, daß heute der 30. Mai war. Er blickte dem Sohn ins Gesicht und dachte: Nun willst du dich also auch schon an einer Aktion beteiligen!

»Wir gehen doch zu dritt, alles Jungen aus meiner Klasse.«

Vielleicht hatte der Sohn erraten, daß er die Erlaubnis erhalten würde, denn er hatte das eigentlich nicht sagen wollen. Bisher war er in eigenen Angelegenheiten immer recht schweigsam gewesen.

»Kennst du den Weg?«

»Ja. Meine Freunde kennen ihn auch!«

Der Vater sagte: »Fahre aber so weit wie möglich mit dem Bus. Ich gebe dir das Fahrgeld.« Dann blickte er wieder auf das unvollendete Manuskript. Er wollte zumindest mit dem einen Abschnitt fertig sein, bevor er zum Mittagessen hinunterging.

Er begann wieder zu schreiben und hörte deutlich, wie der Junge sich im Nebenraum ein Buch aus dem Regal nahm und dann die Treppe hinunterstieg. Als er den Absatz beendet hatte, las er alles noch einmal durch. Er schüttelte den Kopf. Dann legte er den Pinsel aus der Hand und ging nach unten. Zuvor hatte er noch zwei Geldscheine aus dem Kasten genommen, denn ihm war eingefallen, daß er seinem Sohn das Fahrgeld versprochen hatte.

Der Sohn saß auf einem kleinen Rohrstuhl und lächelte den Vater verschmitzt an. Das tat er immer, wenn er sich den Erwachsenen überlegen fühlte; er glaubte, daß sie sich um alles viel zuviel Sorgen machten.

Die Mutter plättete. Als sie ihren Mann kommen sah, sagte sie: »Axiang will an einer Massenkundgebung vor der städtischen Handelskammer teilnehmen. Du hast es ihm erlaubt? Er ist zuerst zu dir gegangen, weil er wußte, daß du nichts einwendest. Ich möchte ihn lieber nicht fortlassen, das ist doch zu gefährlich für ihn. Aber er antwortete mir, du hättest es bereits erlaubt.«

»Es ist sicherlich nicht gefährlich!« Der Vater schaute den Sohn noch einmal fest an und dachte: Ist es wirklich schon so weit, daß auch du dich an einer Aktion beteiligst? Willst du nur dorthin, weil du das recht unterhaltsam findest, oder ...?

In diesem Augenblick fragte die Mutter den Sohn: »Wenn du aber verhaftet wirst, was willst du dann sagen?«

»Ich werde sagen, daß der Lärm mich dorthin gelockt hat!« antwortete der Sohn und lächelte wieder verschmitzt.

»Ach, sieh mal an, sogar eine Ausrede hat er sich schon ausgedacht«, sagte die Mutter aufgeregt zum Vater. »Alles ist gut vorbereitet, sie rechnen also bereits mit Zwischenfällen!«

Bevor der Vater antworten konnte, sagte der Sohn: »Wir sollen nur wenig Geld, kein Papier und keinen Bleistift bei uns haben.«

»Dann schickt euch wohl die Schule dorthin?« fragte der Vater.

»Nein!«

»Aber wer hat denn veranlaßt, daß ihr zu dieser Kundgebung geht? Woher wißt ihr überhaupt, daß heute eine stattfindet?«

»Die Schule hat sie zwar nicht offiziell aufgefordert, aber sie hat sie ermuntert, daran teilzunehmen«, erklärte die Mutter. »Der versäumte Unterricht wird denen, die hingehen, nicht als Fehlstunde angerechnet. Von den Lehrern gehen auch einige.«

»Die Lehrer gehen gesondert, nicht mit uns zusammen.«

»Ach so.« Der Vater blickte die Mutter an und stellte fest, daß die Sorgen, die sie sich wegen möglicher Zwischenfälle machte, nicht unbegründet waren. Aber mußte man nicht damit rechnen? Man lebte doch in China!

Die Mutter stellte das Bügeleisen weg und sagte: »Meiner Meinung nach sollte er nicht gehen, er ist noch zu klein!«

Aber der Sohn ließ dem Vater keine Zeit zur Antwort, er

drängte die Mutter: »Mach das Essen rasch fertig, ich will mich um zwölf mit ihnen treffen.«

»Ist es denn noch nicht zwölf?« fragte der Vater erstaunt, denn er wußte, daß der Sohn sonst immer erst um zwölf aus der Schule kam.

»Heute ist er eine Stunde früher gekommen, das wird auch nicht als versäumter Unterricht gerechnet«, antwortete die Mutter, bevor sie in die Küche ging.

Als der Vater den Sohn noch einmal anschaute, erinnerte er sich jenes Tages vor elf Jahren. Damals war der Sohn zwei Jahre alt und hatte gerade laufen gelernt. Damals, vor elf Jahren, war die Mutter am Abend nach dem Blutbad auf der Nanking-Straße mit zwei Freundinnen vom Platz der Handelskammer nach Hause gekommen. Dort hatte sie an einer Massenkundgebung, die die Schließung der Läden forderte, teilgenommen. Sie hatte das zweijährige Kind in die Arme geschlossen und aufgeregt berichtet: »In unserer Gruppe waren auch Grundschüler. Als die Berittenen die vorderen Reihen, in denen die Erwachsenen standen, auseinandergetrieben hatten, wurden viele Schüler niedergeritten. Ich sah einen Schüler, kaum älter als zwölf, dreizehn Jahre, der unter die Pferdehufe geriet. Glücklicherweise kam sofort der Verkehrstrupp und barg ihn. In dem Augenblick habe ich an unseren Axiang gedacht! Aber wenn Axiang groß ist, wird die Welt sich verändert haben!«

Später, wenn die Mutter wieder einmal an einer Demonstration teilgenommen hatte, wenn sie wieder einmal gesehen hatte, daß Schüler dabei von Hufen getreten oder von Pferdepeitschen geschlagen wurden, umarmte sie, sobald sie nach Hause kam, ihr Kind und sprach ähnliche Worte. Vor kurzem hatte sie Bilder von Schülern gesehen, die am 16. Dezember bei den Demonstrationen in Peking verwundet worden waren. Da hatte sie Axiang zu sich gerufen und ihm gesagt: »Sieh mal, Axiang, dieser Schüler mit dem verbundenen Arm ist kaum älter als du! Sie scheuen nicht einmal davor zurück, sich an Kindern zu vergreifen!«

Nun war es also auch für Axiang so weit, daß er sich an Aktionen beteiligen wollte! Damals, vor elf Jahren, hatten sich sicherlich unzählige Kinder, die so alt waren wie jetzt Axiang, mit genausoviel Neugierde und Begeisterung auf die erste Demonstration, an der sie teilnehmen durften, vorbereitet. Der Gedanke erweckte bei dem Vater Schmerz, aber auch Freude.

Der Sohn aß hastig den gebackenen Reis. Vater und Mutter beobachteten ihn von der Seite. Der Vater glaubte, daß es notwendig sei, dem Sohn noch einiges zu sagen, aber es wären zu viele Worte für die wenige Zeit, die sie noch hatten, gewesen. Und sicherlich hätte der Sohn nicht einmal alles verstanden, denn er war ja noch so klein!

Schließlich begann die Mutter als erste zu sprechen. »Axiang, wenn im Anschluß an die Kundgebung noch eine Demonstration stattfindet, gehst du aber nicht mit!«

Der Sohn aß unbekümmert weiter.

»An der Demonstration brauchst du wirklich nicht teilzunehmen. Du bist gerade erst wieder gesund geworden, das viele Laufen könnte dir also schaden. Und wenn ihr unterwegs auseinandergetrieben werdet, wie willst du dann nach Hause finden?« schaltete sich nun auch der Vater ein.

Aber der Sohn lächelte verschmitzt, aß langsam auf und antwortete erst dann: »Ich habe keine Angst. Wenn ich den Weg nicht weiß, kann ich ja fragen oder mir einen Wagen nehmen!« Er streckte die Hand aus. »Wie ist es nun mit dem Fahrgeld?«

Der Vater gab ihm die zwei Geldscheine, dann ging der Sohn. Die Mutter stand in der Tür und sah ihm nach, bis er das Gäßchen verlassen hatte.

»Du hättest es ihm nicht erlauben dürfen«, warf die Mutter dem Vater vor, als sie in das Zimmer zurückkehrte.

»Und wenn man es ihm nicht erlaubt? Dann wird er dich das nächste Mal belügen!«

»Aber er ist doch noch zu klein!« sagte die Mutter und seufzte. Der Vater schüttelte den Kopf. Dann zündete er sich eine Zigarette an. Dabei fiel ihm wieder der Artikel ein, der noch nicht fertig war, den er aber am Abend unbedingt abliefern mußte.

Als der Vater und die Mutter sich beim Mittagessen allein gegenübersaßen, empfanden sie ein Unbehagen. »Ich wollte ihn eigentlich begleiten und nach Hause bringen, wenn eine Demonstration stattfindet. Aber dann habe ich mir gesagt, daß man dort sicherlich viele Bekannte treffen wird, und außerdem würde er auch nicht mit mir gehen wollen«, sagte die Mutter wie zu sich selbst.

Der Vater lachte schallend. »Natürlich, er will doch mit den Massen demonstrieren und nicht mit seiner Mutter!«

»Er versteht das doch nicht, er ist nur aufgestachelt und dadurch mutig! Du solltest ihm das alles einmal erklären!«

»Wie soll ich es ihm erklären, und was soll ich sagen? Vielleicht, daß er ein sinnloses Opfer vermeiden soll? Er ist noch zu jung, er würde das nicht verstehen!« Der Vater lachte plötzlich wieder laut auf. Sie beendeten ihre Mahlzeit, ohne das Thema noch einmal zu berühren. Mit großen Schritten ging der Vater rauchend im Zimmer auf und ab, blieb ein paarmal vor der Mutter stehen und schaute sie mit begeisterter Miene an. Schließlich sagte er: »Massenkundgebungen werden wahrscheinlich erst dann ungefährlich sein, wenn Axiangs Sohn schon zur Schule geht! Die chinesische Revolution ist ein langer, schwerer Kampf!«

»Unser Axiang wird bestimmt einmal sehr mutig. Wenn er zwanzig wäre, würde ich mir keine Sorgen machen. Aber er ist kaum dreizehn. Ich wünschte, er wäre schon zwanzig!«

»Laß nur, die Zeit vergeht manchmal sehr schnell!«

Vater und Mutter lachten, sie sahen einander an und merkten, daß ihnen die Augen feucht wurden, aber ihr Lachen war natürlich und froh.

Der Nachmittag war bald vorüber, aber nach sechs Uhr wurden die Alten wieder recht sonderbar; mal verging ihnen die Zeit wie im Fluge, dann schien sie stehenzubleiben. Die Mutter überlegte schon, wo sie sich erkundigen und wen sie um Hilfe ersuchen könne. Nach acht Uhr wurde auch der Vater unruhig, aber dann erschien ein Freund und brachte ihm verschiedene Flugblätter, die bei der Demonstration verteilt worden waren. Erst als man von ihm erfahren hatte, daß es nicht zu Zwischenfällen gekommen war, beruhigte die Mutter sich etwas.

Aber nun hatte sie wieder andere Sorgen. Ob er sich verlaufen hat? Oder ob er überfahren worden ist? Die Mutter war so besorgt um ihr Kind, als wäre es hilflos wie ein neugeborenes Lämmchen.

Erst Viertel nach neun kam der Sohn nach Hause.

Als er zur Tür hereintrat und die Flugblätter auf dem Tisch sah, fragte er: »Wo sind die denn her?« Auch er hatte eins mitgebracht und holte es geschwind aus der Tasche.

Vater und Mutter lachten; die Mutter zog den Sohn an sich und sagte: »Nun erzähl mir mal, wie war die Demonstration?«

»Sie ging zum Friedhof der Gefallenen des dreißigsten Mai und dann zum Nordbahnhof. Dort haben uns Soldaten aufgehalten, und wir sind auseinandergegangen. Die Füße tun mir gar nicht weh!«

Während der Sohn erzählte, holte er ein kleines rotbeschriebenes Blatt hervor und erklärte: »Das sind die Losungen, die wir gerufen haben. Wir haben viel Spaß dabei gehabt!«

1936

Die Geschichte von Großnase

1

Unter den drei Millionen Einwohnern von Groß-Shanghai zählt unser Held zu den »Wertlosesten«.

Manchmal können wir sehen, wie er gerade heimlich durch das große eiserne Tor eines dreistöckigen Hauses schlüpft, um die »allen modernen hygienischen Anforderungen genügende« Müllanlage aufzusuchen. Dort klettert er auf den Rand der zementierten Abfallgrube und versucht, im Wettstreit mit den herumstreunenden Hunden, die verschimmelten »Kostbarkeiten« herauszufischen. Zuweilen zankt er sich sogar mit den Hunden um einen Knochen. Aber wenn er ihn schließlich in der Hand hält und genauer betrachtet, merkt er, daß er mit ihm doch nichts anfangen kann, weil er zu schmutzig ist. Dann überläßt er ihn den mit besseren Fähigkeiten ausgestatteten Hunden. Findet er zufällig einmal einen verfaulten Apfel oder eine halbe alte Rübe, die die Hunde wegen des Gestanks verabscheuen, dann greift er mit dünnen, schwarzen Fingern zu, die vor Erregung zittern. Er ist nun mutiger geworden, und während er ißt, wühlt er inmitten der Meute verwilderter Hunde weiter in der Abfallgrube! Wie jene legt er sich nun auch auf die Erde, damit er seinen mageren Kopf in das kleine Loch unten in der Grube stecken kann. Vielleicht entdeckt er dort im Abfall irgendeinen glänzenden Gegenstand – eine alte Weinflasche vielleicht oder irgendein zerbrochenes Spielzeug. Dann vergißt er für einen Augenblick sogar den Hunger, schiebt den Arm so weit wie möglich in die Grube und ärgert sich, daß er nicht mit dem ganzen Körper hineinkriechen kann. Aber meistens spürt er gerade dann im Rücken den groben Tritt eines schweren Lederstiefels. Aus Erfahrung weiß er, daß der Pförtner ihm den Tritt versetzt hat. Ihm bleibt dann nichts anderes übrig, als sich wie die Hunde, die den Schwanz einziehen, so unauffällig wie möglich durch das große Eisentor davonzumachen und an einem anderen Ort seine »Abenteuer« fortzusetzen.

Wenn er einmal Glück hat, entgeht er dem wachsamen Auge des Pförtners. Dann begibt er sich zum Hintereingang einer Wohnung des dreistöckigen Hauses. Vielleicht steht die Tür offen, und vielleicht ist die Köchin gerade dabei, die Reste des kalt gewordenen Essens vom Vorabend in den Abfalleimer zu schütten. Bei solch einer Gelegenheit öffnet er den Mund, und seine Stimme ist so leise und schwach, daß man ihn kaum verstehen kann, aber das macht nichts, denn die Köchin versteht seine Bitte auf jeden Fall. Entweder bekommt er dann eine halbe Schale saurer Reissuppe, oder man schaut ihn nur kurz an und sagt ihm höchstens ein paar mitfühlende, für ihn aber wertlose Worte: »Geh, ich kann dir nichts geben. Der Abfall wird von jemand abgeholt, der ihn bezahlt.«

All das geschieht wahrscheinlich jeden Tag in den frühen Morgenstunden, wenn die Töchter und Söhne der Familie noch in duftenden Kissen schlafen.

Später kann man ihn vielleicht an einer belebten Straßenecke sehen, wie er einem dicken Herrn oder einer Dame mit Wespentaille folgt, die einen langen Qipao und hochhackige Schuhe trägt, und mit zitternder Stimme schüchtern ruft: »Haben Sie Mitleid!«

Vielleicht entdeckt man ihn wieder, wenn er sich an der Auffahrt zur Stahlbetonbrücke, die über den Sudschou führt, wie eine Ratte aus der Menschenmenge auf eine Rikscha stürzt und dem Kuli ziehen hilft. Während er zieht, bittet er dann den Fahrgast: »Mein Herr (oder: Meine Dame), haben Sie Mitleid!« So versucht er, durch Arbeit sein Brot zu verdienen, aber er erhält höchstens ein Kupferstück dafür oder auch nichts. Auch dieser »Verkauf der Arbeitskraft« ist für ihn ein »abenteuerliches Geschäft«, denn wenn ein Polizist ihn dabei erwischt, wird er den Jungen mit dem Knüppel belehren. Doch manchmal hat auch der Polizist »Mitleid« und tut so, als hätte er nichts gesehen. Aber die »Gefährten« an den beiden Brückenauffahrten, denen das gleiche Los wie ihm beschieden ist, die allerdings älter und erfahrener sind, drücken kein Auge zu. Sie werden ihn beschimpfen und schlagen und ihm diese Freiheit des »Verkaufs der Arbeitskraft« nicht gestatten.

Einige haben die Stadt auch für dieses »abenteuerliche Geschäft« in bestimmte Bezirke eingeteilt, die jeweils einem aus ihren Reihen unterstellt sind. Jeder hat somit seinen »Boß« und kann den Geschäften nicht nach eigenem Ermessen nachgehen.

Doch auch für unseren Helden gibt es Stunden, da sich seine Wünsche erfüllen.

Sie kommen gewöhnlich dann, wenn die belebten Straßen von rotem und grünem Neonlicht überstrahlt sind, in den kleinen abgelegenen Gäßchen aber nur das trübe Licht einer Lampe am Eingang brennt. Unser Held, dem das Schicksal an diesem Tag vielleicht einmal gut gesinnt ist, schart fünf oder sechs, ja sogar auch zehn gleichaltrige Gefährten um sich. Dann beobachten sie das Gäßchen. Sie stehen da und passen auf, und vielleicht entdecken sie einen Speisehändler, der seine Utensilien an einer Tragstange trägt. Auch er ist ein Kind von zwölf, dreizehn Jahren und kehrt aus irgendeinem kleinen Geschäft zurück. Aber er hat schon alles verkauft. In dem vorderen Bambuskorb sind möglicherweise die leeren, nur mit einer dünnen Fettschicht bedeckten Schalen und Teller, während hinten in den kupfernen Kübeln noch ein kleiner Rest kaltes Essen ist, der nicht einmal ausreichen würde, einen Menschen satt zu machen. Wenn sie Glück haben, können sie noch Suppenreste aus den Schalen lecken. Vielleicht finden sie auch ein paar Knochen oder alte Kohlblätter, und die Speisereste in dem Kübel reichen aus, einen kräftigen Hund zu sättigen. Das Kind leistet gewöhnlich keinen Widerstand, weil sie ja in der Übermacht sind. So wird unser Held wenigstens teilweise befriedigt, und wenn sie die öligen Teller abgeleckt haben, gehen sie pfeifend davon.

Aber immer wieder muß unser Held bei der täglichen »Nahrungssuche« Schimpfworte, Prügel und Fußtritte hinnehmen; sein Leben ist schwerer als das eines Hundes.

2

Wir wissen nicht, wie viele Kinder, die ein Leben wie unser Held führen, es unter den drei Millionen Einwohnern von Groß-Shanghai gibt.

Oder vom Gegenteil ausgehend: Wir wissen auch nicht, wie viele Kinder es in Groß-Shanghai gibt, die in duftenden Kissen schlafen, deren zerbrochenes Spielzeug in den Abfallgruben landet und unseren Helden verleitet, danach zu greifen, wofür er vom Pförtner Fußtritte hinnehmen muß. Ob es auf beiden Seiten ungefähr gleich viele sind oder ob es weniger Kinder gibt, die in weichen Kissen schlafen, wollen wir hier nicht untersuchen.

Aber eins wissen wir genau: In der Dreimillionenstadt Groß-Shanghai gibt es dreihundert- bis vierhunderttausend Kinder etwa im Alter unseres Helden, denen in den Seidenfabriken, Zündholzbetrieben, Glühlampenwerken und in verschiedenen anderen Unternehmen von morgens sechs Uhr bis abends sechs Uhr die Maschinen das Blut aus dem Körper saugen. Es ist nicht übertrieben, wenn man sagt, daß ihr Blut die Kinder, die in den duftenden Kissen schlafen, und deren Väter und Mütter ernährt.

Unser Held hat auch schon vor dem Tor eines Glühlampenwerkes oder einer anderen Fabrik gestanden und diese Kinder langsam herauskommen sehen. Wenn sein Magen knurrte, hat er sie beneidet. Er weiß, daß sie, wenn sie das Werk verlassen haben, zumindest ein Zuhause haben (obwohl es nur eine Strohhütte ist), daß sie zumindest einen Fladen zu essen bekommen und daß sie bis früh um fünf unter einem Etwas schlafen können, das man als Dach bezeichnet.

Er denkt natürlich nicht daran, daß die kleinen Freunde, die er jetzt beneidet, in ein paar Jahren von der Arbeit völlig verbraucht sind und dann nutzlos werden. Sie werden auf die Straße gesetzt und sind dann nicht einmal mehr fähig, mit den verwilderten Hunden um einen Knochen zu kämpfen; sie haben nicht einmal mehr die Kraft, einen »gelben Ochsen«, eine Rikscha, über die Brücke zu ziehen, ja ... Aber darüber wollen wir nicht sprechen. Kehren wir zu unserem Helden zurück.

Es ist nicht so, daß er von Geburt an kein Zuhause gehabt hätte. Was das für ein Zuhause war, daran kann er sich allerdings nicht mehr erinnern. Er entsinnt sich nur dunkel, daß in Shanghai plötzlich Krieg ausbrach und die großen »Eisenvögel« unzählige Bomben vom Himmel warfen; einige trafen die großen Häuser, aber viel mehr fielen dorthin, wo er zu Hause war, in die Gegend, wo die Armen wohnten. Deshalb hat er kein Zuhause mehr.

Zur gleichen Zeit verlor er auch Vater und Mutter. Weshalb sie nicht mehr da sind, weiß er nicht. Selbst daran, wie Vater und Mutter ausgesehen haben, kann er sich nicht mehr genau erinnern, denn er war damals noch zu klein, etwa sieben oder acht Jahre alt. Auch hatte er sich zu ihren Lebzeiten ihr Gesicht nie genau anschauen können: Morgens, wenn es noch dunkel war, gingen sie fort, und erst wenn es schon dunkelte, kamen sie wieder. Sie haben ebenfalls eine Maschine »gefüttert«.

Nie aber wird er vergessen können, daß er einmal Vater und Mutter hatte, wie er eine Waise wurde und wer sie ihm geraubt hat. Er erinnert sich auch noch an folgendes: Als er Vater und Mutter verloren hatte, wurde er zusammen mit vielen anderen Frauen und Kindern an einen Ort gebracht, wo es eine dünne Suppe und verschimmelte Fladen gab. Etwa ein halbes Jahr später kam plötzlich ein vornehmer Herr, der sie alle in ein Zimmer rief und sie einzeln befragte. Unser Held entsinnt sich noch, was man von ihm wissen wollte: »Hast du eine Familie?« Er hatte den Kopf geschüttelt. »Hast du Verwandte?« Wieder hatte er den Kopf geschüttelt. Daraufhin schüttelte auch der vornehme Herr den Kopf, schrieb mit dem Bleistift irgend etwas auf ein Stück Papier und rief dann die nächste Nummer auf.

Noch ganz benommen, wurde unser Held wenige Tage später auf die Straße gesetzt. Er freundete sich mit anderen Kindern an, denen es genauso ging. Manchmal vertrugen sie sich, manchmal zankten sie sich, er verstand sich auch mit den Hunden, nur manchmal kämpften sie miteinander. So vergingen ein paar Jahre, er gewöhnte sich an dieses Leben und glaubte, daß ein Mensch wie er so leben müßte.

3

Auf Grund all dessen, was bisher über unseren Helden gesagt wurde, kann man feststellen, daß sein Leben scheinbar sehr ungewöhnlich, in Wirklichkeit jedoch ganz gewöhnlich ist. Täglich besteht er Abenteuer, aber nicht einmal die an Sensationen interessierten Reporter der »Neuigkeiten aus unserer Stadt« meinen, daß seine Abenteuer für eine Zeitungsmeldung geeignet sind.

Gut, dann wollen wir aus seinem gewöhnlichen und doch so außergewöhnlichen Leben ein »außerordentliches Ereignis« auswählen. Ich weiß nicht genau, in welchem Jahr, in welchem Monat und an welchem Tag es war, auf jeden Fall war es weder sonderlich heiß noch sonderlich kalt, es schien weder die Sonne, noch blies der Wind. Es regnete auch nicht. An jenem Tag, der als außerordentliches Ereignis in sein Leben einging, geschah folgendes: Es war gegen zwei

Uhr nachmittags. Unser Held hockte schlafend an der Mauer einer öffentlichen Bedürfnisanstalt. Hier war sein »Machtbereich«, er hatte ihn entdeckt und sogar Blut vergossen, als er seine Eigentumsrechte festlegte. Auch diese Entdeckung ist eine kleine Geschichte für sich, sie liegt schon weit zurück. Als er diese ansehnliche öffentliche Bedürfnisanstalt zum erstenmal sah, staunte er sehr. Gehörte dieses so geschmackvoll gebaute Haus einem Privatmann oder einer Gesellschaft? Soeben ging ein dicker Mann hinein, der einen langen schwarzen Mantel trug, ihm folgte ein Polizist, der eine Pistole umgeschnallt hatte, dann ein ausländisch gekleideter Herr – ach, alle waren reiche Leute, alle hatten die Macht, ihn zu treten. Deshalb wagte er nicht, es zu betreten. Er entschied, daß dort mindestens eine Schreibstube war, die man achten und ehren muß. Aber plötzlich kam aus einer anderen Tür eine Frau, die gar nicht wie eine reiche Frau aussah, heraus. Dann ging auch ein Kind, das etwa in seinem Alter war, hinein. Das war für ihn sehr ungewöhnlich und beunruhigend. Er nahm daher all seinen Mut zusammen und trat ein bißchen näher, um hineinzuschauen. Da erst wurde ihm alles klar.

In solch »amtlicher« Angelegenheit also gingen die reichen Leute dort hinein! Er fühlte sich betrogen und drohte nach dem erlittenen Unrecht mit Rache: Erst wollte er hineingehen und ebenfalls sein Geschäft verrichten, dann aber sah er plötzlich, daß ein Mann der alten Frau am Eingang ein Kupferstück gab. Sofort erriet er, daß man drinnen noch eine Tür passieren mußte, daß man also nicht blindlings hineinstürmen konnte. Er änderte nunmehr seine Taktik. Zu dem kleinen Häuschen hingewandt, spuckte er mehrmals kräftig aus, suchte sich einen Platz an der Mauer unweit der Tür und hockte sich dort hin. Damit wollte er das Häuschen, das ihm einen so großen Schrecken eingejagt hatte, verhöhnen.

Zu jener Zeit hatte er noch keineswegs die Absicht, diesen Platz an der Mauer neben der öffentlichen Bedürfnisanstalt zu seinem Machtbereich zu machen. Dann aber kam jener gleichaltrige Junge, der vorhin hineingegangen war, wieder heraus, setzte sich neben ihn an die Mauer und streckte die Beine von sich. Das empfand er wiederum als ungewöhnlich.

»Na, so eine hergelaufene Schildkröte!« schimpfte er vor sich hin.

»Was fluchst du, du kleiner Landstreicher?« Der andere wollte sich nicht lumpen lassen.

Nun fingen sie an, miteinander zu ringen. Anfangs waren sie beide gleich stark, aber aus irgendeinem Grunde schlug er plötzlich mit dem Kopf gegen die Wand und sah Sterne. Der andere rannte davon. Vielleicht nahm er an, daß ein Unglück passiert sei, oder vielleicht auch, daß er gesiegt hatte. Nur unser Held blieb, und seit dieser Zeit war er »Eigentümer« dieser Mauerecke.

Inzwischen hatte er seine Kenntnisse über diese öffentliche Bedürfnisanstalt bereits vervollkommnet; mit der dort aufsichtführenden alten Frau hatte er schon beinahe Freundschaft geschlossen.

Als er an jenem weder warmen noch kalten, weder sonnigen noch regnerischen Tag auf seinem eroberten »Gebiet« saß und schlief, schien er ganz zufrieden. Auch die Toilette war heute nicht sehr »belebt«, die Alte bewegte den Mund, als kaute sie irgend etwas. Plötzlich wandte sie sich brabbelnd an den »Besitzer« der Mauerecke: »He, du, Großnase! Paß ein bißchen für mich auf, ich komme gleich wieder!«

Was sollte das heißen? »Großnase?« Wer ist das, »Großnase«? Der Schläfer hob den Kopf und schaute sich um. Er konnte nicht glauben, daß man ihn gemeint hatte, aber die Alte sagte schon wieder: »Paß ein bißchen für mich auf, Großnase! Ich komme gleich wieder. Danke schön!«

Nun verstand er, daß mit Großnase er gemeint war, aber er war gar nicht erfreut darüber. Als sein Vater und seine Mutter noch lebten, hatte er einen sehr schönen Namen gehabt, den er auch schon aussprechen konnte. Aber seit er ein Vagabund war, hatte er keinen bestimmten Rufnamen. Anfangs hatte er seinen Freunden den Namen, den seine Eltern ihm gegeben hatten, genannt, aber die sagten, er wäre zu schwer auszusprechen, und riefen ihn einfach anders. Bald vergaß selbst er seinen Namen. Aber seine Kumpane hatten ihn nie Großnase gerufen. Sicherlich war seine Nase etwas größer als die anderer Leute, aber doch nicht so groß, daß sie besondere Aufmerksamkeit erregen mußte. Seine Freunde betrachteten es grundsätzlich als Beleidigung, wenn man ihnen Namen gab, die ihre körperlichen Besonderheiten hervorhoben. So war zum Beispiel unter ihnen ein Kind, Xiaomao genannt, das hatte die Krätze. Wenn sie den Jungen ärgern wollten, riefen sie ihn »Aussätziger«.

Deshalb war er nicht gerade froh, als er hörte, daß die Alte ihn »Großnase« rief, aber in seinen Unmut mischte sich auch etwas Freude, weil niemand ihm jemals eine Aufgabe übertragen hatte.

»Ich soll für Sie aufpassen? Gut! Aber Sie müssen bald wiederkommen, denn ich habe noch etwas vor!« Er spielte plötzlich den stark beschäftigten Mann und erhob sich langsam. Die Alte übergab ihm einen Stapel Toilettenpapier und ging. Als sie schon einige Schritt fort war, rief sie noch einmal: »Es sind fünfundzwanzig Blatt Papier! Fünfundzwanzig Blatt, Großnase!«

»Na ja, ich werde sie auf jeden Fall nachzählen!« antwortete er, ohne den Kopf zu heben, und zählte tatsächlich das Toilettenpapier. Kaum zehn Minuten waren vergangen, da begann er sich zu langweilen. Gewöhnlich stand er ohne jedes Ziel und ohne Verantwortung an einer Ecke oder hockte am Straßenrand. Da machte es ihm nichts aus, ob zehn Minuten vergingen oder eine halbe Stunde; jedenfalls langweilte er sich nicht. Aber jetzt dachte er: Verflucht, die Alte hat mich ganz schön reingelegt und mich hier festgenagelt! Verdammt, ich haue ab! Er fühlte, wie unfrei die waren, die eine Verantwortung übernommen hatten, und wollte gerade aufstehen und weggehen, als plötzlich jemand hereinkam, kicherte und ein Kupferstück hinwarf. Als er ihm ein Blatt

Papier gab, empfand Großnase einen ganz neuen Genuß. Er war unerwartet zum Händler geworden und besaß offenbar sogar eine gewisse Macht. Wer nicht das Blatt Papier von ihm bekam, konnte nicht dort hineingehen und sein »Geschäft« erledigen.

Er legte das Kupferstück ehrlich neben den Stapel Toilettenpapier, das er noch einmal ordentlich schichtete. Anscheinend gab es in einer öffentlichen Toilette auch Zeiten, zu denen sie besonders belebt war. Diese Zeit brach jetzt an. Nacheinander kamen Menschen der verschiedensten Schichten herein, warfen die Kupferstücke in die Schachtel mit dem Toilettenpapier. Bald hatte er fünf oder sechs Kupferstücke eingenommen. Der »Stellvertreter« war aber auch besonders eifrig, denn er war noch ein Neuling, ja überhaupt das erstemal unter den »Händlern«, und schließlich hatte er noch nie so viele Kupferstücke beaufsichtigt. Er benutzte eine kurze Pause, um das Geld aufzuschichten. Als er das vierte Stück in der Hand hielt, vergaß er anscheinend, daß er schon drei übereinandergelegt hatte, und drehte es abwägend in der Hand, als könnte er sich nicht davon trennen. Schließlich legte er es doch zu den anderen, und das fünfte und sechste auch. Noch immer kamen Leute, bis schließlich die Anzahl der Geldstücke auf zwölf angewachsen war. Damit war der höchste Stand erreicht. Von nun an hatte der Stellvertreter nichts mehr zu tun.

Zwölf Kupferstücke! Eine drei Zentimeter hohe Kupfersäule! Wie eine Katze, die Mäuse jagt, griff seine Hand danach und nahm die Hälfte ab. Ganz leicht bewegte sich abwägend die Hand. Ein Kupferstück legte er wieder zurück, dann näherte sich die Hand – selbstverständlich mit dem Geld – der Tasche in seiner zerschlissenen Jacke. Aber wie eine Katze, die alles wieder ausspuckt, nachdem sie bereits die halbe Maus verschlungen hat, stellte er die Geldstücke zurück auf die in der Schachtel, so daß sie zusammen wieder eine drei Zentimeter hohe Säule bildeten.

Als er zum zweitenmal die Kupfersäule zerstörte, wägte er

die Münzen nicht mehr so lange in der Hand ab, sondern beförderte sie auf dem schnellsten Wege in die Tasche. Aber die Hand ruhte noch einen Moment in der Tasche und sein Blick auf dem Rest des Geldes in der Schachtel. Wer weiß, ob er nicht alles noch einmal zurückgelegt hätte, wenn nicht in diesem Augenblick die alte Frau wiedergekommen wäre.

»Ach, Sie sind wieder da!« sagte er etwas erschrocken und ließ die Hand mit dem Geld tiefer in die Tasche gleiten.

Die Alte schien ganz außer Atem und bewegte nur den Mund ein wenig. Ihr Blick fiel sofort auf den zusammengeschrumpften Stapel Toilettenpapier und die daneben liegenden Münzen.

»Sehen Sie, habe ich nicht gut aufgepaßt? Morgen werden Sie mir noch zu danken haben!« sagte er, stand blinzelnd auf und ging.

Als er sich nach einigen Schritten noch einmal umschaute, sah er, daß die Alte dabei war, das Papier nachzuzählen; die Zahl der Kupferstücke hatte sie schon überblickt. Er wollte sich deshalb recht schnell aus dem Staube machen, doch sollte es auch so aussehen, als ließe er sich Zeit. Mit lauter Stimme rief er: »Der Wind hat ein paar Blätter in die Toilette geweht. Wenn Sie sie herausholen und trocknen, sind sie noch ganz gut zu gebrauchen!«

Die Alte hatte inzwischen auch festgestellt, daß die Zahl der Geldstücke nicht mit der der Papierblätter übereinstimmte. Wieder bewegte sie ihren Mund, als kaute sie, und rief unter Aufbietung aller Kräfte: »Das ist nicht ehrlich, Großnase!«

»Was schimpfst du mit mir? Der Wind hat sie doch weggeblasen!« Er tat beleidigt, dann wandte er sich ab und lief davon. Aber schon nach wenigen Schritten wandte er sich noch einmal um, hob die Hand und rief: »Raten Sie mal, was ich hier habe! Wenn Sie es erraten, gehört es Ihnen. Hahaha!« Lachend rannte er schnell über die Straße.

4

Schließlich verlangsamte unser Held den Schritt und begann die Münzen in der Tasche zu zählen. Es waren fünf Stück. Zum erstenmal hielt er so viele auf einmal als Eigentum in der Hand. Er glaubte, daß es kein kleiner Besitz wäre und man ihn vielfältig verwenden könnte. Er ging noch langsamer und begann in Gedanken zu rechnen: Soll ich etwas nehmen, um mir den Bauch vollzuschlagen? Andererseits wollte er auch einen Bonbon kaufen, um zu probieren, wie er schmeckt. Zu der Frage, wie man den Magen füllen konnte, hatten er und seine Freunde aber eine andere Auffassung. Im allgemeinen sollte man nichts kaufen, was man durch Betteln oder gar durch drastischeres Vorgehen (zum Beispiel den Überfall auf den Essenträger in der Gasse) erwerben konnte. Wer dafür Geld ausgab, war ein Dummkopf.

Mit den Bonbons war das anders. Wenn man jemand einmal um einen Bonbon anbettelte, konnte man mit Sicherheit eine Ohrfeige erwarten, und in den leeren Gefäßen der Essenverkäufer gab es auch keine. Nun hatte unser Held also fünf Kupferstücke in der Hand, und seine Gedanken richteten sich auf einen Bonbon, vor allem deshalb, weil er schon einmal einen halben gegessen hatte. Seitdem übten Süßigkeiten eine besondere Anziehungskraft auf ihn aus. Schließlich blieb er stehen. Vor einem nicht allzu sauberen Tor umringten Kinder, die nicht mehr und nicht weniger begabt schienen als er, eine Bude. Hier wurden keine Süßigkeiten verkauft; es war eine Straßenbibliothek, die kleine Bücher, das heißt Bildgeschichten in Fortsetzungen, ausborgte. Für diese kleinen Bücher hatte sich unser Held schon früher interessiert. Einmal hatte er heimlich jemand, der gerade las, über die Schulter geschaut, aber immer, wenn er alles halbwegs verstanden hatte, begann der andere zu lachen und blätterte die Seite um. Jetzt wollte er sich einige Hefte ausleihen, um seine Neugierde zu befriedigen.

»Ich möchte zwanzig Hefte für ein Kupferstück! Ich lese

sie gleich hier und gebe sie dann zurück!« sagte er zu dem Mann in der Bude und tat so, als kenne er sich aus. Der Straßenbibliothekar maß ihn von oben bis unten und herrschte ihn dann leise an: »Hau ab, du kleiner Vagabund!«

»Was soll das heißen? Macht den Mund auf und schimpft schon! Sehen Sie, hier habe ich Kupferstücke!« Er öffnete die Faust, und da lagen wirklich fünf Kupferstücke, die vom Schweiß schon glänzten.

Der Mann in der Bude streckte die Hand nach den Kupferstücken aus. Er sagte: »Für ein Kupferstück kannst du dir fünf Hefte ansehen. Für fünf Kupferstücke überlasse ich sie dir etwas billiger, dafür gebe ich dir dreißig Hefte!«

»Nein, nein! Fünfzehn Hefte! Auch fünfzehn Hefte wollen Sie nicht geben?« Er steckte sein Geld wieder in die Tasche und schielte nach einem kleinen Buch in der Hand eines anderen.

Schließlich einigten sie sich auf zehn. Er gab zwei Kupferstücke und suchte sich zwanzig Heftchen aus. Alle handelten von dem Daoisten, der das Schwert schleudert, und der Frau mit dem Messer.

Er konnte die Zeichen in den kleinen Büchern nicht lesen, aber er hatte seine eigene Erklärung für die Bilder. Sie sollten ursprünglich eine zusammenhängende Geschichte ergeben, aber weil der Zeichner nicht sehr begabt war und er keine Zeichen lesen konnte, war zwischen den Bildern oft kein Zusammenhang zu entdecken. Trotzdem las unser Held sehr aufmerksam weiter.

Auf dem einen Bild umringten einige wild aussehende Männer (unter ihnen auch Daoisten) eine Frau und ein Kind und stritten mit ihr. Vom Himmel stieß ein fliegendes Schwert auf die Frau und das Kind herunter. Solch ein geschleudertes Schwert hatte er bisher immer bewundert, aber nun empfand er nur Abscheu: Das heißt ja, zu einem Übel ein noch schlimmeres hinzufügen! Das sind keine ganzen Kerle! Leise vor sich hin schimpfend, blätterte er weiter. Auf dieser Seite sah man die Frau mit dem Kind in den Wald flüchten. Die rauhen Gesellen und das fliegende Schwert verfolgten sie. Er machte sich Sorgen um die Frau und das Kind und schlug rasch die nächste Seite auf. Als er sah, daß die Frau sich am Waldrand gegen ihre Verfolger zu verteidigen versuchte, freute er sich. Aber auf dem Bild war auch ein mit einem Messer bewaffneter Mönch zu sehen, der von weit her gelaufen kam, um sich offensichtlich den Kämpfenden anzuschließen. Wem wird der Mönch wohl helfen? dachte er. Er hatte Herzklopfen, als er die nächste Seite aufschlug. Er meinte, wenn der Mönch ein guter Mensch sei, müßte er der Frau und dem Kind helfen. Wenn er selbst dabeigewesen wäre, hätte er ihnen bestimmt beigestanden. Auf der nächsten Seite waren noch immer dieselben Menschen zu sehen, aber sie stritten nicht mehr miteinander, und der Mönch stand mitten unter ihnen. Wenn er lesen könnte, wüßte er, worüber sie sich unterhielten, dann wüßte er auch, wem dieser Mönch nun wirklich beistehen wollte. Von dem Mund des Mönchs gingen nämlich zwei Striche aus, zwischen denen einige Zeichen standen; das bedeutete, daß der Mönch gerade sprach. Traurig sah er sich die nächsten Bilder an, aber er konnte den tieferen Sinn nicht herauslesen.

Der Streit schien tatsächlich beendet, diesmal kamen die Striche mit den Zeichen aus dem Mund der Frau. Auf der folgenden Seite sah er nur die Frau und das Kind, die wilden Kerle, die Daoisten und der Mönch waren nicht mehr da. Auch befanden sie sich nicht mehr am Waldrand, sondern in einem Haus, und die Frau hatte kein Messer mehr in der Hand. Sie saß mit gesenktem Kopf vor dem Bett und schien sehr müde zu sein oder an etwas zu denken. Das Kind stand vor ihr, und diesmal kamen aus seinem Munde zwei Striche mit diesen hassenswerten viereckigen Zeichen. Das konnte er nun gar nicht verstehen. Unzufrieden mit dem Zeichner, dachte er: Die wichtigsten Stellen hat er nicht dargestellt; davor hat er sich gedrückt, indem er ein paar Zeichen hinmalte. Er dachte, daß mit der Frau und dem Kind nicht viel los sei, denn wie konnten sie sich einfach zu Hause verstecken! Andererseits war er glücklich, daß die beiden doch noch unbehelligt heimgekommen waren – er erriet, daß sie die Absicht gehabt hatten, nach Hause zu gehen. Er hatte großes Interesse für sie, deren Herkunft so unklar war, und er sagte sich, daß sie bestimmt gute Menschen waren. Er wollte zu gern wissen, was aus ihnen geworden war. Alle Bilder, auf denen die Frau und das Kind abgebildet waren, sah er sich besonders gründlich an. Manchmal hatte sie wieder mit anderen Leuten Streit. Dann suchte er nach den Gründen und brachte sie mit den Bildern, die er sich schon angeschaut hatte, in Verbindung. Nach kurzer Zeit hatte er alle zwanzig Hefte durchgesehen.

»Hier sind die zwanzig Hefte zurück! Sind noch mehr über die Frau und das Kind da?« sagte er zu dem Mann in der Bude. Gleichzeitig legte er die Hand auf den Bauch, denn sein Magen fing allmählich an zu knurren. Während der Mann einen anderen kleinen »Leser« begrüßte, nahm er ein Buch, auf dessen Einband eine Frau abgebildet war, und gab es unserem Helden.

Aber es war nicht die Frau aus den vorigen Heften, das konnte man schon an der Aufmachung sehen. Sie hatte weder ein Messer noch eine Lanze in der Hand, aber ihr Einfluß schien sehr groß zu sein, denn sie war beinahe auf jeder Seite zu sehen.

Unser Held blätterte das Heft durch, aber es machte ihm nicht viel Spaß. Plötzlich fiel ihm ein, daß er für das neue Buch noch keine Leihgebühr bezahlt hatte. Er gab es also dem Besitzer der Bude rasch zurück und erklärte großspurig: »Es ist nicht sehr schön!« Dann wollte er gehen.

»Und das Geld?« fragte der Mann in der Bude und zählte die Hefte, die zu dieser Reihe gehörten. »Ich bekomme noch zwei Kupferstücke von dir!«

»Was? Ich hab doch bloß geguckt, wie sie aussehen! Dafür wollen Sie Geld?«

»Du hast vorher nicht gesagt, daß du nur mal sehen willst,

worum es geht, oder? Dazu brauchst du nur ein Heft anzusehen, du hast aber die ganze Serie durchgeblättert! Mach nicht noch mehr Theater, gib mir die zwei Kupferstücke!«

»Wer macht hier Theater? ... Wer ...?«

Unser Held geriet in Bedrängnis, aber je länger er darüber nachdachte, desto mehr tat es ihm um die zwei Kupferstücke leid. »Na, dann schreiben Sie es auf. Morgen ...«

»Wer weiß denn, wo du Bastard herkommst! Ich schreibe es nicht auf!«

»Sie kennen mich nicht? Ich bin Großnase. Gehen Sie mal dort in die öffentliche Bedürfnisanstalt und fragen Sie die Alte, die kennt mich genau!« Er sprach noch und rannte schon davon, denn in solchen Situationen hatte unser Held seine eigene Methode.

Er hatte die zwei Kupferstücke behalten, aber er hatte selbst zugegeben, daß er Großnase war. Er sagte sich nun, daß »Großnase« eigentlich gar kein so übler Name sei, denn bei ihm und seinen Freunden war die Nase ein sehr bedeutender und sehr kostbarer Körperteil. Zeigten sie schließlich nicht auf ihre Nase, wenn sie ausdrücken wollten, daß sie ganze Kerle seien? War das etwa nicht so!

5

Unser Held – nein, da er es selbst so will, nennen wir ihn von nun an Großnase – hatte noch einige andere Begegnungen.

Wann es zu dieser hier kam, ist ebenfalls nicht bekannt. Fest steht, daß es lange nach der eben erzählten war.

Vielleicht war es ein Jahr später, jedenfalls war es an einem schwülen Tag, an dem Regen und Sonnenschein in schnellem Wechsel aufeinanderfolgten. Zur Mittagszeit waren sehr viele Leute auf der Straße, und unsere Großnase stand an einem Platz, der für seine Unternehmungen sehr geeignet war. Wie eine Katze lauerte er auf »glückliche«

Menschen, als wollte er bei passender Gelegenheit ein Quentchen ihres Glückes erhaschen.

Plötzlich sprang er leichtfüßig vorwärts und folgte einem jungen, hübschen Pärchen. Mit schwacher Stimme bat er: »Gutes Fräulein, junger Herr! Geben Sie mir ein Kupferstück!« Er wußte aus Erfahrung, daß er ihnen nur längere Zeit geduldig folgen mußte, dann bekam er gewöhnlich etwas. Außerdem war ihm bekannt, daß in solch einer Situation die Frau mit geschürzten Lippen nur ärgerlich zu sagen brauchte: »Entsetzlich, diese kleinen Bettler!«, und schon würde der Mann ein oder gar zwei Kupferstücke hervorkramen, um vor ihm Ruhe zu haben oder um sich die Freude jener Dame zu erkaufen.

Diesmal war er nun schon lange hinter den beiden hergelaufen, aber der Erfolg blieb aus. Das Pärchen ging die ganze Zeit Arm in Arm flüsternd durch die Straßen.

Als sie wieder einmal um die Ecke bogen, entdeckte er dort einen Polizisten. Großnase mußte stehenbleiben. Er ließ das Paar ein Stück vorausgehen, erst dann schritt er langsam an dem Polizisten vorbei. Nachdem diese Gefahr vorüber war, eilte er dem Pärchen, dem seine Aufmerksamkeit galt, nach. Leider waren die beiden schon weit entfernt, wahrscheinlich würde er sie nicht mehr erreichen. Aber gänzlich aussichtslos war die Sache doch nicht, weil das Pärchen stehenblieb.

Großnase fing sofort an zu rennen, und dann sah er, daß eine andere Frau mit dem Paar sprach. Plötzlich begannen die beiden Frauen sich zu streiten und handgreiflich zu werden. Der Mann war aufgeregt. Er stand zwischen ihnen und sprach beschwichtigend mal auf die eine, mal auf die andere ein. Als Großnase die Gruppe erreichte, hatten sich schon viele Menschen eingefunden, die den Streit miterleben wollten. Unversehens fiel ein kleines Papierpäckchen (so verpackten tüchtige Geschäftsleute immer ungefähr zehn Kupferstücke Wechselgeld) auf die Erde. Nur Großnase hatte es gesehen. Selbstverständlich räumte er sofort auf und ließ das

Päckchen entschlossen in seine Tasche gleiten. Dann entschlüpfte er aus der Menschenmenge und ging pfeifend auf die andere Straßenseite.

In solchen Situationen war Großnase im allgemeinen sehr mutig. Er hatte aber noch nicht gelernt, wie man seine Hand in die Taschen anderer Leute taucht. Doch auch bei einer solchen Gelegenheit trat Großnase sehr entschlossen auf. Als er damals die Alte in der öffentlichen Bedürfnisanstalt um die fünf Kupferstücke geprellt hatte, war er offensichtlich noch zu unentschlossen. Das lag aber nicht daran, daß er noch zu jung war, sondern daß er das Vertrauen, das man ihm geschenkt hatte, nicht völlig mißachten wollte. Man hatte ihn wie einen Freund behandelt, deshalb schämte er sich, den ganzen Betrag einzukassieren.

6

Wenn es warm war, fand Großnase überall ein Zuhause. Bei Menschen seines Schlages entdeckt man stets eine seltsame Erscheinung: Am Tage kann man ihnen immer und überall begegnen, aber wir haben selten Gelegenheit zu sehen, wo sie schlafen. Auf jeden Fall kann man sagen, daß Großnase nachts bestimmt noch auf Großshanghaier Gebiet ist, denn er kann ja nicht in den Himmel fliegen. Ob er vielleicht wie eine Ratte ein unterirdisches Zuhause hat? Der Autor hat das noch nicht untersucht, die Erörterung dieser Frage muß also verschoben werden.

Aber der Autor kann reinen Gewissens erklären: Eine von Großnases vielen Heimstätten lag weder im Himmel noch unter der Erde! Die Leser wissen sicherlich, daß die Trümmer des Bombenangriffs vom 28. Januar in den nördlichen Bezirken Shanghais, an der Grenze zwischen der Chinesenstadt und der Ausländerstadt, von Gras überwuchert waren. Auf diesen Narben von Groß-Shanghai standen noch ein paar Reste großer Mauern, die offensichtlich niemals zusammenbrechen wollten. In ihrer Nähe war aus den besseren Tagen noch eine betonierte Müllgrube erhalten geblieben. Sie war völlig mit zerbrochenen Ziegeln und Schmutz bedeckt und sah von weitem aus wie ein gewöhnlicher Trümmerhaufen. Irgendwann und irgendwie hatte Großnase diese seltsame »Erdwohnung« entdeckt und sogleich sehr großes Gefallen an ihr gefunden. Er hatte einige Mühe aufgewandt, um sie zu säubern und sie als sein »Winterschloß« herzurichten.

Ich erwähne dies alles nicht unbegründet. Bestimmt hat schon mal jemand unseren Großnase aus seiner Behausung, die weder im Himmel noch unter der Erde lag, herauskriechen sehen.

An jenem Tag, es war Ende Januar, war es nicht heiß und auch nicht sonderlich kalt.

An jenem Tag schien auch die Sonne nicht, und der Himmel machte ein weinerliches Gesicht.

An jenem Tag erhoben sich die ehrbaren Einwohner von Shanghai in den gemütlich warmen Räumen zu drei Schweigeminuten und gingen dann in ihre Ämter und Büros.

An jenem Tag aber ergoß sich auch ein Strom von Menschen der verschiedensten Schichten durch eine der von Norden nach Süden führenden Hauptstraßen von Groß-Shanghai. Mit weit hallenden Rufen antworteten sie auf die Bomben, die vor vier Jahren gefallen waren.

Zur gleichen Zeit kam Großnase gerade aus seiner »Wohnung«. Er wollte in südlicher Richtung gehen, um sich sein Frühstück zu suchen. Als er mit dem gewaltigen Menschenstrom zusammentraf, nahm er an, es sei ein großer Begräbniszug.

Verflucht! Xiao Wuzi ist mir ja ein schöner Freund! Da findet eine große Beerdigung statt, und er benachrichtigt mich nicht einmal! dachte Großnase und glaubte, eine gute Gelegenheit, zu einem Nebenverdienst zu kommen, versäumt zu haben. Er blieb am Straßenrand stehen, um zu sehen, ob Xiao Wuzi dabei war und vielleicht Schriftrollen oder Kränze trug.

Aber kein »wegbereitender Geist«, kein »voranschreitendes Pferd« war zu sehen!

Voran gingen Herren in langen Mänteln, Herren in europäischen Anzügen, Mädchen mit Mänteln über dem Qipao und solche, die nur einen Qipao trugen, Studenten, Arbeiter, Lehrlinge – und alle hatten kleine Fähnchen in den Händen.

Wie ein wogendes Meer flutete der Zug durch die Straße, und kein Ende war abzusehen. Er wurde immer länger, er nahm noch unzählige Menschen auf, Leute in langen und in kurzen Kleidern, Frauen und Männer, Alte und Junge.

Einige (es waren auch Radfahrer unter ihnen) hatten viele Zettel in der Hand, verteilten sie an die Zuschauer am Straßenrand und diskutierten mit ihnen. Plötzlich ertönte ein brausender Ruf: »Es lebe die Befreiung der chinesischen Nation!«

Dieser Ruf kam aus Tausenden und aber Tausenden Kehlen! Tausende Stimmen waren in diesem Ruf zu einer verschmolzen. Großnase verstand den Inhalt nicht, er verstand nur, daß diese Kolonne auf keinen Fall ein Begräbniszug sein konnte.

Er empfand eine gewisse Hoffnungslosigkeit, aber andererseits interessierte ihn die Sache. In diesem Augenblick drückte ihm jemand ein Blatt Papier in die Hand und sagte: »Komm mit, kleiner Freund! Nimm teil an der Demonstration aller Patrioten!«

Großnase verstand nicht, was man von ihm wollte – hier gab es doch weder Spruchbänder noch Kränze zu tragen. Aber Großnase war immer sehr mutig und entschlossen, wenn irgendwo etwas los war, und so ging er schließlich mit.

Der Zug strebte ununterbrochen vorwärts. Vor Großnase gingen drei junge Leute, ein Mädchen und zwei junge Männer. Sie sprachen die ganze Zeit miteinander, aber Großnase konnte sie nicht verstehen, weil sie anscheinend immer einige ausländische Wörter einflochten.

Großnase hatte bisher alle gehaßt, die eine fremde Sprache sprachen, denn die ausländischen Langnasen schlugen ihn, und die Chinesen, die ein paar Brocken einer fremden Sprache konnten, schlugen ihn ebenfalls, sogar noch schlimmer!

Der Wind stach messerscharf, und Großnase merkte, daß aus seiner in Wirklichkeit gar nicht so großen Nase etwas herauslief. Er wischte es mit der Hand ab und schmierte es heimlich an den Mantel eines der ausländisch sprechenden jungen Männer. Niemand hatte es bemerkt, und Großnase fühlte sich wie ein Sieger. Offenbar hatte aber auch der Nasenschleim eine gewisse Intelligenz. Als er merkte, daß der erste Teil sich solche Verdienste erworben hatte, floß er immer reichlicher. Großnase hielt die Hand vor die Nase, um diesmal etwas mehr zu sammeln. Gerade in diesem Augenblick schien die Spitze des Zuges auf Widerstand gestoßen zu sein. Ein Durcheinander schriller Stimmen pflanzte sich von vorn nach hinten fort, und alle blieben stehen. Aber die Leute waren nicht still. Von allen Seiten wurde Empörung laut, doch Großnase kümmerte sich nicht darum. Er streckte die Hand aus und schmierte den Rotz in das zerzauste Haar des jungen Mädchens. Sie schien auch zu merken, daß mit ihrem Haar irgend etwas nicht in Ordnung war, schüttelte aber nur einmal kräftig den Kopf und fuhr fort, nach vorn zu rufen: »Vorwärts! Schlagt die Verräter! Schlagt die Vaterlandsverräter!«

Großnase konnte sich denken, daß es zu einer Schlägerei kommen würde, aber sein Blick ruhte zufrieden auf dem Rotz, der wie Eiszapfen im Haar des Mädchens hing und leise zitterte. Er fand das wundervoll!

Der Zug bewegte sich wieder vorwärts, wie Donnerschläge prasselten die Losungen, die vorn gerufen wurden, auf die Köpfe der Nachfolgenden. »Schlagt alle Verräter! Es lebe der Geist des achtundzwanzigsten Januar! Schlagt ...!« Vorn war es wieder zu einer Stockung gekommen, aber hinten wurde der unterbrochene Satz aufgefangen und verstärkt weitergegeben: »Schlagt den Imperialismus!«

Auch Großnase hatte sich schon eine der Losungen eingeprägt. Plötzlich aber machte er eine wichtige Entdeckung. Neben ihm ging ein Student, dessen Mantel nicht richtig zugeknöpft war und im Winde flatterte. Aus der einen Manteltasche schaute ein Portemonnaie heraus. Auf Grund seiner neuerworbenen Fähigkeiten stellte Großnase sofort fest, daß das Portemonnaie ihm »zuwinkte«. Mit einem »Schlagt den ...!« auf den Lippen drängelte er sich näher an den Studenten heran. Aber gerade als er die Gelegenheit für günstig hielt, stürzten von der Seite ein paar wutentbrannte Polizisten heran, und ohne sich nach irgend etwas zu erkundigen, versuchten sie, den Demonstranten die Fähnchen wegzunehmen. Sie befahlen: »Es dürfen keine Losungen mehr gerufen werden!«

Großnase bekam ein schlechtes Gewissen, schlüpfte durch die Beine eines großen Mannes, der in der Reihe vor ihm ging, und wollte sich etwas weiter vorn verbergen. Er konnte gerade noch sehen, daß der Student mit dem offenen Mantel und das Mädchen mit dem Rotz im Haar von der Polizei geschlagen wurden, weil sie die Fähnchen nicht hergeben wollten. Viele Menschen standen den beiden bei. Die Radfahrer fuhren laut klingelnd nach vorn und holten Leute zur Unterstützung. Ein regelrechtes Kampfgetümmel entstand. Der Ruf »Schlagt zurück!« wurde überall laut, und auch Großnase stimmte mit ein. Er erkannte klar, was sich vor seinen Augen abspielte, und stellte für sich folgende Betrachtung an: Ich bin schon oft von der Polizei geschlagen worden, und nun werden auch der Student und das Mädchen geschlagen. Ich bin ein anständiger Kerl, also sind diese beiden auch gute Menschen. Und gute Menschen müssen einander helfen!

Ein Fähnchen war auf die Erde gefallen, er hob es auf und schwenkte es mit aller Kraft über dem Kopf.

Da war das Handgemenge auch schon vorüber, und die Demonstranten zogen weiter. Der Student und das Mädchen hatten schließlich doch ihre Fähnchen hergeben müssen.

Sie gingen jetzt wieder neben Großnase. Der schenkte dem Studenten seine Fahne und sagte: »Mach dir keine Sorgen, ich habe noch eine, du kannst sie nehmen!«

Der Student lächelte erfreut. Er sagte etwas zu dem jungen Mann, anscheinend auch ein Student, der neben ihm ging. Aber Großnase konnte nichts verstehen. Er war darüber gar nicht erfreut, und als ob ihm das Problem erst eingefallen wäre, fragte er: »Wohin geht ihr?«

»Zum Tempelplatz!«

»Was wollt ihr dort? Was bedeuten die Fähnchen?«

»Ach, kleiner Freund«, mischte sich nun das Mädchen ein, in dessen Haar noch immer der Rotz klebte. »Erinnerst du dich, was vor vier Jahren in Shanghai geschah? Krieg, Bomben, Flugzeuge, japanische Flugzeuge – viele Häuser sind dabei verbrannt!«

»Ich erinnere mich genau!« antwortete Großnase.

»Gut, daß du dich erinnerst. Willst du auch Rache nehmen?«

Das war nun etwas, was Großnase verstand. Er schnitt eine Grimasse, mit der er ausdrücken wollte: »Ich will«, aber weil sein Blick auf den Rotz im Haar des Mädchens fiel, schämte er sich und wandte sich schnell ab.

»Es lebe die nationale Befreiung Chinas!«

Wieder erschütterte der Ruf die Luft. Großnase stimmte – wenn auch nicht ganz wortgetreu – mit ein und blickte noch einmal verstohlen auf das Haar des Mädchens. Im Herzen wünschte er sich, daß ein starker Windstoß den Rotz dort herauswehen möchte.

»Schlagt den japanischen Imperialismus!« – »Es lebe der Geist des achtundzwanzigsten Januar!« Wie eine Welle der Empörung kamen die beiden Losungen von allen Seiten. Die ersten vier Wörter verstand Großnase noch einigermaßen, und aus voller Kehle rief er sie immer wieder.

Der Student mit dem offenen Mantel, der neben ihm ging, fuchtelte beim Rufen mit den Armen. Da fiel ihm das Portemonnaie aus der Manteltasche. Nur Großnase hatte es gesehen. Er griff rasch danach und wog es abschätzend in der Hand, da …

»Schlagt alle Verräter! Wir gehen zum Tempelplatz!«

Mit geübtem Griff steckte Großnase das Portemonnaie ganz vorsichtig an seinen ursprünglichen Platz zurück. Seine Energie schien plötzlich hundertfach gewachsen zu sein. Er fuchtelte nun auch mit den Armen, als er rief: »Schlagt … verflucht … wir gehen zum Tempelplatz!«

Er hatte keine Ahnung, was der Tempelplatz war, aber er glaubte, daß der Student und das Mädchen ihn nicht betrügen würden und daß er mitgehen müsse. Und er sagte sich, daß es auf alle Fälle von Nutzen sein würde, wenn er mitginge, obwohl ihm noch nicht klar war, worin dieser bestand.

»Es lebe die nationale Befreiung Chinas!«

In diesem Augenblick zogen die Demonstranten an jenem Trümmerfeld vorbei, auf dem Großnase sein Zuhause hatte. Und noch einmal erscholl es, einem Donnerschlag gleich, wie aus einem Munde: »Es lebe die nationale Befreiung Chinas!«

1935

Flußalgen

1

Zwei Tage lang wehte der Nordwestwind nun schon ununterbrochen, und in dem kleinen Dorf war nicht einmal das Bellen der Hunde zu hören.

Wohin man auch sah, die Farbe des Himmels war bleigrau. Nur im Osten erschien am Horizont ein dunstig-gelber Fleck; er leuchtete dort kraftlos, aber unaufhörlich, als wollte er die bleigraue Himmelsdecke allmählich zerschmelzen.

Verstreut, wie Käfer auf die Erde geduckt, standen dort sieben oder acht kleine Hütten. Die frischen Reisstrohhaufen glichen vertrockneten Pilzen. Am Flußufer, das mehr oder weniger weit entfernt war, streckten die Talgbäume die ihrer Blätter bereits beraubten und zum Teil eben erst geknickten Äste in die Höhe, als wollten sie dem Wind Einhalt gebieten.

Die Talgbäume sind hilfreiche Freunde der Bauern. Im allgemeinen benötigen sie keine besondere Pflege. Wenn der Winter kommt, und der rabenschwarze Talg die weißen Kapseln sprengt, dann opfern sie die feinen, fingerförmigen Wülste, die den Stamm bedecken, und erdulden Tausende von Schnittwunden, damit ihr fetter Saft das Leben der Bauern etwas erträglicher macht.

Der Fluß windet sich, einer schwarzen Riesenschlange gleich, nach Westen. Er durchfließt Reisfelder, regellos angelegte Maulbeerhaine und wird immer breiter, bis er schließlich mit dem Horizont verschmilzt. Zu Beginn des

Herbstes schmückt sich das fröhliche, gute Flüßchen mit Wasserlinsen, die Kupfermünzen gleichen, und Algen, die Seidenbändern ähneln. Aber jetzt war der Fluß von dem Nordwestwind wie blank gefegt, und das Wasser kräuselte sich von der hereinbrechenden Kälte zu kleinen Wellen, die es wie Fischschuppen bedeckten, und färbte sich zornig pechschwarz.

Caixi, ein fast vierzigjähriger kräftiger Mann, trat aus einer der winzigen Hütten. Mit großen Schritten eilte er hinüber auf die Ostseite der Reistenne und besah sich den Himmel ringsum. Der gelbe Dunstfleck im Osten war nun auch verschwunden, und der Himmel glich einem Deckel aus Blei, der auch nicht den kleinsten Riß hatte. Als Caixi sich umgesehen hatte, sog er die Luft durch die Nase ein, um festzustellen, wie hoch die Luftfeuchtigkeit war.

»Verflucht, es wird Schnee geben!« murmelte er vor sich hin und ging zur Hütte zurück. Ein Windstoß, der aus dem Maulbeerhain am Fluß herüberheulte, öffnete die zerrissene Wattejacke des Mannes. Ein räudiger brauner Köter stürzte aus dem Haus, zog aber sofort den Kopf ein, und auf seinem Rücken sträubte sich das Fell.

»Ach, du Biest, warum hast du Angst vor der Kälte?« sagte Caixi, während er den Hund im Genick packte, als brauchte er etwas, woran er sich abreagieren konnte. Er hob den Hund hoch und warf ihn auf den Dreschplatz, wo er sich überschlug und dann, ohne einen Ton von sich zu geben, mit eingezogenem Schwanz in die Hütte zurückrannte. Lachend ging Caixi hinein.

»Xiusheng, das Wetter schlägt um! Wir gehen heute Flußalgen ernten!« Caixis kräftige Stimme belebte sofort die Atmosphäre des kleinen Raums.

In der Ecke bewegte sich ein schwarzes Etwas, das war Xiusheng. Er, Caixis Neffe väterlicherseits, war der »Hausherr« der Familie. Er war zehn Jahre jünger als Caixi, sah aber bedeutend älter aus. Der Bauer litt von klein auf an Gelbsucht. Im Augenblick war er gerade dabei, fünf Dou

Reis auf zwei Hanfbeutel zu verteilen und abzumessen, ob sie ungefähr gleich schwer waren.

Er richtete sich auf und antwortete: »Heute sollen wir Flußalgen schlagen? Ich will doch in die Stadt, um den Reis zu verkaufen!«

»Geh lieber erst morgen. Was wollen wir machen, wenn Schnee kommt? Was ist mit dem Erlös des Talgs, den wir letztens verkauft haben? Schon wieder verbraucht?«

»Das Geld ist schon lange alle. Es war doch dein Einfall, Wintersachen zu kaufen. Und jetzt haben wir kein Öl und kein Salz mehr. Gestern war der Dorfvorsteher da, um die Zinsen für die Familie Chen einzutreiben – eineinhalb Kuai! Als wir neulich den Talg verkauften, habe ich ja gleich gesagt, wie sollten lieber dem alten Herrn Chen erst die Zinsen bezahlen, die Wintersachen hätten doch noch Zeit gehabt. Aber ihr ...«

»Hm! Aber wenn wir heute nicht fahren, bekommen wir unseren Anteil an den Flußalgen nicht!« rief Caixi zornig aus und verließ das Zimmer.

Xiusheng zögerte eine Weile, bevor er den Himmel betrachtete. Auch er befürchtete, daß es schneien würde, außerdem wehte seit zwei Tagen der Nordwestwind, so daß sich die Algen in dem schmalen, gewundenen Fluß sicherlich schon zu Bergen stauten. Wenn sie einen Tag zu spät kämen – auch wenn es keinen Schnee gäbe –, würden die anderen alles abernten. Aber er konnte nicht vergessen, daß der Dorfvorsteher gestern gesagt hatte: »Wenn ihr morgen kein Geld habt, nehme ich den Reis als Pfand mit!« Und selbst wenn der Reis drei Kuai wert ist, rechnet der Dorfvorsteher doch nur eineinhalb Kuai an!

Wir müssen den Reis verkaufen und trotzdem auch die Flußalgen ernten! dachte Xiusheng, nahm eine Tragstange, um die beiden Beutel daran zu hängen und zu sehen, wie sie sich trug. Dann stellte er die Last wieder ab und beschloß, die Nachbarn zu fragen, ob nicht einer in die Stadt ginge, der dann für ihn den Reis verkaufen könnte.

2

Wie immer mußte sich Caixi bücken, als er hinter dem Haus den Schafstall, in dem er schlief, betrat. Er nahm von einem Brett einen blauen Stoffgürtel und band ihn sich fest um die Taille. Nun war ihm bedeutend wärmer. Seit gut zwei Jahren hielten sie schon keine Schafe mehr – Xiusheng hatte kein Geld dafür übrig –, aber der den Schafen eigene Geruch war noch nicht verflogen. Caixi liebte die Sauberkeit, deshalb brachte er nicht nur die Bretter der Schlafstätte häufig zum Trocknen hinaus, sondern reinigte auch stets gründlich den Boden, den früher die Schafe beschmutzt hatten. Das tat er aber nicht, weil es nach Schafen roch – im Gegenteil, er liebte den leichten Tiergeruch –, sondern wegen des fauligen Gestanks des jauchegetränkten Fußbodens.

Da es noch nicht geschneit hatte, wollte Caixi gleich jetzt zwei Bund frisches Reisstroh hereinholen und ausbreiten. Er kroch also wieder aus dem Schafstall hinaus und ging auf den Strohhaufen zu. Da vernahm er von dort her undeutliche Laute und entdeckte auf dem feuchten Boden nahe der Tenne einen mit Wasser gefüllten Eimer. Dann nahm er einen ihm bekannten leichten Geruch wahr, der von Schafen herzurühren schien. Er wußte sofort, wer das war, und rannte mit großen Schritten dorthin. Und tatsächlich sah er, daß Xiushengs Frau seufzend und stöhnend bei dem Strohhaufen hockte!

»Was ist los?« Caixi packte die junge, kräftige Frau und wollte sie hochziehen. Aber dann sah er, daß sie mit beiden Händen ihren starken Leib umfaßt hielt, ließ sofort los und fragte aufgeregt: »Tut dir der Bauch weh? Kommt das Kind schon?«

Sie nickte, dann schüttelte sie den Kopf und sagte abweisend: »Wahrscheinlich noch nicht. Es ist noch zu früh. Sicher ist irgend etwas nicht in Ordnung. Ich habe gerade einen Eimer Wasser geholt, und als ich hier war, tat mir der Leib noch mehr weh.«

Caixi schaute sich gedankenverloren nach dem Eimer Wasser um.

»Gestern nacht ist er wieder wütend auf mich gewesen«, sagte die Frau, während sie mit aller Kraft versuchte, sich geradezumachen. »Er hat geflucht und mir gegen den Leib getreten, wahrscheinlich ist dabei etwas verletzt worden. Es hat nur einen Augenblick weh getan, dann ging es wieder, aber eben ...«

Sie stöhnte vor Schmerz auf und hockte sich wieder vor die Strohhaufen.

Aber Caixi rief zornig aus: »Was? Und du hast nichts gesagt? Hast dich einfach schlagen lassen? Was ist er nur für ein Kerl, daß er es wagt, dich zu schlagen? Weshalb hat er denn mit dir geschimpft?«

»Er hat gesagt, das Kind hier drinnen wäre nicht sein Kind, er wolle es nicht!«

»Er hat also die Stirn, so etwas zu sagen! Das will ein Mann sein!«

»Er sagt, er werde eines Tages zum Messer greifen. Ich fürchte, er könnte wirklich ...«

Aber Caixi lachte. »Das wagt er nicht, soviel Mut bringt er gar nicht auf!«

Er sah das aufgedunsene, blutleere Gesicht und das spindeldürre Kreuz Xiushengs vor sich und stellte sich daneben die noch frühlingshaft blühende, lebhafte Frau vor, die einen starken, etwas an Schafe erinnernden Geruch ausströmte. Dabei kam er zu dem Schluß, daß die beiden absolut nicht zueinander paßten. Er glaubte, daß es wirklich keinen Grund gab, weshalb diese gesunde, in der Arbeit einem Mann kaum nachstehende Frau die Schläge und Flüche des kranken Teufels ertragen sollte.

Aber Caixi wußte, warum sie sich von ihrem Mann mißhandeln ließ. Sie gab zu, daß sie an manchem schuld war, und wollte es durch Arbeit und Geduld wiedergutmachen.

Aber war diese Methode richtig? Auch Caixi wußte keinen

Rat. Er fühlte, daß es so weitergehen würde. Schließlich war auch Xiusheng nicht selbst an seiner Schwäche schuld.

Caixi seufzte leise und sagte: »Aber ich kann nicht zulassen, daß er dich blindlings schlägt und tritt. Wenn er dem Kind nun etwas antut, was dann? Schließlich ist es sein Kind so gut wie meins, denn das, was du unter dem Herzen trägst, ist der Sproß der Familie! Tut es noch weh?«

Die Frau nickte, versuchte aber wieder aufzustehen. Doch der starke Leib, den sie wie eine große Trommel vor sich hertrug, behinderte ihre Bewegungen. Caixi faßte zu und zog sie hoch. Diesmal stieg ihm ihr starker, etwas stechender Körpergeruch direkt in die Nase. Er konnte nicht mehr an sich halten und schloß sie in die Arme.

Er nahm den Eimer und ging voran ins Haus.

3

Die geernteten Flußalgen werden im Frühling als Dünger gebraucht. Wenn im Frühjahr der Reis ausgepflanzt wird, werden die Wasserfelder südlich des Yangtsekiangs das erstemal gedüngt, und im Juli, August, wenn der Reis hüfthoch ist, das zweitemal.

Einst war in dem Dorf, wo Xiusheng mit seinen Angehörigen lebte, besonders auf die zweite Düngung mit Bohnenkuchen geachtet worden. Aber dann war eines Tages in der Gegend, wo der Bohnenkuchen erzeugt wurde, ein sogenanntes »unerwartetes Ereignis« eingetreten, so daß die Preise von Jahr zu Jahr stiegen. Die Bauern konnten keinen Bohnenkuchen mehr kaufen.

Nun düngten die armen Bauern nur noch einmal im Jahr – im Frühjahr – und sprachen vom »ersten Düngerstreuen«. Und am geeignetsten für das erste Düngerstreuen waren Flußalgen.

Am besten ist es, die Flußalgen zu ernten, wenn mit den Nordwestwinden der Winter hereinbricht, denn der Wind treibt sie dann zu Haufen zusammen, so daß sie sich leichter schneiden lassen. Aber die strenge Winterkälte auf dem Fluß macht den Menschen schwer zu schaffen.

Die Bauern, die sich keinen Bohnenkuchen leisten konnten, mußten eben unter allen Bedingungen um den Lebensunterhalt kämpfen.

Caixi und Xiusheng fuhren mit einem alten, schadhaften Kahn nach Westen. Sie wußten, daß es die meisten Flußalgen in einer Bucht gab, die mehr als zwanzig Li von ihrem Dorf entfernt war. Sie wußten aber auch, daß bereits zwei Boote aus dem Dorf vor ihnen aufgebrochen waren. Um das Ziel früher als die anderen zu erreichen, mußten sie schneller als diese zehn Li nach Westen rudern, dann abbiegen und zehn Li nach Süden fahren. So schlug es Caixi vor.

Der Nordwestwind, gegen den sie fahren mußten, blies noch ziemlich kräftig. Caixi handhabte die Bootsstange, Xiusheng bediente das Ruder.

Der Wind spielte mit den Enden von Caixis blauem Stoffgürtel, der sich hin und wieder um die Bootsstange wickelte. Manchmal nahm Caixi so ganz nebenbei das Gürtelende, um sich den Schweiß vom Gesicht zu wischen. Ein kratzendes Geräusch verriet, daß die Bootsstange an das gefrorene Ufer gestoßen war. Silbertropfen sprühten auf, das Boot schoß vorwärts. »Oje!« Aus Caixis breiter Brust drang ein kräftiges Schnauben. In Windeseile riß er die Bambusstange herum und tauchte sie auf der anderen Seite des Bootes ins Wasser, stieß den Kahn ruhig ab und setzte dann die wassertriefende, zwei Zhang lange Stange wieder auf der anderen Seite ein.

Caixi schien etwas zu suchen, woran er seinen Ärger auslassen konnte. Er handhabte die Bootsstange immer energischer, so daß er bald gänzlich in Schweiß gebadet war.

Als sie ungefähr zehn Li gefahren waren, verbreiterte sich der Fluß. Endlos dehnten sich die abgeernteten Reisfelder vor ihren Augen. Rund um die Bucht, die einem glitzernden Band glich, lagen tausend Tjing flaches Land. Die Schilfdächer der Wasserräder sahen aus wie rundköpfige Nägel, mit denen das »Band« hier und da befestigt war. Über den grauen Häusergruppen der weit auseinanderliegenden kleinen Dörfer kräuselte sich weißer Rauch.

Und wie zufällig hingestreut, ragten zwischen den Feldern die Grabhügel reicher Familien auf.

Ein paar Wasservögel flogen schreiend aus dem trockenen Schilf auf, stoben auseinander und verschwanden als kleine schwarze Punkte in der Ferne.

Caixi stand am Bug des Kahns und hielt die Bootsstange quer vor sich. Alles, was er sah, schien plötzlich ganz neu für ihn zu sein, obwohl er es doch schon seit langem kannte. Die Natur schien mit unhörbarer Stimme zu ihm zu sprechen. Und auch er fühlte in der Brust etwas, was unablässig nach außen drängte.

»Oje!« Er schaute zu den Feldern, die ihn melancholisch stimmten, hinüber und stieß einen langen Seufzer aus, den der Nordwestwind mit sich forttrug.

Langsam legte Caixi die Bootsstange nieder. Das trockene Schilf am Ufer raschelte leise. Das Geräusch, das das Ruder von sich gab, war deutlich zu hören, aber es war schleppend und kraftlos.

Caixi ging zum Heck und half Xiusheng, das Boot in die neue Richtung zu bringen; dabei begann das Wasser zu zischen.

Wenig später hatten sie das Ziel erreicht. »Wir wollen uns beeilen! Die anderen werden auch bald kommen, und es wäre doch nicht schön, wenn es zu einem Streit käme!« sagte Caixi zu Xiusheng und nahm die große, schwere Schere. Beide standen nun am Bug, jeder auf einer Seite. Sie öffneten die Schere, stießen sie in den dicken Algenhaufen, schlossen sie wieder, drehten sie ein paarmal, hoben die Algen mitsamt dem Schlamm, der daran hing, aus dem Wasser und warfen alles in den Kahn.

Schlamm und Algen schienen in dieser Bucht eins zu sein, so groß war der Widerstand, den sie den zerrenden und reißenden Menschen entgegensetzten. Schlamm und Eisbrocken machten die Algen obendrein noch schwerer. Caixi arbeitete so verbissen, daß sich sogar sein vorstehendes Kinn mitbewegte. Sooft er eine Ladung anhob und die Algenschere aus dem Wasser riß, so daß es sich anhörte, als zischte ein gespannter Bogen, stieß er einen Siegeslaut aus.

»Pack zu, Xiusheng, mach schnell!« Caixi spuckte in die Hände, rieb sie sich und holte die Schere mit neuer Kraft hoch.

Auch Xiushengs etwas geschwollenes Gesicht war mit Schweiß bedeckt. Aber die Bewegungen des Mannes waren höchstens halb so schnell wie Caixis, und er holte auch kaum halb soviel Flußalgen aus dem Wasser wie dieser. Ihm taten bereits die Arme weh, und sein Herz klopfte stürmisch. Hin und wieder seufzte er leicht.

Im Kahn türmte sich der mit Schlamm und Eisbrocken vermischte Algenberg, und das Boot sank immer tiefer ins Wasser. Wenn Caixi eine Schere voll Algen mühsam aus dem Wasser hob, neigte sich der Kahn zur Seite, und das eiskalte Wasser schwappte über Bord. Caixis Strohschuhe waren schon durchnäßt. Er hatte die Wattejacke bereits ausgezogen und trug nur ein Hemd, aber der blaue Stoffgürtel war noch fest um die Taille geschlungen. Caixi dampfte vom Kopf bis zu den Hüften wie ein Korb, in dem Reis gedämpft wird.

4

Der Wind trug Rudergeräusche und Gesprächsfetzen an ihr Ohr. Dann tauchte aus dem nahen Schilf eine Filzkappe auf. Ein kleines Boot und gleich darauf ein zweites bewegten sich mühsam aus dem Dickicht hervor.

»Ach, ihr seid auch da?« rief Caixi lebhaft aus, stieß kräftig zu, hob eine Schere voll Algen heraus und warf die Ladung in das Boot. Er lächelte verschmitzt, stieß die Schere in die zuvor ausgemachte, dichtbewachsene Stelle, packte mit ganzer Kraft zu und drehte sie.

»Nanu, wo kommt ihr denn her? Wieso haben wir euch unterwegs nicht getroffen?« riefen die Leute, die eben angekommen waren, herüber und steuerten ihr Boot zur algenreichsten Stelle.

»Wir? Wir sind ...«, antwortete Xiusheng, der völlig außer Atem war, und ließ die Algenschere ruhen.

Aber Caixi, dessen Stimme ihre ursprüngliche Kraft behalten hatte, unterbrach ihn: »Wir sind vom Himmel heruntergefallen! Hahaha!« Sprach es und stieß die Schere ein zweites und ein drittes Mal dorthin, wo die Flußalgen am dichtesten waren.

»Gib nicht so an! Wer weiß nicht, daß ihr gewöhnliche Sterbliche seid, die im Dreck wühlen!« Die Neuangekommenen lachten und griffen in wildem Durcheinander nach ihren Bambusscheren.

Caixi antwortete nicht. Noch einmal packte er mit der Schere zu, dann ließ er sie in seinen Händen ruhen und schaute in den Kahn. Er blickte sich ein letztes Mal um und stellte fest, daß die Bucht aussah, als wäre sie mit Flicken besät. Sein erfahrenes Auge nahm wahr, daß lediglich an der Wasseroberfläche noch eine Schicht schwamm, die zum großen Teil nur aus Wasserlinsen und Flechten bestand.

Er legte die Bambusschere ins Boot, wischte sich mit den Gürtelenden den Schweiß vom Gesicht und eilte dann zum Heck. Die Schlammspritzer auf dem Sitz waren zu Eis geworden, und Caixis Wattejacke war angefroren. Er löste sie ab, hängte sie sich über die Schultern und setzte sich. Dann sagte er zu Xiusheng: »Hör auf, wir überlassen ihnen die ganze Bucht!«

»Ach, jetzt spielt er den großen Mann und macht noch schöne Worte!« sagten die Neuankömmlinge, die zu arbeiten begannen. In der ruhigen Bucht herrschte nun lebhaftes Treiben. Xiusheng öffnete den Bootskasten und holte die mitgebrachten Tuanzi aus grobem Mehl hervor, die ebenfalls steinhart gefroren waren. Er biß mit aller Kraft hinein. Caixi aß auch ein paar Tuanzi, schaute aber zum Himmel auf, als denke er nach. Er überlegte, ob es in einer der anderen Buchten in der Nähe noch viele Flußalgen geben könnte.

Der Himmel bezog sich, und der Wind ließ nach. Von weit her drang das Heulen einer Sirene herüber, das war das Fahrgastschiff, das durch den äußeren Teil der Bucht fuhr.

»Was, ist es schon Mittag? War das nicht der Dampfer?« sprachen die Leute durcheinander, die jetzt die Flußalgen ernteten, und schauten zum Himmel auf.

»Xiusheng, wir müssen zurück!« Caixi stand auf und griff nach dem Ruder. Diesmal sollte Xiusheng die Bootsstange nehmen. Als sie die Bucht verlassen hatten, lachte Caixi seltsam und sagte: »Nach Norden, nach Norden! Im Duan-Tou-Kanal sind sicher noch welche.«

»Noch zum Duan-Tou-Kanal?« fragte Xiusheng erschrokken. »Dann können wir ja gleich die Nacht auf dem Kahn verbringen.«

»Was gibt's da viel zu reden! Du siehst doch, daß das Wetter umschlagen wird. Wenn das Boot heute voll ist, brauchen wir nichts mehr zu fürchten!« antwortete Caixi entschlossen und trieb das Boot mit ein paar kräftigen Ruderschlägen in einen Nebenarm.

Xiusheng ging schweigend zum Heck und half rudern. Aber seine Kräfte waren schon erlahmt, und statt: »Er betätigte das Ruder« mußte es richtig heißen: »Das Ruder, das in Caixis Händen zum lebendigen Drachen wurde, zwang ihn zur Bewegung.«

Das Wasser gluckste, und Wasservögel, deren Namen sie nicht kannten, flogen erschrocken aus dem trockenen Schilf auf und schrien klagend. Caixis stählerne Arme bewegten sich regelmäßig wie Hebel, sein Gesicht war schweißbedeckt, und seine Augen strahlten fröhlich. Er stimmte ein Lied an, das in ihrem Dorf oft gesungen wurde:

»Das Weib ist achtzehn, neunzehn Jahre alt.
Im Takt der Schritte wogt die volle Brust,
der pralle Hintern schiebt sich hin und her,
geht sie am Morgen in die Stadt zum Markt.
Vorn an der Tragestange hängt ihr angetrauter Mann,
am andern Ende der Gemüsekorb.
So geht sie fünfzig Li, als tanze sie,
und kommt genauso schnell den Weg zurück.
Sie hat es eilig, will zu einem Mann,
der an der Tür zum Schafstall wartend steht.
Umschlungen schlägt das Paar den schönsten
Purzelbaum.«*

Xiusheng glaubte, daß sich das Lied Satz für Satz gegen ihn richtete. Sein etwas geschwollenes Gesicht wurde leichenblaß, und die Beine begannen ihm zu zittern. Plötzlich verließen ihn die Kräfte, die Hände lösten sich vom Ruder, er fiel nach hinten und sackte auf dem Boden des Bootes zusammen.

»Was ist los, Xiusheng?« fragte Caixi erschrocken; er hatte das Lied sofort abgebrochen. Aber seine Hände waren ununterbrochen tätig.

Xiusheng ließ den Kopf hängen und antwortete nicht. »Nutzloser kleiner Kerl«, sagte Caixi mitleidig, »ruh dich erst mal aus.« Dann schaute er zum Horizont, wo sich Himmel und Wasser trafen, denn offensichtlich war ihm etwas eingefallen. Nach einer Weile begann er wieder zu singen.

»Caixi!« Xiusheng stand plötzlich wieder auf. »Hör auf zu singen, ja? Ich bin zu nichts wert und krank, ich kann mich kaum rühren, aber ich lebe noch. Ich bin bereit zu verhungern, aber ich bin nicht bereit, ganz offensichtlich zum Hahnrei gemacht zu werden.«

Solch offene Worte und ein so entschlossenes Auftreten hatte es bis jetzt noch nicht gegeben. Einen Augenblick

* Nachdichtung: Heinz Kahlau

wußte Caixi nichts zu erwidern. Er betrachtete Xiushengs vor Anstrengung bleiches Gesicht und bereute sein Tun.

Dieses Lied, das die Leute schon lange sangen, hätte auf die Beziehungen, die zwischen ihnen bestanden, gemünzt sein können, und das tat Xiusheng natürlich weh. Caixi merkte, daß er in Xiushengs Gegenwart nicht so fröhlich singen durfte, denn es konnte klingen, als wollte er ihn verspotten und ihm seine Überlegenheit unter die Nase reiben. Aber hatte Xiusheng nicht auch davon gesprochen, daß er »verhungern« wollte? Caixi hatte doch wirklich keine Anstrengungen gescheut, seit er zur Familie Xiusheng gezogen war, aber nun wollte Xiusheng, der »Haushaltsvorstand«, ihn anscheinend hinausschmeißen. Als er an diesem Punkt angelangt war, wurde er wütend. »Gut, dann gehe ich eben!« sagte Caixi kalt, und seine Ruderschläge wurden unmerklich langsamer.

Xiusheng hatte mit dieser Entgegnung offenbar nicht gerechnet, denn er fand keine Antwort und kniete sich wieder hin.

»Aber du darfst deine Frau nicht mehr schlagen!« sagte Caixi kühl, aber mit Nachdruck. »Weißt du solch eine Frau noch immer nicht zu schätzen? Sie trägt ein Kind unter dem Herzen, es ist der Sproß unserer Familie ...«

»Das geht dich gar nichts an!« Xiusheng sprang auf, als wäre er verrückt geworden. Seine Stimme schien zu versagen. »Sie ist meine Frau, und wenn ich sie totschlage, so ist das einzig und allein meine Angelegenheit!«

»Wehe, wenn du das wagst!« Caixi drehte sich plötzlich um, ballte die Fäuste und starrte Xiusheng ins Gesicht.

Der zitterte am ganzen Körper. »Wenn ich es wage, dann wage ich es. Ich habe das Leben satt! Das ganze Jahr über kommen Leute, die wegen der Getreideabgaben drängen, die Steuern eintreiben, die Schulden zurückgezahlt haben wollen – sie quälen mich. Wir leben nur für den heutigen Tag, was wir morgen essen, wissen wir nie. Die Sommersachen sind verpfändet, die Winterkleider können wir nicht einlösen – und ich bin obendrein krank. Ich habe das Leben satt. Das Leben ist eine Strafe!«

Caixi senkte langsam den Kopf, er öffnete die Fäuste, und sein Herz brannte. Da keiner das Boot steuerte, drehte es sich quer in die Strömung. Caixi griff unwillkürlich nach dem Ruder und führte einen Schlag, wandte aber den Blick nicht von dem bedauernswerten Vetter ab.

»Xiusheng! Immer nur zu klagen hat auch keinen Zweck. Außerdem hat doch deine Frau das Unglück nicht über dich gebracht. Sie findet sich mit allen Schwierigkeiten ab und hilft dir, sie zu überwinden. Du beschimpfst sie, sie erwidert nichts; du schlägst sie, und sie erduldet es. Als du im Sommer krank warst, hat sie dich gepflegt und einige Nächte nicht geschlafen!«

Niedergeschlagen hörte Xiusheng zu, seine Augen füllten sich langsam mit Tränen. Wie zusammengebrochen sank er auf seinen Sitz zurück. Er ließ den Kopf hängen und sagte eine Weile später traurig: »Auf jeden Fall habe ich keinen Menschen, der mich liebt. Wenn ich sterbe, werdet ihr beiden euch freuen!«

»Xiusheng! Fürchtest du nicht, dich zu versündigen, wenn du so etwas sagst? Mach dir doch nicht so viele Gedanken, niemand hofft, daß du stirbst. Wenn wir leben, leben wir alle, wenn wir sterben, sterben wir alle!«

»Ach, niemand hofft, daß ich sterbe? Man spricht es zwar nicht aus, aber man denkt es doch!«

»Sag mal, wer!« Caixi wandte den Kopf, und die Hände, die das Ruder führten, ruhten.

»Wenn nicht der, der vor mir steht, dann die zu Hause!«

»Beleidige sie nicht zu Unrecht! Sie hat wirklich viel für dich übrig.«

»Sie hat viel für mich übrig? Wenn eine Frau ihrem Mann ein grünes Kopftuch schenkt, hat sie auch viel für ihn übrig!« Xiushengs Stimmte belebte sich wieder, aber sie klang nicht zornig, sondern eher traurig und bar jedes Selbstvertrauens.

»Ach!« Mehr vermochte Caixi nicht zu sagen. Er machte sich manchmal große Vorwürfe wegen der Beziehungen, die zwischen ihm und der Frau des Vetters bestanden, aber Xiushengs eben geäußerter Ansicht konnte er nicht beipflichten. Denn für ihn war es zweierlei, ob die Frau ein außereheliches Verhältnis hatte, weil der Mann schwerkrank war, oder ob sie nichts für ihn übrig hatte. Denn für Xiushengs Frau war alles beim alten geblieben, sie schlief nur mit einem Mann mehr. Nach wie vor war sie Xiushengs Frau; außerdem war es ihre Angelegenheit, und sie wußte stets sehr gut, was sie tat.

Obwohl sich Caixi über all das völlig im klaren war, konnte er es doch nicht in Worte fassen. Und weil er sah, wie bedrückt Xiusheng war und wie falsch er ihn verstanden hatte, hielt er eine nähere Erklärung für erforderlich. Der Angriff hatte Caixi so in Zorn versetzt, daß er wütend das Ruder ergriff und das Boot vorwärts trieb, ohne überhaupt auf die Richtung zu achten.

»Ach, verflucht! Es schneit!« Caixi hob den vor Sorgen heißen Kopf und blickte zum Himmel auf.

»Ach!« Xiusheng reagierte, indem er ebenfalls den Kopf hob.

Nun wurde auch der Wind wieder stärker und wirbelte Schneeflocken umher, so daß es den Menschen vor den Augen flimmerte. Die in der weiten Ebene an der Flußschleife liegenden Tempel, Pavillons, Gräber, Steinbrücken und alten Bäume, an denen man sich orientierte, waren im Schneeflockentanz nur noch undeutlich zu erkennen.

»Xiusheng! Schnell zurück!« rief Caixi, sprang zum Bug und griff nach der Bootsstange. Sein schnelles Staken brachte sie bald in einen kleinen Verbindungsgraben. Noch eine Biegung, und sie befanden sich auf dem verhältnismäßig breiten Fluß. Durch den Schleier der Schneeflocken sah Caixi die Schatten zweier Boote. Das mußten die Leute aus dem Dorf sein, die auch Algen geholt hatten.

Caixi ging zurück zum Heck, wo Xiusheng mit blassem

Gesicht und zusammengebissenen Zähnen allein die großen Ruder handhabte. Caixi entriß sie ihm und übertrug ihm leichtere Arbeiten.

»Oje!« Caixi stieß mit einem langen Seufzer die Luft aus, die Ruder in seinen Händen glichen nun wütenden Drachen, und Wasserspritzer sprangen über den Bootsrand.

Aber selbst das Ordnen des Taus, diese leichte Arbeit, ging über Xiushengs Kräfte.

»Geh, ruh dich aus, ich mache das schon allein!« sagte Caixi.

Kräftig und gleichmäßig wie ein schnell und weit ausgreifendes gutes Pferd führten Caixis stählerne Arme die Ruder. Der Wind hatte sich etwas gelegt, aber der Schneefall war stärker geworden.

Während er mit einer Hand weiterruderte, zog er die schon ziemlich zerschlissene Wattejacke aus, und nachdem er einen Blick auf den zusammengekrümmten, im Boot hokkenden, schon völlig eingeschneiten Xiusheng geworfen hatte, hängte er sie ihm über die Schultern.

Er ist wirklich zu bedauern, krank, arm und im Innersten verärgert, wie er nun einmal ist! dachte Caixi. Er fühlte sich schuldig vor dem Vetter, denn seit er vor einem Jahr zu ihm gezogen war, hatte er zwar seine ganze Kraft eingesetzt, um ihm bei der Arbeit zu helfen, und viel guten Willen aufgebracht, doch hatte sich immerhin das Verhältnis mit Xiushengs Frau entwickelt. Und Xiushengs Ärger und alles, was seine Frau ertragen mußte, rührten schließlich daher.

Als er daran dachte, lief ihm ein eiskalter Schauer den Rücken hinunter. Vielleicht sollte ich fortgehen? fragte er sich. Aber gleich darauf antwortete er sich selbst: Nein, wenn ich gehe, wird dann Xiusheng allein die Feldarbeit schaffen? Die Frau ist zwar kräftig, aber das könnte sie doch nicht aushalten. Und dann bekam sie ja auch das Kind!

Das Kind ist ein Blümchen! Und Xiusheng und seine Frau sollen ein gutes Leben haben. Wie wäre das aber möglich, wenn ich ginge? rief es in seinem Innern. Sein vorste-

hendes Kinn bewegte sich voller Energie, und seine Augen strahlten. Wie von einem inneren Feuer getrieben, setzte er kraftvoll das Ruder ein. Bald hatten sie die beiden Boote eingeholt und weit hinter sich gelassen.

5

Als die Abenddämmerung hereinbrach, hörte es auf zu schneien. Das kleine Dorf hatte sich in eine silberne Welt verwandelt. Schnee bedeckte die kleinen Hütten, und wo die Dächer schadhaft waren, hingen Eiszapfen wie Finger herab. Die Menschen, die unter diesen Dächern lebten, waren wie in einem Eiskasten eingefroren. Nachts wachten sie vor Kälte auf und hörten den Nordwind über sich heulen.

Am frühen Morgen lachte die golden glänzende Sonne über dem frierenden Dorf. Auf dem Dreschplatz rauften sich ein paar Hunde. Am Ufer schlugen Frauen die Eisdecke auf, um Wasser zu schöpfen. Drei mit Flußalgen beladene kleine Kähne lagen so eng nebeneinander, daß es aussah, als wären sie zu einem Stück zusammengefroren. Es gab sogar Menschen, die den Kampf mit der Kälte aufnehmen und die Flußalgen von den Kähnen in die vorbereiteten Gruben auf den Feldern bringen wollten. Aber die Algen waren beinhart gefroren. Sie versuchten, sie mit Hacken loszuhauen, sagten aber dann, als sie sich die Hände rieben: »Verflucht, die Finger sterben einem ab. Außer Caixi schafft das keiner.«

Aber Caixis kräftige Gestalt war auf der Tenne nicht zu finden.

Als die Sonne etwas höher stand, kehrte Caixi aus der Stadt zurück. Er hatte dort Medizin gekauft.

In der Stadt gab es einen kleinen Laden, wo für arme Leute einfache chinesische Medizin zubereitet wurde. Man brauchte einem Verkäufer nur den Zustand des Kranken zu schildern, dann verkaufte er einem für zwei- bis dreihundert Wen eine Kräutermedizin, die weder besondere Heilkraft besaß noch den Tod herbeiführte. Caixi hatte gesagt, daß Xiusheng Fieber habe, darauf gab ihm der Verkäufer ein fiebersenkendes Mittel, in dem Gips enthalten war.

Als Caixi zurückkehrte, regten sich die Dorfbewohner gerade über etwas auf. Schon von weitem sah er, daß vor Xiushengs Tür mehrere Bauern die Köpfe zusammensteckten, und erschrak. Hat sich Xiushengs Zustand etwa verschlimmert? dachte er und rannte mit langen Schritten los.

Sein Herz klopfte, als er Xiushengs Frau um Hilfe rufen hörte. Weil er direkt aus dem hellen Sonnenlicht in das Zimmer kam, ließen ihn seine Augen im Stich. Er konnte sich nur auf die Ohren verlassen, und merkte, daß in der Ecke, wo Xiusheng schlief, Menschen miteinander rangen.

Xiusheng saß im Bett, und seine Frau, die halb kniete, halb auf ihm lag, hielt seine Hände und seinen Unterkörper umklammert. Als Caixi die Situation überblickt hatte, beruhigte er sich, war aber wie vor den Kopf geschlagen.

»Was gibt's? Hast du sie wieder mißhandelt?« fragte er, und Zorn stieg in ihm auf. Die Frau ließ Xiusheng los, stand auf, strich sich über das in Unordnung geratene Haar und antwortete hastig und verwirrt: »Er will unbedingt zum Straßenbau gehen! Er sagt, er habe das Leben satt. Geld ist nicht da, deshalb will er sein Leben geben. Gestern ist er mit Fieber heimgekommen, die ganze Nacht hat er gestöhnt, wie kann er da zum Straßenbau gehen? Ich habe ihm geraten, sich erst mit dir zu beraten, wenn du zurückkommst. Der Dorfvorsteher war nicht einverstanden, und er wollte es auch nicht. Ich habe ihn nicht aufstehen lassen, er war wie verrückt, hat mir die Kehle zugedrückt und um sich geschlagen.«

Jetzt erst erkannte Caixi, daß noch jemand in dem Zimmer war: der Dorfvorsteher, von dem Xiushengs Frau gesprochen hatte. Das Erscheinen dieser »großen Persönlichkeit« hatte also die Aufregung unter den Dorfbewohnern verursacht. Es ging darum, Arbeiter für den Straßenbau auszuheben, für drei Tage – und niemand durfte sich der Pflicht entziehen.

Einige der Leute, die vor der Tür standen, umringten Caixi und redeten auf ihn ein. Der drückte mit der einen Hand Xiusheng wieder unter die Decke und sagte: »Was soll die Aufregung? Deine Frau meint es doch gut mit dir!«

»Ich will nicht mehr leben. Geld haben wir nicht, aber ich habe noch ein – Leben!« Xiusheng wollte noch immer nicht nachgeben, aber seine Stimme war schon kraftlos.

Caixi wandte sich dem Dorfvorsteher zu. »Xiusheng ist wirklich krank. Ich bin schon in aller Frühe losgegangen, um Medizin zu holen.« Er hielt ihm das Päckchen mit der Arznei vor das Gesicht. »Man kann doch keinen Kranken zur Arbeit schicken!«

»Unmöglich!« Der Dorfvorsteher machte ein abweisendes Gesicht. »Wer krank ist, muß einen Ersatzmann stellen oder bezahlen. Wenn er keinen Ersatzmann hat, kostet es ihn einen Kuai je Tag. Wenn sich alle krank stellten, blieben die öffentlichen Arbeiten immer liegen!«

»Warum ist bei der letzten Aushebung der Sohn des Zehnergruppenleiters Chen nicht gegangen und hat auch nichts gezahlt? Nicht einmal krank hat er sich gemeldet! Hast du da vielleicht die Finger im Spiel?«

»Red keinen Unsinn! Antworte rasch: Schreibt er sich ein, oder bezahlt er – drei Tage sind drei Kuai!«

»Caixi!« rief Xiusheng wieder mit schwacher Stimme. »Ich gehe! Geld ist nicht da, aber ich habe ein – Menschenleben! Wenn ich unterwegs sterbe, müssen sie mir sogar einen Sarg geben!« Wie ein verwundetes Tier schlug Xiusheng die Decke zurück und erhob sich schwankend.

»Wir haben nicht ein Kupferstück!« Caixi ließ das Päckchen mit der Medizin fallen und legte seine Arme wie eine Eisenklammer um die Brust des Dorfvorstehers. »Du Hund, scher dich weg!« Xiusheng wurde von seiner Frau und zwei Nachbarn festgehalten. Draußen vor der Tür schimpfte der Dorfvorsteher laut und drohte, daß er sie beim Amt anzeigen werde. Caixi ging zu seinem Vetter und brachte ihn wie ein kleines Kind zu Bett.

»He, Caixi, wenn er dich nun anzeigt und sie holen dich ab, was wird dann?« fragte Xiusheng. Sein Atem ging kurz, und sein Gesicht glühte wie Feuer.

»Ich gehe mit. Und wenn der Himmel einstürzt, ich, Caixi, bin auch noch da!« lautete die feste, entschlossene Antwort.

Xiushengs Frau öffnete das Päckchen und goß ein wenig Medizin in das Trinkgefäß. Dann nahm sie den Gips, hielt ihn in der Hand, als könne sie sich nicht entscheiden, was sie damit anfangen sollte, schüttete ihn aber schließlich ebenfalls in den Becher.

6

Die Sonnenstrahlen fielen auf das kleine Dorf und spendeten etwas Wärme. Auf dem Dreschplatz lag noch etwas schmutziger Schnee, weitflächig verteilt wie auslaufendes Öl. Die Männer entluden die kleinen Boote mit den Flußalgen. Einer von ihnen war Caixi. Er trug nur leichte Kleidung, um die er den blauen Stoffgürtel geschlungen hatte. Er hatte die Ärmel hochgekrempelt. Mit einer großen Hacke schlug er wie »fünf Männer, die einen Bergweg bauen« die noch halbgefrorenen, schlammverkrusteten Algen los, dann schaufelte er alles in Eimer. Die Flußalgen wurden auf den Feldern in vorbereitete Löcher geschüttet und schichtweise mit Abfällen bedeckt, die schon früher gesammelt worden waren.

»Verdammt, jetzt ist auch noch die Hacke steckengeblieben! He, Caixi!« rief jemand aus dem Boot des Nachbarn. Auch im dritten Kahn wurde nach ihm verlangt: »He, Caixi! Kannst du unsere Algen nicht mitnehmen? Du gehst doch sowieso dort vorbei!«

Caixi sprang mit schweißglänzendem Gesicht hinzu und half.

In der Sonnenwärme dampfte der Schlamm und auch der

Schweiß auf den Körpern der arbeitenden Männer. In den Talgbäumen tschilpten die Spatzen.

Die Leute arbeiteten schneller, denn sie wollten die Algen noch vor Sonnenuntergang gut in die Erde bringen. Außerdem hofften sie, daß der morgige Tag ebenso sonnig sein würde, damit sie mit den Booten noch weiter entfernte Plätze aufsuchen könnten, wo sie Algen zu finden glaubten.

Sie lachten, erzählten, arbeiteten und sangen Lieder, die keinen tieferen Sinn hatten und ihnen eben erst eingefallen waren. Caixis laute Stimme klang oft besonders stark heraus, tragisch, aber auch heroisch – wie eine Anklage, aber auch wie eine Demonstration der Kraft.

1936

Einer mit Willen

1

Er schlug die Augen auf. Aus den leicht geöffneten Lippen entschlüpfte ein Rauchkringel, schwebte ein Stückchen in die Höhe und blieb dann unbeweglich in der Luft hängen, als könnte er sich nicht entscheiden, ob er nach oben oder seitwärts weiterschweben sollte. Und während der Ring noch überlegte, wurde er immer größer und heller. Er wuchs bis zur Grenze des Möglichen, die Farbe verblaßte immer mehr, und schließlich löste sich der Rauchkringel in ein Nichts auf.

Das war nur eine Sache von Sekunden, aber derjenige, der dort auf dem Bett lag, glaubte, eine lange Zeit sei verstrichen. Er öffnete zum zweitenmal auf die gleiche Weise die Lippen (nur ein wenig hastiger), und nun kamen zwei Rauchkringel hintereinander heraus, wie Herr und Diener. Der vordere löste sich auf, nachdem er einen Weg von ungefähr dreißig Zentimetern zurückgelegt hatte, der andere flog immer weiter. Er flog sehr schnell, deshalb hatte er keine Zeit, größer zu werden. Der Erzeuger dieser Rauchkringel schaute ihnen nach und dachte dabei: Ob er wohl die Spitze des Moskitonetzes erreicht? Aber plötzlich war der Rauchkringel, wie vom Wind verweht, spurlos verschwunden.

Er war enttäuscht. Er öffnete wieder den Mund, aber es kam kein Rauchkringel mehr, nur ein fast unsichtbar helles Gemisch aus Luft und Rauch. Ganz unbewußt führte er den Zigarettenstummel an den Mund, zog kräftig daran, hielt die Luft an und wollte sie langsam wieder ausstoßen, da hörte er draußen den Schritt seiner Frau. Daß es der Schritt seiner Frau war, daran bestand kein Zweifel. Er klang immer so, als hätte sich die Schuhsohle gelöst. Wenn er das nur hörte, bekam er schon Kopfschmerzen. Er hatte sofort das Gefühl, daß seine Schädeldecke glatt wie der Fußboden wäre und die Sohlen seiner Frau darüberschlurften. Er war wirklich schon wie der Fußboden, er sah die an den Schuhsohlen seiner Frau klebende Asche, die Fischschuppen und die Kohlabfälle. Er vergaß den Rauch im Mund, so daß der Qualm ihm in die Kehle dringen konnte – mit bleichen Händen hielt er sich den Kopf, und Haß lag in seinen Augen. »Wieder war ich es, die dich gestört hat.« Es war ganz eindeutig die Frau. »Aber sieh mal, Ada hat mich naß gemacht. Ich muß mir doch ein anderes Kleid anziehen.«

Er lachte bitter. Seine Frau hatte immer einen Grund hereinzukommen. Aber er hatte auch einen Grund zu hassen, daß seine Frau immer hereinkam. Er mußte die Sommerferien ausnutzen, um sein »Werk« zu beenden. Oder konnte er es schaffen, wenn er erst wieder zwölf Stunden Unterricht in der Woche geben und Hunderte von Heften korrigieren mußte? Oder sollte er vielleicht den Rang eines Schriftstellers, den er fast erreicht hatte, opfern, weil Ada seine Frau naß gemacht hatte, so daß sie das Kleid wechseln mußte? Unmöglich! Wie sollte er da vor sich selbst noch Achtung haben? Seine »Lebenserfahrung«, sein »Talent«, seine unerhörte Strebsamkeit und seine großen Pläne, an die er in den letzten fünf Jahren Tag und Nacht gedacht hatte? Hatte er nicht vor fünf Jahren, als er sein Studium beendete, vor den Dozenten und Mitschülern, vor der ganzen Welt erklärt, er wolle mit ganzer Kraft und vollem Herzen ein Werk schaffen? Fünf Jahre hatte er nun schon vertrödelt. Unmöglich! Das war wirklich unmöglich!

Aber seine Frau hatte jedesmal einen Grund hereinzukommen, deshalb blieb ihm nichts anderes übrig, als bitter zu lächeln. Aber was die ganze Angelegenheit noch verschlimmerte, war die Tatsache, daß es für seine Frau noch schwieriger war, sich umzuziehen, als für ihn, einen Artikel zu schreiben. Diese Frau war so furchtbar langsam in ihren Handlungen! Und Ada schrie wieder. Dieses Kind! Wenn es einmal anfing, schrie es mindestens zwanzig Minuten, wie die Mutter. Er sprang vom Bett auf, weil er das nicht mehr aushalten konnte, und sagte: »Herrje, immer macht dich Ada naß, und immer mußt du das Kleid wechseln – wäre es nicht gescheiter, du würdest gleich ein paar Kleider mehr mit hinunternehmen?«

»Darauf kommst du erst jetzt, aber ich habe mich schon dreimal umgezogen – heute vormittag!«

Während sie sprach, hatte sie schon einen hellgrauen, sehr kurzen Qipao in der Hand und streifte ihn über. Sie knöpfte ihn zu und blickte an sich hinunter. Plötzlich begann sie zu lachen. »Früher waren so kurze Kleider modern!« sagte sie wie im Selbstgespräch und wandte den Kopf, um sich von hinten zu betrachten.

Herr im Himmel! Sie wechselte das Kleid so gewissenhaft, wie er an seinem Werk schrieb! Er konnte nicht anders, er mußte sich wieder aufs Bett werfen und seufzen. Dann murmelte er: »Ach, man müßte ein Arbeitszimmer haben – eine Bibliothek. Wenn man kein Arbeitszimmer hat, schafft man nie Großes ...«

Er hatte noch nicht zu Ende gesprochen, als seine Kehle plötzlich wie zugeschnürt war. »Wa ... wa ...« Ada war unten offensichtlich von der Warnung zum Angriff übergegangen. Seine Frau rannte hastig davon. Als sie an der Tür war, schaute sie sich noch einmal um und blickte ihren Mann an. Halb ärgerlich und halb tröstend sagte sie zu ihm: »Wie schade! Die Ferien gehen rasch zu Ende. Ruh dich noch ein bißchen aus!«

Er legte die Stirn in Falten, antwortete aber nicht. Wie schade! Er dachte dasselbe, aber – war es wirklich wichtiger, daß Ada sich naß machte und seine Frau sich umziehen mußte, als daß er an seinem Vorhaben arbeitete? Lächerlich! Aber, aber, seine Frau hatte dieses »schade« immer auf den

Lippen, wenn sie hereinkam. Das dürfte nicht sein! Eine Ehefrau müßte ihren Mann anspornen, ihm eine seinem Werk entsprechende Umgebung schaffen. Aber sie, sie war ihm nur hinderlich! Schicksal! Und – und sie selbst kümmerte sich den ganzen Tag um Ada, als ob das der ganze Sinn des menschlichen Lebens wäre. »Sieh mich an, die Pläne und Träume, die ich vor fünf Jahren hatte – habe ich davon etwas erreicht?« So konnte sie noch sprechen! »Sie hat keinen Willen! Konnte man ahnen, daß sie ein solch mittelmäßiger Mensch werden würde? Wenn es nach ihr ginge, würde sie auch mich zu einem ganz gewöhnlichen Durchschnittsmenschen machen. Aber da darf man nicht nachgeben«, sagte er, vergoß innerlich Tränen, zündete sich wieder eine Zigarette an und seufzte.

Diesmal erzeugte er keine Kringel, sondern der Rauch entströmte ganz einfach Mund und Nase. Kurze Zeit später war sein Gesicht in einer hellen Rauchwolke verschwunden, und in dem Rauch erblickte er die Vergangenheit der letzten fünf Jahre. Er sah seine Frau und sich kurz nach der Hochzeit. Seine Frau trug eben diesen seltsamen Qipao, den sie gerade wieder angezogen hatte, aber sie war hübscher als jetzt.

2

Nach dem Mittagessen, als Ada wie gewöhnlich schlief, verrichtete die Frau unten so leise wie möglich die verschiedensten Hausarbeiten. Hin und wieder hielt sie inne, um zu lauschen. Sie hörte die Schritte der Lederschuhe in der Stube. Sie mußte lächeln, aber dann runzelte sie die Stirn. Sollte ein Werk, das unter solchen Schwierigkeiten entstand, gut sein? Plötzlich hörte sie die Schritte an der Treppe, dann blieb der Mann stehen. Sie schaute besorgt auf, als die Schritte plötzlich herunterkamen. Sie las es ihrem Mann vom Gesicht ab, daß er etwas auf dem Herzen hatte.

Sie ging ihm rasch entgegen, lächelte und sagte leise:

»Weshalb kommst du herunter? Wenn du etwas haben willst, brauchst du doch nur zu rufen. Ich passe hier immer auf, ob ich dich höre!«

Er schüttelte den Kopf, sah seiner Frau ins Gesicht, als ob er mit ihr reden wollte, bewegte aber nur die Augenbrauen und ging wie ein Geisteskranker direkt in das Zimmer. »Leise – Ada …«, warnte die Frau, die hinter ihm ging. Er zuckte zusammen und blieb stehen. Nur einen Blick warf er auf das im Körbchen schlafende Kind, dann setzte er sich langsam in einen Sessel. Seine Frau folgte ihm, legte ihm die Hand auf die Schulter und wollte gerade den Mund öffnen, als er, jedes Wort betonend, schon zu sprechen begann: »Ich habe es mir hin und her überlegt. In dieser – Umgebung, unterbrochen durch dieses, unterbrochen durch jenes, kann ich kein gutes Werk schreiben.«

»Du brauchst es doch jetzt nicht zu schreiben. Die Sommerferien …«

»So, zuerst das ›Du brauchst doch nicht …‹ So geht das ja nun auch nicht.« Er schüttelte den Kopf, um das »geht nicht« noch zu unterstreichen.

»Was sollen wir dann machen? Sollen wir die Kleider und alles andere herunterbringen?« Der Vorschlag kam aus ehrlichem Herzen, und sie blickte nun gespannt ihren Mann an. Eine kurze Pause entstand. Er schien unschlüssig und in Überlegungen versunken. Schließlich glättete sich seine Stirn, und entschlossen sagte er: »Was wir tun sollen? Es gibt nur einen Weg, hm. Die Kleider und das andere sind doch nicht wichtig. Wie kannst du diese Kleinigkeiten nur als das Wichtigste ansehen? Nein, nein, die einzige Möglichkeit ist … Ich habe es mir unzählige Male überlegt, es bleibt nur der eine Weg: Ich muß aus dieser Umgebung heraus. Ich gehe in die Berge, in irgendeinen Tempel, um mit voller Konzentration mein Werk zu vollenden. Das ist der einzige, der allereinzige Weg.«

Die Frau antwortete nicht, sie starrte abwesend in die Ecke des Zimmers. Er wartete eine Weile, dann sagte er ungeduldig: »Verstehst du nicht? Siehst du die Notwendigkeit nicht ein?«

»Ja, ja, aber ...« Sie lachte gezwungen. »Ich denke an die Zeit, als wir uns gerade kennengelernt hatten, es war vor ungefähr vier Jahren. Damals hattest du schon einmal die Absicht, ein Buch zu schreiben, nicht wahr? Du zogst in einen Tempel, er lag zwar nicht in den Bergen, aber sonst war da kein großer Unterschied. Aber damals hast du mich gedrängelt. Es war so einsam, so langweilig, deshalb konntest du nicht schreiben. Du wolltest unbedingt mit mir zusammen dort sein. Oder hast du damals nicht die Wahrheit gesagt?«

Sie konnte nicht weitersprechen. Mit ernstem Gesicht lächelte sie ganz leise. Plötzlich rollten ihr zwei Tränen aus den Augen und blieben auf den Wangen hängen. Aber sie lächelte aufrichtig, denn die Erinnerung an die Vergangenheit war für sie doch voller Süße.

Er schien verlegen zu werden. Er wischte sich mit der Hand über das Gesicht und rief unruhig aus: »Das ... das ist nicht meine Schuld. Ach, damals und heute! Kaum ein Jahr verging, dann war er da!« Mit der Hand wies er auf den im Korb schlafenden Ada. Er stampfte mit dem Fuß auf: »Verflucht, er kam, ohne auf die Fertigstellung meines Werkes zu warten! Deshalb – in dieser Umgebung wird mein Talent begraben! Es geht nicht anders, ich muß hier raus!«

Seiner Frau war das Lachen vergangen, sie sah ihn an, dann schaute sie in das Körbchen. Rasch streckte sie ein Bein aus, um das Körbchen etwas zu wiegen, aber zu spät. Ada hob ärgerlich sein Fäustchen und rieb sich das kleine Gesicht, das bedeutete, daß er gleich weinen würde. Die Frau nahm ihn auf. Aber kaum hatte sie das Kind auf dem Arm, als es schon zu schreien begann.

Er fühlte, daß ihm der Schweiß den Rücken hinunterlief, das dünne Hemd war festgeklebt. Er versuchte, es zu lösen.

»So geht es nicht! So geht es wirklich nicht! Ich muß raus aus dieser Umgebung!« sagte er, seufzte wieder und stieg eiligen Schrittes die Treppe hinauf.

3

Ein paar Tage später war er tatsächlich allein in einem Tempel. Es war jener Tempel, der ihm vor einigen Jahren »Glück in der Liebe« verhieß, allerdings nicht in den Bergen, sondern in einem kleinen Landstädtchen. Er hatte ein Drittel des Wirtschaftsgeldes, vierzig Kuai, mitgenommen und plante, davon mehrere Wochen in dem Tempel zu leben.

Am ersten Tag nahm er sich vor, ein seinem Werk entsprechendes Arbeitszimmer einzurichten, aber kaum hatte er sich richtig umgesehen, als es schon dunkelte. Er war auch müde, saß, still in die Lampe starrend, ein Weilchen da und lauschte den Grillen draußen im Gras. Weil er selbst fühlte, daß ihm noch keine Inspiration gekommen war, legte er sich ins Bett und schlief.

Er träumte. Natürlich war es ein Traum über die großen Erfolge seines Werkes. Er hatte »Die versunkene Glocke« in der Übersetzung von Sun Bo gelesen. Er wußte also, daß das Symbol der »großen Kunst« der Nutzen war, den der Gießer in jedem Stück aus der Glocke zog. Er glaubte fest an seine Auslegung, und wenn sie jemand für falsch erklärte, stritt er heftig. Jetzt sah er im Traum, daß seine »große Glocke der Kunst« wirklich Erfolg hatte. Sie war nicht in den See gefallen, sondern hing oben in einem feierlichen, prächtigen Glockenturm. Eigenhändig schlug er würdevoll mit einem großen Sandelholzstecken gegen diese »große Glocke der Kunst«.

Hung ... hung ... hung ...

Er lächelte noch, als er aus dem Traum erwachte und das feierliche Glockengeläut noch immer an sein Ohr drang. Er rieb sich die Augen und biß sich in den kleinen Finger. Tatsächlich, es tat weh, er träumte also nicht mehr. Aber das Glockengeläut klang klar und deutlich zum Fenster herein. Hung ... hung ... In der Tat: wie Byron! Ich erwache und sehe mich als berühmten Mann der Literatur, dachte er. Dann zog er sich eilig an und stieg aus dem Bett.

In diesem Augenblick mußten wohl seine Gehirnzellen Befehle an alle Teilchen erlassen haben, denn alle erfolgreichen historischen Romane ausländischer (natürlich nicht chinesischer) Schriftsteller, die er gelesen hatte, tauchten vor ihm auf. Vor seinen Augen erhob sich Dumas' Monte Christo, das reicher und schöner war als ein kaiserlicher Palast, aber sofort sagte er sich, daß er nicht ein solcher Meng Changjun werden wollte wie Dumas. Er wollte nur einmal in der Woche Gäste einladen – ach, in seinem Monte Christo einmal Gäste haben –, aber es sollten keine Schriftsteller, die unter ihm standen, jeden Tag bei ihm schmarotzen können. Und vielleicht würde er sich einen Hund halten, um Diebe zu verjagen, aber er würde nicht zulassen, daß er etwa noch streunende wilde Hunde mitbrächte, die sich durchfüttern ließen. Nein, hundert-, tausendmal nein, er wäre nicht so dumm wie dieser Dumas.

»Nein!« Er erhob sich vom Bett und stieß mit den Füßen gegen zerbrochene Ziegel. Er zog die Beine so schnell zurück, als hätte er auf einen heißen Schamottestein getreten, und umfaßte sie mit beiden Händen. Er hatte noch keine Strümpfe an, und die Steinsplitter hatten ihn schmerzhaft in den Fuß gestochen. Er hielt den schmerzenden Fuß fest, ließ sich auf das Bett zurückfallen und lachte wie wahnsinnig.

Hung ... hung ... hung ..., tönte noch immer die Glocke.

Er rieb den von Schmerz gelähmten Fuß. Allmählich fiel ihm ein, daß die alten Mönche, die den Tempel bewohnten, die Glocke in der großen Halle schlugen. Er war enttäuscht. Er zog sich Strümpfe an und schlüpfte in die Schuhe. Ganz vorsichtig trat er auf den bröckligen Fußboden, öffnete einen Fensterflügel und bat einen kleinen Mönch um Wasser.

Als er die von altem Gras überwucherte Treppe erreicht hatte, blieb er stehen und schlenderte dann ziellos zum Tor hinaus. Beim Spazierengehen machte er in Gedanken eine Rechnung auf. Die Miete – nein, die Opfergabe – für den Tempel betrug für eineinhalb Monate zehn Kuai, Teewasser und Licht eingerechnet. Wenn er fastete, brauchte er täglich drei Jiao, dreißig mal drei ist neunzig, zehn mal drei ist dreißig, fünf mal drei ist fünfzehn, das wären dreizehn Kuai und fünf Jiao. Das wäre allerdings wenig und leicht aufzubringen, aber – er war ja schließlich hergekommen, um ein Werk zu schaffen. Es ging nicht, daß man mit etwas Bohnenkäse und grünem Kohl ein eindrucksvolles, aber auch schönes Werk zustande bringt. Glücklicherweise gab es in dem Marktflecken eine kleine Gaststätte, frische Fische und Krebse, fette Hühner und Enten. Wenn man jeden Tag ... Ach, die Preise in dem kleinen Ort konnten nicht so sehr hoch sein.

Er warf sich in die Brust und glaubte, daß seine Überlegungen wirklich gründlich durchdacht seien. Aber jetzt ist das Frühstück an der Reihe, was kann ich nur Gutes essen? fragte er sich plötzlich, als er auf dem Markt angekommen war. Er blieb stehen und blickte mit weit aufgerissenen Augen die Straße hinauf und hinunter. Hier gab es ein kleines Gasthaus und ein Teehaus, das Gebäck verkaufte. Dann eilte er schnurstracks auf das Teehaus zu und trat ein. Es ist der Gesundheit nicht dienlich, wenn man morgens Fleisch und Fett ißt. Ich werde ein bißchen Tee trinken, das belebt den Geist, analysierte er seine Handlungsweise nach festen wissenschaftlichen Grundsätzen.

Aber als er Tee trank, wurde er sofort an Kaffee erinnert. Er hatte zu Hause weiß Gott nicht jeden Morgen Kaffee getrunken – nein, nicht einmal jede Woche konnte er sich das leisten. Aber diesmal hatte er sich entschlossen, sich in sein Werk zu vertiefen, da mußte man schon Kaffee haben. Wirklich, auf Kaffee konnte er nicht verzichten. Hatten nicht zwanzigtausend Tassen Kaffee Balzac zum Erfolg der »Menschlichen Komödie« verholfen? Ach, wie konnte ich das nur vergessen! Was für ein großer Verlust! Mein Werk wäre längst vollendet, wie konnte ich nur bis heute warten! Während er sich das sagte, führte er die Teeschale zum Mund, trank einen Schluck und bestellte einen Shaobing mit Lauch und Schmalz und einen Fleisch-Mantou.

4

Als der Kaffee eintraf, den seine Frau ihm auf seinen Hinweis geschickt hatte, brach zum viertenmal während seines Tempelaufenthalts die Dämmerung herein. In den letzten drei Tagen war sein Leben recht regelmäßig verlaufen: Morgens trank er Tee, eine halbe Stunde, mittags und abends konnte man von Glück sagen, wenn man nur eine Stunde brauchte. Die übrige Zeit verwandte er darauf, das Papier für den ersten Entwurf zu ordnen und am Tisch zu sitzen. Den Kopf in die Hände gestützt, dachte er eine Weile nach, aber offenbar hatte er noch keine Inspiration gehabt. Deshalb zündete er sich eine Zigarette an. Aber sitzend zu rauchen schien auch keinen Erfolg zu bringen, also legte er sich auf das Bett und blies Rauchriegel in die Luft. Dann setzte er sich wieder vor sein Schreibpapier. Wieder stützte er den Kopf auf, wieder zündete er sich eine Zigarette an, und wieder legte er sich für ein Weilchen auf das Bett. So war das in der Regel. Nur ausnahmsweise setzte er sich zwischen zwei Zigaretten nicht vor das Papier, sondern ging hinaus auf den mit Gras überwucherten Hof und spazierte dort eine Viertelstunde bis zwanzig Minuten auf und ab.

So waren drei Tage vergangen, über zehn Seiten des Konzeptpapiers waren schon zerrissen, aber auf dem ersten Bogen stand wie schon immer nur das eine Zeichen: Erstens.

War das vielleicht seine Schuld? Seine Frau hatte ja den Kaffee noch nicht geschickt! Die Schuld trug also seine Frau!

Aber nun war der Kaffee endlich angekommen, seine Gehirnzellen erließen wieder einen dringenden Mobilisierungsbefehl. Während er auf dem Kohlebecken Kaffee kochte, dachte er angestrengt an all die seltsamen Dinge, von denen er gelesen hatte, daß große ausländische Dichter sie erlebt hatten.

Scott schrieb an einem frühen Morgen zwanzig- bis dreißigtausend Wörter. D'Annunzio ritt, erholte sich am Tage

und arbeitete bis spät in die Nacht; ein Roman von zweihunderttausend Wörtern war in einer Woche im Manuskript fertiggestellt. »Haha, der Kaffee! Es lebe der Kaffee!« rief er unerwartet aus. An diesem Abend begann er zum erstenmal mit der Nachtarbeit.

Anscheinend wohnte dem Kaffee wirklich eine geheime Macht inne. Er hatte kaum zwanzig Minuten vor dem Manuskriptpapier gesessen, da begann sein schriftstellerisches Talent zu schwellen. Der Aufbau des Werkes, der wohl auf diese Art und Weise entstanden sein mußte, ging ihm plötzlich durch den Kopf. Ha, das ist hier drin schon lange ausgereift – er konnte sich trotz der Hast, die ihn gepackt hatte, immerhin noch in Selbstbelobigungen ergehen. Wie ein General, der das Schlachtfeld betritt, rollte er die Ärmel hoch, griff zum Federhalter und bereitete sich vor, das so lange Ausgereifte zu Papier zu bringen. Mit eilender Feder schrieb er eine Zeile – Zeichen, so groß wie Walnüsse! Aber, aber, was nun? Die im Kopf schon lange ausgereiften Gedanken waren plötzlich verschwunden! Man hätte wirklich ein bißchen geduldiger sein und noch etwas warten sollen! Ihm blieb also nichts anderes übrig, als den Federhalter beiseite zu legen und den Kopf wieder in die Hände zu stützen. Ungefähr zehn Minuten vergingen. Er hörte die Grillen im Gras vor dem Fenster zirpen und auch die metallenen Glöckchen läuten. Und allmählich nahm das Werk in seinem Kopf wieder Formen an. Seine Augen strahlten, und er nahm von neuem den Federhalter zur Hand. Wiederum waren es walnußgroße Schriftzeichen, die er auf das Papier malte! Aber kaum war eine halbe Zeile entstanden, da verspürte er plötzlich im Bein einen furchtbaren Stich. Mit einer Reflexbewegung schlug er zu und sah dann, daß die halbe Handfläche mit Blut beschmiert war. In diesem Augenblick war alles, was er im Kopf gehabt hatte, wieder verflogen.

Jetzt merkte er, daß nicht er Herr des Arbeitszimmers war, sondern die Mücken. Unzählige dieser Tierchen griffen ihn surrend an. Er schaute rasch unter den Tisch und sah, daß er selber das räuchernde Mückenvertilgungsmittel ausgetreten hatte. Das war sicherlich gerade geschehen, als die schriftstellerischen Fähigkeiten das erstemal zum Durchbruch gekommen waren, denn da hatte ihn eine gewisse Unruhe ergriffen, so daß er nicht mehr wußte, was seine Füße taten. Er mußte seinen Federhalter wohl am besten wieder hinlegen. Er zündete das Mückenvertilgungsmittel von neuem an und brühte sich die zweite Tasse Kaffee.

Wie üblich ist das zweite Ding nicht so gut wie das vorangegangene. Darin konnte der schwarze Kaffee natürlich keine Ausnahme bilden. Mit aller Macht wollte er die nebelhaften Bilder, die in seinem Kopf umhergeisterten, auf das Papier bannen, aber jedesmal gelang es ihm nur, einen Bruchteil davon festzuhalten. Und jene Bilder waren die furchtsamsten Wesen auf der Welt. Das Zirpen der Grillen und das Klingen der Glocken erschreckten sie so, daß sie sich sofort verflüchtigten. Als sie zum erstenmal durch den Kaffee hervorgerufen wurden, waren sie noch nicht so empfindlich wie die kleinen Fräuleins mit »feudalistischer Ideologie«.

Man mußte eben noch eine dritte und vierte Tasse Kaffee trinken! Aber sicherlich war die Wirkung der dritten und vierten noch geringer!

Und das Lämpchen streikte ebenfalls, das Flämmchen flackerte – flackerte einige Male, bis es immer kleiner wurde und verlosch.

Auch die Augen wollten ihm nicht mehr recht gehorchen. Mit einem leichten Seufzen erhob er sich und sah auf das Manuskriptpapier – er war noch immer beim ersten Bogen –, zehn Zeilen walnußgroßer Zeichen! Er blickte auf den Fußboden – dort lagen so viele Zigarettenstummel, wie Sterne draußen am Himmel standen.

Als er sich sehr bedrückt ins Bett legte, bedauerte er sehr, daß die erste Inspiration, die der Kaffee hervorgerufen hatte, nicht in vollem Umfang festgehalten worden war. Kein

Wunder, daß die Leute sagen, die chinesischen Schriftzeichen sollten abgeschafft werden! Man muß zu viele Striche malen, dabei vergeudet man viel Zeit. Vielleicht sind meine ersten Gedanken überhaupt nicht aufs Papier zu bringen – wenigstens der größte Teil! – dachte er, während er sich umdrehte.

Ich habe gehört, daß die westlichen Schriftsteller, zum Beispiel Blasco Ibánez, den Federhalter nie selbst in die Hand nahmen, sondern ein Mädchen für sie schreiben ließen. Sie hatten eine Tasse Kaffee in der Hand, dachten und diktierten, während das Mädchen die Wörter zu Papier brachte. Richtig, man kann schneller sprechen als schreiben, und maschineschreiben geht genauso schnell wie das Sprechen. Da kann sich die Inspiration natürlich nicht so rasch verflüchtigen. Selber schreiben, und noch dazu die komplizierten chinesischen Schriftzeichen, das ist wirklich zu unsinnig. So dachte er traurig, während er sich an den Beinen und im Rücken kratzte, wo ihn die Mücken gestochen hatten.

Er drehte sich wieder im Bett um, und seine Traurigkeit verwandelte sich in Zorn. Alles hatte seine Ursache in den schwierigen Lebensumständen: Sie ließen nicht zu, daß er sein Werk in den Sommerferien vollendete, sie gestatteten, daß er in diesen Tempelmauern von Mücken zerstochen wurde, und sie verweigerten ihm ein Mädchen, das für ihn maschineschrieb. Wenn er sein Werk diesmal wieder nicht vollenden konnte, dann mußte dieses Leben, die ganze Gesellschaft die Verantwortung dafür tragen. Schließlich war er nur ein Opfer, was konnte er schon dafür? Er fluchte und fluchte, und schließlich schlief er schimpfend ein.

5

Nun probierte er die verschiedensten Schreibgewohnheiten der ausländischen Schriftsteller aus.

Weil die erste Nachtschicht einen schlechten Erfolg gehabt hatte, wagte er nicht, noch einmal von Balzac zu lernen. Was muß dieser alte Herr Balzac für eine kräftige Konstitution gehabt haben! Ich habe gehört, daß sein Kopf viel größer war als der anderer Menschen, daß sein Haar so lang wie eine Pferdemähne und daß er groß und kräftig wie ein Stier war. Wie kann ich ihm da nacheifern? Und in seinem Arbeitszimmer waren bestimmt keine Mücken, dachte er voller Schmerz und warf, ein wenig neiderfüllt, seinen Eltern unwillkürlich vor, daß sie ihn nicht so groß und kräftig in die Welt gesetzt hatten. Aber er konnte nicht anders, er mußte das Werk vollenden! Und dazu brauchte er eine bestimmte Methode. Deshalb dachte er an Scott. Dieser alte Herr hinkte ein wenig, überhaupt ließ seine Gesundheit zu wünschen übrig, und er schrieb morgens. Richtig, morgens, vor dem Frühstück. Schon die alten Philosophen haben etwas vom »Geist der Morgenfrühe« gesagt.

Er entschloß sich, früh aufzustehen, obwohl das Frühaufstehen durchaus nicht so einfach war. Er hatte beschlossen, um sechs Uhr aufzustehen, aber der Geist des Schlafes ließ ihn nach wie vor erst um sieben Uhr aufwachen. Ach, man müßte einen Wecker haben! dachte er, während er gähnte. Aber es ging doch nicht, die Frau schon wieder zu bitten wie um den Kaffee. Zu Hause hatten sie keinen Wecker, also müßte sie erst einen kaufen. Wenn man ihn erst kaufen muß, vergehen wieder ein paar Tage! Und ob seine Frau gewillt war, einen Wecker zu kaufen, war noch sehr die Frage. Als sie den Kaffee schickte, hatte sie schon furchtbar lamentiert, daß das Geld, daß ihr für den Haushalt geblieben sei, schon nicht reiche, daß Adas Magen nicht in Ordnung sei, sie aber nicht einmal einen Arzt holen könnte. Was für ein Pech!

Aber er war kein Mensch, der sich leicht unterkriegen läßt. Er mußte irgendwie zu einem Wecker kommen!

Als er an jenem Tag nach dem Frühstück aus dem Teehaus in den Tempel zurückkehrte, beratschlagte er mit dem alten Mönch und bat diesen, ihm jeden Tag früh um sechs den »den Tagesanbruch verkündenden Mönch« zu schicken.

»Hm, um sechs Uhr! Wir Mönche haben keine richtig gehenden Uhren«, sagte der alte Mönch gemächlich.

Er kratzte sich die Kopfhaut und überlegte, ob er nicht doch seine Frau veranlassen sollte, ihm einen Wecker zu schicken, doch er dachte noch einmal darüber nach, neigte den Kopf zur Seite und fragte: »Wann stehst du denn jeden Tag auf?«

»Ich? Beim ersten Hahnenschrei sitzen wir schon im Gebet versunken.« Der alte Mönch starrte ihm mit seinen Hennenaugen direkt ins Gesicht.

»Na gut, dann beim ersten Hahnenschrei. Wecke mich beim ersten Hahnenschrei!« entschied er die Frage. Um mit der Zeiteinteilung zurechtzukommen, tat er diesmal tagsüber selbstverständlich nichts. Nachdem er, auf dem Bett liegend, wieder einige Rauchkringel in die Luft geblasen hatte, fiel ihm plötzlich ein, ob es nicht von Vorteil sein könnte, sich gleichzeitig eine Gewohnheit von D'Annunzio zu eigen zu machen. Er besaß natürlich kein Pferd, mit dem er ausreiten konnte, aber die Leute hier auf dem Lande hatten Rinder. Eine Kuh oder ein Büffel würden sicherlich auch den Zweck erfüllen.

Deshalb ging er am Vormittag noch aus. Er war noch keine hundert Schritt vom Tempel entfernt, als er sich schon auf einem Feld befand. Aber auf der großen dunkelgrünen Fläche war kein Rind zu sehen. Mit der Entschlossenheit, mit der die realistischen Schriftsteller alles in Augenschein nehmen, lief er drei oder vier Feldraine entlang und sah dann wirklich in weiter Ferne, nahe einem kleinen Flüßchen, die Hörner eines Rindes. Er konnte seiner Freude, die sogleich seine Schritte beflügelte, kaum Herr werden. Er rannte eine lange Strecke in einem Zuge, bis er die ganze Kuh sah. Aber welch ein Pech, ein nicht sehr verständnisvoll dreinschauender Landmann führte das Rind zu einem Wasserrad, es schien, daß sie gerade mit der Arbeit beginnen wollten. Als er bei ihnen angekommen war, lief das Rind bereits folgsam am Wasserrad; vor den Augen trug es riesige Scheuklappen.

Alles, aber auch alles hindert mich an der freien Entfaltung meines schöpferischen Talents! dachte er, während er niedergeschlagen zurückwanderte. Er begann Hunger zu verspüren, aber hier auf den Feldern gab es nicht einmal ein kleines Speisehaus.

Nach diesem Fehlschlag wurde er aber nur noch entschlossener. Als er Mittag gegessen hatte, ging er in eine andere Richtung, um ein Rind zu suchen, und tatsächlich hatte er Glück. Drei, vier Rinder und Büffel waren dort, und alle brauchten nicht zu arbeiten, sondern lagen unter einem großen Baum und genossen die Landschaft. Er vereinbarte mit den Hirtenjungen aus dem Dorf, daß er für zwei Kupferstücke einmal reiten dürfte. Daß man überall Kapital anlegen mußte, verstand er ja, aber konnte er vielleicht nach Fertigstellung seines Werkes von den Buchhandlungen ein Autorenhonorar verlangen?

Er ritt auf allen Rindern einmal. Sicherlich ritt er nicht wie ein Fachmann, aber er war zufrieden. Als er auf der letzten Kuh saß, fühlte er plötzlich eine Eingebung. Eine der für den Roman schon bestimmten Personen – glücklicherweise war es auch ein Hirtenkind oder etwas Ähnliches – sprang unterwegs aus seinem Gehirn hervor und stand leibhaftig vor ihm.

»Haha!« Er lachte laut, wälzte sich vom Rücken der Kuh herunter und tastete mit der Hand umher; aber Stift und Papier, sein Werkzeug waren nicht da. Er tastete sich noch einmal ab, dann seufzte er enttäuscht.

Aber wie dem auch sei, diesmal hatte er mit der Nachahmung D'Annunzios Erfolg gehabt. Als der Abend dämmerte, kehrte er in den Tempel zurück. Sein Herz war froh und voller Hoffnung für die weitere Arbeit. Eigentlich müßte er jetzt fortfahren und die ganze Nacht durcharbeiten, weil D'Annunzios Methode dies vorsah, aber weil er schon ein gläubiges Herz an Scott verschenkt hatte und die Glieder ihm offensichtlich nicht mehr gehorchen wollten, legte er nach dem Abendessen nur noch Federhalter, Tinte, Papier, Zigaretten und natürlich auch Kaffee hübsch ordentlich bereit und ging dann beruhigt schlafen.

Er wußte nicht, wie lange er geschlafen und ob er geträumt hatte, als er plötzlich glaubte, von einem Rinderrükken zu rutschen, und völlig benommen und schweißüberströmt aus dem Schlaf auffuhr. Er öffnete erschrocken die Augen und bemerkte sofort, daß die Sonnenstrahlen schon auf seinen Schläfen spielten. Rasch nahm er die Uhr unter dem Kopfkissen hervor. Verflucht, es war schon wieder sieben Uhr durch. Er war nicht wenig ärgerlich! »Ach, der neue Plan! Schon wieder ist er zerstört!« sagte er, während er die Strümpfe anzog. »Und, schrecklich, der alte Mönch ist schrecklich! Weshalb zerstört er absichtlich meinen Arbeitsplan?« sprach er zornig, als er in die Schuhe schlüpfte.

Er nahm sich nicht einmal die Zeit, sich das Gesicht zu waschen, sondern rannte sofort los und brüllte in der Abthalle: »He, wir hatten doch gestern abgemacht, daß du mich früh weckst! Weshalb hast du mich absichtlich nicht gerufen?«

Ununterbrochen schlug der alte Mönch den hölzernen Fisch, denn er verrichtete gerade seine Morgenandacht. Ganz kurz nur hob er die Augenlider, um ihm einen Blick zuzuwerfen, dann murmelte er weiter Gebete vor sich hin. Der kleine Mönch an seiner Seite vergaß sogar das Schlagen des Holzfisches, so genau musterte er den Eindringling vom Scheitel bis zur Sohle. Plötzlich schlug der Alte nicht auf den Holzfisch, sondern auf den Kopf des Kleinen. Tu, tu – noch zwei Schläge zur Erinnerung. Der Alte hatte aufgehört zu beten und wandte sein Gesicht zur Seite. Der Kleine rief jedoch mit lauter Stimme weiter die buddhistische Gebetsformel: »Namofu, namofu.« Wütend schlug der Alte noch einmal auf den kleinen Mönch ein und schimpfte: »Du faules Stück! Nicht mal wecken kannst du ihn!«

»Solch eine wichtige Sache überläßt du einem kleinen Mönch, wie soll das wohl gut gehen?«

»Ich habe ihn gerufen, bestimmt!« Erst jetzt verstand der kleine Mönch und antwortete hastig: »Er ist nicht aufgewacht! Ich habe ihn gerufen!«

»Das ist doch Unsinn! Wie sollte ich nicht aufwachen! Schließlich hatte ich doch solch eine große Sache vor!« Er war so wütend, daß er mit dem Fuß aufstampfte.

»Ich habe gerufen! Ich habe vor dem Fenster eine ganze Weile gerufen, aber du bist nicht aufgewacht!« Der Kleine weinte beinahe.

»Mönche lügen nicht, Herr; so hast du eben noch ein Weilchen gut geschlafen.« Der Alte sah abwechselnd den kleinen Mönch und ihn an, als er das sagte.

Er war so wütend, daß er kaum noch sprechen konnte. Plötzlich wühlte er mit der Hand in der linken, dann in der rechten Tasche, schließlich sogar in der Hosentasche. Er wollte die Uhr herausholen, um dem Mönch zu zeigen, wie spät es schon geworden war, wie sehr sein Plan durcheinandergeraten und wer daran schuld war. Aber die Uhr war nicht da, er hatte vergessen, sie einzustecken. In diesem Augenblick sagte der alte Mönch jedoch wieder langsam: »Herr, schimpf nicht, daß wir dich nicht wach bekommen haben. Als unser Hahn zum erstenmal krähte, lagst du gerade im ersten Schlaf.«

»Hahnenschrei, Hahnenschrei? Wann kräht der Hahn ungefähr?« Er kratzte sich am Kopf.

»Ich weiß nicht, um wieviel Uhr.« Der alte Mönch schüttelte den Kopf; er hatte die Augen geschlossen. »Im Winter krähen die Hähne um Mitternacht, aber jetzt ist Sommer, da kräht der Hahn zwischen der vierten und der fünften Nachtwache.«

Als er das hörte, verstummte er. Verdammt, so früh kräht der erste Hahn! Kein Wunder, daß Scott vor dem Frühstück schon zwanzigtausend Wörter schrieb. Sicherlich war er dann beim ersten Hahnenschrei aufgestanden. Richtig, beim ersten Hahnenschrei!

»Alter Mönch, weißt du, ich habe eine große Sache vor!

Weckt mich morgen auf alle Fälle beim ersten Hahnenschrei. Wenn ich nicht aufwachen sollte, pocht an die Tür, und wenn ich dann noch nicht wach bin ... ja, ja ...« Er kratzte sich am Kopf. »Auf jeden Fall weckt mich! Vergeßt es auf keinen Fall!«

6

Nun wußte er, daß der Hahn schon lange vor Morgengrauen zum erstenmal krähte, deshalb mußte er sich gründlich darauf vorbereiten. Er wollte sich einen Krug Petroleum kaufen, damit er nicht auf die Mönche angewiesen war und sich möglicherweise deren Zorn zuzog. Er wollte heute nicht D'Annunzio nachahmen, sondern legte sich zum Mittagsschlaf nieder. Zum Abendessen ging er eine Stunde früher – genau um sechs. Ihm fiel ein, daß er nicht mehr viele Räucherstäbchen gegen die Mücken hatte, deshalb nahm er noch ein Päckchen mit nach Hause. Seltsamerweise dachte er daran, daß es nicht gerade bequem wäre, wenn der Hahn krähte, im Dunkeln die Lampe aufzufüllen, und er konnte nicht zulassen, daß solche Kleinigkeiten wie das Nachgießen des Petroleums seine morgendliche Stimmung vertrieben. Deshalb holte er die Lampe hervor, solange es noch hell war, und er sah, daß sie tatsächlich nur halbvoll war. Er füllte sie auf. Mehr traute er sich jedoch nicht zu, sondern zündete sich eine Zigarette an, blies die Lampe rasch aus und legte sich ins Bett, um zu schlafen.

Aber vielleicht weil er mittags geruht hatte oder weil er unschlüssig war, er konnte jedenfalls nicht einschlafen. Er wälzte sich im Bett hin und her und überlegte, ob noch etwas vorzubereiten war. Alles war beisammen. Nur eins: Vielleicht verschliefen der alte und der kleine Mönch die Zeit; das wäre keine Kleinigkeit. Er stand rasch auf, es war noch dunkel – glücklicherweise strahlten die Sterne hell. Er ging um die Haupthalle herum zu der Mönchszelle und klopfte zweimal an die Tür. »Hehehe!« Das war die Stimme des Alten. Er klopfte noch einmal. »Wer ist da?« ertönte wieder die Stimme des alten Mönchs.

»Ich bin's! He, Mönch, der erste Hahnenschrei ...«

»Es ist noch zu früh.« In seiner Stimme lag etwas Ärger.

»Jaja, ich weiß. Ich bin nur gekommen, um dich zu erinnern. Ich möchte den ersten Hahnenschrei nicht verpassen.«

»Bestimmt nicht!«

Jetzt erst war er beruhigt und ging zurück. Über der Haupthalle trat der Mond aus den Wolken hervor. Er sah viele weiße Wolken, und der Himmel dazwischen war grünlichblau. Er beabsichtigte nicht, sich hier weiterhin zu vergnügen, deshalb ging er rasch zurück in sein Zimmer und schlüpfte unter das Moskitonetz. Dann schloß er die Augen. Sein Vorhaben für den morgigen Tag war sehr wichtig, er konnte sich nicht erlauben, noch mehr Schlaf zu versäumen. Aber je stärker sein Wunsch war zu schlafen, desto weniger konnte er Ruhe finden. Plötzlich sah er in Gedanken einige Bilder. War das etwa die Inspiration für sein Werk?

»Wie kann sie nur so früh kommen? Zu früh! Kann sie nicht bis zum ersten Hahnenschrei warten?« sagte er zu sich selbst und schlug unwillig auf das Bett. Aber als wollten die Bilder ihn verspotten, wurden sie zahlreicher. Ununterbrochen erschienen sie vor ihm. Wenn eines verschwunden war, kam ein neues, wie ziehende Wolken am Himmel. Er war tatsächlich in Not geraten. Später entschloß er sich aufzustehen, um einen Teil aufzuschreiben. Dann wollte er weitersehen. Aber als er sich aufrichtete, verschwanden die Bilder wie im Nebel. Er murmelte etwas wie: »Also warten sie doch bis zum ersten Hahnenschrei und kommen dann wieder.« Darauf legte er sich wieder hin, und nur kurze Zeit verging, da war er eingeschlafen.

Diesmal stand ihm der Himmel bei; er schlief nicht wieder wie ein Toter. Als der kleine Mönch ihn weckte, wachte er schon beim ersten Rufen auf. Beim zweiten Rufen, schon etwas lauter, sprang er aus dem Bett und antwortete.

Nach dem Aufstehen zündete er als erstes die Lampe an, seine zweite Beschäftigung war, Kaffee zu brühen. Statt der Lampe sah er nur einen großen Dunstkreis, der sich bewegte und mit jedem Flackern größer zu werden schien. Ihm war, als tanzten goldene und silberne Sterne darin. Er rieb sich die Augen und reckte sich. Er merkte, daß sein Kopf noch nicht ganz klar war, denn er sah alles verschwommen und fühlte sich unbehaglich. Er hob beide Arme, rieb sich kräftig das Gesicht, ging hinaus und blieb ein Weilchen auf der Steintreppe stehen.

Am Himmel standen jetzt offenbar weniger Sterne, und die fernen Baumwipfel sahen im Dunst aus wie Wolkenschleier. Niedergeschlagen blickte er vier oder fünf Minuten starr vor sich hin, dann erschrak er, denn er wurde sich seines Tuns bewußt, machte kehrt, ging zurück in sein Zimmer und nahm seinen Posten ein.

Der Schein der Lampe war nicht mehr verschwommen, und auch sein Kopf war wieder klar wie gewöhnlich. Er legte Mittel- und Zeigefinger der linken Hand an die Schläfe, neigte den Kopf etwas und nahm den Federhalter in die Hand. Er glich einem futtersuchenden Hühnerschnabel. Kaum hatte er das Papier berührt, zuckte er wieder zurück. Erst beim fünftenmal verweilte er auf dem Manuskriptbogen, und aus zwei Zeichen entstand das Wort »freudetrunken«. Obwohl das große Werk erst aus kaum eintausend walnußgroßen Zeichen bestand, hatte die Geschichte schon ihren Höhepunkt erreicht. Ein aus dem Unbekannten aufgetauchtes junges Paar hatte sich nach dem Erleben der »Liebe auf den ersten Blick« – diese fünf Worte bereiteten ihm keine Schwierigkeiten, denn der Kaffee hatte ihn inspiriert – unter einem großen Baum niedergelassen, und nun schütteten die beiden einander das Herz aus. Richtig, sie schütteten einander das Herz aus! Er stieß mit gespitzten Lippen einen kurzen Pfiff aus und schrieb rasch nieder: »Umarmt von der großen Natur.« Seufzen. Der Federhalter zögerte und wich wieder vom Papier zurück.

Als er allmählich von neuem an die Stelle, die er verlassen hatte, zurückkehrte, brodelte der Kaffee leise. Er warf einen kurzen Blick auf den Topf und erweiterte dann entschlossen den Satz um drei Wörter: »saßen sie dort.« Das Brodeln des Kaffees wurde immer aufdringlicher. Er las den ganzen Satz noch einmal durch und fügte das Wörtchen »beide« ein. Dann erhob er sich schnell und griff zur Kaffeetasse.

Während er den heißen Kaffee in kleinen Schlucken schlürfte, blickte er auf den eben vollendeten Satz. Die Zeichen waren schön, die Worte klangen gut zusammen, und vor allem war weder ein Wort überflüssig, noch fehlte eins. Die Anwendung dieser Prinzipien verlangte er nämlich immer von seinen Schülern, deren Arbeiten er korrigieren mußte. Und all das war dieser morgendlichen Stimmung zuzuschreiben!

Als er den Kaffee getrunken hatte, wollte er weiterschreiben. So entstand der Satz: »Die Poesie der mystischen Süße strahlte aus ihren schönen, schwarzen, Diamanten gleichenden Augen.«

Er atmete zufrieden auf. Plötzlich schlug er mit der Linken auf den Tisch und fügte schnell die Zeichen hinzu: »Und weiß wie Marmor.«

Dann stützte er den Kopf wieder in die linke Hand und setzte noch zwei Worte ein: »schwarz wie«. Er neigte den Kopf und las den Satz noch einmal durch, aber schließlich mußte er ihn doch wieder verändern und schrieb: »... in jenen schönen Augen, deren Weißes wie Marmor war und deren Schwarzes schwarzen Diamanten glich.« Er glaubte, daß er nun nichts mehr zu ändern brauchte, lächelte ein wenig und fuhr dann fort, den Mann zu beschreiben.

So kämpfte er sich Wort um Wort voran, und gänzlich unbemerkt war eine Seite gefüllt worden. Eigentlich wollte er noch eine Tasse Kaffee trinken, aber sein Magen begann nun zu knurren, als wollte er sagen: Ich will jetzt endlich etwas, was wirklich satt macht.

Unmöglich! Er hatte doch noch nicht ein Zehntel dessen erreicht, was Scott zu schreiben pflegte! Der Magen mußte also warten. Und die Inspirationen kamen ihm geradezu wie geölt zugeflogen!

Mit der linken Hand rieb er sich den Bauch und mit der rechten Hand versuchte er, weiter die Inspirationen einzufangen, so kämpfte er sich Wort um Wort vor. Aber der Magen war nicht zu überzeugen, er knurrte immer lauter, bis die Inspirationen allmählich verschwammen. Der Faden, der ihn mit der Inspiration verband, wurde immer dünner und zerriß schließlich. Und er war nicht wiederzufinden. Das war gerade zu der Zeit, als er die dritte Seite halb gefüllt hatte.

»Verflucht, verflucht!« Er legte den Federhalter hin, biß die Zähne zusammen und schimpfte. Er faltete die Hände vor der Stirn und blickte in das flackernde Lampenlicht. Vor dem Fenster schimmerte das erste Grau des Tages, und aus der großen Gebetshalle tönte der gleichmäßige Klang der Holzfische herüber.

»Weh!« Wieder ging es nicht nach Wunsch. Aber nach einigen Überlegungen kam er zu dem Schluß, daß man dem Magen keine zu große Schuld geben durfte, denn der war schließlich nicht vernunftbegabt. Er brauchte genauso Nahrung wie der Kopf Kaffee. Weshalb hatte er gestern auch nicht daran gedacht! War sein Gehirn daran schuld? Aber man soll sein Gehirn nicht allzusehr beschuldigen, denn es mußte sich wirklich um zu vieles kümmern! Sein einziges Aufgabengebiet war doch eigentlich das Werk. Ob Scott vielleicht auch selbst an Lampenöl, Räucherstäbchen gegen Mücken und sogar an Gebäck denken mußte, als er sein Werk schuf? Diese vielfältigen Aufgaben besorgte sicherlich seine Frau für ihn. Ach ja! Man hat kein ruhiges Leben. Dieses Leben tötet grausam das Werk! Wütend stand er auf und verließ das Zimmer.

7

Die vorher festgesetzte Frist von sechs Wochen war zur Hälfte verstrichen, der Kaffee war verbraucht und das Portemonnaie leer. Er hatte schon drei Briefe an seine Frau geschrieben, in denen er sie um Geld bat, aber nur ein Drittel der geforderten Summe erhalten – zehn Kuai. Seine Frau schrieb dazu in einem Brief, daß sie deshalb drei Tage umhergelaufen sei. Er beglich die Schulden, die er in der kleinen Gaststätte und dem Teehaus gemacht hatte, und der Rest reichte gerade für die Heimfahrt in der vierten Klasse.

Als er schließlich nach Hause zurückkehrte, trug er in seinem Koffer das unvollendete Werk und in seinem Herzen einen abgrundtiefen Haß gegen das Leben. Nein! Er haßte alles: die Grillen, die Silberglöckchen, die namenlosen wilden Hunde, den Klang der von den Mönchen geschlagenen Holzfische. Sie alle hatten sich gegen ihn verschworen, hatten der freien Entfaltung seines Talents im Wege gestanden, als er die Scott-Methode nachahmen wollte. Nicht vergessen werden durften die Ratten; auch sie hatten verschiedene Male die Arbeit sabotiert. Für die Scott-Methode mußte er stets etwas Gebäck vorrätig haben, von dem die abscheulichen Viecher manchmal mehr als die Hälfte heimlich gefressen hatten. Er könnte schwören, daß Scott in seinem Hause niemals solche furchtbaren Ratten gehabt hatte.

Aber er war durchaus nicht entmutigt, denn erstens hatte er entdeckt, daß die Scott-Methode sehr gut war, und zweitens hatte er mehr als vierzig Manuskriptseiten fertiggestellt. Allerdings waren die Schriftzeichen walnußgroß, so daß nicht einmal fünftausend das Papier bedeckten. Hätte der Druck des Lebens nicht so sehr auf ihm gelastet, wäre das Werk diesmal bestimmt fertig geworden – davon war er völlig überzeugt.

»Wenn es kein Leben gibt, gibt es auch keine Werke!« So sprach er, als er seiner Frau wieder gegenüberstand. Und als er merkte, daß sie das nicht sofort begriff, erklärte er seufzend: »Wenn man so leben könnte wie Scott – das Gehalt im Justizministerium ist bald verdient, man hat eine bequeme Wohnung, man braucht sich nicht um das Petroleum für die Lampe zu kümmern, keine Mückenstiche zu fürchten, und keine Ratte stiehlt etwas – erst wenn man so lebt, kann man richtige Werke schaffen.«

Seine Frau wollte ihn trösten. »Weißt du, ich sage mir, es ist nicht so schlimm, wenn du kein großes Werk schreibst.«

»Ach, du ... du ...«, rief er und sprang auf. »Ach, warum bist du nur so wankelmütig! Sei doch mal etwas entschlossener, ja! Ja, nächstes Jahr! Ich verzage nicht! Aber erst muß ich mir mein Leben richtig einrichten. Wenn ich die Hälfte davon erreicht habe, was Scott schuf, oder auch nur ein Viertel – das ist auch genug –, dann garantiere ich dafür!«

Hocherhobenen Hauptes dachte er einen Augenblick nach und sagte dann leicht seufzend zu sich selbst: »Ist es vielleicht möglich, daß die Gesellschaft einem Genie, das einen so festen Willen hat, keinen Wert beimißt?«

1934–1936

Unrecht

Im April war das Wetter wirklich recht launisch. Binnen sechsunddreißig Stunden mußte man den Pelzmantel ablegen und die Sommerkleider aus den Koffern holen. Dieser Wechsel kam wie ein Blitz aus heiterem Himmel und veranlaßte Frau Zhang, entsprechende Maßnahmen zu treffen. Voller Wut öffnete sie die Koffer und schimpfte auf alles, woran sie gerade dachte.

Im ersten Koffer befanden sich hauptsächlich die Wintersachen ihres Mannes, die er sich hatte machen lassen, als er noch nicht so dick war wie heute.

»Die Hankouer Schneider sind wirklich großartig! Diese ausgezeichnete Verarbeitung!« Frau Zhang führte mit unbewegtem Gesicht ein Selbstgespräch und griff aus den Kleidungsstücken wahllos eins heraus. Das Lob, das sie den Hankouer Schneidern spendete, bedeutete selbstverständlich eine Herabsetzung der hiesigen. Obwohl Frau Zhang schon vier Jahre hier lebte und die meisten ihrer Diener zusammen mit ihr der Regierung nach Westen gefolgt waren, blieb sie im allgemeinen den Einheimischen gegenüber gleichgültig. Aber wenn sie ärgerlich war, entging keiner ihren Beschimpfungen. Plötzlich runzelte sie die Stirn, ließ von den bedauernswerten Schneidern ab und begann auf etwas anderes zu schimpfen.

»Diese verfressenen Polizisten!« Sie bewegte die Hand, die eben in den Koffern gewühlt hatte, als wollte sie etwas Schmutziges abschütteln.

»Sie tun so, als mäßen sie der Sache große Bedeutung bei, kommen dauernd und stellen Fragen. Ich habe ihnen eine Verlustanzeige übergeben und zwei Tage später noch eine – aber ach, alles ist im Sande verlaufen, ich habe einfach nichts mehr davon gehört. Anscheinend denkt die Polizei gar nicht daran, die Diebe zu suchen, sondern registriert nur den Verlust!«

Sie war furchtbar wütend, lachte spöttisch auf und fühlte im gleichen Augenblick, wie müde sie war. Sie ließ sich auf einen neben ihr stehenden Stuhl fallen und befahl der ortsansässigen Alten, die mit ausdruckslosem Gesicht neben ihr stand: »Öffne den Koffer des jungen Herrn!«

Die Alte hatte Mitleid, oder richtiger gesagt, sie glaubte, sie müßte irgend etwas sagen, um der Herrin zu verstehen zu geben, wie sehr sie sich um die Angelegenheit sorgte. Sie war ungefähr vierzig Jahre alt, ehrlich und wollte gern recht schlau wirken. Sie brachte rasch den Koffer des jungen Herrn und sagte dabei lächelnd: »Dieser kleine Dieb hat wirklich eine schwere Schuld auf sich geladen. Daß er ausgerechnet den Koffer mit den Frühjahrskleidern der gnädigen Frau stehlen mußte!«

Frau Zhang schien nichts gehört zu haben, denn sie schimpfte noch immer auf die »verfressenen Polizisten«. Als sie jedoch den geöffneten Koffer mit den Wintersachen ihres Mannes erblickte, wurde sie traurig. Natürlich war es bedauerlich, daß ein Koffer gestohlen worden war, aber das schlimmste war, daß ausgerechnet Frühjahrskleider und noch dazu ihre darin waren. Und nun war es plötzlich so warm geworden! Wenn es morgen noch immer so warm sein würde, was sollte sie dann nur anziehen, wenn sie in die Stadt ging? Denn es wäre doch unmöglich, daß sie nicht in die Stadt ginge!

Ich hatte doch noch zwei leichte Wollkleider, die waren nicht in dem gestohlenen Koffer. Aber wo habe ich sie nur hingelegt? überlegte sie niedergeschlagen. Allmählich spürte sie die Hitze am ganzen Körper. Sie haßte jetzt die Polizisten, die die Angelegenheit so leichtfertig behandelt hatten. Wenn sie nicht so voller Überzeugung gesagt hätten, daß sie den Fall aufklären würden, hätte sie sich wahrscheinlich sofort neue Kleider machen lassen.

Vor Frau Zhangs Augen zogen die verschiedensten Stoffe und anschließend einige Zahlen vorbei. Als sie ihrem Mann ihr Leid geklagt hatte, sagte er nur bedächtig: »Es ist doch noch kalt! In diesem Monat sieht es in der Kasse traurig aus ...!«

Sie konnte sich der Worte noch sehr genau entsinnen.

»Man quält mich wirklich noch zu Tode!« sprach sie haßerfüllt und sprang auf. Sie wartete nicht, bis die alte Dienerin das Gepäckstück des jungen Herrn herbeigeschafft hatte, sondern eilte ihr entgegen und schüttete wie ein Zollbeamter den Koffer aus. Dann stocherte sie mit der Fußspitze in dem Kleiderberg.

Sie kippte einen Koffer nach dem anderen aus. Schließlich war ihr gepudertes Gesicht schweißüberströmt, und sie murmelte vor sich hin: »Zwei Kleider stehen nicht mit auf der Verlustanzeige, dieses hier ...« Sie brachte nicht den Mut auf, die ganze Angelegenheit noch einmal von Anfang bis Ende zu durchdenken.

Als sie noch einen Blick auf die unordentlich verstreuten Kleider und die Koffer warf, lächelte sie kalt.

Sie ging in ihr Zimmer und beschloß, nicht mehr darüber zu grübeln. Sie wollte nur noch auf die Heimkehr ihres Mannes warten, um ihm die Sache zur Erledigung zu übergeben. Um die Langeweile zu vertreiben, begann sie ihre Kosmetika zu mustern. Mit diesen Sachen wußte sie gut Bescheid. Der größte Teil der Kosmetikartikel war schlauerweise »herbeigeschafft« worden, bevor der Krieg im Stillen Ozean ausbrach. Mit anderen Worten: Sie hatten nicht allzuviel Geld dafür ausgegeben. Ihre schlanken Hände ordneten die Dinge geschwind zu einer gutausgerichteten Gruppe. Diese Beschäftigung tröstete Frau Zhang etwas. Nach und nach formte sie aus den großen und kleinen, runden, vierekkigen, ovalen, vielkantig geschliffenen funkelnden Fläschchen, Döschen, Gläschen – ihre Anzahl war nicht gerade klein! – einen Kreis.

Bei den heutigen Preisen! dachte Frau Zhang, und ein kleines Lächeln spielte um ihre Mundwinkel. Ach, für Geld ist das heute überhaupt nicht zu haben. Natürlich, hier im Hinterland gibt es alles, aber wenn man es kaufen will, muß man erst Mittel und Wege finden. Man ist nur gewillt, dir etwas zu verkaufen, wenn du jemand bist ... Sie runzelte die Stirn, denn plötzlich stand dieses dringende Problem wieder vor ihr. Nachdem sie zeitweilig ihren Spaß an den Schönheitsmittelchen gehabt hatte, erschien ihr das Ausmaß des unersetzlichen Verlustes noch größer. Unter den gestohlenen Sachen befanden sich auch einige Kleider, die man jetzt nirgends mehr kaufen konnte, selbst wenn man das Geld gehabt hätte – oder man konnte so etwas bestenfalls nur dann kaufen, wenn man in tadelloser Aufmachung in bestimmte Geschäfte ging. Und das war ja für sie, abgesehen von den hohen Preisen, ein Problem geworden. Frau Zhang erinnerte sich sofort, daß es ihren Bekannten erst auf verschlungenen, seltsamen Wegen und mit sehr viel Mühe gelungen war, einige dieser begehrten Artikel zu erwerben. Fräulein Wang hatte auf diesem Gebiet so reiche Erfahrungen, daß ein ganzes Lehrbuch besonderer Art damit gefüllt werden könnte. Wenn sie ihre zahllosen geschickten Geschäfte notiert hätte, dann füllten sie gewiß schon ein dickes Buch. Aber in solche Sachen hatte Frau Zhang noch nie hineingerochen. Die von ihr gehorteten Schätze waren schon früher sehr groß gewesen, und da ihr Mann glücklicherweise Ingenieur war, hatte er, als die Verbindungen zum Ausland noch nicht unterbrochen waren, die Möglichkeit gehabt, ihre Vorräte immer wieder aufzufüllen. Aber nun hatte dieser Dieb mit seinem Streich die materielle Sicherheit in ihrem Leben unverhofft zum Einsturz gebracht.

»Ausgerechnet meine leichten Kleider hat er gestohlen, nichts anderes! Ich wünsche diesem Verbrecher einen qualvollen Tod!« Frau Zhang begann also wieder zu schimpfen, aber der Ton war nicht mehr so drohend wie vorhin; da hatte es geklungen, als wollte sie den Spitzbuben gleich umbringen. In den Ausbruch des Hasses mischte sich nun eine gewisse Verbitterung.

»Und der Himmel muß das Unglück noch vollständig machen, indem er jetzt so warmes Wetter schickt! Ach ja, das alles wird mich noch ins Grab bringen!« Als sie dann einen Blick aus dem Fenster warf, schien ihr die glühendheiße Sonne ihre Kraft demonstrieren zu wollen. Frau Zhang wandte die Augen ab und überlegte, ob es nicht am besten wäre, wenn sie sich mit einer vorgetäuschten Krankheit ins Bett legte, denn dann brauchte sie nicht auszugehen. Die schwarze Samtblüte auf ihrem schon etwas abgetragenen Schlafanzug schien ihr zuzublinzeln und sie auszulachen. Frau Zhang seufzte, und ihr Blick fiel wieder auf die auf dem Tisch stehenden Kosmetikartikel. Plötzlich erinnerte sie sich, daß vor gar nicht langer Zeit die zweite Schwägerin Li sich für einen Lippenstift aus dieser Sammlung interessiert und ein paarmal danach gefragt hatte. Frau Zhang hatte immer so getan, als verstände sie die Anspielungen nicht, und die Schwägerin so abgewimmelt. Nun, da sie in diese Notlage geraten war, fürchtete sie sich vor dem Mundwerk der gehässigen Li.

Als die alte Dienerin das Zimmer wieder betrat, fuhr Frau Zhang erschrocken hoch. Aber die bedrückte Herrin war völlig von ihren gegenwärtigen Problemen in Anspruch genommen; sie warf der Alten nur einen Blick zu, sagte aber kein Wort.

»Gnädige Frau, soll ich aufräumen?« fragte die Dienerin laut und versetzte dem Koffer mit den Winterkleidern des Herrn Zhang einen Fußtritt.

»Hm«, murmelte Frau Zhang und schloß, der ganzen Sache überdrüssig, die Augen. Aber die lästige Angelegenheit bedrückte sie und ließ sie nicht einen Moment zur Ruhe kommen. Sie bedrängte sie wie Kreise, die, mal größer, mal kleiner, auf sie einstürmten und ihr schließlich sogar den Atem benahmen.

Dreitausend? Oder reicht das nicht? überlegte sie, als müßte sie sich mit irgend jemand über Zahlen beraten.

Nun, wieviel wird es insgesamt sein? Oh, das entspricht dem Wert einer Drehbank von vier Chi Spindellänge ... Frau Zhang öffnete plötzlich die Augen. Sie wußte selbst nicht, wie dieser Satz ihr plötzlich in den Sinn gekommen war. Ihr Mann hatte das vor mehr als zehn Monaten einmal gesagt, als er den Wert ihrer Kosmetika abschätzte. Natürlich steckte ein Körnchen Wahrheit in diesem Satz.

Gerade in diesem Augenblick rief die alte Dienerin überrascht aus: »Gnädige Frau, ich habe etwas!« Während sie noch rief, kam sie schon ins Zimmer. Sie trug ein ausgebreitetes eisvogelblaues Kleid herein und hielt es Frau Zhang direkt vor das Gesicht. Die Herrin lächelte unwillkürlich und bedachte nicht einmal, daß sie sich vor der Alten nicht so gehenlassen durfte. Sie griff sofort nach dem Kleid und lachte vor Freude. Aber sie hatte sich sofort wieder in der Gewalt, und mit wiederhergestellter Würde unterzog sie das Kleid einer gewissenhaften Prüfung. Plötzlich verzog sich ihre Miene. Wenn der Ausstatter des Theaters dieses Modell sehen würde, wüßte er gleich, wann es modern gewesen war.

»Ach, was soll ich denn mit dem Kleid anfangen?« sagte Frau Zhang und fuhr dann mit veränderter Stimme fort: »Wie konnte ausgerechnet es sich in die Kleiderkiste verirren und dort wie ein Schatz aufbewahrt werden?«

»Gnädige Frau!« Die alte Dienerin, die den Stimmungswechsel der Herrin nicht zu deuten wußte, zollte ihr Bewunderung. »Was für ein Stoff! Welch schöne Farben!«

Frau Zhang lächelte gezwungen, ohne die Alte zu beachten. Dieses Kleid, das sie bekommen hatte, als sie heiratete, weckte in ihr viele Erinnerungen. Gewöhnlich hing sie den Gedanken an vergangene Zeiten gern nach. Aber heute ließ dieses Kleid sie die Entwicklung seit jenen Tagen sehen. Sie hatte kurz nach dem Zwischenfall vom 28. Januar geheiratet, und nachdem ein paar Jahre in Windeseile verflogen waren, begann wieder der Krieg, und ihre kleine Familie zog Schritt für Schritt nach Westen. Jetzt wohnte sie schon vier Jahre hier ... Sie blickte noch einmal auf das Kleid und erinnerte sich, daß sie es nicht ein einziges Mal getragen hatte, weil es nicht gut gearbeitet war.

»Wenn in den letzten Jahren nicht so viel geschehen wäre und man nicht so viel zu tun gehabt hätte, wäre dieses Museumsstück schon längst weggegeben worden!«

Als sie daran dachte, mußte sie seufzen. Sie warf das Kleid achtlos in die Kiste, die vor ihr auf der Erde stand. Aber als die Kiste verschlossen wurde, wandte sich Frau Zhang plötzlich an die Dienerin und befahl: »Nimm es doch wieder heraus und leg es auf das Bett!«

Vielleicht kann man es ändern, damit ich es wenigstens so lange tragen kann, bis neue Kleider fertig sind, dachte sie. Aber sogleich verspürte sie wieder diesen bitteren Geschmack – sie erkannte, daß dies alles das erste wirkliche Unrecht war, das sie seit Ausbruch des Antijapanischen Krieges traf.

Am Abend, als Herr Zhang gerade nach Hause gekommen war, erschienen der Sekretär Li und seine Frau zu Besuch. Von der Feststellung, daß es kein Schweinefleisch mehr zu kaufen gab, kamen sie bald auf die Preise im allgemeinen zu sprechen. Frau Zhang glaubte die ganze Zeit, daß die stechenden Augen der zweiten Schwägerin Li ruhelos über ihre Figur wanderten, als wollten sie an ihrer Kleidung irgendeinen Mangel suchen. Zu alledem trug Frau Li an diesem Abend ein Georgettekleid, das man eigentlich nur im Hochsommer anziehen sollte, aber Frau Zhang hatte den Eindruck, daß die Schwägerin ihre »Überlegenheit« demonstrieren wollte.

»Gestern hat man in der Stadt erzählt, daß es kaum noch Zahnpasta zu kaufen gibt!« Die zweite Schwägerin Li wandte den Blick von den Gesichtern der beiden Männer ab und heftete ihn auf das Profil von Frau Zhang. Dann blickte sie nach unten. »Heute wird einem in allen großen oder kleinen Läden und Verkaufsständen einfach geantwortet: ›Haben wir nicht!‹ So sind die Händler heutzutage!«

»Hm«, erwiderte niedergeschlagen Frau Zhang. Sie überlegte: Vielleicht fragt sie mich, warum ich so dick angezogen bin und ob ich nicht schwitze?

Der Sekretär Li sagte lachend: »Jemand, der auf diesem Gebiet Erfahrungen hat, bekommt noch alles, aber die Preise sind gestiegen!«

»Wer weiß das nicht!« Frau Li warf ihrem Mann einen Blick zu. »Nun braucht man auch zum Einkaufen noch jemand, der besondere Erfahrungen hat, wie schwierig das alles ist!« Sie lachte wieder, und zu Herrn Zhang gewandt, sagte sie: »Warum gibt es niemanden, der einfach eine Zahnpastafabrik aufmacht? Leider versteht mein Li nichts davon, sonst ...« Sie lachte wieder, aber sprach nicht weiter.

»Die Sache ist gar nicht so einfach«, murmelte Herr Zhang. »Erst muß man Tuben haben, und dazu braucht man Blei. Und wenn man die Maschinen eingerichtet und alle Vorbereitungen getroffen hat, stellt man vielleicht fest, daß man mehr verdient, wenn man das Blei verkauft, statt Zahnpastatuben daraus herzustellen.«

»Das glaube ich nicht!« Die zweite Schwägerin Li warf wieder einen Blick auf Frau Zhang.

»Wenn das Wasser steigt, wird das Schiff gehoben! Haben Sie etwa keine Lust, der Flut zu folgen?«

Herr Zhang lächelte gezwungen und machte nur »hm«, blickte dabei jedoch den Sekretär Li an. Der nickte und stimmte ernsthaft zu: »Das ist nicht einfach! Die Situation im Handel verändert sich ständig!«

Aber Frau Li überließ nicht gern anderen das Wort für längere Zeit. Sie wandte sich deshalb etwas zur Seite und sagte kalt lächelnd: »Was heißt ›verändert sich ständig‹? Das alles ist noch nicht der Höhepunkt! So etwas kann sich ein Narr ausdenken! Der ständige Wetterwechsel in diesem April ist doch noch viel schlimmer.« Sie lächelte und sah

Frau Zhang an. »Oder ist es nicht so, Frau Zhang? Einmal ist es kalt, dann wird es plötzlich wieder warm. Kälte und Hitze wechseln an einem Tag ein paarmal, man ist immer in Eile!«

Als die zweite Schwägerin Li »Frau Zhang« sagte, waren die Nerven der Hausherrin zum Zerreißen gespannt, und erst als die Worte verklungen waren, konnte sie erleichtert aufatmen. Das Ganze war für sie so seltsam wie für einen Soldaten das erste Gefecht. Wenn die erste Salve vorüber ist, wird er ganz ruhig. So erging es nun auch Frau Zhang. Sie war kein bißchen mehr aufgeregt, und deshalb konnte sie mit ruhiger Stimme überlegen antworten: »So schlimm ist es nicht, das beste ist, man achtet nicht darauf. Ich sage Ihnen, morgen wird es wieder so kalt sein wie gewöhnlich!«

»Ach je, was soll ich dann nur anziehen!« Die zweite Schwägerin war wider Erwarten aus der Fassung geraten. Frau Zhang wurde nervös und versuchte eilig, eine Antwort zu finden, aber es war vergeblich.

Glücklicherweise wechselte in diesem Augenblick Sekretär Li das Thema.

»Haben Sie Post aus der Heimat?«

»In letzter Zeit nicht.«

»Das Gebiet ist jetzt ...«

»Erst war es vom Feind besetzt, dann wurde es wieder von den Partisanen beherrscht!« Herr Zhang neigte den Kopf zur Seite und überlegte, dann fuhr er fort: »Vor ungefähr einem halben Jahr ist der Gegner wieder eingedrungen. Und so befindet es sich noch in Feindeshand.«

»Haben Sie Verluste gehabt? Steht Ihr Haus noch?«

»Wahrscheinlich steht alles noch!«

»Na, dann ist ja alles ziemlich gut überstanden«, sagte der Sekretär Li ernsthaft. »Was bis jetzt abgebrannt ist, darüber kann man nichts sagen, aber was noch steht, darüber braucht man sich keine Sorgen mehr zu machen!«

»Wieso?« rief das Ehepaar Zhang zugleich aus. Aber während bei Frau Zhang freudige Überraschung aus der Frage klang, legte Herr Zhang seine Zweifel hinein.

Sekretär Li lächelte, aber noch bevor er den Mund zu einer Antwort öffnen konnte, ergriff Frau Li das Wort: »Er hat es auch nur gehört. Die japanischen Teufel haben inzwischen wohl selbst begriffen, daß sie in einem langen Kampf unterliegen werden und China ihnen auf der Friedenskonferenz die Rechnung präsentieren wird. Sie werden dann Reparationen zahlen müssen. Wenn sie nun weiter alles in Flammen aufgehen lassen, schneiden sie sich ins eigene Fleisch. Das haben sich die Japaner auch schon ausgerechnet.«

»Das ist schon eine vernünftige Ansicht.« Herr Li lachte wieder. »Weshalb zerbrechen sich die Fabrikherren den Kopf, wie sie in Zukunft die Werke des Gegners übernehmen können, wenn es nicht so wäre? Denken Sie etwa, bei unseren großen Verlusten verzichten wir auf die Wiedergutmachung?«

»Selbstverständlich werden wir sie fordern!«

Herr Zhang erhob seine Stimme, und mit offensichtlicher Befriedigung sagte er: »Alle Verluste unserer Gesellschaft zum Beispiel werden nach genauen Untersuchungen zusammengerechnet. Was das Volk an Häusern und Besitz verloren hat, kann ebenfalls ungefähr ermittelt werden. Aber daß wir Reparationen fordern werden, ist die eine Frage, die andere dürfte sein, ob die Japaner schon jetzt daran denken und sich nicht mehr trauen, Gewalttätigkeiten zu begehen. Ich glaube nicht, daß die japanischen Teufel genug haben, ehe sie am Huangho sind. Die japanischen Militaristen sind brutal bis zum Äußersten. Sie morden und rauben, und es ist möglich, daß es noch schlimmer wird. Außerdem werden es ja nicht die Militaristen sein, die die Reparationen zahlen, sondern das japanische Volk!«

»Sie werden nicht genug haben, ehe sie nicht am Huangho sind, hahaha!« Der Sekretär Li lachte plötzlich schallend. Kein Mensch wußte, weshalb; aber wie es immer so ist, wenn jemand im Gespräch laut lacht, läßt die Spannung nach, die in der Luft liegt, und das Thema der Unterhaltung kann leicht gewechselt werden. Frau Zhang setzte seufzend den Schlußpunkt unter die Diskussion um die große Frage der Nation: »Man weiß wirklich nicht, was diese japanischen Militaristen im Schilde führen. Unterliegen werden sie schließlich doch, sie können den Tag nur hinausschieben.«

»Er wird bald kommen«, fuhr die zweite Schwägerin Li fort. »Frau Zhang, haben Sie schon gewußt, daß es jetzt eine neue Art gibt, die Zukunft zu deuten? Wenn man die Schriftzeichen von 1943 zerlegt, erhält man ein ausländisches Wortbild ›Sieg‹. In diesem Jahr werden wir also siegen, und alle können nach Hause zurückkehren.«

Als Frau Zhang das hörte, war sie sehr erfreut und wollte sich die Zukunftsdeutung gleich vorführen lassen. Sie gab der Schwägerin Li eine Schachtel Streichhölzer, die dazu benötigt wurde. Die beiden Frauen belegten nun den ganzen Tisch und zeigten in der Beschäftigung mit den Streichhölzern ihr Interesse für den Ausgang des Krieges.

Die beiden Männer kamen von den Preisen auf die gegenwärtige Lage in der Industrie zu sprechen. Sekretär Li vertrat eifrig folgende Meinung: »China wird bestimmt industrialisiert werden, daran kann kein Zweifel bestehen. Die Schwerindustrie wird staatliches, die Leichtindustrie privates Eigentum sein. Weitreichende Pläne müssen so bald als möglich aufgestellt werden. Die momentan interessanteste Erscheinung ist, daß die Blicke aller Menschen auf die Zukunft gerichtet sind. Alle diskutieren über den Aufbau des Reiches, alle planen, wie man China in Zukunft völlig industrialisieren kann ...«

Er zählte an den Fingern die Zeitschriftenartikel auf, die sich in letzter Zeit mit dem Aufbau beschäftigt hatten. In den letzten zwei Monaten waren es etwa vierzig bis fünfzig. Und eindringlich sprach er mit leiser Stimme weiter: »Das ist keine Kleinigkeit! Das wird das wichtigste Ergebnis des Antijapanischen Krieges sein. Hätte es diesen Krieg nicht gegeben, wäre nie mit einer solchen Begeisterung die Industrialisierung gefordert worden ...«

Herr Zhang hörte schweigend zu, aber vor ihm tauchten viele Fragen auf, die ihm gewöhnlich Kopfzerbrechen machten: die Schwierigkeiten bei der Rohstoffversorgung, mit dem Kapital, den Facharbeitern, den Steuern und mit der Produktion überhaupt. Diese täglichen Probleme bereiteten ihm Sorgen, und deshalb verlor die herrliche Beschreibung der Zukunft durch den Sekretär Li in seinen Augen den Glanz. »Aber wenn wir den Berg von Schwierigkeiten, dem wir jetzt gegenüberstehen, überwunden haben, werden alle ihre Kräfte sammeln, um die Aufmerksamkeit ...«, murmelte er wie im Selbstgespräch.

»Das muß auch sein«, warf Sekretär Li rasch ein.

Aber Herr Zhang wußte nicht, ob sich die Bemerkung »das muß auch sein« auf die Sammlung der Kräfte oder auf die augenblicklichen Schwierigkeiten bezog.

Sekretär Li aber hatte das Thema schon wieder gewechselt. Er sprach nun über das Wetter in diesem April, und deshalb wollte auch Herr Zhang die Angelegenheit ruhen lassen.

Der große Uhrzeiger war um vier, fünf Striche weitergerückt, und da sowohl die Gäste als auch die Gastgeber sahen, daß es nichts weiter zu besprechen gab, verabschiedete man sich.

Es war erst kurz nach acht. Herr Zhang zog so etwas wie einen großen Plan aus der Aktentasche, blätterte darin, hob von Zeit zu Zeit den Kopf und starrte gedankenverloren vor sich hin. Zwischen dem Zeige- und dem Mittelfinger der rechten Hand hielt er einen Zweifarbenstift, drehte ihn und klopfte damit leicht auf den Tisch, ein Zeichen, daß er wieder einmal auf schwer lösbare Fragen gestoßen war. Es waren Probleme, auf die ein Ingenieur, der in der Verwaltung tätig ist, oft stößt und die ihm Kopfzerbrechen bereiten. Nachdem er ein Weilchen mit dem Stift auf den Tisch geklopft hatte, schüttelte Herr Zhang bedächtig den Kopf, schob das vor ihm liegende Papier zur Seite und erhob sich seufzend. Er schaute sich um, als suche er jemand, mit dem

er sich unterhalten könne. So war es jedesmal; er fühlte, daß er jemand brauchte, dem er sein Herz ausschütten konnte. Aber niemals bot sich ihm die Gelegenheit. Meistens wünschte er es sich, wenn niemand da war, und wenn jemand kam, hatte sich der Wunsch verflüchtigt. Doch diesmal ergab sich eine Gelegenheit, denn gerade als er den Kopf wandte, erschien seine Frau. Er legte den Stift weg, den er in der Hand hielt, und schlug mit den vier gekrümmten Fingern der linken Hand leicht auf die Tischplatte. »Sieh mal, Zhang Drei bietet eine Ladung Rohstoffe an, aber Li Vier meint, sie wären unbrauchbar«, sagte er. »Bietet Li Vier welche an, hat Zhang Drei daran etwas auszusetzen. Wir brauchen niemand, der uns berät, kaufe ich aber selbst ein, dann fallen sie gemeinsam über mich her!« Er seufzte und wischte sich mit der flachen Hand über das Gesicht.

Als er weitersprechen wollte, beeilte sich Frau Zhang zu sagen: »Was ist das für ein Geräusch? Ob es vielleicht regnet?« Tatsächlich drang von draußen ein Geräusch herein, als fielen Regentropfen auf das Dach, mal langsam, dann wieder schneller. Frau Zhang schien außer sich vor Freude und sagte in einem fort: »Gut, daß es regnet, sehr gut, dann wird es wahrscheinlich kühler ...«

»Hm, mag sein, daß es kühler wird!« antwortete ihr Mann und lächelte dann wie abwesend vor sich hin. Herr Zhang setzte sich an seinen Schreibtisch. Er wußte nicht, warum sie sich über den Regen freute, er wollte es auch gar nicht wissen. Er mochte sich nicht mit ihr darüber unterhalten. Ob es regnete oder nicht, er merkte nur, daß dieser Regen, von dem seine Frau dauernd sprach, alles hinwegspülte, was er auf dem Herzen hatte.

Aber auch Frau Zhangs Freude war nur kurz, denn plötzlich änderte sich das Geräusch draußen. »Ach, das sind lediglich wieder diese Kartenspieler!« sagte sie enttäuscht. Jetzt erst erinnerte sie sich, daß ihr Mann gerade von irgendeiner Streitigkeit gesprochen hatte. Sie betrachtete sein Gesicht und fragte: »Wer will über wen herfallen?«

Herr Zhang lächelte wie abwesend. »Auf alle Fälle sind es Menschen mit überschüssigen Kräften.« Frau Zhangs Gesicht verriet nicht, ob sie zugehört hatte oder nicht. Sie schaute sich gedankenverloren im Zimmer um und fragte eine Weile später leise: »Werden wir wirklich in diesem Jahr siegen und nach Hause zurückkehren können?«

»Natürlich hoffen das alle Menschen.«

»Dann ist es also noch unbestimmt?«

»Ich fürchte, so schnell geht es nicht!«

»Noch ein Jahr vielleicht?«

»So ungefähr vielleicht. Aber es hat keinen Zweck, mich danach zu fragen, denn ich weiß es sowenig wie du. Optimisten behaupten, es dauert nicht mehr so lange, und gewissenhafte Menschen meinen, es dauert länger. Dabei wissen sie alle in Wirklichkeit genausowenig wie du und ich. Schließlich sind wir alle keine Propheten. Das kann man nicht so genau berechnen wie die Herstellung unserer Waren.«

Frau Zhang hatte keinen Ton verlauten lassen, erst nach einer kurzen Pause sagte sie seufzend: »Wenn es feststände, daß man hier sein ganzes Leben verbringen müßte, würde man sich damit abfinden. Aber sich nur auf unbestimmte Zeit einzurichten und jeden Tag mit der Rückkehr rechnen zu können, ohne zu wissen, wann es wirklich der Fall sein wird, das ist am schwersten zu ertragen. So werden die Zeiten immer schwieriger. Sogar das Wetter bereitet einem Unannehmlichkeiten. Gestern fühlte man sich wie im Wasser, heute wie im Feuer.«

»Nun, wir haben es bis jetzt ertragen, also werden wir uns auch noch etwas gedulden können ...«

»Wer möchte nicht geduldig sein!« unterbrach ihn seine Frau.

»Es ist leicht, darüber zu sprechen, aber wenn man die Unannehmlichkeiten am eigenen Leibe zu spüren bekommt, muß man doch ungeduldig werden. Wenn ich nur daran denke, daß es plötzlich so heiß geworden ist! Kannst du mir vielleicht sagen, wie ich da geduldig sein soll?«

Frau Zhang glaubte, nun deutlich genug gesprochen zu haben. Das andere müßte ihr Gatte eigentlich von sich aus lösen. Das gebot ihre Selbstachtung und würde Herrn Zhang die Möglichkeit geben, sein Verantwortungsbewußtsein zu beweisen. Aber diesmal ging ihre Rechnung nicht auf.

Als Herr Zhang merkte, daß seine Frau nicht weitersprach, griff er wieder nach seinem Zweifarbenstift und zog ein dickes Bündel aus einem Aktenstoß. Es war eine Zeichnung. Er breitete sie auf dem Tisch aus, der jedoch noch zu klein dafür war. Frau Zhang mußte die Dinge nun wohl oder übel selbst ausführlich klarlegen, obwohl sie das eigentlich von ihrem Mann erwartet hatte. Sie fügte auch gleich die Summen hinzu.

Er notierte die Zahlen auf einem Stück Papier, sagte aber kein Wort. Erst als seine Frau ihre Rede beendet hatte, rechnete er alles zusammen, warf noch einen Blick auf das Papier und sagte dann erst lachend: »Aber das entspricht ja einer Drehbank im Wert von vier Chi!«

Obwohl die Worte eigentlich scherzhaft gemeint waren, verletzten sie doch die Frau. Das Unrecht, das sich den ganzen Tag über angesammelt hatte, wurde ihr mit einemmal wieder bewußt, aber sie konnte sich noch beherrschen. Sie wandte ihr Gesicht ab und rief ärgerlich aus: »Ja, wieder eine Vier-Chi-Drehbank. Eine Drehbank ist eine Drehbank, die wird auch ein Dieb nicht stehlen! Aber meine Sachen, die liegen nicht nutzlos herum, ich brauche auch keine Miete für einen Raum zu bezahlen, wo ich sie unterstelle. Und noch etwas: Haben dir deine Drehbänke vielleicht schon etwas eingebracht? Weshalb hast du vor zwei Jahren so großgetan, wenn du jetzt wieder für andere arbeiten mußt ...?«

Frau Zhang war es gleichgültig, ob der andere ihre Art und ihre im Zorn gesprochenen Worte ertragen konnte. Natürlich war der Vergleich zwischen heute und dem vorvorigen Jahr für Frau Zhang nicht weniger schmerzlich als für ihren Mann, aber der vorwurfsvolle Ton – nein, eigentlich war er eher kalt spottend –, den sie bei diesem Vergleich ihren Worten gab, war ihr zur Gewohnheit geworden.

Aber daß ihr Gegenüber gar nicht reagierte, verwirrte sie und ließ sie verstummen. Sie wandte sich wieder um und schaute ihren Mann an. Der senkte den Kopf jedoch noch mehr und blickte auf die Zeichnung. Nun fühlte sich Frau Zhang erst recht verletzt und fragte geradezu: »Wie ist es? Ist das, was ich gesagt habe, nicht richtig? Haben die Drehbänke dir zu Reichtum verholfen oder nicht?«

»Hm.« Herr Zhang hob den Kopf, der bisher über die Zeichnung gebeugt war, und blickte ratlos drein. »Du hast nicht unrecht.« Er lächelte gezwungen und sprach dann weiter: »Was ich getan habe, war aber auch nicht falsch. Wenn ich nicht zu Reichtum gekommen bin, so ist das nicht die Schuld der Drehbänke. Der Grund dafür ist nicht so leicht zu finden. Aber warte ab, bald wird der Tag kommen, da die Drehbänke eine große Rolle spielen werden.«

»Gut, wir werden ja sehen! Aber ich glaube, daß dann du und deine Drehbänke den Reichtum für andere schaffen werden.«

»Das ist schließlich egal.« Herr Zhang lächelte gezwungen, und großspurig fuhr er fort: »Auf alle Fälle wird die Produktion gesteigert werden!«

Aber seine Frau war mit diesem Versuch, sich selbst zu trösten, gar nicht einverstanden. Doch wenn das nun gar keine Selbsttäuschung, sondern seine wahre Meinung war? Dann verabscheute sie diese Auffassung! Sie warf einen Blick auf ihren Mann und erklärte böse: »Ich werde ja den Tag erleben, da die Drehbänke eine große Rolle spielen werden, nur fürchte ich, daß deine dann total verrostet sind.«

Die Worte rissen bei Herrn Zhang eine alte Wunde auf. Er seufzte und vertiefte sich wieder in die unzähligen Linien der Zeichnung. Daß die Reste der einstigen Herrlichkeit nun schon seit einem halben Jahr nutzlos herumstanden, war Tatsache, und daß er jeden Monat Miete bezahlen mußte, weil es ihm leid tat, die Drehbänke wegzugeben, ebenfalls. Eine weitere Tatsache war schließlich, daß er – wenn er es auch nicht offen zugab – oft von den gleichen Zukunftsbildern gepeinigt wurde, die ihm seine Frau in ihrem Zorn eben boshaft geweissagt hatte: dem traurigen Ende der Drehbänke.

Die Linien auf der Zeichnung begannen vor seinen Augen zu verschwimmen, aber Herr Zhang bemühte sich, ihnen das nicht zu gestatten. Dabei dachte er: Die Lage wird sich bestimmt bessern, bestimmt! Es geht gar nicht anders. Ich könnte mich mit meinem Leben dafür verbürgen, daß der Tag kommt, ich weiß nur nicht, wann.

Sein Blick blieb auf einer Ecke der Zeichnung haften, wo ein amtliches Schriftstück angeheftet war. Darauf standen ein paar Zahlen, aber das Auffällige waren fünf oder sechs wie Perlen aufgereihte rote Stempel, die dem Schriftstück einen würdigen Charakter verliehen. Sie zeugten davon, daß es von einem Büro ins andere gewandert war und nach langer Zeit und vielen Prüfungen einmal in höhere Kreise gedrungen und dann zu Herrn Zhang zurückgekommen war. Wahrscheinlich hatte die Reise dieses Dokuments kaum weniger Zeit beansprucht als die Herstellung der Zeichnung. Später mußte sie noch solch eine Reise unternehmen, mußte viele Schwierigkeiten überwinden. Sie ging durch die Hände eines Ingenieurs, dann durch die eines Spezialisten für Bohrmaschinen und durch weiß Gott wessen Hände noch.

Wenn es noch einen Himmel gäbe, würden nur wenige Leute Stempel verteilen und viele Leute Zeichnungen anfertigen, dachte Herr Zhang. Sein Herz klopfte schwer. Wenn es einen Himmel gäbe, brauchten die Pläne nicht solche Umwege zu machen und so viele Schwierigkeiten zu überwinden. Alle Räder der Industrie könnten sich dann Tag und Nacht drehen, könnten sich regelmäßig und aufeinander abgestimmt bewegen. Wenn es noch einen Himmel gäbe, brauchte ich nicht unter Einsatz meines Lebens um das Kommen jenes Tages zu kämpfen, in welchem Jahr, an welchem Tag es auch immer sei ... Er fühlte, daß sein Herz noch heftiger schlug. Deshalb hob er seufzend den Kopf, und sein Blick begegnete wieder dem seiner Frau. Aber diesmal war es, als hätte er einen Blick auf eine Zeichnung geworfen: Er erkannte sofort die Sorgen, die seine Frau bedrückten, und sagte sanft: »Es ist heiß geworden, man muß die Angelegenheit natürlich rasch in Ordnung bringen. Mit einer fünfstelligen Summe werden wir schon einen Weg finden.«

Aber seine Frau antwortete: »Nein, ich fand heute ein Kleid aus der Zeit, als wir heirateten. Es ist noch ganz neu. Ich denke, ich kann es ändern lassen, das reicht vorläufig.«

In Frau Zhangs Worten lag nicht die leiseste Spur schlechter Laune. Aber als sie geendet hatte, konnte sie die Tränen nicht länger zurückhalten. Sie mußte den Kopf rasch zur Seite wenden, um sie Herrn Zhang nicht sehen zu lassen. Sie fühlte, daß ihr Unrecht geschehen war, aber innerlich hatte sie schon nachgegeben, und außer der Traurigkeit empfand sie auch etwas Erleichterung, genau wie damals, als sie ihr Heim in Hankou verließen und den Yangtse aufwärts zogen.

Wieder drang dieses Geräusch herein, aber diesmal klang tatsächlich im Lärm, den die Kartenspieler in der Nachbarschaft machten, noch etwas anderes mit. »Ach«, sagte sie kindlich lächelnd, als sie, das Ohr vorneigend, das Geräusch erkannt hatte, »es regnet wirklich! Dieser April!« Leichtfüßig ging sie zum Fenster und schloß es, damit der Wind keine Regentropfen hereinblasen konnte.

1943

Wiedergutmachung

1

Undeutlich vernahm Zhang Wenan den hellen Ton des militärischen Trompetensignals und zuckte zusammen. Die Lider waren ihm so schwer, daß er die Augen gar nicht aufbekam, aber im Unterbewußtsein war ihm klar, daß dieses ununterbrochene aufgeregte Blasen nur zum schnellen Sammeln rufen konnte. Die in mehr als drei Jahren angenommenen Lebensgewohnheiten hatten bei ihm die Fähigkeit entwickelt, sich anziehen zu können, während er noch halb schlief und gähnte.

Als er sich halb angekleidet hatte, war er plötzlich hellwach. Er riß die Augen auf. Durch das Fensterpapier schimmerte das erste Grau des Morgens. Noch klangen ihm die Signale in den Ohren. Schweigend überlegte er einen Moment, dann begann er zu lachen und sagte leise: »Ach, ich habe geträumt!«

Der Schlaf war verflogen, er hockte sich auf das Bett, starrte vor sich hin und schien vorläufig die Fähigkeit, richtig nachzudenken, verloren zu haben. Ihm schien es, daß plötzlich unzählige große und kleine Dinge ohne jede Ordnung auf ihn einstürmten und er ihrer nicht mehr Herr wurde. Diese unterschiedlich großen, um den Vorrang streitenden Dinge nahmen schließlich Gestalt an, so daß Zhang Wenan sein Denkvermögen wiedererlangte. Erst in diesem Augenblick wurde er richtig wach und erinnerte sich seines Traums.

Vor einem Monat hatte er nach einigem Zögern wegen

eines Hautausschlages, gegen den der Militärarzt kein Mittel wußte, den Divisionskommandeur um einen längeren Urlaub gebeten. Er verließ die Division, in der er über drei Jahre gedient hatte, verließ die Front, wo sie mit dem Feind in direkter Berührung standen und wo es jederzeit zum offenen Kampf kommen konnte.

Als Feldwebel im Verwaltungsdienst war er zu der Division gekommen; als er sie verließ, war er bereits Hauptmann. Er erhielt einen Urlaubsschein und tausend Yuan Reisegeld. Außerdem übergab ihm der Divisionskommandeur noch tausend Yuan, mit denen er sich Medikamente kaufen sollte.

Am Abend vor seiner Abreise hatten die Kameraden zusammengelegt und ein einfaches Essen veranstaltet, um Abschied zu feiern. Aber als die Stimmung den Höhepunkt erreicht hatte, wurde plötzlich zum sofortigen Sammeln geblasen. Wenn das auch eine ganz alltägliche Angelegenheit war, so bekundeten die Kameraden doch viel Mitgefühl und waren besorgt, daß er am nächsten Tag vielleicht nicht fahren könnte. Als sich später herausgestellt hatte, daß nichts Besonderes vorgefallen war, beglückwünschten sie ihn. Obwohl er sonst kaum Gefühle äußerte, sagte er begeistert: »Wenn es zum Kampf kommt und ich nicht nach Hause kann, macht es auch nichts. Dann werde ich mit allen auf Tod und Leben zusammenstehen!«

Wer weiß, weshalb seine Träume gleich in der ersten Nacht, die er zu Hause verbrachte, vom Signal zum Sammeln, das er am letzten Abend bei der Division noch gehört hatte, unterbrochen wurden.

Wie Kücken, die sich vor Schreck in alle Richtungen geflüchtet und sich dort versteckt hatten und nun allmählich hervorkamen, kehrte eine Traumgestalt nach der anderen in sein Gedächtnis zurück. Es war ein buntes Durcheinander von Furcht und Freude, Saurem und Süßem, von Vergangenheit und Zukunft, Wirklichkeit und Träumerei. Er schloß die Augen, als wollte er wieder zu seinen Träumen zurückkehren: Überraschend hatte er eine Kuh kaufen können und sie mit nach Hause gebracht. Mit ihr hatte er den beiden Alten eine genauso unbeschreibliche Freude bereitet wie mit seinem unerwarteten Eintreffen gestern abend. Aber gerade als der Vater der Kuh lächelnd auf den Hals klopfte, ertönte das Signal; die Kuh, die er für die Zukunft erträumt hatte, war verschwunden, und es traten die Kampfgefährten aus der hinter ihm liegenden Wirklichkeit hervor ...

Zhang Wenan lachte lautlos mit offenem Mund, denn obwohl es nur ein Traum war, fühlte er sich doch nach wie vor glücklich. Auf der Heimfahrt hatte er immer nur gerechnet, wie er das Geld, das er in die Leibwäsche eingenäht hatte, verwenden könnte. Als der Divisionskommandeur ihm die tausend Yuan gab, hatte er ihm geraten, das Geld auf keinen Fall sinnlos auszugeben, sondern zu Hause Medikamente zu kaufen, um wieder gesund zu werden. Er war damals fast zu Tränen gerührt gewesen und hatte ehrlichen Herzens geantwortet: »Ich melde dem Divisionskommandeur: Ich werde den Rat des Divisionskommandeurs bestimmt befolgen. Die Gesundheit ist das Wichtigste. Der Körper ist unser größtes Kapital!«

Aber schon am ersten Tag der Heimfahrt hatte er eine andere Meinung. Den Rat des Kommandeurs, daß die Gesundheit das Wichtigste sei, erkannte er noch an, aber er kam allmählich zu der Überzeugung, daß er, um den Ausschlag loszuwerden, eine Zeitlang nur etwas mehr Fleisch zu essen brauchte und dazu noch ein paar Eier, wie der Militärarzt, der so ungern den Mund aufmachte, ihm geraten hatte. Dann würde alles wieder gut werden.

Er glaubte, daß er die tausend Yuan beisammenhalten sollte, um Vater und Mutter etwas Gutes zu tun. Er wollte den Eltern das Geld geben, die es nutzbringend anlegen könnten. Aber was sollten sie damit anfangen? Über dieses Problem hatte er die meiste Zeit seiner Reise, die einen halben Monat dauerte, nachgedacht. Mutters größten Wunsch kannte er: Sie wollte das Haus instand setzen lassen und eine Schwiegertochter suchen. Und der Vater wollte schon lange eine Kuh kaufen. Seit seine Familie im letzten Bürgerkrieg ihre gute buntscheckige Kuh verloren hatte, hatte der Vater schon mehrere Male versucht, das Geld dafür aufzubringen, aber nie Erfolg gehabt. Er wußte, daß er deswegen mit dem Vater sicherlich in einen heftigen Streit geraten und der Alte schließlich sagen würde: »Wener, der Divisionskommandeur, hat es dir gegeben, damit du dir Medikamente kaufst. Da er so gute Absichten hat, darfst du doch nicht undankbar sein.« Eine ganze Woche hatte er, wann immer er unterwegs etwas Zeit fand und grübelte, wie er dieses schwierige Problem lösen könnte, die Banknoten, die er direkt auf dem Körper trug, heimlich gestreichelt. Später war ihm dann ein kluger Gedanke gekommen: Er würde nicht sagen, daß er Geld hätte, sondern, nachdem er sich einen Tag zu Hause ausgeruht hatte, ohne seinen Eltern gegenüber etwas verlauten zu lassen, eine Kuh kaufen und sie selbst nach Hause bringen, um Vater und Mutter eine unerwartete Freude zu bereiten.

Je länger Zhang Wenan daran dachte, desto fröhlicher wurde er. Vor seinen Augen stand eine schöne Kuh, die die feuchtglänzenden Augen weit geöffnet hatte und deren Maul sich ständig bewegte. Sie kniete auf den Vorderbeinen und ruhte sich aus.

Zhang Wenan konnte ein Lachen nicht unterdrücken. Aber dieses Lachen verjagte seine Träumereien. Er hob den Kopf und sah, daß durch das Papierfenster schon ein prächtiges Rosarot strahlte. Die Hähne in der Nachbarschaft begannen mit aller Kraft zu krähen. Aus dem Zimmer der Eltern nebenan hörte er Geräusche, der Vater hustete, und die Mutter schüttete irgend etwas in einen Bambuskorb. Zhang Wenan stand also auch auf, zog sich an und überlegte, während er die Knöpfe schloß, wie er in dem Marktflecken den ihm bekannten Herrn Dong aufsuchen und das Geheimnis seiner Träume verwirklichen würde. Vielleicht reicht das Geld nicht, dachte er besorgt, aber er tröstete sich sofort: Es kann nicht sehr viel fehlen. Glücklicherweise ist von den Reisespesen noch etwas übriggeblieben; wenn ich das noch hinzufüge, muß es genug sein. Dann strich er noch einmal über die Geldscheine, die er unter der Kleidung trug, und ein zufriedenes Lächeln huschte über sein Gesicht.

2

Er war am Tag zuvor erst ziemlich spät zu Hause eingetroffen. Die beiden Alten hatten den Sohn bedauert, denn sie glaubten, daß er unterwegs viele Strapazen habe ertragen müssen. Sie berichteten deshalb nur etwas über die Familie und drängten ihn dann, schlafen zu gehen. Sie selbst waren so aufgeregt, als hätten sie die Perle gefunden, die in der Nacht leuchtet. Sie waren noch spät am Abend zu allen Nachbarn gegangen, um ihnen die Neuigkeit zu erzählen.

In der Dunkelheit lief der Vater, von der Wichtigkeit überzeugt, noch einen Li weit, um die Freunde, die er gewöhnlich im Teehaus traf, von seiner Freude wissen zu lassen. Er erkundigte sich auch, wie hoch ein Hauptmann im Verwaltungsdienst im Rang stand, denn der Alte hatte beschlossen, die ehrenvolle Heimkehr seines Sohnes würdig zu begehen. Er wollte deshalb eine Traglast Mais verkaufen und dafür Wein holen und Gäste einladen. Er wollte genau wissen, wie hoch der Rang seines Sohnes war, um den Kreis der Gäste entsprechend zusammenzustellen.

Da die Nachricht von Zhang Wenans Heimkehr noch am Abend im ganzen Dorf verbreitet worden war, füllte sich das Wohnzimmer der Familie Zhang schon bald nach dem Aufstehen, als die blutrote Sonne im Osten noch nicht einmal den Nebel über den Bergen vertrieben hatte, mit Menschen, die sich alle selbst davon überzeugen wollten.

Sie sprachen wild durcheinander und legten Zhang Wenan einen großen Berg Fragen vor, so daß der junge Mann, der etwas von der Welt gesehen hatte, vor Aufregung auf und ab lief und nicht wußte, wessen Frage er beantworten sollte. Er konnte nur zusammenfassend erwidern: »Gut, richtig, alles gut. Vorne ist alles in Ordnung, sie schlagen sich gut. Wie es mit der Verpflegung ist? Natürlich, auch in der vordersten Linie war es gut.« Obwohl er sich bemühte zu antworten, bedauerte er sehr, daß er nichts Genaues berichten konnte. Er merkte, daß ihn von allen Seiten unzufriedene Blicke trafen. Sie schienen alle zu sagen: Alles schön und gut, das bekommen wir immer wieder zu hören, aber du stammst aus unserem Dorf, aus unserer Familie, kannst du uns nicht etwas mehr erzählen?

Zaudernd betrachtete Zhang Wenan die Menschen und strich seine graue Tuchuniform glatt. Er mußte plötzlich an die Verhandlung des Militärgerichts denken, die er bei der Division erlebt hatte. Er fühlte, daß er in der gegenwärtigen Situation, da er als Hauptmann anscheinend von der Menschenmenge verhört wurde, für jedes Wort, das er sagte, die Verantwortung trug. Ihm wurde klar, daß jedes Wort großes Gewicht hatte. Als er zu dieser Einsicht gekommen war, entschied er sich endgültig und sagte voller Selbstvertrauen: »Das Schwere ist nun einmal ein wenig schwer, aber um die japanischen Teufel zu schlagen, muß man da nicht etwas Schweres ertragen?« Er hielt inne. Er wollte gern einiges aus den ihm geläufigen Lehrsätzen wiederholen, lächelte aber schließlich nur schamhaft und beendete die Ausführungen auf recht eigenartige Weise.

Danach diskutierten sein Vater und ein paar alte Dorfbewohner voller Bestürzung über den »Lauf der Welt«, der sich in so vieler Hinsicht geändert habe. Und die paar jungen Leute erkundigten sich bei Zhang Wenan, ob er etwas Neues über einige Leute aus dem Dorf wüßte, die ebenfalls an der Front gegen die japanischen Teufel kämpften.

Er dachte nach und schüttelte dann den Kopf. »Ich weiß nichts!« Aber er befürchtete, daß sie ihn mißverstehen könnten, und setzte deshalb rasch eine Erklärung hinzu: »Ich weiß wirklich nichts. Überlegt doch mal, wie groß das Frontgebiet ist! Einige tausend Li. Ihr redet nur von der Front, man muß doch wissen, an welchem Frontabschnitt er ist. Und selbst wenn er im gleichen Abschnitt ist, dann gibt es dort doch so viele Truppenteile, Zehntausende von Menschen. Wenn man sich nicht zufällig trifft, weiß man gar nichts.«

»Hm, das haben wir schon immer geahnt, daß du keine Ahnung hast!« sagte einer ironisch.

Zhang Wenan aber wurde sehr aufgeregt, er konnte keine grundlose Kränkung ertragen. Er wollte sich gerade rechtfertigen, als sich ein etwas erfahrener Mann einmischte: »Laß gut sein, wir wollen nur noch nach einem Menschen fragen. Wenn du von dem auch nichts weißt, dann bist du allerdings eine Laterne mit schwarzem Glas. Der, von dem ich spreche, ist vor über vier Jahren weggegangen und hat nicht wenige Orte gesehen. Er war in Changsha, in den Provinzen Hubei und Jiangxi. Er ist nicht allein an die Front gegangen, er hatte noch einen Gehilfen und vier Kamele bei sich. Von diesem Menschen mußt du doch etwas wissen.«

»Richtig, richtig, seit zwei Jahren hat man nichts mehr von ihm gehört, sein Sohn zieht schon überall Erkundigungen ein.« Die anderen jungen Leute schlossen sich dem Mann an.

»Dann nenn doch seinen Namen!« sagte Zhang Wenan beunruhigt, wie ein Mittelschüler, der kurz vor der Prüfung steht und nicht weiß, mit welcher Frage der Lehrer ihm Schwierigkeiten bereiten wird.

Aber diese Gemütsverfassung verstanden die anderen nicht, einer der jungen Männer verspottete halb ernsthaft, halb im Scherz den Soldaten. »Richtig, er müßte ja einen Namen haben, dann könnte man den Fall besser untersuchen.«

»Einen Namen?« rief ein anderer ungeduldig aus. »Warum sollte er keinen haben? Es war doch der Chen Haiqing, der in dem Dorf am Fuße der Berge die Kamele aufgezogen hat!«

»Chen Hai ... qing! Hm!« Wie ein Echo wiederholte Zhang Wenan den Namen. Er erinnerte sich, daß, als er selbst noch nicht an der Front stand, der Mann Gesprächsthema Nummer eins im Dorf gewesen war. Da er die Mutter und die Frau verloren hatte, war er mit den vier Kamelen in die rückwärtigen Dienste eingetreten und war dort einer Transportkolonne zugeteilt worden.

Chen Haiqing war viele zehntausend Li weit gegangen, um die Japaner zu schlagen! Zhang Wenan hatte diesen Menschen selbst nie gekannt, aber die mit dem Namen verbundene Kraft war ihm damals wie ein Schatten gefolgt, bis er sich schließlich entschlossen hatte, ebenfalls an die Front zu gehen. Seine Augen begannen zu leuchten. Er schaute denen, die vor ihm standen, direkt ins Gesicht, während er wiederholte: »Chen Haiqing! Wie sollte ich den nicht kennen!« Aber dann brach er plötzlich ab, denn wieder überkam ihn eine Unruhe. Was war an der Front aus dem Mann geworden? Eigentlich müßte es umgekehrt sein, eigentlich müßte er die Bauern nach jenem Chen Haiqing fragen. Während des gefährlichen Lebens an der Front war ihm die Erinnerung an jenen Namen völlig entschwunden. Aber aus einer Art Selbstachtung heraus, die es nicht ertrug, daß man ihn auslachte, und weil er den Leuten nicht schon wieder eine Enttäuschung bereiten wollte, sagte er gezwungen: »Ach, der Chen – dem geht es gut.«

Als er diesen Satz hervorgebracht hatte, wagte er nicht weiterzusprechen. Er hörte selbst, wie hohl seine Worte klangen, aber glücklicherweise achtete niemand darauf. Als derjenige, der ihn zuerst gefragt hatte, seufzte, fuhr er fort: »Ja, ihm geht es gut, aber die Kamele sind alle tot. Seit dem vorigen Jahr, als sein Sohn den Brief bekam, sind zwei der Tiere von den Bomben der japanischen Teufel getötet worden, eins wurde von einer Kugel tödlich getroffen, und das letzte ist krank geworden und lebt auch nicht mehr. Eigentlich hätte Chen Haiqing dann nach Hause zurückkehren sollen, nicht wahr? Aber er hat es nicht getan. Im Gegenteil, seine Energie hat sich dadurch nur noch vervielfacht, er will nun seine Tiere rächen. Er bestand darauf, Soldat zu bleiben, und sagte, solange die japanischen Teufel nicht aus China vertrieben seien, könne er nicht heimkehren. Sagt selbst, da seine Familie schon zwei Jahre keinen Brief mehr bekommen hat, ist es doch eine freudige Nachricht, daß es ihm gut geht. Eigentlich ...«, wollte Zhang Wenan ratlos weitersprechen, aber als er sah, daß die Blicke der vielen Menschen auf ihn gerichtet waren, erschrak er, blinzelte und fuhr mit völlig veränderter Stimme fort: »Eigentlich ist es eine lange Zeit, zwei Jahre keinen Brief zu bekommen. Aber das macht nichts ... Chen Haiqing ist ein heldenhafter, starker Mensch, und heldenhafte Menschen können nicht sterben. Er ist ein guter Mensch, und die Kugeln haben Augen, sie treffen keine guten Menschen!« Je länger er sprach, desto angeregter fühlte er sich, bis er selbst nicht mehr wußte, ob das, was er sagte, erfunden war oder ob es der Wirklichkeit entsprach. Aber in seiner Begeisterung konnte er nicht anders handeln. »Ich glaube, Chen Haiqing ist inzwischen befördert worden, vielleicht ist er Zugführer. Chen Haiqing ist eine Ehre für unser Dorf.«

»So hat der Himmel doch noch Augen!« sagten die Leute bewundernd.

»Wer spricht davon, daß er keine hat?« Zhang Wenans Begeisterung erreichte jetzt den Grad der Selbstvergessenheit. Sein Gesicht war hochrot, und er mußte die Tränen gewaltsam zurückhalten.

»Wenn es nicht so wäre, hätte der aggressive Imperialismus schon die ganze Welt unter seine Kontrolle gebracht.« Feierlich streckte Zhang Wenan den Arm aus. »Ich sage euch: Auf der Welt gibt es viele gute Menschen, aber wenige schlechte. Die guten Menschen, die ich an der Front gesehen habe, sind wirklich gut, und es sind ihrer sehr viele. Man könnte meinen, daß alle guten Menschen Chinas an der Front sind. Und wenn ein schlechter Mensch auch noch seine Macht zeigen kann, wird er doch der Vergeltung schließlich nicht entgehen. Und wenn er selbst sich ihr entzieht, wird die Vergeltung seinen Sohn oder Enkel treffen.«

Zhang Wenan hatte anscheinend seine ganze Lebenskraft für diese Rede verbraucht; er streckte langsam die Hand aus, um sich die Schweißperlen von der Stirn zu wischen, lächelte noch einmal zaghaft und sprach dann kein Wort mehr.

3

An demselben Tage bedeckten Wolken den ganzen Himmel, an manchen Stellen waren sie etwas lichter, an anderen ganz dicht. Der Himmel glich einem Stück grauen Stoffes, der ungleichmäßig ausgeblichen war. Die Luft war feucht und schwül, und bei den Menschen machte sich eine innere Unruhe bemerkbar.

Zhang Wenan war den gar nicht so steilen Hang hinaufgeklettert. Er fühlte nur, daß ihm die Beine sehr schwer waren und er keine Luft mehr bekam. Er blieb ratlos stehen, hob die Augen und blickte träge auf die Äcker am Berg, dann setzte er sich am Wegrand auf einen Stein. Schließlich wurde es vom Gipfel her etwas heller, und nachdem er eine Weile gesessen hatte, merkte er, daß sich die Verwirrung in seinem Kopf allmählich legte. Er überblickte den Weg, den er eben heraufgekommen war, den Marktflecken im Tal und die schwarzen Häuser, die wie eine schwarz und grau gemusterte Raupe dort unten lagen. Er betrachtete das alles lange, bis seine Verwirrung wieder stärker wurde. Dann seufzte er kurz und wandte sich ab, weil er nicht länger in diese Richtung sehen wollte. Er schaute nun nach der entgegengesetzten Seite, wo der Weg nicht so steil abwärts führte. Er zog sich allerdings wellenförmig dahin. Wenn man einen Hügel hinter sich hatte, erhob sich ein neuer und dann wieder einer. So löste ein Hügel den anderen bis zu Zhang Wenans Heimatdorf ab. Er blickte in die Ferne und dachte daran, daß seine Mutter gerade dabei war, das Abendbrot vorzubereiten. Sie hatte am Vormittag gesagt, sie wollten zu Ehren seiner Rückkehr ein Huhn schlachten. Ob die Henne, die ihnen stets, ob Feiertag oder Neujahrsfest, zu schade gewesen war, gegessen zu werden, schon auf dem Feuer stand? Plötzlich überfiel Zhang Wenan ein unbeschreibliches Gefühl, das sowohl süß als auch bitter war. Und dieses Gefühl verwandelte sich sofort in ein gänzlich bitteres – oder besser gesagt, er empfand Furcht. Er kam sich vor wie ein Händler, der nach jahrelanger Abwesenheit eben heimgekehrt ist und dessen Familie erwartet, daß er viel Geld mitbringt, aber noch nicht weiß, daß seine Hände leer sind. Voller Scham betrachtete er das Dorftor, aber er bringt nicht einmal den Mut auf, es zu durchschreiten. Zhang Wenans Eltern hatten bestimmt niemals erwartet, daß ihr Sohn Reichtümer mit nach Hause brachte, ihnen bereitete allein schon seine Heimkehr die größte Freude. Seine Eltern wußten nichts von den Plänen, die er unterwegs geschmiedet hatte, und auch nichts davon, daß er große Dinge vorhatte, als er heute morgen, unter dem Vorwand, einen alten Freund besuchen zu wollen, in die Stadt gegangen war. Die einzige Hoffnung der beiden Alten war, daß sie sehen konnten, wie ihr Sohn voller Freude das gebratene Huhn verzehrte. Aber Zhang Wenan saß zu dieser Zeit gedankenversunken am Wegrand und fürchtete sich. Er dachte daran, daß er nun bald nach Hause gehen mußte, aber seine Beine bewegten sich nicht, er wollte nicht aufstehen. Er holte einmal tief Luft und blickte wieder auf diese schwarz und grau gemusterte große Raupe im Tal. Er dachte daran, daß er vor kaum einer halben Stunde den Staub jener schmutzigen Straße geschluckt hatte; er dachte an den Traum, der ihm seit dem Augenblick ununterbrochen vorgeschwebt hatte, als er die Front verließ, er dachte daran, wie fröhlich er heute gewesen war, als er von zu Hause fortging, und begann zornig zu werden.

Wen haßte er? Das konnte er nicht sagen, aber unter all denen, die er haßte, war er selbst, das war Tatsache. Er haßte sich, weil er ein so großer Dummkopf war. Ganz zu schweigen von dieser durcheinandergeratenen Welt. Aber nicht einmal die Menschen, die in der schwarz und grau gemusterten Raupe am Berghang lebten, hatte er durchschauen können.

Obwohl der alte Dong sich über ihn lustig gemacht hatte, weil er in den Jahren, die er draußen gewesen war, nur gelernt hatte, Hundefettsalbe zu verkaufen, war er – wenn er jetzt daran dachte – dem schnapsnasigen Alten mit dem geraden Sinn und dem schnellen Mundwerk doch sehr dankbar gewesen. Er hatte den Deckel jener dunklen Grube, aus der Fäulnisgestank stieg, hochgehoben und Zhang Wenan einen Blick hineinwerfen lassen. Als der Alte ihm gesagt hatte, daß er für tausend Yuan nur eine halbe Rinderkeule kaufen konnte, hatte Zhang Wenan nur geschwiegen und die Hoffnung noch nicht gänzlich aufgegeben. Aber dann erzählte der Alte mit lauter Stimme von den fett gewordenen Leuten, die die Waren zurückhalten, von ihren betrügerischen Machenschaften, von ihrem maßlosen, prunkvollen und genußsüchtigen Leben. Da erschrak Zhang Wenan, ein eigenartiges Gefühl versetzte seine Seele in Aufruhr. Er hörte noch weiter zu, aber das, was er hörte, drang ihm nicht ins Bewußtsein. Schließlich verließ er betrübt die Stadt und erstieg voller Reue und Verärgerung den ersten Berg, der auf dem Heimweg vor ihm lag.

Er verstand selbst nicht, weshalb er es so eilig hatte, nach Hause zu kommen. Er wußte nur, daß das, was er in der Stadt gewollt hatte, mit einemmal zunichte gemacht worden war, und er fühlte sogar undeutlich, daß damit die Heimkehr ihren Sinn gänzlich verloren hatte. Natürlich ärgerte er sich deshalb, weil er nun wußte, daß es noch solch unwürdige Geschöpfe gibt, die in dem Unglück der Nation eine Gelegenheit erblicken, sich zu bereichern. Aber wenn er nicht gesehen hätte, daß der gute Plan, den er sich auf der langen Heimfahrt ausgedacht hatte, nun zerstört war, wäre jetzt sicherlich nicht soviel Trauer mit dem Ärger vermischt gewesen.

Ein Kuckuck, der sich wer weiß wo versteckt hielt, rief immerzu.

Die Wolkendecke schien ständig tiefer zu sinken, als wollte sie sich Zhang Wenan direkt auf den Kopf legen. Es strengte ihn sogar an, zu atmen.

Endlich erhob sich Zhang Wenan träge und stieg unlustig und unwillig ins Tal hinunter. Aber nach einigen Schritten beschleunigte er den Gang. Nun hatte er es auf einmal eilig, nach Hause zu kommen. Wie einer, dem in der Fremde Schlechtes widerfahren ist, sich nach der Wärme der Familie sehnt, so brauchte er jetzt diese Geborgenheit. Nur eine halbe Rinderkeule! Als er an die Worte des alten Dong dachte, krampfte sich sein Herz zusammen, aber in seinen Mundwinkeln lag auf einmal ein häßliches Grinsen. Ob sie nun eine Kuh hatten oder nicht, wenn er ganz ehrlich sein sollte, spielte das doch für ihn keine Rolle, aber was ihn am meisten verdroß und betrübte, war, daß der Plan, wie die tausend Yuan ausgegeben werden könnten, umgestoßen worden war.

Unbewußt streckte er die Hand aus, schlug die Jacke zurück und strich über die Banknoten, die er in der Unterkleidung trug. Viereckig und steif waren sie da, alles hatte seine Richtigkeit. Das Gefühl in der Hand glich genau dem, das er auf dem Tausende Li langen Weg empfunden hatte, aber in seinem Inneren spürte er etwas völlig anderes. Ja, eine halbe Rinderkeule! dachte er wieder. Aber diesmal vermochte er nicht zu grinsen, er spuckte nur auf die Erde.

4

Im Nu war er unten, aber kaum hatte er ein paar Schritte auf ebener Fläche gemacht, da mußte er schon wieder eine Steigung überwinden. Weil er sich gerade in einer Schlucht befand, war es besonders dunkel. Verstreut lehnten ein paar Strohhütten an der Sonnenseite der Berghänge. Ein kleiner

Bach schlängelte sich zwischen den Strohhütten hindurch.

Zhang Wenan wollte gerade wieder den Hang hinaufklettern, da kam von oben jemand heruntergerannt. Als der Mann ihn sah, begrüßte er ihn mit überströmender Freude, obwohl der Hauptmann ihn überhaupt nicht kannte.

Das Gesicht des jungen Mannes war hochrot, und die Augen strahlten vor Aufregung und Freude. Er hielt Zhang Wenan fest und begann ohne jeden Zusammenhang alles mögliche auf einmal zu erzählen.

Zhang Wenan verstand nur die Hälfte, aber bald wußte er: Der junge Mensch ist Chen Haiqings Sohn. Er war gerade bei Zhang Wenan zu Hause gewesen und kam nun von dort, in der Hoffnung, ihn recht bald zu sehen, um weitere Neuigkeiten über seinen Vater zu erfahren.

»Ach, du bist Chen Haiqings Sohn? Dein Vater ist der Mann, der mit vier Kamelen an die Front gegangen ist?« fragte Zhang Wenan erstaunt. Die Begeisterung und die Freude des jungen Mannes hatten ihn angesteckt. Er vergaß, daß er Chen Haiqing niemals an der Front getroffen hatte und nicht einmal wußte, wo er sich befand. »Großartig, dein Vater ist ein Held!« sagte er ernsthaft zu dem Jüngeren. »Tapfer, zweifellos. Natürlich ist er Zugführer«, antwortete er, ohne zu überlegen, auf die Fragen und vergaß dabei, daß er das alles nur erfunden hatte, um dem Wunsch der Dorfbewohner zu entsprechen.

Alles, was Zhang Wenan am Morgen über Chen Haiqing einfach dahergeredet hatte, war dem Sohn bald zu Ohren gekommen, und der hatte alles geglaubt und war sehr froh. Aus Freude und weil er alles für wahr hielt, hatte er sich nicht gescheut, einen halben Tag auf Zhang Wenan zu warten. Er wollte ihn bitten, ihm selbst alles noch einmal zu erzählen.

Die beiden hatten sich einer Strohhütte genähert. Eine unbrauchbare Krippe lag rechts neben der Tür. Chen Haiqings Sohn sagte: »Das ist mein Zuhause. Bitte, kommen

Sie doch herein und setzen Sie sich, meine Großmutter möchte Sie auch noch etwas fragen. Ehe sie es nicht selbst gehört hat, gibt sie keine Ruhe.«

Plötzlich machte Zhang Wenans Herz einen Sprung. Als erwachte er aus einem Traum, merkte er erst jetzt, daß er sich mit seinen Erfindungen, die gar nicht böse gemeint waren, festgelegt hatte. Was nun? Sollte er fortfahren, sich irgend etwas auszudenken, oder sollte er hier vor dem Sohn sein Unrecht eingestehen? Er war noch im Zweifel, als er von dem Sohn bereits in die Strohhütte hineingezogen wurde.

Zhang Wenan wurde sofort mit Dank, Willkommen und den verschiedensten Fragen empfangen. Er schwieg eine Weile und erkannte erst jetzt, daß er mehrere Menschen vor sich hatte. Außer dem Sohn waren da noch eine alte Frau und jemand, der auf einem Bett in der Ecke lag, eine kränklich aussehende Frau in mittleren Jahren. Er sah sich zögernd um und antwortete immer nur: »Hm, hm«, aber seine Ohren nahmen keinen Laut auf. Wieder überkam ihn das Gefühl, an einem Verhör teilzunehmen. Aber schließlich beruhigte er sich und fragte überraschend: »Wer ist denn da krank?«

»Meine Mutter«, antwortete der Sohn.

»Schon bald ein Jahr, doch wir können keinen Arzt holen, und Geld für Medizin haben wir auch nicht«, fügte die Alte hinzu und begann ihr Herz auszuschütten: »In guten Zeiten langte das Korn für drei Esser, aber nicht noch zum Kranksein. Und man mußte ja auch etwas zum Anziehen haben. Sie bekommt zwar jedes Jahr etwas Unterstützung, aber das Leben wird immer teurer, und wenn man ein Kleid nähen will, so ist jetzt allein das Garn teurer als früher zwei Kleider.«

»Mutters Krankheit kommt zum Teil von den Sorgen«, warf der Sohn ein. »Seit sie heute die erfreuliche Nachricht hörte, geht es ihr gleich besser!«

»Aber nicht doch! Gott sei Dank ist es ja gar nicht so

schlimm.« Die Falte im Gesicht der Alten schien zu verschwinden und machte Ernst und Aufrichtigkeit Platz. »Buddha hilft den guten Menschen. Herr Zhang, ich sage Ihnen, unser Haiqing war schon immer ein vorbildlicher Mensch. Ich lebe schon über siebzig Jahre und habe viel gesehen. Die guten Menschen sind immer belohnt worden!«

»Warum nicht, ein guter Mensch muß auch eine entsprechende Belohnung erhalten!« flüsterte die Kranke im Bett leise wie im Gebet.

Nun hatte sich Zhang Wenan völlig beruhigt. Wenn man sah, wie fröhlich diese drei Menschen, die drei Generationen angehörten, heute waren, mußte man doch auch froh sein, aber im Allerinnersten war Zhang Wenan doch etwas ängstlich, unruhig und wagte nicht, daran zu denken, was geschähe, wenn er mit seinen Lügen schließlich einmal am Ende wäre. Erst jetzt wurde ihm voll bewußt, daß er ein großes Unglück anrichten würde, wenn er nicht weiterlog. Diese Feststellung beruhigte ihn, stärkte seinen Mut, und er beschloß, bis zum Ende weiterzulügen.

Er erfand eine Geschichte über das Leben, das Chen Haiqing in der letzten Zeit geführt hatte, er sagte ihm großzügig eine hoffnungsvolle Zukunft voraus und ordnete ihn irgendeinem Truppenteil ein, den er an irgendeinem Ort, dessen Name ihm gerade einfiel, stationierte.

Die drei Menschen, die drei verschiedenen Generationen angehörten, lauschten ihm schweigend; ihre offenen Münder und die hastigen, tiefen Atemzüge verrieten ihre Ergebenheit und Erregung. Als Zhang Wenan geendet hatte, schienen die drei noch ganz versunken, sie waren außergewöhnlich ernst und feierlich.

Unerwartet fragte die alte Großmutter mit zitternder Stimme: »Herr Zhang, als Sie nach Hause fuhren, hat Sie da unser Haiqing nicht gebeten, einen Brief für uns mitzunehmen?«

Wieder war Zhang Wenan in eine Sackgasse geraten.

Während er rasch überlegte, griff er, wie gewohnt, unter seine Oberkleidung und berührte mit der Hand unabsichtlich die Banknoten in der Unterwäsche. Plötzlich machte sein Herz einen Sprung, und ihm fiel etwas ein. Die Lage, in der er sich befand, ließ ihm keine Zeit zu vielen Überlegungen. Unbegreiflicherweise spürte er plötzlich eine innere Erregung. Mit der einen Hand griff er nach den Banknoten unter den Kleidern, die andere erhob er, wie gewohnt zum Gruße, als müßte er einem Vorgesetzten eine wichtige Meldung machen, und rief mit lauter Stimme aus: »Einen Brief habe ich nicht, aber ich habe Geld mitgebracht!«

Großmutter und Enkel sagten erstaunt: »Ach!«, und die Kranke im Bett ließ einen kleinen Freudenschrei vernehmen.

Mit hochrotem Gesicht und klopfendem Herzen holte Zhang Wenan die Banknoten hervor, die noch genauso, in Ölpapier eingewickelt, in der Tasche lagen, wie er sie vor über einem halben Monat hineingesteckt hatte, nachdem er sie von dem Divisionskommandeur erhalten hatte. Hastig riß er das dünne Papier auf. Mit steifen Fingern griff er nach dem nicht gerade dünnen Päckchen. Zhang Wenans Herz schlug noch heftiger, und als er gerade etwa die Hälfte der Scheine herausnehmen wollte, huschte plötzlich ein verzerrtes Grinsen über sein Gesicht. Mit einem Ruck erhob er sich und legte das ganze Bündel in die Hände von Chen Haiqings Sohn.

»Oh, wieviel Geld!« Der junge Mann merkte nur, daß es sehr viel Geld war, aber er dachte noch nicht daran, daß es mehr war, als er ahnen konnte.

Noch ehe Zhang Wenan geantwortet hatte, schaltete sich die alte Großmutter ein. »Oh, in den fünf Jahren hat Chen Haiqing ...« Aber sie konnte nicht weitersprechen, da Zhang Wenans Antwort sie erschreckte.

»Tausend!« stieß Zhang Wenan zwischen den Zähnen hervor.

Großmutter, Mutter und Sohn hatten das Wort genau verstanden, aber ungläubig fragten sie wie aus einem Munde: »Wieviel?«

»Tausend! Es reicht gerade für eine halbe Rinderkeule!« Die träge Antwort rief in seinem Inneren Gefühle der Trauer und des Schmerzes wach.

»Amithaba!« Die Großmutter hatte erst während des Schweigens begriffen, daß es wirklich tausend waren, und als erste die Sprache wiedergefunden. »Woher hat er das viele Geld?«

Zhang Wenan schaute sich im Zimmer um, als suchte er eine passende Antwort. Da fiel sein Blick auf einen alten Sattel, der in einer Ecke hing. Das Glück war ihm also hold, und er konnte seine Lügen fortsetzen: »Er hat sie als Schadenersatz für die Kamele bekommen.«

»Soso ...« Die Alte schien plötzlich widerspenstig, sie sprach nicht weiter. Eine Weile später lächelte sie und sagte zu ihrem Enkel: »Siehst du, ich habe es dir ja gesagt, ein guter Mensch erhält auch seine Belohnung!«

Die Kranke schluchzte leise, und der junge Mann, der die Geldscheine in den Händen hielt, starrte vor sich hin.

Zhang Wenan atmete auf, als wäre ihm eine große Last von den Schultern genommen. Er wischte sich den Schweiß von der Stirn, erhob sich und sagte: »Ein gutes Herz erhält seine Belohnung. Für das Geld solltet ihr Medikamente kaufen!«

Er floh vor den Danksagungen der drei Menschen. Eilig erklomm er die nächsten Hügel, bis er sein Heimatdorf vor sich liegen sah. Da erst blieb er stehen und rieb sich, als wäre er aus einem Traum erwacht, die Augen und fragte sich: Was habe ich nur getan? Dann strich er unbewußt über die Tasche in seinem Unterhemd und gab sich leise die Antwort: Ich habe über das Geld, das mir der Divisionskommandeur gegeben hat, vernünftig verfügt.

Er schaute sich noch einmal um, blickte auf die im Halbdunkel liegende Strohhütte der Familie Chen und sagte entschlossen und sicher: »Ich muß es dem Divisionskommandeur melden. Man sollte Nachforschungen für sie anstellen.« Dann rannte er in einem Atemzug, als müßte er eine eilige Sache erledigen, den Berg hinab und war im Nu zu Hause.

1943

Nachbemerkung

Mao Dun (eigentlich Shen Yanbing) gehört neben Lu Xun, Ba Jin, Lao She u. a. zu den bedeutendsten chinesischen Schriftstellern des zwanzigsten Jahrhunderts. Der 1896 im Kreis Tongxiang, Provinz Zhejiang geborene Sohn eines liberal gesinnten Arztes mußte sein Studium an der Peking-Universität aus finanziellen Gründen vorzeitig abbrechen. Durch Vermittlung eines Verwandten erhielt er 1916 eine Anstellung als Redakteur in dem renommierten Shanghaier Verlag Commercial Press. Hier war er unter anderem Herausgeber der 1909 gegründeten »Monatsschrift für erzählende Prosa«, die er zum führenden Publikationsorgan realistischer Literatur aus dem In- und Ausland umgestaltete. 1930 beteiligte er sich an der Gründung der »Liga linksgerichteter Schriftsteller Chinas«. Während des chinesisch-japanischen Krieges (1937–1945) hielt er sich zunächst in den von der Guomindang beherrschten Gebieten auf und ging später, durch die politischen Umstände gezwungen, nach Hongkong. In der Volksrepublik China bekleidete er von 1949 bis 1964 das Amt des Kulturministers. Gleichzeitig wurde er 1949 zum Vorsitzenden des chinesischen Schriftstellerverbandes gewählt. Er wirkte seitdem ausschließlich als Kulturpolitiker und Literaturtheoretiker und verstummte während der Kulturrevolution. 1981 starb er hochgeehrt in Peking.

Bevor sich Mao Dun ab 1927 schriftstellerisch betätigte, war er bereits mit literaturtheoretischen Schriften an die Öffentlichkeit getreten, die ihn als Kenner der einheimischen wie der europäischen Literatur ausweisen. Seine Analysen der Werke von G.B.Shaw, F.Nietzsche, P.Kropotkin, B.Russel oder L.N.Tolstoi trugen zum Verständnis dieser Vertreter einer fremden Kultursphäre bei. Gleichzeitig setzte er sich mit der traditionellen chinesischen Literatur kritisch auseinander, die er inhaltlich und formal als überholt betrachtete, da sie einerseits, wie er 1922 in seinem Aufsatz »Der Naturalismus und der moderne chinesische Roman« schreibt, »die nutzlosen Wahlsprüche aus den klassischen Büchern der Heiligen und aus den Überlieferungen der Weisen« zum Hauptthema ihrer Werke machte, andererseits aber, vor allem in Gestalt der sogenannten Schmetterlings- und Mandarinenenten-Literatur, zur trivialen Unterhaltung herabgesunken war. Als Theoretiker und als Schriftsteller hatte Mao Dun wesentlichen Anteil an der Entwicklung der modernen chinesischen Literatur, die nach dem Ersten Weltkrieg entstand und nach der Auffassung ihres Begründers, des berühmten Erzählers und Essayisten Lu Xun (1881–1936), das wirkliche Leben spiegeln sollte. Entscheidende Anregungen gewann Mao Dun von den europäischen realistischen und naturalistischen Schriftstellern des 19. Jahrhunderts wie Honoré Balzac, Guy de Maupassant, Lew Tolstoi und Emile Zola. Vor allem Zolas Methode der objektiven, wissenschaftlichen Beschreibung faszinierte ihn, wenngleich er die theoretischen Grundlagen des Naturalismus ablehnte. In dem obenerwähnten Aufsatz heißt es: »Der größte Vorzug der Beschreibungsmethode Zolas besteht in der Wahrhaftigkeit und Genauigkeit. So kann man eine Handlung analytisch, subtil und genau beschreiben, und sie wird noch im winzigen Detail der Vernunft gerecht werden ... Der Naturalismus ist das eine, die in den Werken der Naturalisten enthaltene Ideologie das andere ... Die Beschreibungsmethode des Naturalismus zu verwenden bedeutet keineswegs, seine mechanisch-materialistische Schicksalstheorie zu übernehmen.«

Die literarische Szene im China der zwanziger Jahre war

gekennzeichnet von der Suche nach neuen künstlerischen Ausdrucksformen. In dieser Umbruchsituation erlangten verschiedene Strömungen der europäischen Literatur, so auch der Symbolismus oder der Expressionismus, einen gewissen Einfluß, der jedoch in der Regel nicht von Dauer war. Eine Ausnahme bildete die fortschrittsbetonte romantische Schule unter Führung von Guo Moruo (1892–1978), deren Vertreter sich in der 1921 in Shanghai gegründeten »Schöpferischen Vereinigung« zusammenschlossen. Sie übte eine nachhaltige Wirkung auf die moderne chinesische Literatur aus, wenngleich sich der Realismus als Hauptströmung durchsetzte. In dieser Entwicklung spielte die ebenfalls 1921 geschaffene »Gesellschaft zum Studium der Literatur«, der auch Mao Dun von Anfang an angehörte, eine wesentliche Rolle.

Mit der Trilogie »Verfall«, seinem 1927/28 verfaßten, aus den Romanen »Enttäuschung«, »Schwanken« und »Suchen« bestehenden Erstlingswerk, führte Mao Dun den modernen Roman in die chinesische Literatur ein. Ausgehend von eigenen Erfahrungen schildert er hier die Desillusionierung junger Menschen nach dem revolutionären Aufschwung von 1925/27. »Ich habe einen äußerst schwierigen Abschnitt im Leben unseres von Unruhen erschütterten Landes miterlebt«, bekennt er 1928 in dem Aufsatz »Von Guling nach Tokyo«. »Am Ende empfand ich den Schmerz der Enttäuschung und die Widersprüchlichkeit des Lebens. In dieser gedrückten Gemütsverfassung und in meiner Einsamkeit ... wollte ich mit meiner restlichen Kraft diesem verworrenen, düsteren Dasein aus einer anderen Richtung einen Lichtschimmer geben. So begann ich zu schreiben.« 1932 entstand sein bedeutendster Roman, »Shanghai im Zwielicht«, in dem er ein realistisches Panorama der von Krisen geschüttelten chinesischen Gesellschaft jener Jahre zeichnet. Die künstlerische Widerspiegelung – nicht die bloße Kopie – der Wirklichkeit in ihrer Komplexität und Widersprüchlichkeit wird zum Hauptanliegen des Schriftstellers.

Auch in seinen Erzählungen und Kurzgeschichten, in denen er mosaikartig die Vielfalt des Lebens zu erfassen sucht, gestaltet er die Wechselwirkung zwischen individuellem Schicksal und sozialer Umwelt. Mit seiner distanzierten Darstellungsweise unterscheidet sich Mao Dun grundlegend vom allgegenwärtigen Erzähler der traditionellen chinesischen Literatur. Die tragische Grundstimmung in der Mehrzahl seiner Werke läßt an seine Beziehung zum Naturalismus denken, vor allem aber offenbart sie das Mitgefühl des sensiblen Chronisten einer im Umbruch befindlichen Epoche mit den leidenden Menschen.

In den letzten Jahren hat die chinesische Literatur einen neuen Aufschwung erlebt. Die zeitgenössischen Autoren orientieren sich an den verschiedensten ausländischen Vorbildern, aber sie besinnen sich auch in verstärktem Maß auf die einheimischen Traditionen der Erzählkunst. Dazu gehören nicht nur die alten volkstümlichen Romane, sondern vor allem die Werke von Schriftstellern, die die moderne chinesische Literatur mitgeprägt haben und unter denen Mao Dun einen hervorragenden Platz einnimmt.

Berlin, im Juni 1986 *Fritz Gruner*

Anmerkungen

alter Kalender: s. Anm. zu Mondkalender
Amithaba: einer der fünf überirdischen Buddhas
Bruder Viereckiges Loch: Die alte chinesische Kupfermünze war in der Mitte mit einem Loch versehen; zur Aufbewahrung reihte man die Münzen auf eine Schnur.
Chi: chines. Längenmaß; etwa 30 Zentimeter
Cun: chines. Längenmaß; etwa 3 Zentimeter
Dan: chines. Gewichtseinheit; etwa 60 Kilogramm
Daoist: Anhänger des Daoismus (Taoismus), der von dem chinesischen Philosophen Laozi (Laotse) im 6. Jh. v. u. Z. begründeten religiös-mystischen Weltanschauung. Laozis Nachfolger suchten seine Lehre durch die Verbindung mit Magie und Aberglauben zu popularisieren. Laozi wurde im 7. Jh. heiliggesprochen. Als Volksreligion fand der Daoismus bis zum 14. Jh. starke Verbreitung.
Dou: chines. Hohlmaß; etwa 10 Liter
Drachenbootfest: wird am fünften Tag des fünften Monats gefeiert, dem Todestag des chinesischen Dichters und Staatsmannes Qu Yuan (340–278 v. u. Z.), der sich aus Verzweiflung über die düstere Zukunft seines Landes ertränkte. Der Überlieferung nach überquerten Bauern in Booten den Fluß, suchten nach der Leiche des verehrten Dichters und schlugen Trommeln, um böse Geister von ihr fernzuhalten.
Fen: chines. Währungseinheit
Fest des Getreideregens: wird im April gefeiert. Eines der 24 Jahresfeste im Mondkalender, die jahreszeitliche Ver-

änderungen in der Natur hervorheben oder günstige Zeitpunkte für die Durchführung bestimmter bäuerlicher Arbeiten bezeichnen.

Guangxu: chinesischer Kaiser, regierte 1875 bis 1907

Guanyin: buddhistische Gottheit der Barmherzigkeit

Jiao: chines. Währungseinheit

Jin: chines. Gewichtseinheit; etwa 600 Gramm

Koutou: tiefe Verbeugung, bei der die Stirn den Boden berührt

Kuai: s. Anm. zu Yuan

Langhaarige: Volkstümliche Bezeichnung für die aufständischen Bauern der Taiping-Bewegung (1851–1864), die sich zum Zeichen, daß sie nicht länger die Fremdherrschaft der Manzhu (1644–1911) dulden wollten, das Kopfhaar wachsen ließen. Auf Anordnung der Manzhu mußten sich die chinesischen Männer den Vorderschädel kahl scheren und das Hinterhaupthaar zu einem Zopf flechten.

Laozi: s. Anm. zu Daoist

Li: chines. Wegemaß; etwa 600 Meter

Liang: chines. Gewichtseinheit; etwa 40 Gramm

Majiang: (Mah-jongg) chines. Brettspiel mit Bambussteinen

Mantou: eine Art Brötchen aus gedämpftem Hefeteig

Meng Changjun: Einflußreicher Staatsbeamter, 279 v. u. Z. gestorben. War für seine Gastfreundschaft bekannt, die ihm eine große Schar von Vasallen sicherte und seinem Palast die Bezeichnung »Kleines Imperium« einbrachte.

Mondkalender: Der alte chinesische Kalender, der noch heute im Volk in Gebrauch ist. Jeder Monat beginnt mit Neumond und umfaßt 29 oder 30 Tage. Der Jahresanfang wird nach den Bewegungen der Sonne festgesetzt und liegt zwischen dem 21. Januar und dem 19. Februar. Im Turnus von etwa drei Jahren gleicht sich durch ein Schaltjahr, das dreizehn Monate umfaßt, die Differenz zum Sonnenlauf aus.

Mu: chines. Flächenmaß; etwa 6 Ar

Qing: chines. Flächenmaß; etwa 6 Hektar

Qingming-Fest: Fest der Totenverehrung Anfang April, außerdem Tag des Bäumepflanzens

Qipao: ärmelloses, an den Seiten geschlitztes Frauengewand

Shaobing: plinsenähnliches Gebäck

Sheng: chines. Hohlmaß; etwa 1 Liter

Sojabohnenkuchen: Bei der Verarbeitung von Sojabohnen bilden sich Rückstände, die zu Stücken gepreßt werden und als Düngemittel dienen.

Tuanzi: Klöße aus Sorgho-Hirsemehl und Reisbrei

Wen: alte chines. Münze; etwa 30 Wen entsprechen 1 Fen

Ye Shengtao: (geb. 1894); chinesischer Schriftsteller

Yuan: oder Kuai: chines. Währungseinheit; 1 Yuan = 10 Jiao = 100 Fen

Zhabei: dichtbesiedeltes Arbeiterviertel in Shanghai, das am 28. Januar 1932 von japanischen Bomben zerstört wurde.

Zhang Zongchang: Militärgouverneur in der Provinz Shandong. 1925 bis 1927 kämpfte die national-revolutionäre Armee unter Führung der Guomindang und der Kommunistischen Partei erfolgreich gegen die verschiedenen Militärgouverneure, die mit Unterstützung der imperialistischen Mächte große Teile Chinas beherrschten und sich gegenseitig befehdeten.

»Zu den acht daoistischen Unsterblichen«: Acht der zahlreichen Gestalten aus daoistischen Legenden werden als Genien verehrt, da sie vermittels magischer Künste die Unsterblichkeit erlangt haben sollen.

30. Mai: Am 30. Mai 1925 demonstrierten in Shanghai Werktätige und Studenten, um einen Streik der Textilarbeiter zu unterstützen. Im britischen Konzessionsgebiet schoß ausländische Polizei auf die Demonstranten. Dieses Ereignis bildete den Auftakt zur Revolution 1925/27.

16. Dezember: Am 16. Dezember 1935 forderten Pekinger Studenten auf einer Demonstration die Regierung Jiang Jieshi (Tschiang Kai-shek) auf, den Bürgerkrieg zu beenden und mit der Kommunistischen Partei eine Einheitsfront zur Abwehr der japanischen Aggression zu bilden.

Inhalt